LE COBRA NOIR

LA BELLE INSOUMISE

LE COBRA NOIR

LA BELLE INSOUMISE

Stephanie Laurens

Traduit de l'anglais par
Marianne Champagne

Éditeur : François Doucet
Traduction : Marianne Champagne
Révision linguistique : Féminin pluriel
Correction d'épreuves : Suzanne Turcotte, Carine Paradis
Conception de la couverture : Matthieu Fortin
Image de la couverture : © Jon Paul
Mise en pages : Sébastien Michaud, Sylvie Valois
ISBN papier 978-2-89667-692-7
ISBN PDF numérique 978-2-89683-656-7
ISBN ePub 978-2-89683-657-4
Première impression : 2012
Dépôt légal : 2012
Bibliothèque et Archives nationales du Québec
Bibliothèque Nationale du Canada

Éditions AdA Inc.
1385, boul. Lionel-Boulet
Varennes, Québec, Canada, J3X 1P7
Téléphone : 450-929-0296
Télécopieur : 450-929-0220
www.ada-inc.com
info@ada-inc.com

Diffusion
Canada :   Éditions AdA Inc.
France :   D.G. Diffusion
                  Z.I. des Bogues
                  31750 Escalquens — France
                  Téléphone : 05.61.00.09.99
Suisse :   Transat — 23.42.77.40
Belgique :   D.G. Diffusion — 05.61.00.09.99

Imprimé au Canada

Participation de la SODEC. $oDEC

Nous reconnaissons l'aide financière du gouvernement du Canada par l'entremise du Fonds du livre du Canada (FLC)
pour nos activités d'édition.
Gouvernement du Québec — Programme de crédit d'impôt pour l'édition de livres — Gestion SODEC.

**Catalogage avant publication de Bibliothèque et Archives nationales du Québec et Bibliothèque
et Archives Canada**

Laurens, Stephanie
    La belle insoumise
    (Le Cobra noir ; 1)
    Traduction de: The untamed bride.
    ISBN 978-2-89667-692-7
    I. Champagne, Marianne. II. Titre.
PR9619.3.L376U5714 2012   823'.914   C2012-941543-X

Prélude
à la série
Le Cobra noir

Inde, 1822

24 mars 1822
Siège de la Compagnie des Indes orientales, Calcutta, Inde

— Il faut trancher la tête de ce démon, je ne le dirai jamais assez.

Francis Rawdon-Hastings, marquis de Hastings et gouverneur général de l'Inde depuis neuf ans, allait et venait d'un pas lourd derrière son bureau.

Immobiles, les cinq officiers confortablement assis dans d'élégants fauteuils en rotin, placés devant l'immense bureau d'acajou du gouverneur général, gardaient le silence ; seul le passage de Hastings brassait l'air lourd et humide de la pièce.

Le vieil homme avait le teint rougeaud, les poings serrés, les muscles des épaules et des bras tendus. Le colonel Derek Delborough, Del pour tous ceux qui le connaissaient, assis à une extrémité de la rangée de sièges, observait avec un détachement cynique les signes révélant l'agitation de son commandant en chef. Hastings avait un peu trop attendu avant de faire appel à eux, des officiers d'exception qu'il avait lui-même nommés.

Derrière Hastings, le mur de plâtre blanc s'ornait de deux fenêtres encadrées de teck et assombries par le large balcon au-dessus, aux volets déjà fermés pour contrer la chaleur montante. Suspendu au milieu, un portrait du roi, peint lorsqu'il était encore le prince Florizel et le chéri de l'Europe, surplombait cet avant-poste de la richesse et de l'influence britannique. La pièce était amplement dotée de tables et de cabinets en bois de rose, pour la plupart finement sculptés et marquetés, brillant dans la lumière qui révélait au travers des volets une myriade de délicats ornements en cuivre.

Spacieuse et claire, immaculée, décorée avec richesse et exotisme, la pièce exhalait une sérénité intemporelle malgré sa fonction utilitaire, à l'image du sous-continent même, sur une bonne partie duquel régnait aujourd'hui Hastings.

Insensible à cette ambiance apaisante, ce dernier continuait d'arpenter la pièce d'un pas lourd.

— Ces déprédations de nos convois *ne peuvent pas* continuer. Nous perdons la face avec chaque jour qui passe, avec chaque attaque qui demeure sans réplique.

— Je crois comprendre — la voix traînante de Del était l'exemple même du calme imperturbable, contrastant résolument avec le ton brusque de Hastings — que le Cobra noir déploie ses activités depuis quelque temps déjà.

— Diantre, oui! Et pendant longtemps, le poste de Bombay n'a pas jugé utile de mentionner la chose ni même *d'agir*, ne répliquant que depuis quelques mois pour se lamenter aujourd'hui de ne pouvoir maîtriser la situation.

S'immobilisant à mi-chemin derrière son bureau, Hastings feuilleta avec agacement une pile de documents, en étala quelques-uns sur la surface polie puis les poussa devant lui.

— Voici quelques rapports récents, afin que vous compreniez dans quel bourbier vous plongez.

Les quatre hommes à la droite de Del regardèrent dans sa direction. À son signe de tête, ils tendirent le bras et prirent chacun un document ; ils se réinstallèrent et commencèrent leur lecture.

— J'ai entendu, dit Del en attirant l'attention de Hastings, que la secte du Cobra noir a pour la première fois dressé sa tête en 1819. Son existence est-elle plus ancienne, ou était-ce alors son commencement ?

— C'est alors que nos soupçons se sont éveillés, et les gens de Bombay n'en avaient jusque-là jamais entendu parler. Nul ne peut dire si la secte n'était pas avant tranquillement active dans un coin reculé du pays — Dieu sait qu'il existe nombre de ces mystérieux cultes locaux —, mais il n'y a eu aucune mention de son existence, pas même des plus anciens maharadjahs, avant l'été 1819.

— Une secte *de novo* laisse présumer l'arrivée d'un chef particulier.

— En effet, et c'est lui qu'il vous faudra éliminer. Ou alors, assurez-vous d'affaiblir suffisamment ses troupes — Hastings indiqua d'un large mouvement de main les documents que les quatre autres lisaient —, la canaille dont il se sert pour tuer, violer et piller, de façon à ce que ce serpent disparaisse bien vite sous la roche qui l'a vu apparaître.

— « Tuer, violer et piller » : voilà qui ne fait guère honneur au Cobra noir.

Le major Gareth Hamilton, l'un des quatre officiers au service de Del, posa ses yeux bruns sur Hastings.

— Il semble bel et bien semer la terreur dans les villages, ce qui laisse croire qu'il tente d'assujettir la population. Pour une secte, c'est ambitieux, cette quête de pouvoir qui dépasse la saignée habituelle d'argent et de biens.

— Il fait régner la peur.

Le capitaine Rafe Carstairs, assis à trois sièges de distance de Del, imita Gareth en rejetant sur le bureau le rapport qu'il avait lu. Les traits aristocratiques de Rafe révélaient une certaine répugnance, même un dégoût, indiquant à Del que le document révélait des faits atroces.

Les cinq hommes assis devant le bureau de Hastings avaient tous été témoins de carnages humains largement inconcevables ; ensemble, ils avaient participé à la campagne de la Péninsule, servant dans la cavalerie sous les ordres de Paget, puis ils s'étaient retrouvés au cœur de l'action à Waterloo avant de se mettre au service de l'Honorable Compagnie des Indes orientales sous les ordres de Hastings, en tant que groupe d'officiers d'élite qu'on n'avait déployé que pour affronter les pires soulèvements et instabilités survenus depuis sept ans dans le sous-continent.

Assis entre Gareth et Rafe, le major Logan Monteith fit la grimace et, d'un revers de son poignet hâlé, fit glisser le rapport qu'il avait lu sur le bureau avec les autres.

— À côté de ce Cobra noir, dit-il, les criminels que sont Kali et ses sous-fifres ont l'air civilisé.

Fermant la rangée près de Rafe, le dernier et le plus jeune des cinq hommes, le capitaine James MacFarlane, au visage encore un peu poupin malgré ses vingt-neuf ans, se pencha pour déposer doucement près des autres le document qu'il avait lu.

— Bombay n'a donc aucune idée de qui se cache derrière ceci ? Une piste, des complices, un secteur dans lequel le Cobra aurait son quartier général ?

— Après cinq mois de recherche intensive, Bombay n'a absolument rien, et *présume* seulement que certains princes marathes ont été approchés et soutiennent clandestinement la secte.

— Le plus simplet des hommes aurait pu le prédire, grommela Rafe. Depuis que nous les avons envoyés paître en 1818, ils cherchent la bagarre ; *n'importe quelle bagarre*, ça leur est bien égal.

— En effet.

Hastings parlait sur un ton acide, mordant.

— Comme vous le savez, Ensworth est aujourd'hui gouverneur de Bombay. Il est compétent à tout autre égard, mais c'est un vrai diplomate et il n'a rien d'un militaire, admettant volontiers qu'il est complètement dépassé face au Cobra noir. Les yeux de Hastings balayèrent la rangée d'hommes avant de se poser sur Del. Et c'est ici que vous entrez en scène, messieurs.

— Je présume, dit Del, qu'Ensworth ne verra pas d'inconvénient à ce que nous foulions son secteur.

— Au contraire, il vous accueillera à bras ouverts. Il ne sait plus que faire pour à la fois rassurer les marchands et tenir les comptes au nom de Londres — pas facile, quand un convoi sur cinq est pillé en chemin.

Hastings se tut et, l'espace d'un instant, on put lire sur son visage la fatigue qu'il ressentait à gouverner ce lointain empire indien. Puis, ses mâchoires se durcirent et il les regarda.

— Je n'insisterai jamais assez sur l'importance que revêt cette mission. Nous *devons* couper la route au Cobra noir. Ses déprédations et les atrocités commises en son nom ont atteint une ampleur qui menace non seulement la compagnie, mais l'Angleterre même — non seulement son commerce, mais aussi son prestige, et vous êtes tous ici depuis assez longtemps pour savoir à quel point les intérêts du pays en dépendent à long terme. Enfin — d'un signe de tête, il indiqua les rapports sur son bureau —, c'est pour l'Inde, et les habitants de ces villages, qu'il faut éliminer le Cobra noir.

— Indiscutablement, rétorqua Rafe, abandonnant sa nonchalance habituelle.

Il se leva en même temps que les autres.

Le regard de Hastings passa de l'un à l'autre, les cinq hommes alignés au coude à coude derrière son bureau, formant un solide mur rouge dans leurs uniformes. Ils mesuraient tous plus d'un mètre quatre-vingt, tous étaient d'anciens soldats de la garde royale, endurcis par de longues années de bataille et de commandement. L'expérience avait marqué leurs traits, même ceux de MacFarlane ; la connaissance du monde se lisait dans leurs yeux.

Satisfait de ce qu'il voyait, Hastings hocha la tête.

— Votre mission, messieurs, consiste à identifier et à capturer le Cobra noir pour le traduire en justice. Vous avez carte blanche quant aux moyens utilisés. Peu m'importe la façon dont vous procédez du moment que justice est faite — et donnée à voir. Comme de coutume, les comptes de la compagnie sont à votre disposition et ses troupes également, à votre convenance.

C'était habituellement Rafe qui traduisait, dans ses propres mots, leurs pensées communes.

— Vous avez mentionné le fait de lui trancher la tête.

Il parlait d'un ton léger, usant de son éternel charme ineffable comme s'il parlait de croquet autour d'un thé.

— Avec les sectes, c'est généralement l'approche la plus efficace. Pouvons-nous présumer que vous aimeriez nous voir attaquer directement le chef ? Ou devons-nous agir avec prudence et tenter de défendre les convois partout où cela est possible ?

Le regard de Hastings croisa les yeux bleus et candides de Rafe.

— Vous, capitaine, ne sauriez distinguer la prudence de l'audace.

Les lèvres de Del se crispèrent ; du coin de l'œil, il vit Gareth grimacer également. Rafe, surnommé « Le Téméraire » avec raison, conservait son air innocent, soutenant le regard cynique de Hastings.

— Hum, fit ce dernier. Votre supposition est exacte. Je veux que vous cibliez le Cobra noir lui-même, afin de l'identifier et de l'éliminer. Pour ce qui est du reste, faites votre possible, mais la situation est critique et nous ne pouvons plus nous permettre d'être prudents.

De nouveau, les yeux de Hastings balayèrent la rangée d'hommes.

— Vous êtes libres d'interpréter mes ordres comme bon vous semble — pour autant que vous traduisiez le Cobra noir en justice.

15 août, cinq mois plus tard
Cantine des officiers
Honorable Compagnie des Indes orientales – Poste de Bombay

— Hastings a bien dit que nous pouvions interpréter ses ordres comme bon nous semblait ; que nous avions carte blanche quant aux moyens utilisés.

Rafe s'adossa contre le mur derrière lui, leva l'un des verres que le garçon de service venait de poser sur la table et avala une longue gorgée de bière trouble et ambrée.

Les cinq hommes — Del, Gareth, Logan, Rafe et James — étaient assis à la table qu'ils s'étaient appropriée dans un coin du bar de la cantine des officiers. Ils l'avaient choisie pour ses agréments, autrement dit parce qu'elle leur donnait une vue sans obstruction du bar tout entier, de la véranda longeant la cantine et de ce terrain à ciel ouvert qu'on appelle en Inde un « *maidan* », sur lequel donnait la véranda. L'atout premier de cette table était de les entourer de deux épais murs de pierre : personne ne pouvait ainsi échapper à leur regard, à l'intérieur comme à l'extérieur, ni entendre leurs discussions à voix basse.

Les rideaux de bambous entre les colonnes de la véranda étaient baissés pour parer au soleil de la fin d'après-midi et à la poussière que soulevait une troupe de cipayes en exercice, ces soldats indiens au service de l'armée britannique, enveloppant le bar d'une fraîcheur ombragée. Un lointain murmure de conversation s'élevait de deux groupes d'officiers assis à quelque distance sur la longue véranda ; d'un pavillon au loin parvenait un cliquetis de boules de billard.

— C'est vrai, dit Gareth en s'emparant d'un verre. Mais je doute que le bon marquis ait souhaité que nous agissions seuls.

— Je ne vois pas ce que nous pouvons faire d'autre.

Imitant ses trois comparses, Logan regarda Del.

Celui-ci avait les yeux rivés sur sa bière ; il sentit leur regard, releva les yeux et les observa à son tour.

— Si, comme nous le croyons, le Cobra noir est Roderick Ferrar, Hastings ne nous remerciera pas de lui apprendre la nouvelle.

— Mais il agira tout de même en conséquence, non ?

James attrapa la dernière bière sur le plateau.

— As-tu remarqué le portrait derrière le bureau de Hastings ? demanda Del.

— Celui de Prinny ?

Del hocha la tête.

— Il n'appartient pas à la compagnie, mais à Hastings. Ce dernier doit son affectation à Prinny — pardon, à Sa Majesté — et il sait qu'il ne pourra jamais l'oublier. Si, en présumant que nous mettions la main dessus, nous lui apportons la preuve irréfutable que Ferrar est notre bandit, nous le mettrons dans une position déplaisante où il devra décider quel maître apaiser : sa conscience, ou son roi.

Fronçant des sourcils, James fit tourner son verre entre ses mains.

— Ferrar est-il à ce point intouchable ?

— Oui.

Les voix de Gareth, Logan et Rafe firent écho à celle de Del.

— Hastings est redevable au roi, expliqua ce dernier, et le roi est redevable à Ferrar père, le comte de Shrewton. Par ailleurs, bien qu'il soit le second fils de Shrewton, Ferrar est largement reconnu comme étant le favori de son père.

— La rumeur, dit Rafe en se penchant sur la table, veut que Shrewton ait le roi dans sa poche — ce qui n'est pas si dur à croire. Aussi, à moins qu'il existe entre Hastings et Shrewton une animosité que personne ne soupçonne, il est à parier que Hastings se sentira obligé de « perdre » la moindre preuve que nous lui apporterions.

Logan grommela.

— Diable, cela ne me surprendrait pas qu'une partie de l'or que tire le Cobra des profits de la John Company se retrouve indirectement dans les poches de Sa Majesté.

— Hastings, leur rappela Gareth, a lourdement insisté sur le fait que nous devions « traduire le Cobra noir en justice ». Il ne nous a pas ordonné de le capturer pour le livrer à Bombay.

Gareth regarda Del, arqua un sourcil.

— Pensez-vous que Hastings ait quelque soupçon sur Ferrar et qu'à sa façon — en se servant de nous — il cherche à obtenir justice sans offenser son roi et maître ?

Del retroussa ses lèvres avec cynisme.

— Cela m'a traversé l'esprit. Pensez-y : il ne nous a pas fallu plus de deux semaines pour comprendre que le Cobra noir avait un agent ici, au bureau du gouverneur, ou qu'il était lui-même membre de son personnel. Après cela, il nous a fallu… quoi ? six semaines d'observation pour noter quels convois subissaient une attaque et concentrer nos recherches sur Ferrar. En tant qu'adjudant en second du gouverneur de Bombay, lui, et lui seul, avait connaissance de tous les convois attaqués — d'autres avaient quelques détails concernant certains transports, mais lui seul connaissait les routes et heures de passage de chacun. Hastings a les mêmes informations en main depuis plusieurs mois. Il doit à tout le moins avoir quelque soupçon quant à l'homme qui se cache derrière la secte du Cobra noir.

— Hastings, dit Rafe, sait aussi que Roderick Ferrar est entré en fonction au début de l'année 1819, environ cinq mois avant la première apparition connue du Cobra noir et de ses sous-fifres.

— Cinq mois suffisent à un fin renard comme Ferrar pour entrevoir de nouvelles possibilités, faire des plans et rassembler lesdits sous-fifres, dit Logan. En outre, en tant qu'adjudant du gouverneur, il pouvait facilement établir un contact soi-disant officiel avec les princes marathes en colère, les mêmes têtes brûlées qui, nous le savons désormais, ont cédé au Cobra noir leurs propres bandes de voleurs.

— Ferrar, dit Del, était sous les ordres directs de Hastings à Calcutta avant d'entrer ici au service du gouverneur — une position qu'il a expressément requise, comme nous le confirment nos contacts à Calcutta. Ferrar aurait pu occuper un poste aux côtés de Hastings au quartier général —il n'avait qu'à le prendre, et quel jeune loup rêvant d'avancer dans la compagnie n'aurait pas plutôt choisi de servir le grand homme lui-même ? Mais non, Ferrar a exigé une affectation à Bombay et était apparemment très satisfait de se voir confier le poste d'adjudant en second.

— Ce qui amène à se demander, dit Gareth, si l'intérêt premier du poste n'était pas de lui donner accès au sous-continent tout entier, loin de l'œil vigilant de Hastings.

— Donc, James, mon garçon — Rafe donna une tape dans le dos du jeune capitaine —, tout ceci porte à croire qu'en nous ordonnant de « traduire le Cobra noir en justice », usant pour ce faire de tous les moyens que nous jugerions nécessaires, Hastings prenait assurément les choses en main avec l'habileté d'un fin politicien.

Rafe croisa le regard de ses comparses.

— Et Hastings nous connaît assez bien pour être sûr que nous ferons le sale travail à sa place.

James observa le visage des quatre autres, vit qu'ils pensaient tous la même chose, et hocha la tête à contrecœur.

— D'accord. Nous allons donc agir sans Hastings, mais comment procéder ?

Il regarda Del.

— Avez-vous eu des nouvelles d'Angleterre ?

Del balaya la véranda du regard, vérifiant que personne ne put entendre ses propos.

— Une frégate est arrivée ce matin, m'apportant un très gros paquet.

— Envoyé par Devil ? demanda Gareth.

Del hocha la tête.

— Une lettre de lui, et surtout de l'un de ses pairs, le duc de Wolverstone.

— Wolverstone ? Rafe fronça les sourcils. Je croyais que le vieil homme vivait pour ainsi dire en ermite.

— C'est exact, répondit Del. Son fils, le duc actuel, c'est autre chose. Nous le connaissons, ou plus exactement nous *pensions le connaître*, sous un autre nom. Dalziel.

Les quatre hommes ouvrirent grands les yeux.

— Dalziel était en vérité Wolverstone ? demanda James.

— L'héritier de Wolverstone, à l'époque, répliqua Del. Le vieil homme est mort à la fin 1816, après notre arrivée ici.

Gareth comptait les années.

— Dalziel devait avoir déjà mis fin à sa carrière.

— Assurément. En tant que duc de St-Ives, Devil connaît très bien le nouveau duc. Après avoir lu ma lettre expliquant la situation délicate dans laquelle nous étions, Devil l'a montrée à Wolverstone, présumant que nul autre n'était mieux placé que lui pour nous conseiller. Souvenez-vous, Dalziel a supervisé l'ensemble des agents britanniques en poste à l'étranger pendant plus de dix ans, en plus de connaître toutes les astuces qui permettent d'acheminer des informations confidentielles aux quatre coins du continent et jusqu'en Angleterre. En outre, comme Devil l'a si finement formulé dans sa lettre, Wolverstone est le mieux placé des pairs du royaume pour s'opposer à Shrewton. Il ne doit rien au roi ; c'est même plutôt l'inverse, et Sa Majesté en a bel et bien conscience. Si Wolverstone fournit la preuve que Ferrar fils est le Cobra noir, ni le roi ni Shrewton n'oseront alors entraver la justice.

Rafe sourit.

— J'ai toujours su que nous avions une bonne raison d'intégrer la troupe des Cynster à Waterloo.

Le visage de Gareth s'éclaira à ce souvenir.

— C'étaient de sacrés bons soldats, bien qu'ils n'aient pas été de l'armée régulière.

— Ils l'étaient dans le sang, opina Logan avec sérieux.

— J'aurais donné un empire pour leurs chevaux…, ajouta Rafe.

— Nous avons maintes fois couvert leurs arrières, aussi nous rendront-ils aujourd'hui la pareille.

Del leva son verre et attendit que les autres fassent tinter les leurs sur le sien.

— Aux vieux compagnons d'armes !

Tous prirent une gorgée de bière, puis Logan posa les yeux sur Del.

— Alors, Wolverstone nous a-t-il donné de bons conseils ?

Del hocha la tête.

— En détail. D'abord, il a confirmé bien vouloir prendre en main la preuve que nous aurons trouvée pour la présenter en haut lieu par les voies appropriées — il a les contacts et le rang nécessaires pour cela. Toutefois, il précise bien que pour faire tomber Ferrar fils, cette preuve doit être irréfutable. Elle doit être tangible, évidente, incontestable, non circonstancielle et, pour en comprendre la portée, il ne doit avoir besoin d'aucune interprétation, ni même d'avoir connaissance de la situation.

— Ce doit donc être quelque chose qui compromet directement Ferrar, murmura Gareth.

— Exactement.

Del reposa son verre vide.

— Dans l'optique où nous trouverions une telle preuve, et Wolverstone a clairement précisé qu'il était inutile d'aller de l'avant si nous n'avions pas de preuve irréfutable, il a déjà mis en place une… à défaut d'un mot plus approprié je dirai une campagne, un plan d'action détaillé que nous devrons suivre pour acheminer sans danger la preuve en Angleterre et la lui remettre.

Del regarda les autres, esquissant une moue ironique.

— À voir son plan, on comprend aisément qu'il excellait dans ses fonctions d'autrefois.

— Alors, qu'en est-il exactement?

Logan s'avança et posa les bras sur la table, montrant un intérêt manifeste. Les autres aussi étaient sur le qui-vive.

— Nous devons reproduire la preuve en quatre exemplaires, puis nous séparer et rentrer en Angleterre chacun de notre côté. Quatre d'entre nous transporteront un double et le dernier transportera l'original. Il a envoyé cinq lettres cachetées, cinq plis d'instructions, l'un pour l'original, les quatre autres pour les doubles. Chaque lettre révèle la route que chacun doit prendre pour rentrer en Angleterre et les ports que nous devons emprunter. À notre accostage, ses hommes nous attendront pour nous escorter plus avant. Ils sauront où chacun de nous doit se rendre, une fois en Angleterre.

Les lèvres retroussées, Logan parla.

— Je présume que Wolverstone approuve fermement l'idée de ne divulguer ces renseignements qu'à ceux qu'il est nécessaire de tenir informés?

Del sourit.

— Voici comment nous procéderons. Chacun de nous saura ce qu'il transporte, un double ou l'original, et quelle route il empruntera pour rentrer, mais nous ne saurons pas ce que les quatre autres détiennent ni la route qu'ils prendront. Plus précisément, le seul à savoir qui transporte l'original, quelles routes nous prendrons et à quel port nous accosterons, est celui qui tire au sort l'original.

Del se redressa.

— Dalziel veut que nous fassions un tirage au sort et que nous nous séparions immédiatement après.

Rafe approuva de la tête.

— Voilà qui est plus sûr à tous points de vue. Si l'un de nous se fait prendre, il ne pourra révéler la position des autres.

Son visage et sa voix étaient singulièrement graves. Il posa doucement son verre vide sur le plateau.

— Cela fait plusieurs mois que nous poursuivons les bandes du Cobra noir, et nous avons vu de nos yeux le résultat de leurs méthodes... Il est bon de s'assurer que si l'un de nous est bien fait prisonnier, les autres resteront en sécurité. Nous ne pourrons révéler ce que nous ignorons.

Il y eut un moment de silence, chacun se rappelant les atrocités qu'ils avaient vues lorsque, à la tête d'une troupe de sowars, des soldats indiens de cavalerie, ils avaient opéré des incursions dans les collines de l'arrière-pays à la poursuite du Cobra noir et des bandes de voleurs qui composaient le gros des forces de la secte, cherchant cette preuve, cette irréfutable et indéniable preuve qu'il leur fallait pour mettre fin au règne du Cobra noir.

Gareth prit une grande bouffée d'air.

— Alors, dit-il en expirant, nous trouvons notre preuve et nous rentrons chez nous.

Il regarda les autres.

— En permission, ou bien mettons-nous enfin un terme à notre mandat ?

Rafe se passa la main sur le visage, comme s'il balayait les douloureux souvenirs de l'instant précédent.

— Je démissionnerai.

À son tour, il regarda ses compagnons, déchiffrant l'expression de leur visage.

— Nous avons tous envisagé la chose, sur un ton anodin, en plaisantant, mais malgré tout sérieusement.

— C'est vrai.

Logan fit tourner son verre vide entre ses doigts.

— Après ces derniers mois — ou plutôt d'ici quelques mois, lorsque nous aurons trouvé la preuve dont nous avons besoin, j'en aurai plus qu'assez.

Il leva les yeux.

— Je suis prêt à rentrer pour de bon, moi aussi.

Del hocha la tête.

— Moi de même, dit-il en regardant Gareth.

Lequel hocha la tête.

— J'ai fait campagne toute ma vie d'homme, comme vous tous. J'y ai pris plaisir, mais ceci, ce que nous faisons ici et maintenant, ce n'est pas la même chose. Ce dont ce pays a besoin, ce n'est pas d'une armée, d'une cavalerie ou de fusils, mais de dirigeants qui gouvernent ; or, nous n'en sommes pas.

Il regarda les autres.

— En somme, je suis en train de dire que nous en avons fini ici.

— Ou que nous en aurons fini, rectifia Del, une fois le Cobra noir abattu.

Rafe se tourna vers James.

— Et toi, mon jeune garçon ?

S'il était l'un des leurs à Waterloo et même avant, James était le bébé du groupe. Lui et Rafe n'avaient que deux ans d'écart, mais en termes d'expérience et de tempérament, la différence était infiniment plus grande. Par son savoir et son attitude, par le simple fait d'être un commandant aguerri, Rafe était aussi âgé que Del. Il était demeuré capitaine de plein gré, refusant d'être promu pour rester proche de ses hommes, pour nourrir leur inspiration et les diriger avec adresse. C'était un remarquable commandant de campagne.

Del, Gareth, Logan et Rafe étaient égaux, leurs forces quelque peu différentes, mais également respectées par les autres. James, peu importe les batailles auxquelles il avait participé, les atrocités qu'il avaient vues, le carnage dont il avait été témoin, conservait sur son visage joufflu un soupçon de l'innocence enfantine qu'il avait lorsqu'il s'était joint à eux la première fois, jeune subalterne dans cette vieille troupe de cavalerie. Ce qui expliquait leur affection paternaliste, l'habitude qu'ils avaient de voir en lui un homme bien plus jeune qu'eux, de le taquiner comme un cadet, comme quelqu'un sur qui ils se sentaient poussés à garder un œil distant, mais bienveillant.

Il haussa les épaules.

— Si vous démissionnez tous, je le ferai aussi. Mes parents seront heureux que je rentre chez nous. Depuis un an, ils me disent à mots couverts qu'il serait temps pour moi de revenir, de me ranger — tout ça.

Rafe eut un petit rire.

— Ils ont sûrement déjà choisi une belle jeune fille pour toi.

Comme toujours imperturbable devant leurs taquineries, James sourit simplement.

— Sans doute.

C'était le seul dont les parents étaient encore en vie. Del avait deux tantes du côté de son père, tandis que Rafe, dernier-né d'un vicomte, avait une grande fratrie et d'innombrables relations qu'il n'avait pas vues depuis des années ; à l'instar de Gareth et Logan, personne ne l'attendait en Angleterre.

Rentrer. Seul James avait un vrai chez-soi auquel revenir. Pour ce qui est des autres, c'était un concept nébuleux qu'il leur faudrait définir une fois revenus sur le sol d'Angleterre. En retournant au pays, les quatre aînés allaient en un sens s'aventurer en territoire inconnu ; pourtant, en lui-même, Del savait que le temps était venu. Il n'était pas surpris que les autres partagent ce sentiment.

D'un signe au garçon de service, il commanda une autre tournée. Une fois servi et le garçon reparti, il leva son verre.

— L'Inde nous a rendus riches, elle nous a donné plus que ce que nous n'aurions jamais eu autrement. Il n'est que juste de payer notre écot au pays en faisant tomber — il lança un regard à Rafe et sourit —, en tranchant la tête du Cobra noir. Et si, comme il est probable, cela nous ramène en Angleterre, eh bien, cela aussi me semble bien venu.

Il regarda les quatre hommes.

— Nous sommes tous ensemble engagés sur cette route.

Il leva son verre pour qu'ils trinquent avec lui.

— À notre ultime retour en Angleterre !

— Chez nous, dit Rafe en écho, tandis que tintaient les verres.

Tous burent, puis Gareth, toujours pragmatique, poursuivit.

— Bien. Comment progressent nos recherches ?

Ils avaient passé les trois derniers mois — depuis qu'ils étaient persuadés que Roderick Ferrar, adjudant en second du gouverneur général de Bombay, était bien le Cobra noir — à chercher une preuve révélant l'identité secrète de

Ferrar, mais en vain. Chacun rapportait maintenant ses plus récentes incursions dans ce qu'ils en étaient vite venus à nommer le « territoire du Cobra noir », le moindre de leurs pas visant à découvrir une piste, un indice, de quoi établir un rapprochement tangible avec Ferrar. Tout ce qu'ils avaient mis au jour, c'étaient des villages terrorisés, certains réduits en cendres, d'autres vides de tous survivants et qui n'offraient à voir que des logis déserts — un théâtre évident de viol et de torture.

La destruction gratuite et le goût de la violence au nom de la violence devenaient bien vite la signature du Cobra noir ; toutefois, malgré tout le carnage qu'ils avaient péniblement constaté, pas une seule preuve n'avait été trouvée.

— Il est rusé, j'accorde volontiers le fait à cette ordure, dit Rafe. Chaque fois que nous mettons la main sur l'un de ses fidèles, nous découvrons qu'il a reçu ses ordres d'une tierce personne qu'il ne connaît pas, et s'il est en mesure de nous donner une piste, celle-ci nous mène encore à un autre indigène...

— Pour finir par retomber sur un homme qui ne sait rien non plus.

Logan était écœuré.

— Cela ressemble au jeu des murmures, excepté que personne ici ne sait qui a murmuré en premier à l'oreille d'un autre.

— La façon dont les Indiens vivent ensemble — le système des castes — joue en faveur du Cobra noir, dit James. Ses partisans obéissent inconditionnellement, sans jamais juger insensé de ne rien savoir de leurs maîtres, si ce n'est qu'ils sont leurs maîtres et doivent être obéis.

— C'est un voile, dit Gareth. Le Cobra noir mène ses opérations derrière un voile qu'il s'évertue à maintenir bien en place.

— Et dans cette secte qui se drape de tout le mystère habituel, ajouta Rafe, les membres acceptent sans sourciller de ne jamais voir le Cobra, de ne jamais l'entendre directement. De ce que l'on sait, il transmet ses ordres sur des bouts de papier tout en restant caché derrière son fichu voile.

— D'après Wolverstone et Devil, dit Del, les membres de la famille Ferrar ont tous la réputation d'être de méchants exploiteurs —, c'est ainsi que le comte de Shrewton a obtenu sa présente position. En cela, Roderick Ferrar est bien de la même veine.

— Alors, que fait-on maintenant? demanda Rafe.

Ils passèrent la demi-heure suivante, autour d'une nouvelle tournée de bière, à considérer les villages et les avant-postes qu'il serait bon de visiter.

— Le simple fait d'arriver à cheval et de remuer les esprits se révélera un défi, dit Logan. Si nous parvenons à susciter une réaction, peut-être tomberons-nous sur quelqu'un qui nous éclairera.

— Faire parler les villageois sera une autre paire de manches.

Rafe regarda les autres.

— C'est ce climat de peur; le Cobra noir les a bel et bien rendus muets par crainte de subir son châtiment.

— Lequel, ajouta James, est véritablement atroce. Je vois encore cet homme abattu la semaine dernière…

Il grimaça.

— Nous ne pouvons que redoubler d'ardeur, dit Del. Il nous faut cette preuve, la preuve irréfutable qui compromettra Ferrar. Gareth et moi tenterons de faire avancer les choses en sondant les princes avec lesquels Ferrar a été en contact, à commencer par ceux qu'il a rencontrés en tant qu'adjoint du gouverneur. Étant donné son caractère, il s'est certainement fait des ennemis et avec un peu de chance, l'un d'eux parlera, ces princes indignés étant sûrement plus prompts à s'exprimer que les villageois.

— Tu as raison.

Logan regarda Rafe et James.

— Entre-temps, nous continuerons de remuer la poussière dans les villages et les villes.

— À tout le moins, dit Gareth, voilà qui tiendra ce fumier occupé sur le terrain et loin de la maison, ce qui nous permettra à Gareth et à moi d'agir plus librement.

James fit la moue.

— Il faudra vous passer de moi, pendant quelques semaines : j'ai apparemment décroché une mission de service. Le gouverneur exige que je mène une troupe à Poona pour escorter sa nièce qui revient à Bombay.

Tous émirent quelque témoignage de sympathie tandis qu'ils se levaient de leur chaise.

— Ce n'est pas grave, dit Rafe en tapotant James sur l'épaule. Au moins, auras-tu la chance de souffler un peu pendant quelques jours. En plus, la plupart des memsahibs[1] et leurs filles chéries séjournent là-haut durant la mousson d'été. Qui sait ? Peut-être trouveras-tu là quelque agréable distraction…

James grommela.

— Ce que tu veux dire, c'est qu'il me faudra prendre part à des dîners officiels et faire la conversation, puis

---

1. Titre donné aux dames européennes dans l'Inde coloniale.

danser avec des jeunes filles qui gloussent et battent des cils, tandis que toi et Logan vous amuserez à poursuivre le Cobra noir et à mettre en déroute ses partisans. Merci bien, mais j'aimerais mieux faire quelque chose d'utile.

Rafe rit et prit James par l'épaule.

— Si Logan ou moi parvenons à faire parler un membre de la secte, tu reviendras à temps pour suivre l'affaire avec nous.

— Oui, mais pensez donc à l'ennui qui m'attend dans les prochaines semaines.

Rafe et James se dirigeaient ensemble vers le passage voûté menant à l'extérieur.

— J'aurai mérité quelque chose de bien alléchant à mon retour.

Souriant de voir James réclamer une mission de choix à son retour de Poona, Del suivit les deux hommes vers la sortie, marchant d'un pas tranquille aux côtés de Gareth et de Logan.

2 septembre, dix-huit jours plus tard
Compagnie des Indes orientales, caserne de Bombay

Un vent chaud et sec soufflait implacablement sur le maidan, balayant la poussière que soulevait une formation de cipayes en entraînement. Le soleil embrasait lentement le ciel de l'ouest.

Sur la véranda, Del était installé dans un fauteuil les jambes allongées sur de longs accoudoirs et un verre à la main aux côtés de Gareth, attendant tout aussi confortablement le retour des trois autres. Logan et Rafe devaient revenir le jour même de leurs dernières sorties, et l'on attendait James de retour de Poona. Il était temps de faire le point, de décider des prochaines démarches à entreprendre.

Logan était arrivé avec sa troupe une demi-heure plus tôt. Couvert de poussière, il s'était présenté au commandant du fort avant de traverser le terrain jusqu'au corps de la caserne. Montant les minces marches de la véranda, il avait secoué la tête d'un air sombre avant que Del et Gareth n'aient pu l'interroger, puis avait disparu dans la caserne faire sa toilette et se changer.

Del observait les cipayes qui s'entraînaient infatigablement dans la cour et sentit le poids de l'échec le tirer vers le bas. Les autres, il le savait, ressentaient la même chose. Ils avaient poursuivi leurs efforts sans relâche — dans le cas de Rafe, de plus en plus imprudemment — pour dénicher la preuve qu'il leur fallait absolument, mais rien de ce qu'ils avaient recueilli ne répondait aux critères fixés par Wolverstone.

Leurs trouvailles confirmaient le fait que Ferrar, et nul autre, était le Cobra noir. Rafe comme Logan avaient rencontré d'anciens membres autrefois bien placés dans l'organisation, mais qui s'étaient lassés de l'autorité brutale du Cobra et avaient réussi à fuir son territoire ; ils avaient confirmé que le Cobra noir était un « Anglo » — un Anglais —, de ceux qui parlent avec l'accent raffiné et distinctif des classes supérieures.

Ces données s'ajoutaient aux indices précédemment récoltés, et aux documents et remarques circonspectes que Del et Gareth avaient pu tirer de divers princes marathes : il ne faisait plus aucun doute qu'ils tenaient là leur homme.

Mais encore fallait-il qu'ils le prouvent.

Un lourd bruit de bottes annonça l'arrivée de Logan. Il se laissa tomber dans le fauteuil à leur côté, bascula la tête en arrière et ferma les yeux.

— Pas de chance? s'enquit Gareth, bien que la réponse fut évidente.

— Pire.

Logan garda les yeux fermés.

— Dans chaque village que nous avons traversé, les gens tremblaient de frayeur. Ils ne voulaient même pas être vus en train de nous parler. Le Cobra noir les tient par le cou et ils ont peur — de ce que nous avons vu, avec raison.

Logan marqua une pause, puis reprit d'une voix faible, les yeux toujours clos.

— La vengeance du Cobra noir s'exhibait par des corps empalés aux abords des villages — des femmes et des enfants, en plus des hommes.

Le souffle agité, il inspira, se redressa et se frotta le visage des deux mains.

— C'était… plus horrible que tout.

Après un temps, il leva les yeux sur ses deux amis.

— Nous devons arrêter ce fou.

Le visage de Del se contracta.

— As-tu vu Rafe?

— Au début seulement. Il se dirigeait plus loin vers l'est, montait dans les collines. Il espérait trouver aux confins du territoire du Cobra quelque village en résistance, dans l'idée d'y troquer des renseignements contre de l'assistance.

— Hum, fit Gareth. Il cherche la bagarre, comme toujours.

C'était dit sans amertume.

— Comme nous tous, après tout, dit Logan en regardant la cour.

Del suivit son regard jusqu'à apercevoir, loin derrière les portes ouvertes du fort, un nuage de poussière qui grossissait.

Passant les lointaines portes, Rafe apparut au-devant d'une troupe de sowars réquisitionnés pour sa mission.

Un seul coup d'œil sur son visage, tandis qu'il immobilisait sa monture à quelques mètres de là pour leur épargner un inévitable tourbillon de poussière, suffisait à répondre à leur question brûlante. Rafe n'avait pas plus que Logan déniché la preuve attestant l'identité du Cobra noir.

Rafe remit ses rênes au sergent et marcha vers la véranda, la fatigue — non, l'épuisement — marquant chaque parcelle de son grand corps. Contournant les marches, il s'approcha de la rambarde derrière laquelle tous étaient assis, y appuya ses avant-bras et posa sa tête blonde, les cheveux ébouriffés et poussiéreux. Sa voix leur parvint, sourde, étrangement enrouée.

— De grâce, dites-moi que l'un de vous a trouvé quelque chose — *n'importe quoi* — permettant d'arrêter cette brute.

Aucun ne répondit.

Les épaules de Rafe s'affaissèrent brutalement, et il soupira. Il releva la tête, et les autres enfin purent voir son visage. On lisait dans ses yeux un désarroi plus grand que l'abattement.

Logan se pencha vers lui.

— Tu as trouvé quelque chose.

Rafe inspira, regarda derrière lui sa troupe se disperser, puis hocha la tête.

— Dans un village où les anciens ont déjà accédé aux demandes du Cobra noir... Saviez-vous qu'il prend la moitié — *la moitié !* — de ce qu'ils parviennent à tirer de leurs champs ? Il vole littéralement la nourriture de la bouche des nourrissons !

Il s'arrêta un temps, puis reprit.

— Il n'y avait rien d'intéressant pour nous là-bas, mais un jeune homme nous guettait alors que nous partions : il nous a parlé d'un village plus à l'est qui résistait aux demandes du vilain. Nous nous y sommes rendu aussi vite que possible.

Le regard tourné vers le maidan, Rafe marqua une pause. Sa voix se fit plus faible et plus sombre lorsqu'il poursuivit.

— Nous sommes arrivés trop tard. Le village avait été rasé. Il y avait des corps... des hommes, des femmes, des enfants, violés et mutilés, torturés et brûlés.

Après un bref silence, il continua, la voix toujours plus faible.

— C'était l'enfer sur terre. Il n'y avait plus rien à faire. Nous avons brûlé les corps, puis fait demi-tour.

Pas un seul ne parla ; il n'y avait rien qu'ils puissent dire pour faire partir ces images, cette vision obsédante.

Enfin, Rafe inhala une immense bouffée d'air et se tourna vers eux.

— Alors, que s'est-il passé ici ?

— Je suis rentré les mains vides, informa Logan.

Del jeta un coup d'œil à Gareth.

— Nous avons beaucoup appris — on nous en a beaucoup dit —, mais ce ne sont que des rumeurs. Rien qu'on puisse présenter devant un tribunal, rien d'assez solide à rapporter en Angleterre.

— Voilà pour les bonnes nouvelles, dit Gareth. La mauvaise, c'est que Ferrar sait désormais que nous l'avons à l'œil. Que nous enquêtons sur lui.

— C'était inévitable, dit Logan en haussant les épaules. Ce fin renard ne pouvait ignorer bien longtemps notre présence ici, sous les ordres directs de Hastings et sans mission publiquement annoncée.

Rafe hocha la tête.

— À ce stade-ci, ce n'est pas très fâcheux. S'il sait que nous sommes à ses trousses, il commettra peut-être une imprudence.

— Hum, fit Del. Jusqu'à présent, il s'est révélé incroyablement habile pour ne rien laisser de compromettant derrière lui. Nous avons mis la main sur de nouveaux documents, des contrats, en quelque sorte, qu'il a conclus avec divers princes, mais l'insolent se sert d'un sceau spécial au nom du Cobra noir dans toute correspondance, en plus de signer d'une croix et non d'une signature.

— Et il écrit dans un anglais digne des meilleures écoles, ajouta Gareth. Ces lettres pourraient tout aussi bien être les nôtres.

Une sombre résignation les envahit de nouveau.

— Où est James ? demanda Rafe.

— Il n'est pas encore rentré, répondit Del. On l'attend aujourd'hui. Je pensais qu'il arriverait plus tôt, mais il a dû être retenu.

— Je parie qu'un paisible petit galop suffisait à la demoiselle.

Avec effort, Rafe esquissa un faible sourire, puis se retourna vers le maidan.

— Voilà une troupe qui rentre, dit Logan.

À sa remarque, tous les yeux se tournèrent vers le groupe qui arrivait aux portes. La troupe était incomplète, ressemblant davantage à une escorte à cheval accompagnant un chariot. Au pas lent et posé de la petite cavalcade, à la sombre retenue des sowars, ils surent que les nouvelles étaient mauvaises.

Une minute passa, et la cavalcade franchit enfin les portes du fort.

— Oh non !

Rafe se redressa et quitta la balustrade pour traverser le maidan.

Les yeux plissés, rivés sur la cavalcade, Del, Gareth et Logan se levèrent lentement, puis Del jura, et les trois bondirent par-dessus la rambarde pour suivre Rafe.

Del ordonna de la main l'arrêt de la cavalcade, longea le chariot et exigea d'être informé des faits.

Le sowar en chef, un sergent, mit pied à terre et le suivit prestement.

— Nous sommes bien désolés, capitaine-sahib[2]. Nous n'avons rien pu faire.

Rafe fut le premier à l'arrière du chariot ; il s'arrêta. Son visage blêmissant sous son hâle, il fixa des yeux l'intérieur.

Del arriva à ses côtés et vit les trois corps — soigneusement toilettés, mais rien ne pouvait dissimuler la mutilation, la torture, l'agonie qui avait précédé la mort.

---

2. Sahib : titre honorifique attribué aux Européens dans l'Inde coloniale.

Vaguement conscient de Logan, puis de Gareth, debout derrière lui, Del baissa les yeux sur le corps de James MacFarlane.

Il lui fallut un moment pour voir qu'à ses côtés reposaient le lieutenant et le brigadier de la troupe.

Rafe — qui avait plus que les autres vu l'œuvre meurtrière du Cobra noir, plus que ne devrait endurer un seul homme — se retourna en jurant violemment.

Del le prit par le bras, lui disant simplement :

— Laisse-moi faire.

Il lui fallut prendre une grande inspiration, arracher physiquement son regard des corps étendus et lever la tête pour regarder le sowar qui attendait.

— Qu'est-il arrivé ?

Lui-même percevait le ton sinistre de sa voix.

Le sowar ne manqua pas de cran. Avec un honorable sang-froid, il releva le menton et se mit au garde-à-vous.

— Nous étions plus qu'à mi-chemin de Poona lorsque le capitaine a remarqué des cavaliers à notre poursuite. Nous allions au grand galop, mais alors le capitaine-sahib s'est arrêté là où la route devient étroite et nous a dit à tous de continuer. Le lieutenant est resté avec lui, ainsi que trois autres hommes. Le capitaine-sahib a sommé le reste d'entre nous d'avancer hâtivement avec la memsahib.

— Quand était-ce ? dit Del en regardant le lit dans le chariot.

— Plus tôt aujourd'hui, colonel-sahib.

— Qui vous a renvoyés ?

Le sowar changea de position.

— Lorsque Bombay est apparue au loin, la memsahib a insisté pour que nous fassions demi-tour. Le capitaine-sahib nous avait ordonné de l'accompagner jusqu'au fort, mais elle était très agitée. Elle n'a voulu que deux hommes pour l'escorter au logis du gouverneur, et nous sommes repartis porter secours au capitaine-sahib et au lieutenant.

Le sowar marqua un temps d'arrêt, puis reprit d'une voix affaiblie.

— Mais il n'y avait que ces corps lorsque nous sommes arrivés.

— Ils ont abattu deux de vos hommes ?

— Nous pouvions voir la distance sur laquelle ils les avaient traînés derrière leurs chevaux, colonel-sahib. Il nous a semblé inutile de les suivre.

Malgré le calme de ses paroles, l'apparent stoïcisme des troupes indigènes, Del savait qu'en son for intérieur chaque homme de la troupe couvrait les meurtriers d'injures.

Tout comme lui, Gareth, Logan et Rafe.

Mais ils ne pouvaient rien faire.

Il hocha la tête et recula, amenant Rafe avec lui.

— Nous allons les conduire à l'infirmerie, colonel-sahib.

— Oui.

Il regarda le sowar.

— Je vous remercie.

Hébété, Del fit volte-face. Il relâcha le bras de Rafe et mena ses hommes à la caserne.

Montant les petites marches de la véranda, Rafe, comme de coutume, traduisit en mots leurs pensées torturées.

— Pour l'amour de Dieu, *pourquoi* ?

Pourquoi ?

La question rebondissait sans fin de l'un à l'autre, reformulée et modifiée d'innombrables manières. James était peut-être le plus jeune d'entre tous, mais il ne manquait pas d'expérience et ne recherchait aucunement la gloire — ce n'était pas non plus celui qu'on appelait « Le Téméraire ».

— Alors, *pourquoi* diable a-t-il voulu les confronter au lieu de *tenter* au moins de s'enfuir ? Tant qu'ils avançaient, ils avaient une chance de s'en sortir — il devait le savoir.

Rafe se laissa tomber sur sa chaise attitrée à leur table du bar des officiers.

— Il avait une raison de le faire, voilà pourquoi, répondit Del après un temps.

Logan but une gorgée de l'arack que Del avait commandé à la place de leur bière habituelle. La bouteille au centre de la table était déjà à moitié vide.

— Ce doit être en rapport avec la nièce du gouverneur, dit Logan en plissant des yeux.

— J'y ai pensé.

Gareth reposa son verre vide et attrapa la bouteille.

— J'ai interrogé les sowars : ils disent qu'elle était bonne cavalière, filant comme une diablesse. Elle ne les a pas retenus. Et elle s'est opposée à ce que James reste en arrière, mais il a fait valoir son autorité et lui a ordonné d'avancer.

— Hum.

Rafe vida son verre et s'empara de la bouteille.

— Alors, pourquoi ? Même si James est bel et bien mort à l'infirmerie, jamais je n'accepterai l'idée qu'il soit resté en arrière sur un coup de tête — pas lui.

— Levez les yeux, dit Rafe, regardant vers la véranda. Jupons en vue.

Les autres tournèrent la tête. Les jupons en question étaient ceux d'une jeune et svelte femme — une demoiselle anglaise au teint de porcelaine, aux cheveux bruns et lisses relevés dans un nœud à l'arrière de la tête. Debout à l'entrée du bar, elle scrutait la pièce dans l'obscurité, remarquant les groupes d'officiers ici et là. Son regard se porta sur eux dans le coin, s'immobilisa, puis le garçon de service s'avança et elle se tourna vers lui.

Répondant à sa demande, il pointa dans leur direction. Elle suivit son regard, se redressa en le remerciant et, la tête haute, traversa doucement la véranda pour les rejoindre.

Une jeune Indienne drapée d'un sari flottait derrière elle comme une ombre.

Tous se levèrent, lentement, à l'approche de la jeune dame. Elle était un peu plus petite que la moyenne ; étant donné leur grandeur et leur air des plus sombres, ils devaient lui paraître intimidants, mais elle garda contenance.

Elle s'arrêta à quelques mètres d'eux et aborda sa servante, lui ordonnant avec douceur de l'attendre à distance.

Puis, elle s'avança. À son approche, ils virent que son visage était blême, immobile, son expression fermement contenue. Ses yeux étaient légèrement cernés de rouge, le bout de son petit nez rosi.

Son menton arrondi traduisait toutefois sa détermination.

Son regard alla de l'un à l'autre tandis qu'elle s'approchait de la table, balayant non pas leur visage, mais, à hauteur d'épaule, lisant leur grade militaire. Son regard se posa sur Del et s'immobilisa. Elle leva les yeux.

— Colonel Delborough ?

— Madame ? répondit Del en inclinant la tête.

— Je m'appelle Emily Ensworth, je suis la nièce du gouverneur. Je…

Elle lança un bref regard aux quatre autres.

— Pourrais-je vous dire un mot en privé, colonel ?

Del hésita.

— Chaque homme à cette table est un vieil ami et collègue de James MacFarlane. Nous travaillions ensemble. Si ce que vous avez à me dire se rapporte de près ou de loin à James, je vous prierai de vous exprimer devant nous tous.

Elle l'observa un moment, soupesant ses paroles, puis opina.

— Très bien.

Entre Logan et Gareth se trouvait encore le siège vide de James. Aucun d'entre eux n'avait eu le cœur de le déplacer. Gareth le présentait maintenant à mademoiselle Ensworth.

— Merci.

Elle prit place et ce faisant, son regard tomba sur la bouteille d'arack aux trois quarts vide.

Del et les autres se rassirent.

Mademoiselle Ensworth regarda le colonel.

— Je sais que c'est un peu inhabituel, mais pourrais-je avoir un petit verre de ce… ?

— C'est de l'arack, dit Del en fixant ses yeux noisette.

— Je sais.

Il fit signe au garçon de service d'apporter un autre verre. Pendant ce temps, les mains de mademoiselle Ensworth jouaient sous la table avec le petit sac à main qu'elle avait apporté. Ils ne l'avaient guère remarqué avant ; c'était une femme à la silhouette harmonieuse, au charme délicat, et aucun d'entre eux n'avait vu grand-chose d'autre.

Puis le garçon apporta le verre, et Del versa pour elle une demi-mesure d'alcool.

Elle accepta le verre, ébauchant un sourire avec une petite gêne. Elle y goûta du bout des lèvres et plissa du nez, puis reprit hardiment une plus ample gorgée. Reposant son verre, elle leva les yeux vers Del.

— Je me suis renseignée aux portes du fort. Je suis sincèrement désolée que le capitaine MacFarlane ne soit pas rentré sain et sauf.

Le visage dur comme la pierre, Del inclina la tête à ces mots. Mains jointes sur la table, il parla.

— Si vous pouviez nous dire ce qui s'est passé à partir du début, cela nous aiderait à comprendre. « Pourquoi James a donné sa vie. »

Il avait laissé la fin de sa phrase en suspens, mais les autres l'avaient distinctement entendue. « Tout comme mademoiselle Ensworth », pensa-t-il.

— Oui, bien sûr, dit-elle en opinant.

Elle se racla la gorge.

— Nous avons quitté Poona de très bonne heure ; le capitaine MacFarlane y tenait fermement, et je n'avais rien contre, aussi sommes-nous partis à l'aube. Il semblait vouloir aller vite, et j'ai donc été surprise du rythme plutôt paisible qu'il a imposé dans un premier temps. Toutefois — je le réalise maintenant —, lorsque nous avons quitté l'horizon de la ville, il a piqué du talon, et nous avons pris une vitesse folle. Lorsqu'il a compris que j'étais bonne cavalière... eh bien, nous avons filé aussi vite que possible. Je ne savais pas pourquoi à ce moment-là, mais il était à côté de moi, alors j'ai su à quel moment il a vu les cavaliers derrière nous. Je les ai vus aussi.

— Pourriez-vous me dire s'il s'agissait de miliciens privés ou de voleurs ? demanda Del.

Elle le regarda droit dans les yeux.

— Je crois qu'ils appartenaient à la secte du Cobra noir. Ils portaient des foulards de soie noire enroulés autour de leur tête et de leur visage. J'ai entendu dire que c'était là leur... insigne.

— C'est exact, dit Del en hochant la tête. Qu'est-il donc arrivé après que James les eut repérés ?

— Nous avons galopé plus vite encore. Je pensais que nous allions les distancer — nous les avions vus dans un tournant, et ils étaient assez loin sur la route — et dans un premier temps, nous y sommes parvenus. Toutefois, ils avaient dû prendre un raccourci, car soudain, ils étaient bien plus proches. Je pensais encore que nous pouvions les semer, mais nous avons alors atteint un point où la route passe entre deux grands rochers, et le capitaine MacFarlane s'est arrêté. Il a ordonné à la plupart des sowars de poursuivre la route avec moi pour s'assurer que j'arrive au fort saine et sauve. Lui et une poignée d'hommes allaient faire barrage aux membres de la secte.

Elle cessa de parler, inspira profondément, puis se rappela qu'elle avait un verre en main et le vida.

— J'ai essayé de l'en dissuader, mais il ne voulait rien savoir. Il m'a prise de côté — à distance — et m'a donné ceci.

De sous la table, elle sortit un paquet : une feuille de parchemin vierge repliée et scellée enveloppant d'autres documents. Elle le posa sur la table et le poussa vers Del.

— Le capitaine MacFarlane m'a demandé de vous l'apporter. Il a dit qu'il devait s'assurer de vous le faire parvenir, quoi qu'il en coûte. Il m'a fait promettre de vous le donner... puis il était trop tard pour discuter.

Elle regardait fixement le paquet, le souffle saccadé.

— Nous les entendions approcher — ils ululaient, vous savez comme ils font. Ils n'étaient pas loin et… il fallait que je parte. Pour vous remettre ceci, il me fallait partir sur-le-champ… alors, c'est ce que j'ai fait. Il a rebroussé chemin avec quelques hommes, et les autres sont venus avec moi.

— Et vous les avez renvoyés lorsque vous êtes arrivée en lieu sûr.

Gareth parlait d'une voix douce.

— Vous avez fait tout votre possible.

Del posa la main sur le paquet et le tira vers lui.

— Et vous avez bien fait.

Elle cligna des yeux à plusieurs reprises, puis leva le menton. Son regard restait figé sur le paquet.

— Je ne sais pas ce qu'il contient, je n'ai pas regardé. Mais quoi qu'il en soit… j'espère que cela en valait la peine, que son sacrifice en valait la peine.

Elle releva enfin les yeux sur Del.

— Je le laisse donc entre vos mains, colonel, comme je l'ai promis au capitaine MacFarlane.

Elle recula.

Tous se levèrent. Gareth dégagea la chaise de la jeune femme.

— Permettez-moi de vous fournir une escorte jusqu'à la résidence du gouverneur.

Gareth leva les yeux vers Del, qui opina. Il était ridicule de faire courir des risques inutiles à mademoiselle Ensworth.

Leur échange passa inaperçu aux yeux de la jeune femme. Elle accepta l'offre de Gareth d'un gracieux signe de tête.

— Je vous en remercie, major.

Puis, elle inclina la tête devant Del et les deux autres.

— Bonsoir, colonel. Messieurs.

— Mademoiselle Ensworth.

Tous la saluèrent, attendirent que Gareth et elle se soient éloignés, puis se rassirent.

Ils regardèrent le paquet sur la table devant Del. Sans dire un mot, ils attendirent le retour de Gareth.

À l'instant même où il arriva, Del prit le paquet. Il en ôta le papier enveloppant et le posa à plat sur la table. Totalement vierge, il ne recélait qu'un seul et unique document, une lettre, dont le sceau était déjà brisé.

Del déplia la lettre et la parcourut rapidement. Il jeta un bref coup d'œil autour de lui, se pencha sur la table et, à voix basse, en lut le contenu.

La lettre était adressée à l'un des plus influents princes marathes, un certain Govind Holkar. Elle débutait sur un ton bien innocent, ne contenant rien de plus malveillant que quelques nouvelles concernant ce qu'on appelait vaguement la jeune clique du palais du gouverneur. Mais après ces premiers paragraphes, le ton de la lettre prenait la tournure d'une offre, d'une proposition éhontée visant à persuader Holkar de céder davantage d'hommes et de ressources à la secte du Cobra noir.

Au fil de sa lecture, Del fronça de plus en plus les sourcils.

— Comme d'habitude, c'est signé de la croix typique du Cobra noir, conclut-il après avoir terminé.

Laissant glisser la feuille entre ses doigts sur la table, Del secoua la tête.

— Il n'y a rien là que nous n'ayons déjà — et James le savait.

— Elle doit renfermer quelque chose de plus, dit Gareth en prenant la lettre, quelque chose de caché.

Del recula sur son siège, se sentant étrangement engourdi, et observa Gareth parcourir la lettre en silence. Puis, celui-ci leva la tête et la secoua tristement.

— Si c'est le cas, je ne le vois pas.

Logan prit la lettre, la lut et, secouant la tête avec emportement, la tendit à Rafe assis dans le coin.

Il ne lui fallut que quelques secondes pour parcourir cette seule page. Il s'affaissa dans son siège, tenant la lettre au bout de son bras tendu.

— Pourquoi ? Il secoua la lettre. Bon sang, James, *pourquoi* as-tu donné ta vie pour ça ? Il n'y a rien à voir !

Rafe lança la lettre. Celle-ci tournoya avant de retomber face contre table. Il la regarda d'un air mauvais.

— Cela ne vaut pas…

Del leva les yeux au silence de Rafe et le vit fixer la lettre, comme si elle l'avait hypnotisé. Comme si elle s'était transformée en leur instrument de vengeance.

— Oh, seigneur, dit Rafe dans un souffle. Est-ce possible ?

Il s'empara de la lettre.

Même s'ils se connaissaient depuis de longues années, c'était la première fois que Del voyait la main de Rafe Carstairs trembler.

Celui-ci prit la lettre et l'approcha de son visage, les yeux fixes…

— C'est le sceau.

Rafe se pencha et retourna la lettre, la plaçant devant les autres de façon à ce que le sceau, en bonne partie intact, soit à la hauteur de leurs yeux.

— Il a utilisé son propre sceau, dit-il d'une voix plus ferme. Ce fichu Ferrar a enfin commis une erreur, et James — notre jeune ami aux yeux vifs et à l'esprit plus vif encore — l'a démasqué.

Gareth tendit la main et prit la lettre. Il connaissait mieux que les autres le sceau de Ferrar, étant celui qui avait fouillé son bureau. Il examina l'empreinte avec minutie, puis releva les yeux pour regarder Rafe.

— C'est le sien, dit-il en hochant la tête.

L'excitation contenue des deux hommes était palpable.

— Pourrait-il dire que quelqu'un a volé le sceau et l'a utilisé pour le compromettre ? demanda Del. L'un d'entre nous, par exemple ?

Gareth esquissa lentement un large sourire et regarda Del.

— Impossible. C'est une chevalière et elle ne quitte jamais le petit doigt de Ferrar. En fait, à moins de perdre son doigt, il ne peut s'en départir. Tous les commis et secrétaires du palais du gouverneur le savent, car il affiche volontiers son lignage et tous ses apparats. Le bureau tout entier connaît sa chevalière, et il n'en existe pas une semblable sur tout le territoire indien.

— Pourrait-il s'agir d'un double ? demanda Logan.

Gareth lui tendit la lettre.

— Regarde par toi-même. De toute façon, pourquoi quelqu'un se donnerait-il cette peine ?

Observant l'empreinte du sceau, Logan grommela.

— Voilà pourquoi les gens utilisent des sceaux, je suppose, mais tu as raison : il y a des boucles et des arabesques manifestement taillées avec plus ou moins de profondeur. Il ne serait pas aisé d'en faire un double.

— Peu importe, dit Rafe. Ce qui compte, c'est que *nous* sachions qu'il est authentique, tout autant que le Cobra noir.

Il regarda les autres, l'excitation se lisant dans ses yeux.

— Je viens de comprendre à quel point le plan de Wolverstone est brillant.

— En quoi? dit Del en fronçant les sourcils. Si ce n'est qu'il nous indique la façon la plus sûre de rentrer en Angleterre?

Rafe balaya les environs du regard, puis se pencha, avant-bras sur la table. Il parla vite et avec discrétion, à voix basse.

— Il nous a dit de faire des doubles, puis de nous séparer pour rentrer au pays. À votre avis, que pensera Ferrar — et que fera-t-il — lorsqu'il apprendra cela, puisqu'il l'apprendra inévitablement? Vous l'avez dit vous-mêmes: il sait que nous enquêtons à son sujet. Soudain, sans préavis — pire, tout de suite après la mort de James sous la main du Cobra noir —, nous plions bagage et nous démissionnons, ce que nous envisageons de faire depuis quelque temps, mais personne ne sait cela. Et pour couronner le tout, nous rentrons chacun par des routes *différentes*. Que pensera-t-il? Que fera-t-il?

Son enthousiasme avait gagné Logan.

— Il pensera que nous avons trouvé quelque chose de compromettant pour lui.

— Et il partira à nos trousses, ceci attestant par le fait même la validité de notre preuve, dit Del en hochant la tête. Vous avez raison.

Il regarda les autres dans les yeux.

— Messieurs, grâce à James, nous tenons notre preuve. Grâce à Devil Cynster et à Wolverstone, nous avons un plan et nous savons ce qu'il nous reste à faire. Grâce à Hastings, nous avons le loisir d'agir à notre guise. Je propose que nous suivions le plan, exécutant ainsi nos derniers ordres, et que nous traduisions en justice le Cobra noir.

Pendant que Del parlait, Rafe avait rempli leurs verres et chacun s'empara du sien.

— À notre réussite, dit Del en levant son verre.

— À la justice, proposa Gareth en l'imitant.

— À la mémoire de James MacFarlane, dit Logan à son tour.

Tous se tournèrent vers Rafe.

— À la décapitation du Cobra noir !

Ils trinquèrent, puis burent jusqu'à la dernière goutte.

Reposant leurs verres d'un coup sec, ils se levèrent et quittèrent le bar.

14 septembre, douze jours plus tard
Bombay

Ils s'étaient donné rendez-vous dans l'arrière-salle du Red Turkey Cock, une taverne enfumée au fond d'une petite ruelle dans l'un des quartiers indiens les plus mal famés de Bombay.

L'arrière-salle de la taverne était une petite pièce carrée sans fenêtre dont la seule entrée était celle qu'ils avaient prise, à l'arrière du bar décrépit. Logan, le dernier arrivé, laissa le rideau de bambou retomber derrière son passage dans un bruit de pluie, rideau qui suffisait à bloquer les regards trop curieux. Avec Gulah au bar, un ancien cipaye à la carrure impressionnante, et les innombrables boîtes et caisses empilées qui donnaient aux murs minces une épaisseur appréciable, ils ne craignaient guère les oreilles indiscrètes.

— Je doute que l'on m'ait poursuivi, dit Logan avec une déception apparente, tout en se laissant tomber sur la dernière chaise libre autour d'une table de bois carrée.

— Moi aussi, dit Gareth, mais dans ce quartier, la présence de quatre Anglos comme nous ne manquera pas d'être vue et consignée. Le Cobra noir entendra sans nul doute parler de notre rencontre.

— Ferrar sait qu'il se passe quelque chose, dit Del en esquissant un sombre sourire. Il sait que nous avons démissionné, mais il n'avale pas les rumeurs selon lesquelles nous serions tous abattus par la mort de James. Il a posé des questions à droite et à gauche concernant nos plans d'avenir.

— Peut-être veut-il nous recruter ? dit Rafe. Quand on y pense, c'est une tactique que nous n'avons pas encore envisagée.

— Parce qu'il n'y croirait jamais. Cet homme n'est pas un simple tueur sans pitié…

— Un tortionnaire, un boucher, un démon, coupa Rafe.

— … il est intelligent et rusé, en plus d'être démesurément puissant.

Del se tourna vers Gareth.

— Bien, sommes-nous prêts à l'opposer de front ?

Celui-ci se pencha pour attraper un panier tressé posé à terre et le mit sur la table. Sa chaise grinça lorsqu'il tendit le bras et tira du panier quatre étuis à parchemin cylindriques en bois et en laiton.

— Tel que commandé. La version indienne d'une valise diplomatique.

Les étuis étaient identiques, chacun mesurant environ vingt-cinq centimètres de long et un peu plus de cinq centimètres de diamètre. Composés de lames de bois de rose que serraient ensemble des anneaux de laiton, leurs couvercles se fermaient au moyen d'un complexe jeu de taquets en laiton, de taille et d'épaisseur variées.

Chacun prit un étui et le manipula.

— Comment fait-on pour les ouvrir ? demanda Logan.

— Regardez.

Reposant le panier à terre, Gareth prit un étui et repoussa adroitement les six taquets, l'un après l'autre.

— Il faut agir dans cet ordre, sinon les crans métalliques à l'intérieur ne se rétractent pas. Essayez.

Tous se mirent à la tâche. Gareth insistait : ils devaient s'exercer jusqu'à ce qu'ils puissent ouvrir et fermer les étuis au toucher seulement.

— Qui sait ? Cela pourrait vous être utile, à un moment donné.

Rafe tendit le bras au-dessus de la table et attrapa l'étui de Gareth pour le comparer à celui qu'il avait pris.

— Ils sont réellement identiques.

— Je ne pense pas que quiconque soit en mesure de les différencier.

Logan regarda Del, puis Rafe.

— Nous avons donc les étuis. Voyons maintenant ce qu'ils doivent contenir.

De sa poche, Del sortit les trousses d'instructions que Wolverstone avait envoyées.

— Cinq paquets.

Il écarta celui sur lequel le mot « Original » avait été griffonné dans un coin.

— Celui-ci accompagne la lettre authentique. Ceux-là — il étala en éventail quatre autres paquets identiques — sont les plis d'instructions concernant les doubles. Mais il ne nous en faut plus que trois.

«Maintenant que James est parti.»

Tous regardèrent les quatre lettres. Rafe soupira.

— Mélange-les, je vais choisir un pli et nous l'ouvrirons pour voir quel type d'instructions nous trouverons dans nos propres trousses.

— Bonne idée.

Del mélangea les quatre paquets, puis les tendit. Rafe en prit un et le remit à Logan.

Logan s'en empara, l'ouvrit, parcourut les feuilles qu'il contenait, puis les tendit à Gareth.

— C'est complet, sans être trop explicite, bien sûr. La route à suivre est indiquée, mais pas les dates ni les moyens de transport à prendre. Il précise bien à quel port d'Angleterre nous sommes tenus d'aller — à Brighton, dans ce cas-ci. Apparemment, deux hommes nous attendront, d'anciens employés de Dalziel, qui connaîtront notre route en Angleterre et notre destination finale, non précisées ici.

Del hocha la tête lorsque Gareth lui remit les feuilles. Il les parcourut, puis les donna à Rafe qui tendit en échange quatre petits paquets tirés de la poche intérieure de son manteau.

— Les trois copies et l'original.

Rafe jeta un bref coup d'œil sur la trousse d'instructions désormais inutile, tandis que Del et les autres ouvrirent et comparèrent attentivement les copies à l'original.

Après avoir terminé sa lecture des instructions, Rafe leva les yeux.

— Nous devrions détruire ceci.

— Je vais le brûler, dit Logan en tendant la main.

Rafe lui donna les feuilles repliées.

Del et Gareth avaient aligné les quatre étuis sur la table. Ils avaient disposé un pli d'instructions et une lettre devant chaque étui, s'assurant que la lettre originale marquée du sceau compromettant était associée aux instructions appropriées.

— Conformément aux directives de Wolverstone, dit Del, je lui ai fait savoir que nous étions sur le point de mettre son plan en pratique. Ma missive est partie il y a dix jours à bord d'une frégate express, aussi sera-t-il averti assez tôt pour placer ses hommes aux ports dans l'attente de notre arrivée.

Rafe tendit le bras et prit l'étui, la lettre et les instructions les plus proches de lui. Il ouvrit l'étui.

— Maintenant, comme il le suggère, nous allons faire un tirage au sort.

Il roula la lettre et les instructions avec soin et les inséra dans l'étui.

Les autres l'imitèrent, souriant faiblement. Tous savaient que Del avait été à deux doigts de faire valoir son rang et d'ordonner qu'il prenne l'original.

Ils ne l'auraient pas accepté : leur démission avait pris effet ce matin. Ils étaient tous ensemble dans cette histoire, désormais égaux en tous points.

— Où est le panier ? demanda Rafe en refermant l'étui.

Gareth le hissa de nouveau sur la table. Rafe l'attrapa, y déposa les étuis qu'il avait remplis et récupéra ceux des autres après qu'ils les eurent refermés, mettant ainsi sous couvert les lettres et les instructions.

— Bien.

Rafe se leva, rabattit le couvercle du grand panier puis secoua prestement les étuis pour les mélanger. D'un ultime geste du bras, il replaça le panier au centre de la table et se rassit.

— Tous ensemble, dit Del. Nous pigeons et prenons chacun en même temps un étui, celui qui est le plus proche de nous.

Il regarda les autres.

— Nous ne l'ouvrirons pas ici. Nous quitterons cette pièce ensemble, mais du moment où nous franchirons la porte du Red Turkey Cock, nous partirons chacun de notre côté.

Ce matin-là, ils avaient quitté la caserne. Au fil des ans, chacun s'était constitué un petit personnel qui voyageait avec lui ; ces domestiques étaient désormais prêts à partir, tous vers des destinations bien différentes.

Ils échangèrent un dernier regard, puis se rapprochèrent de la table et mirent la main au panier. Ils attendirent que chacun ait attrapé un étui cylindrique, puis, comme un seul homme, retirèrent leur main.

— Bien, dit Rafe, les yeux rivés sur son étui.

— Attendez.

Gareth ôta le panier vide et le remplaça par une bouteille d'arack et quatre verres. Il versa dans chaque verre une dose de l'alcool clair et ambré, et reposa la bouteille.

Chacun prit un verre et se leva.

— Messieurs, dit Del en tendant le sien, regardant dans les yeux chacun de ses compagnons. À notre santé présente et future. Bon vent, et puisse la chance nous accompagner.

Ils savaient que le Cobra noir allait bientôt les traquer ; ils savaient qu'ils auraient besoin de toute la chance du monde.

— À nos retrouvailles, dit Gareth en levant son verre.

— Sur les vertes côtes d'Angleterre, ajouta Logan.

Rafe hésita, puis leva son verre.

— À la mort du Cobra noir.

Tous opinèrent avant de vider leurs verres et de les reposer.

Ils se tournèrent vers la sortie. Le rideau de bambou soulevé, ils baissèrent la tête et passèrent dans le bar enfumé.

Après s'être faufilés avec précaution entre les vieilles tables, ils arrivèrent à la porte extérieure de la taverne et sortirent sur les marches poussiéreuses.

Del s'arrêta et tendit le bras.

— Bonne chance.

Tous se serrèrent la main.

L'espace d'un instant, debout, ils échangèrent un dernier regard. Puis, Rafe descendit dans la rue sale.

— Puisse Dieu et saint Georges nous accompagner.

Il fit un ultime salut, et partit.

Ils se séparèrent, chacun disparaissant par un chemin différent dans la ville grouillante d'activité.

15 septembre, deux nuits plus tard
Bombay

— Nous avons un problème.

La voix s'accordait au décor, son ton saccadé aux accents aristocratiques faisant écho à la beauté, à l'élégance, au luxe extrême qui imprégnait la cour intérieure d'un discret pavillon niché aux abords du quartier chic de Bombay.

Apercevant la maison de la rue, personne ne se retournait pour la contempler. La façade n'avait rien de remarquable, comme bien d'autres alentour, mais une fois dans le vestibule, tout visiteur était frappé par l'élégance simple de la demeure, même si les salons — les pièces utilisées pour les visites de courtoisie — n'exhalaient qu'un discret raffinement, simple et sobre.

Le décor n'était pas dénué d'âme ; toutefois, ceux qui avaient le privilège d'être invités plus avant percevaient rapidement une ambiance autre, marquée par une abondance toujours plus grande qui flattait les sens.

Ce n'était pas qu'un simple étalage de richesse ; c'était une exubérance de volupté. Plus l'on avançait au fil des pièces privées, plus riche était le mobilier, d'un luxe effréné mais de bon goût, plus exquis était le décor.

La cour, sur laquelle donnaient les pièces privées du maître, était un havre de bonheur et de sérénité pour les sens. Une longue piscine carrelée scintillait au clair de lune. Des arbres et des buissons ornaient sur le long des murs blanchis à la chaux, des portes et des fenêtres s'ouvraient sur des appartements mystérieusement sombres et invitants. Le parfum exotique d'un frangipanier flottait dans la brise du soir, ses fleurs tombées parsemant le dallage de pierre comme des parcelles de soie fine.

— Oh ?

Une seconde voix se fit entendre dans la nuit fraîche.

Les interlocuteurs se trouvaient sur la grande terrasse à ciel ouvert qui s'avançait du salon privé du maître. Celui qui avait répondu était allongé sur un sofa recouvert de coussins en soie tandis que le premier arpentait la terrasse, le talon de ses bottes évoquant une sourde marche militaire — non dépourvue d'une certaine tension.

Un troisième homme observait en silence, assis dans un fauteuil près du sofa.

L'obscurité drapait leurs silhouettes à tous trois.

— Maudit Govind Holkar !

Le premier interlocuteur s'arrêta et passa la main dans ses cheveux épais.

— Je n'arrive pas à croire qu'il ait tant tardé à me tenir informé.

— Informé de quoi ? demanda le second.

— Il a égaré ma dernière lettre — que je lui ai envoyée il y a un mois pour le persuader de nous fournir des hommes supplémentaires. Cette lettre-là.

— Par égaré, vous voulez dire… ?

— Je veux dire qu'elle a disparu de son bureau au palais du gouverneur à Poona au moment où ce fichu limier de Hastings, MacFarlane, était justement là, attendant d'escorter la nièce du gouverneur à Bombay.

— Quand était-ce ?

La seconde voix n'exprimait plus la même indolence.

— Au deuxième jour de ce mois. Du moins est-ce ce jour-là que Holkar Govind en a remarqué la disparition. C'est aussi ce jour-là que MacFarlane a quitté Poona à l'aube avec sa troupe et la nièce du gouverneur. Holkar a envoyé quelques membres de la secte à leurs trousses…

— Ne dites rien, gronda la voix de baryton du troisième homme, jusque-là silencieux, contrastant avec les voix plus claires des deux autres. Ils ont tué MacFarlane, mais n'ont pas trouvé la lettre.

— Exactement.

La voix du premier suintait de colère et de frustration.

— Voilà donc pourquoi nous avons tué MacFarlane — je me demandais bien ce qui avait motivé la chose.

Le ton calme du second interlocuteur n'exprimait guère d'émotion.

— J'imagine qu'il ne leur a rien dit de pertinent avant de mourir ?

— Non. Toutefois, d'après l'un des sowars ayant opposé résistance avec lui, MacFarlane aurait donné un paquet à la nièce du gouverneur avant de lui ordonner d'avancer.

Le premier interlocuteur leva la main pour empêcher les autres de l'interrompre.

— Je l'ai appris par Holkar, ce matin seulement — lorsqu'il s'est rendu compte que la lettre était arrivée à Bombay, il a détalé à Satara, puis il m'a mis au courant de la situation.

— Nous nous nous occuperons de lui comme il se doit, lança le second homme.

— En effet.

L'anticipation marquait la voix du premier interlocuteur.

— Nous le ferons. Lorsque j'ai eu vent de la lettre disparue, j'ai envoyé Larkins sonder le personnel du gouverneur. Apparemment, mademoiselle Ensworth, la nièce, était bouleversée à son arrivée à Bombay ; plus tard dans l'après-midi, elle aurait pris une servante et serait allée au fort. On aurait entendu celle-ci dire qu'en apprenant la mort de MacFarlane aux portes du camp, la dame s'est mise en quête de trouver le colonel Delborough, l'a trouvé au bar des officiers et lui a remis un paquet.

— Il n'y a donc aucune raison de poursuivre cette mademoiselle Ensworth. Même si elle a lu la lettre, elle ne sait rien qui vaille.

— Exact, dit le premier homme. Et c'est aussi bien, car elle repart d'un jour à l'autre pour l'Angleterre.

Le second interlocuteur balaya l'air de la main.

— Ignorez-la. Delborough a donc la lettre, et Holkar s'est de fait compromis. Il ne peut s'en prendre qu'à lui-même. Nous n'avons qu'à trouver un nouveau vivier d'hommes et, au vu de nos récents progrès en matière de recrutement, je ne pense pas qu'Holkar soit pour nous une grande perte.

Le silence tomba, froid et lourd de tensions en suspens.

— Ce n'est pas pour cela que nous devons récupérer la lettre, dit le premier interlocuteur, brisant le silence.

L'homme à la voix grave reprit la parole.

— Pourquoi se donner cette peine ? Delborough ne peut en tirer grand-chose de plus que des autres missives tombées aux mains de sa petite bande. Elles ne contiennent rien qui permette un rapprochement entre vous, personnellement, et le Cobra noir. Les soupçons qu'il nourrit ne sont rien de plus… que des soupçons, qu'il n'osera pas exprimer publiquement.

— Ce n'est pas ce qu'il y a *dans* la lettre qui pose problème.

Le premier homme passa de nouveau la main dans ses cheveux. Il tourna le dos aux deux autres, arpenta de nouveau la terrasse.

— C'est ce qu'il y a *sur* la lettre. Je l'ai scellée de mon sceau personnel.

— *Quoi ?*

Le second homme parlait d'une voix incrédule.

— Vous n'êtes pas sérieux ?

— Je le suis. Je sais que je n'aurais pas dû, mais quel était le risque que cette lettre, entre toutes, envoyée à Poona, se retrouve à Bombay aux mains de Delborough ?

Le premier interlocuteur ouvrit grand les bras.

— C'est absurde.

— Mais qu'est-ce qui vous a pris d'écrire une lettre du Cobra noir en la scellant de votre fichu sceau ? lança le baryton d'une voix accusatrice.

— Il le fallait, répliqua vivement le premier homme. Je devais faire partir la lettre ce jour-là sinon nous aurions perdu une semaine de plus — souvenez-vous, nous en avions discuté. Nous avions alors cruellement besoin d'hommes nouveaux, Delborough et ses cohortes nous rendaient la vie difficile, et Holkar semblait être notre meilleur atout. Nous avons convenu que je lui écrirais, et c'était urgent, mais le messager de Poona a décidé de partir tôt — cet imbécile si zélé a même eu le toupet de se poster devant ma porte et de m'observer pendant que je terminais ma lettre. Il brûlait de partir. Si je l'avais sommé de sortir, si je lui avais dit de fermer la porte et d'attendre à l'extérieur, il serait parti. N'importe quelle excuse était bonne pour filer sans attendre.

Marchant toujours, le premier homme fit tourner la chevalière qu'il avait au petit doigt de sa main droite.

— Tout le monde au bureau du gouverneur, y compris ce satané messager, a vu ma chevalière. Tel qu'il se postait là, je pouvais difficilement tirer de ma poche le sceau du Cobra noir et m'en servir alors qu'il observait mes moindres mouvements. Dans ces circonstances, j'ai jugé que le fait d'utiliser mon propre sceau était le moindre des maux. Ce n'est pas comme si Holkar ignorait mon identité.

— Hum.

Le second interlocuteur semblait résigné.

— Eh bien, nous ne pouvons guère nous permettre de vous voir découvert.

Il croisa le regard du baryton.

— Cela compromettrait assurément notre entreprise. Aussi — il parla d'un ton vif, regardant de nouveau l'homme qui marchait —, nous allons trouver Delborough et récupérer cette lettre compromettante.

16 septembre, la nuit suivante
Bombay

— Delborough et ses trois collègues restants ont quitté Bombay il y a deux jours, accompagnés de leurs domestiques.

Un silence suivit cette annonce laconique. Une fois encore, les trois conspirateurs étaient réunis dans la cour intérieure plongée dans l'obscurité de la nuit — l'un sur le sofa, l'autre dans le fauteuil et le troisième arpentant la terrasse qui longeait le plan d'eau scintillant.

— Vraiment ? répliqua enfin le deuxième homme. Voilà qui est troublant. Pourtant, je ne pense pas que Hastings agisse…

— Ils sont retournés à Calcutta.

Au bout de la terrasse, le premier interlocuteur fit volte-face.

— Je vous l'ai dit la semaine dernière : ils ont démissionné ! Ils s'apprêtent, aux dires de tous, à rentrer en Angleterre.

Un autre long silence suivit, puis le baryton parla.

— Êtes-vous même sûr qu'ils se préoccupent de cette lettre ? Il est facile de ne pas remarquer un sceau, surtout lorsqu'on se concentre sur le contenu d'une missive. Ils ont déjà mis la main sur des lettres semblables et savent fort bien que de tels documents ne leur apportent rien.

— J'aimerais le croire — croire qu'ils ont abandonné la partie et qu'ils rentrent chez eux —, soyez-en sûrs.

Le premier homme maintenait son pas nerveux.

— Mais nos espions rapportent qu'ils se sont rencontrés dans l'arrière-salle d'un bar louche de la ville il y a deux jours. Lorsqu'ils en sont sortis, chacun portait l'un de ces étuis à parchemin en bois dont les gens d'ici se servent pour transporter des documents importants. Puis ils sont partis. Chacun de leur côté. Ces quatre-là sont ensemble depuis longtemps, bien avant qu'ils n'aient atteint ces rivages. Pourquoi rentreraient-ils chacun par une route différente ?

Le second interlocuteur se redressa sur le sofa.

— Savez-vous où ils allaient ?

— Delborough a agi comme on pouvait s'y attendre. Il a emprunté un navire allant à Southampton, comme s'il rentrait au pays. Hamilton a pris une corvette pour Aden, comme s'il acheminait dans le même temps un pli diplomatique —, mais j'ai vérifié, et ce n'est pas le cas. Monteith et Carstairs ont disparu. Les domestiques de Monteith sont sur le point d'embarquer sur un navire de la compagnie à destination de Bournemouth, mais il n'est pas avec eux, et ils ignorent où il est. Ils ont pour ordre de se rendre dans une auberge aux abords de Bournemouth et d'attendre là son arrivée. Carstairs n'a qu'un seul homme à son service, un Pathan[3] d'une loyauté absolue, et tous deux ont disparu. Mes hommes ont passé au peigne fin la liste des passagers et membres d'équipage au départ de Bombay, et il n'y aurait personne à bord qui puisse être Monteith ou Carstairs. Larkins pense qu'ils sont partis par la route, à tout le moins jusqu'à un autre port. Il a mis des hommes sur leur piste, mais il faudra attendre des jours, voire des semaines avant de savoir s'ils les ont ou non retrouvés.

— Qu'avez-vous ordonné à ceux que vous avez lancés à leurs trousses ? demanda le deuxième homme.

— De les tuer, de tuer quiconque est avec eux et surtout, de récupérer ces fichus étuis à parchemin.

— Bien sûr.

Il y eut un bref silence, puis le deuxième interlocuteur reprit.

— Nous avons donc quatre hommes en route pour l'Angleterre, l'un transportant le document original et les trois autres des doubles, vraisemblablement. Si la lettre frappée de votre sceau tombe entre de mauvaises mains en Angleterre, nous serons là aux prises avec un très sérieux problème.

Le second homme échangea un regard avec celui qui était assis dans le fauteuil, puis regarda le premier interlocuteur.

— Vous avez raison. Nous devons récupérer cette lettre. Vous avez fait ce qu'il fallait en libérant nos limiers pour la chasse. Toutefois…

---

3. Membre d'une tribu d'Asie centrale.

Après un deuxième coup d'œil vers l'autre homme, il continua.

— Je crois, dans ces circonstances, que nous devrions nous aussi rentrer au pays. Si nos chiens à l'affût nous déçoivent, et si Delborough et les trois autres atteignent les côtes anglaises, compte tenu des richesses que nous tirons du Cobra noir, il serait sage que nous soyons là, au cœur de l'action, pour éviter que la lettre originale ne tombe aux mains de quiconque souhaite s'ingérer dans notre entreprise.

Le premier homme opina.

— Une frégate express vient de jeter l'ancre à Calcutta. Elle reprendra la mer pour Southampton après-demain.

— Excellent !

Le second interlocuteur se leva.

— Assurez-vous d'obtenir un passage pour nous et nos hommes. Qui sait ? Nous atteindrons peut-être Southampton à temps pour accueillir l'importun colonel.

— En effet.

Le premier homme esquissa un mince sourire.

— Je prendrai grand plaisir à m'assurer qu'il reçoit sa juste récompense.

Un

Del se tenait sur le pont du *Princess Louise*, le navire de la compagnie de mille deux cents tonnes sur lequel ses quelques domestiques et lui avaient quitté Bombay, et observait le port de Southampton grandir imperturbablement devant lui.

Le vent balayait ses cheveux, fit glisser ses doigts glacés sous son col de manteau. Partout à l'horizon, le ciel était d'un gris accablant ; mais il ne pleuvait pas, c'était déjà beaucoup. Après la chaleur de l'Inde et l'air doux qui les avait accompagnés sur les côtes africaines, le changement de temps au fil de leur remontée vers le nord leur avait rappelé aigrement la réalité des hivers anglais.

Adroitement dirigé, le navire ondulait avec la houle, s'alignant au quai, la distance qui l'en séparait diminuant à chaque instant, les cris rauques et stridents des goélands au-dessus contrastant avec les éclats graves du maître d'équipage, occupé à la tâche périlleuse d'arrêter l'imposant navire au long du quai en bois.

Del balaya du regard la foule prête à saluer les arrivants. Il ne se faisait aucune illusion : dès l'instant où il descendrait de la passerelle de débarquement, les intrigues du Cobra noir reprendraient. Il était agité, brûlant de passer à l'action —, c'était cette force même qu'il avait coutume de ressentir lorsque, sur le champ de bataille, son cheval nerveux à bride haute, il attendait avec ses hommes l'ordre de charger. Une telle anticipation le piquait maintenant, plus forte qu'avant encore.

Contrairement à ses attentes, le voyage n'avait pas manqué d'action. Ils avaient essuyé une tempête à peine partis de Bombay, puis avaient péniblement descendu les côtes africaines avec l'un des trois mâts endommagés. À Cape Town, les réparations avaient duré trois semaines entières. Tandis qu'ils étaient là, l'ordonnance de Del, Cobby, avait découvert que Roderick Ferrar y était passé une semaine avant eux sur le navire *Elizabeth*, une frégate express en route elle aussi pour Southampton.

Sachant cela, Del avait échappé au couteau assassin de deux hommes du Cobra qui étaient restés à Cape Town et avaient intégré l'équipage du *Princess Louise*, guettant son passage deux nuits de suite par un ciel sans lune tandis qu'ils remontaient la côte ouest-africaine.

Par chance, les partisans avaient une aversion superstitieuse pour les armes à feu. Les deux assassins nourrissaient désormais les poissons, Del présumant toutefois qu'ils n'étaient que de simples éclaireurs sommés de faire de leur mieux dans la mesure du possible.

Le Cobra noir lui-même était en avant de Del, se dressant entre lui et son but.

Dieu seul savait où il l'attendait.

Les mains sur la rambarde de la passerelle des commandants, à laquelle — même démissionnaire — il avait eu accès en tant qu'officier supérieur de la compagnie, Del aperçut ses domestiques sur le pont principal : Mustaf, son factotum grand et maigre, avec son épouse Amaya, petite et ronde, faisant office de gouvernante, et leur nièce Alia, la bonne à tout faire. Assis sur leurs bagages empilés, ils étaient prêts à débarquer au signal de Cobby.

Cobby était le seul Anglais au service de Del. Petit, maigre et nerveux, vif et futé, effronté comme seul un vrai *cockney* pouvait l'être, il se tenait près de la balustrade à l'endroit même où l'on allait abaisser la passerelle de débarquement, discutant aimablement avec quelques marins. Cobby serait l'un des premiers à descendre. Il irait faire un tour de reconnaissance dans les parages et, si la voie était libre, il signalerait à Mustaf de faire descendre les femmes.

Del fermerait la marche, puis, une fois tous réunis sur le quai, il mènerait immédiatement le groupe au Dolphin Inn situé sur High Street.

Comme par hasard, Wolverstone avait choisi l'auberge à laquelle Del séjournait autrefois lorsqu'il passait à Southampton. Cela faisait pourtant bien des années qu'il n'y était venu, depuis son départ pour l'Inde à la fin 1815, il y avait de cela un peu plus de sept ans.

Il avait l'impression d'être parti plus longtemps.

Il avait la ferme impression d'avoir vieilli davantage, et ces derniers mois — ces neuf mois passés à traquer le Cobra noir — avaient été des plus éreintants. Il se sentait presque vieux.

Et chaque fois qu'il pensait à James MacFarlane, il se sentait impuissant.

Captant l'agitation croissante au-dessous, les ordres renouvelés du maître d'équipage, la légère secousse que provoqua le cognement à quai de la bourre sur le flanc du navire, Del balaya tous ces souvenirs et fixa résolument son attention sur l'avenir immédiat.

Des marins sautèrent à quai, traînant d'épaisses cordes jusqu'aux cabestans pour amarrer le bateau. Entendant le lourd cliquetis de chaîne puis le floc que fit l'ancre en descendant à l'eau, suivi du raclement aigu du garde-fou qu'on tirait sur la passerelle abaissée, Del se dirigea vers l'escalier menant au pont principal.

Il arriva juste à temps pour voir Cobby traverser la passerelle avec empressement.

Son tour de reconnaissance, ici, ne se limitait pas simplement à repérer dans la foule les hommes au teint foncé. Southampton était l'un des plus grands ports du monde et l'on comptait d'innombrables Indiens et autres hommes de couleur parmi les membres d'équipage. Mais Cobby savait quels signes rechercher : un regard furtif, une attention rivée sur Del malgré un effort évident pour passer inaperçu. S'il y avait des partisans du Cobra noir prêts à frapper, Del était certain que Cobby saurait les repérer.

Il était toutefois plus probable qu'ils restent à observer sous couvert, préférant agir en des lieux moins fréquentés où la fuite après coup leur serait plus aisée.

Del alla tranquillement rejoindre Mustaf, Amaya et Alia. Mustaf hocha la tête, puis continua d'observer la foule ;

autrefois un sowar — un homme de cavalerie —, une blessure au genou l'avait contraint à prendre sa retraite. Son genou ne le dérangeait toutefois pas outre mesure, et il était encore homme à se battre vaillamment.

Alia inclina la tête avant de jeter d'autres coups d'œil timides aux jeunes marins qui s'affairaient à quai.

Amaya regarda Del de ses yeux bruns et limpides.

— Il fait très très froid, ici, colonel-sahib. Plus froid qu'en hiver chez ma cousine de Simla. Je suis très très contente d'avoir acheté ces châles du Cachemire. C'est exactement ce qu'il nous fallait.

Del sourit. Amaya et Alia étaient toutes deux bien emmitouflées dans d'épais châles de laine.

— À notre première halte dans une grande ville, nous vous achèterons des manteaux anglais. Et des gants. Ils vous protégeront du froid.

— Ah oui, le vent, il est comme un couteau. Je comprends cette expression, maintenant.

Amaya hocha la tête, ses mains potelées jointes sur les genoux. De fins bracelets dorés dépassaient de son châle.

En dépit de son visage doux et de son air de matrone, Amaya était une fine observatrice et avait l'esprit vif. Quant à Alia, elle obéissait à la seconde à tout ordre que lui donnaient son oncle, sa tante, Del ou Cobby. Lorsqu'il le fallait, le petit groupe fonctionnait comme une unité ; Del n'était pas trop inquiet d'avoir avec eux Amaya et Alia, même s'ils entamaient maintenant l'étape la plus risquée de leur voyage.

Il connaissait bien, toutefois, la malfaisance des partisans du Cobra et ne courrait pas le risque de laisser les femmes seules où que ce soit, même sous la surveillance de

Mustaf. Pour atteindre Del, le Cobra noir était pleinement capable d'éliminer tous ses domestiques, simplement pour inspirer de la peur et montrer sa puissance.

La vie humaine avait depuis longtemps perdu toute importance aux yeux du Cobra noir.

Un sifflement aigu attira son attention sur le quai. Cobby accrocha son regard et fit un bref salut. « Rien à signaler. »

— Venez.

Del prit le bras d'Amaya et l'aida à se lever.

— Descendons et allons à notre auberge.

Cobby avait retenu les services d'un homme qui conduisait une charrette de bois. Del attendit avec les femmes que leurs bagages soient déchargés du bateau et mis sur la charrette, puis il prit la tête du groupe et quitta le quai pour remonter High Street. L'auberge n'était pas loin ; Mustaf le suivait de près avec les femmes, Cobby fermant la marche aux côtés du charretier, ses yeux vifs balayant les environs tandis que tous deux discutaient.

Dans la rue, le regard de Del fut attiré vers le sol et les pavés qui couvraient la chaussée, vers les premiers pas qu'il faisait sur la terre d'Angleterre après de longues années au loin.

Il n'aurait pu dire ce qu'il ressentait. Un étrange sentiment de paix, peut-être parce qu'il savait qu'il en avait désormais fini des voyages, une certaine impatience quant à ce que serait son avenir qu'il restait à bâtir, et une bonne dose d'appréhension quant aux événements qui allaient survenir avant qu'il ne puisse donner forme à sa nouvelle vie.

Leur mission était de traduire le Cobra noir en justice.

Elle avait commencé. Impossible désormais de reculer, il lui fallait avancer. Aller de l'avant, quels que soient les feux de ses ennemis.

Il leva la tête, remplit ses poumons et regarda alentour. C'était exactement comme si la charge venait d'être sonnée.

Le Dolphin Inn était célèbre dans la ville. Il existait depuis des siècles et avait été plusieurs fois remis à neuf, arborant à ce jour deux grandes fenêtres en arc de cercle qui donnaient sur la rue et encadraient une solide porte d'entrée.

Del se retourna pour balayer la rue du regard. Il ne vit personne qui puisse être un homme du Cobra, mais la voie était pleine de monde, de charrettes et de voitures se pressant sur la rue pavée — il était facile d'observer sans être vu.

Et ils observaient à coup sûr.

Arrivé à l'auberge, Del ouvrit la porte et entra.

Il put sans peine louer des chambres confortables ; ses années de service en Inde avaient fait de lui un homme riche et il n'avait pas l'intention de lésiner sur le prix, ni pour lui ni pour ses quelques domestiques. L'hôtelier, Bowden, un ancien marin à la forte carrure, le traita en conséquence, lui souhaitant la bienvenue en ville d'un ton enjoué et sommant quelques garçons de monter les bagages tandis que les domestiques rejoignaient Del dans le hall.

Une fois les chambres distribuées, les aides montèrent les bagages dans l'escalier, suivis des deux femmes, de Mustaf et de Cobby. Bowden rappela Del avant qu'il ne monte à son tour.

— Je viens de me rappeler. J'ai deux lettres pour vous.

Del retourna au comptoir, haussant les sourcils.

Bowden attrapa deux missives en dessous et les lui tendit.

— La première — celle-ci — est arrivée par la malle-poste il y a presque quatre semaines. Un gentleman a déposé l'autre hier soir. Depuis une semaine environ, lui et un deuxième gentleman passent chaque jour s'enquérir de votre arrivée.

Les escortes de Wolverstone.

— Merci.

Del prit les lettres. C'était le milieu de l'après-midi et les salles de l'auberge étaient plutôt désertes. Il eut un sourire aimable pour Bowden.

— Si quelqu'un me demande, je suis au bar.

— Certainement, monsieur. On y est bien tranquille à cette heure-ci. Sonnez la cloche sur le comptoir s'il vous faut quoi que ce soit.

Del opina puis entra d'un pas calme dans la salle à manger et traversa le passage voûté menant au bar, une pièce confortable au fond de l'auberge. Il vit quelques clients, tous plus âgés, assis autour de petites tables. Del se dirigea vers une table en coin où la lumière de la fenêtre arrière lui permettrait de lire.

Une fois assis, il examina les deux lettres, puis ouvrit celle qu'avait apportée le gentleman mystère.

Son contenu était bref et précis, l'informant que Tony Blake, vicomte de Torrington, et Gervase Tregarth, comte de Crowhurst, se tenaient prêts à l'escorter plus avant dans sa mission. Logés à proximité, ils se présenteraient chaque soir à l'auberge pour s'enquérir de son arrivée.

Rassuré à l'idée qu'il allait bientôt avancer, replonger dans l'action, il replia la lettre et la rangea dans son manteau, puis, un peu intrigué, il ouvrit la seconde missive. Il avait reconnu l'écriture et présumait que ses tantes saluaient son retour au pays, et souhaitaient s'assurer qu'il était bel et bien en route vers le Humberside et la demeure de Middleton on the Wolds, héritée de son père et où elles vivaient toujours.

Dépliant les deux feuillets tout entiers noircis de l'écriture en pattes de mouche de l'aînée, il rédigeait déjà sa réponse : une brève note disant qu'il était arrivé au port et s'apprêtait à monter vers le nord, mais que quelques rendez-vous d'affaires en chemin retarderaient son arrivée d'une semaine ou deux.

Il sourit à la lecture des salutations de sa tante et de son mot de bienvenue enthousiaste, presque extatique, et poursuivit.

Arrivé au bas du premier feuillet, son sourire avait disparu. Il le déposa, décoda le reste, jeta la deuxième feuille sur la première et, discrètement mais vertement, il jura.

Del regarda fixement les feuilles pendant quelques minutes avant d'enfin s'en emparer. Il se leva et, fourrant la lettre dans sa poche, retourna dans le hall de l'auberge.

Bowden entendit ses pas et sortit de son bureau en arrière du comptoir.

— Oui, colonel ?

— Je crois comprendre qu'une jeune dame, mademoiselle Duncannon, était attendue ici il y a quelques semaines ?

Bowden lui fit un grand sourire.

— Oui, en effet, monsieur. J'avais oublié… Elle a même demandé à vous voir.

— Bien. J'imagine qu'elle est partie vers le nord ?

— Oh non, monsieur. Son navire est arrivé plus tard que prévu. Elle n'est là que depuis une semaine. Elle était soulagée, oui, d'apprendre que vous aussi aviez du retard. Elle est encore ici, attendant votre arrivée.

— Ah, je vois.

Del réprima une grimace et se mit à échafauder des plans.

— Pourriez-vous lui livrer un message à sa chambre indiquant que je suis arrivé et la priant de m'accorder un moment ?

— Inutile, dit Bowden en secouant la tête. Elle est sortie avec sa bonne, mais je peux le lui dire dès qu'elle rentre.

— Merci, dit Del en hochant la tête.

Il hésita.

— Y a-t-il un salon privé que je puisse louer ?

Un endroit où lui et sa nouvelle protégée pourraient discuter de son déplacement à venir.

— Je regrette, monsieur, tous nos salons sont actuellement réservés.

Bowden marqua une pause.

— Mais c'est justement mademoiselle Duncannon qui a loué le salon avant. Peut-être, puisqu'elle vous attend, pourriez-vous l'attendre là ?

— Excellente idée, répondit Del d'un ton sec. Il me faudra par ailleurs louer une voiture.

De nouveau, Bowden secoua la tête.

— J'aimerais vous satisfaire, colonel, mais à quelques jours de Noël, toutes nos voitures sont prises. Mademoiselle Duncannon elle-même a pris la dernière de nos chaises de poste.

— C'est une chance, murmura Del. Je voulais cette voiture pour elle.

— Eh bien, sourit Bowden. Tout est bien, donc.

— En effet.

Del pointa du doigt la pièce à droite de l'entrée.

— Le salon avant?

— Oui, monsieur. Allez-y.

Ce que fit Del, fermant la porte derrière lui.

La pièce avait des murs de plâtre et de larges poutres de bois au plafond. Elle n'était ni trop grande, ni trop petite, et abritait l'une des deux fenêtres en arc de cercle qui donnaient sur la rue. Le mobilier était lourd mais plaisant, les fauteuils en toile de chintz rehaussés de coussins rebondis. Autour de quatre chaises, une table ronde parfaitement polie trônait au milieu de la pièce avec en son centre une lampe imposante; un feu crépitait allégrement dans l'âtre, diffusant dans la pièce une douce chaleur.

S'approchant du foyer, Del remarqua les trois aquarelles au-dessus de la cheminée. C'étaient des paysages de vertes prairies et de pâturages, de champs luxuriants et d'arbres aux feuillages touffus sous des ciels bleu pastel émaillés de nuages blancs et duveteux. Celle du milieu, des landes de bruyère, un camaïeu de verts chatoyants, attira son regard. Il n'avait pas vu de tels paysages depuis sept longues années; étrangement, ce fut devant ces tableaux sur le mur qu'il eut pour la première fois le sentiment d'être rentré chez lui.

Del baissa les yeux et tira de sa poche la lettre de ses tantes; devant le feu, il la lut de nouveau, cherchant à comprendre pourquoi diable elles lui infligeaient ce devoir d'escorter chez elle une demoiselle, la fille d'un propriétaire terrien voisin du Humberside.

Il supposa finalement que ses tantes dévouées jouaient les entremetteuses.

Elles allaient être bien déçues. Il ne pouvait guère s'embarrasser d'une jeune demoiselle tant qu'il servait d'appât au Cobra noir.

Il avait été déçu, en déroulant son parchemin de découvrir qu'il n'avait pas choisi la lettre originale. Néanmoins, comme l'avait spécifié Wolverstone, la mission des trois appâts se révélait essentielle s'ils voulaient faire sortir de leurs retranchements les hommes de la secte et, en définitive, le Cobra noir lui-même.

Ils devaient le pousser à frapper et à cette fin, il fallait réduire le nombre de ses hommes pour le forcer à agir en personne.

Ce ne serait pas facile, mais selon toute vraisemblance, ils avaient ensemble les moyens d'y parvenir. En tant qu'appât, Del devait s'afficher comme une cible, et il ne voulait aucune jeune femme à son bras alors qu'il était ainsi exposé.

On frappa à la porte.

— Entrez, dit-il après une brève hésitation.

C'était Cobby.

— Me suis dit que vous aimeriez savoir.

La main sur la poignée, son ordonnance se posta près de la porte refermée.

— Je suis retourné en douce sur les quais et j'ai posé des questions. Ferrar est arrivé il y a plus d'une semaine. Ce qui est intéressant, c'est qu'il n'est pas venu avec toute une troupe d'indigènes — apparemment, il y avait seulement la place pour lui et son premier homme sur la frégate.

Del arqua les sourcils.

— Très intéressant ; toutefois il aura sans nul doute fait venir d'autres partisans sur d'autres navires.

— On peut s'y attendre, opina Cobby, mais cela nous dit quand même qu'il n'a pas forcément beaucoup d'hommes à son service pour l'instant. Il en viendra peut-être à faire son sale travail lui-même.

— Nous ne pouvons que l'espérer, dit Del en souriant.

D'un signe de tête, il congédia Cobby qui ferma la porte derrière lui.

Del regarda l'horloge qui tictaquait sur un buffet. Il était déjà trois heures passées, et la faible clarté du jour allait bientôt tomber. Il se leva et arpenta la pièce devant l'âtre, avec lenteur, répétant les mots convenables par lesquels il annoncerait à mademoiselle Duncannon qu'en dépit de l'arrangement pris avec ses tantes, elle devrait partir seule pour le nord.

Il était bien après quatre heures lorsque Del, de plus en plus impatient, perçut une voix féminine venant du vestibule, qui d'un ton agréable mais indubitablement hautain annonçait le retour de mademoiselle Duncannon.

Au moment où Del leva les yeux sur la porte du salon, la poignée tourna et la porte s'ouvrit vers l'intérieur. Bowden laissa entrer une lady — pas si jeune — en pelisse rouge grenat, sa sombre chevelure auburn relevée sous un coquet chapeau, qui jonglait avec une multitude de boîtes et de paquets.

Elle avança, pétulante, ses lèvres rouges et gourmandes esquissant un sourire tandis que Bowden l'annonçait avec empressement.

— Voici le gentleman que vous attendiez, mademoiselle.

Mademoiselle Duncannon s'arrêta brusquement. Le visage immobile, elle balaya la pièce du regard et le vit. Quelques secondes passèrent, puis elle leva lentement les yeux et regarda Del.

Et le dévisagea.

Bowden se racla la gorge et se retira, fermant la porte derrière lui. Elle cligna des yeux, le dévisageant toujours.

— *Vous êtes* le colonel Delborough ? demanda-t-elle abruptement.

Del se mordit la langue, s'empêchant de répliquer : « Vous êtes *mademoiselle* Duncannon ? » Un simple coup d'œil, et sa vision d'une jeune et docile demoiselle s'était évaporée ; la dame approchait la trentaine à tout le moins.

Et compte tenu de la vision qui s'offrait à ses yeux, le fait qu'elle soit encore demoiselle dépassait sa compréhension.

Elle était... *voluptueuse* fut le mot qui lui vint à l'esprit. Plus grande que la moyenne, elle avait une silhouette digne, majestueuse, même, et des courbes pleines aux endroits opportuns. Même à l'autre bout de la pièce, il pouvait dire que ses yeux étaient verts ; grands, légèrement en amande, ils étaient vifs, perçants et pénétrants, pleinement attentifs.

Elle avait des traits élégants, raffinés, des lèvres pleines et rondes, par nature invitantes, son menton ferme révélant une détermination, un courage et une franchise hors du commun.

Il nota tout cela, et s'inclina.

— En effet. Colonel Derek Delborough. « Malheureusement pas à votre service. »

Étouffant cette pensée hardie, il poursuivit d'une voix douce.

— Je crois que vos parents se sont entendus avec mes tantes pour que je vous serve d'escorte pendant votre voyage de retour. Malheureusement, c'est impossible. Je dois régler quelques affaires avant de retourner dans le Humberside.

Deliah Duncannon cligna des yeux, redoubla d'efforts pour reprendre ses esprits, absorbée qu'elle était par ces épaules et ce large torse qui appelaient sans conteste le port d'un uniforme, répéta les mots qu'il venait de prononcer, puis secoua vivement la tête.

— Non.

Elle avança dans la pièce, posa ses boîtes et paquets sur la table, se demandant distraitement si un uniforme aurait renforcé ou amoindri l'impression qu'il avait faite sur elle. Son apparence avait quelque chose d'étrange, comme si les habits civils qu'il portait étaient un camouflage. Si l'intention avait été de masquer son physique par nature vigoureux, voire dangereux, le stratagème avait lamentablement échoué.

Les mains désormais libres, elle leva le bras pour ôter la longue aiguille qui tenait son chapeau.

— J'attends votre arrivée depuis plusieurs jours et je ne peux vraiment pas continuer mon voyage sans une escorte digne de ce nom.

Posant son chapeau sur la table, elle se retourna prestement face à l'ex-colonel récalcitrant — considérablement plus jeune et infiniment plus viril qu'elle ne l'avait imaginé. Qu'on ne le lui avait fait entendre.

— C'est tout bonnement impensable.

Quel que soit son âge, sa virilité ou sa propension à parlementer, pour elle, c'était impensable, et elle n'avait nulle intention de s'expliquer sur ce point.

Les lèvres de Del — souples et masculines, troublantes — se serrèrent.

— Mademoiselle Duncannon...

— Vous pensez certainement qu'il suffira de me pousser dans une voiture avec ma bonne et mon personnel, et de pointer vers le nord.

Elle marqua une pause tout en ôtant ses gants de cuir, lui jeta un regard et décela une moue révélatrice sur ces lèvres troublantes ; c'était, en effet, précisément ce qu'il avait en tête.

— Je me vois contrainte de vous dire que ce ne sera assurément pas le cas.

Elle laissa tomber ses gants sur la table derrière elle, leva le menton et lui fit face — s'évertuant à le toiser de haut même s'il avait bien une demi-tête de plus qu'elle.

— Je vous prie instamment, monsieur, de respecter cet engagement.

Les lèvres de Del n'étaient plus qu'une ligne mince — qu'elle aurait voulu voir se courber en un sourire... Que lui arrivait-il ? Elle sentait le battement de son pouls à la gorge, sentait les picotements de sa peau anormalement sensible alors qu'il était à deux bons mètres d'elle.

— Mademoiselle Duncannon, si mes tantes ont malheureusement outrepassé leur autorité en proposant de rendre service à votre père, j'aurais, en temps normal, fait tout ce qui est en mon pouvoir pour, comme vous le dites, respecter l'engagement qu'elles ont pris. Toutefois, dans ce cas-ci, il est absolument…

— Colonel Delborough.

Elle arracha son regard des lèvres de Del et fixa délibérément ses yeux sur les siens.

— Permettez-moi de vous aviser qu'aucune des raisons que vous pourriez avancer — aucune — ne saurait m'inciter à vous excuser de m'escorter dans le nord.

Il avait les yeux d'un brun sombre et profond, singulièrement intrigants, ourlés des cils les plus longs et fournis qu'elle ait eu le plaisir de voir. Ils étaient du même ton que ses cheveux ondulés aux reflets plus noirs que bruns.

— Je regrette, mademoiselle Duncannon, c'est absolument impossible.

Lorsqu'elle pointa le menton sans reculer d'un pouce, maintenant son regard fermement posé sur le sien, Del hésita, puis, bien plus conscient qu'il ne l'aurait voulu de cette bouche indûment sensuelle, il poursuivit d'un ton ferme.

— Je suis actuellement chargé d'une mission dont dépend l'intérêt du pays, et je dois veiller à l'accomplir avant d'exaucer les souhaits de mes tantes.

Elle fronça des sourcils.

— Mais vous avez démissionné.

Son regard glissa sur ses épaules, comme pour insister sur l'absence d'épaulettes.

— Ma mission est plus civile que militaire.

Elle arqua ses fins sourcils, releva les yeux sur son visage et l'étudia un instant ; puis, d'un ton faussement doux — sarcastique et provocateur —, elle reprit.

— Alors que suggérez-vous, monsieur ? Que je patiente ici, à votre convenance, jusqu'à ce que vous *soyez* libre de m'escorter dans le nord ?

— Non.

Il s'efforça de ne pas serrer les dents, les mâchoires déjà crispées.

— Je me permets de vous suggérer avec respect qu'en cette saison où les grandes routes ne sont guère fréquentées, il serait tout à fait acceptable que vous remontiez vers le nord avec votre bonne et le personnel que je crois vous avoir entendu mentionner. Puisqu'une voiture est déjà réservée...

Ses yeux verts lancèrent des éclairs.

— Avec tout le respect que je vous dois, colonel, vous parlez à tort et à travers !

Belliqueuse, déterminée, elle s'avança, relevant la tête comme pour être nez à nez avec lui.

— L'idée de voyager vers le nord, en cette saison ou non, sans l'escorte d'un gentleman convenable engagé par mes parents, est tout simplement irrecevable. Inacceptable. Absolument impensable.

Elle était si près de lui qu'il sentit une irrésistible vague de chaleur glisser sur l'avant de son corps et descendre en cascade jusqu'entre ses jambes. Il y avait bien longtemps qu'il n'avait eu une réaction si explicite, et il en fut brièvement si distrait qu'il la savoura simplement, tout entier absorbé...

Le regard de mademoiselle Duncannon glissa soudain sur la gauche. Elle était assez grande pour voir au-dessus de son épaule. Il la vit observer quelque chose, vit ses superbes yeux de jade s'agrandir, puis s'écarquiller.

— Grands dieux !

Elle le saisit par le col, le tira, le traîna jusqu'à le faire chuter à terre.

L'espace d'un instant insensé, l'esprit de Del interpréta cet acte comme un déferlement de désir. Puis, un bruit d'explosion et d'éclats de verre déferlant sur eux le ramena brusquement à la réalité.

Elle ne l'avait jamais quittée. À moitié prise au piège sous Del, elle gigota et frétilla pour se libérer, ses yeux horrifiés rivés sur la vitre en éclats.

Réprimant violemment l'effet de ces courbes arrondies sous lui, Del serra les dents et se releva sur les genoux. Il jeta un bref coup d'œil par la fenêtre sur la foule ébahie qui fourmillait dans la rue sombre et se releva. Il aidait mademoiselle Duncannon à l'imiter lorsque la porte s'ouvrit brusquement.

Mustaf apparut dans l'embrasure, sabre en main. Cobby à ses côtés tenait un pistolet armé. Derrière eux se dressait un autre Indien, grand, au teint basané. Del se raidit instinctivement. Il avança d'un pas lorsque mademoiselle Duncannon posa la main sur son bras pour l'arrêter.

— Je vais bien, Kumulay.

Sa petite main chaude encore posée sur le biceps de Del, elle leva les yeux.

— Ce n'est pas moi que l'homme voulait tuer.

Del la regarda. Si ses yeux étaient grands encore, ses pupilles dilatées, elle était néanmoins pleinement maîtresse d'elle-même.

Mille pensées fusèrent dans son esprit. Son instinct criait : « Après lui ! », mais cette fois-ci, ce n'était pas son rôle. Il regarda Cobby, qui avait baissé son arme.

— Apprêtez-vous à partir sur-le-champ.

— Je vais rassembler les autres, dit Cobby en opinant.

Lui et Mustaf se retirèrent. L'autre homme, Kumulay, resta dans l'embrasure de la porte, le regard impassible rivé sur sa maîtresse.

Del tourna les yeux vers elle et vit deux éclairs verts braqués sur lui.

— Vous ne partez *pas* sans moi.

Elle avait insisté sur chaque mot.

Il hésita, accordant à son esprit une dernière chance de trouver une autre solution, puis, mâchoires serrées, il hocha la tête.

— Très bien. Soyez prête dans une heure.

— Enfin!

Plus de deux heures après, Del fermait la porte de la chaise de poste que la prévoyante mademoiselle Duncannon avait louée et se laissait tomber à côté de sa nouvelle protégée.

Sa bonne, Bess, une Anglaise, était assise de l'autre côté de la jeune femme, près de la porte. Sur la banquette opposée, formant un ensemble coloré de saris et de châles en laine, étaient assises Amaya, Alia et une autre Indienne plus âgée ainsi que deux petites filles, ces trois dernières accompagnant mademoiselle Duncannon.

Restait à savoir pourquoi celle-ci avait principalement des Indiens à son service.

La voiture se mit en branle et remonta péniblement High Street. Tandis que le véhicule contournait Bargate pour rejoindre la route de Londres, Del se demanda — et ce n'était pas la première fois dans les deux dernières heures — ce qui l'avait poussé à accepter la présence de mademoiselle Duncannon.

Malheureusement, il connaissait la réponse, et celle-ci ne lui laissait guère le choix. Elle avait vu l'homme qui avait tiré sur lui, et cet homme l'avait donc presque assurément vue.

Les partisans du Cobra noir n'utilisant que rarement, pour ne pas dire jamais, des armes à feu, il s'agissait sans doute de Larkins, le valet de Ferrar, son homme de confiance par excellence, ou de Ferrar lui-même. Del pariait sur Larkins.

Bien que Cobby eut interrogé tous les badauds de la rue qui, encore éberlués, commentaient à grands cris le coup de feu, personne n'avait assez bien vu l'homme au pistolet pour le décrire et encore moins l'identifier. Tout ce qu'il avait appris, sans surprise, c'était qu'il avait la peau claire.

Si cette attaque du Cobra noir aussi prompte que violente était une surprise, à bien y penser, Del aurait certainement tenté une manœuvre préventive comme celle-ci à la place de Ferrar. S'il avait été tué, le chaos ultérieur lui aurait peut-être permis d'aller dans sa chambre fouiller ses bagages et d'attraper l'étui à parchemin. Son plan n'aurait pas plus réussi, mais Ferrar ignorait ce fait. Quoi qu'il en soit, Del était pleinement persuadé que sans la présence d'esprit — et de corps — de mademoiselle Duncannon, il serait assurément mort.

Sept heures allaient bientôt sonner. Le ciel était noir, la lune blottie dans d'épais nuages. Les lampes de la voiture éclairaient la nuit froide. Les quatre chevaux foulèrent enfin le macadam de la grande route et allongèrent le pas.

Del pensa aux autres domestiques qui les accompagnaient tous deux, voyageant avec le gros des bagages sur deux chariots sans toit, les seuls véhicules que Cobby ait réussi à louer dans un délai si bref.

Au moins, ils étaient loin, en mouvement.

Et ils savaient que Larkins, donc Ferrar aussi vraisemblablement, étaient proches, à leurs trousses. L'ennemi maintenant à découvert engageait le combat.

— Je ne comprends pas, dit Deliah, pourquoi vous avez tenu à ce que rien ne soit dit aux autorités.

Elle parlait d'une voix feutrée que masquait le bruit sourd et répété des sabots, pour que seul l'homme à ses côtés entende son mécontentement.

— Bowden dit que vous avez payé la vitre cassée et insisté pour que rien ne soit dit de l'incident.

Elle patienta un instant.

— Pourquoi ?

Elle ne s'était pas tournée vers lui pour parler. L'intérieur de la voiture était une mer d'ombres mouvantes ; l'obscurité l'empêchait de lire sur son visage — et elle avait compris que celui-ci ne révélait que ce que Del voulait bien dire.

Le silence persista, mais elle attendit.

— L'attaque est reliée à ma mission, murmura-t-il enfin. Pourriez-vous décrire l'homme au pistolet ? Cela nous aiderait.

Ce qu'elle avait vu à travers la fenêtre était gravé dans sa mémoire.

— Il était un peu plus grand que la moyenne, portait un manteau sombre — pas bien chic, mais de bonne qualité. Il avait un chapeau foncé, mais j'ai pu voir qu'il avait les cheveux coupés ras. À part cela… Je n'ai vraiment pas eu le temps de noter tous les détails.

Elle se tut un instant.

— Savez-vous qui c'était?

— Je pense que c'est l'un des hommes en lien avec ma mission.

— Votre « mission », quelle qu'elle puisse être, n'explique pas votre refus d'avertir les autorités de cet acte criminel, pas plus qu'elle n'explique pourquoi nous filons en pleine nuit comme si nous avions pris peur.

Elle ne savait rien du colonel Derek Delborough, mais il ne lui semblait pas du genre à fuir devant l'ennemi.

— C'était la chose à faire, répondit-il d'un ton las et arrogant.

— Hum.

Elle fronça les sourcils, peu encline à ce qu'il ne dise mot. Il parlait d'une voix grave, assurée, ses paroles — celles d'un homme habitué à commander — étaient étrangement apaisantes. Après la frénésie de l'attaque, elle était toujours à cran, les nerfs encore à vif. Elle grimaça.

— Même si vous ne vouliez pas attirer l'attention sur vous, vous auriez pu au moins…

Del détourna le regard vers l'obscurité de la nuit. Il l'avait vue grimacer, il avait vu ses lèvres se retrousser… et avait ressenti une envie presque irrépressible de la faire taire.

En pressant de sa bouche ses lèvres boudeuses.

Et de découvrir leur douceur, de connaître leur goût.

Acide, sucré? Ou les deux à la fois?

Sans même parler du public aligné sur la banquette opposée, il avait tendance à penser qu'un tel geste lui vaudrait une gifle au moins. Deux, plus assurément. Malgré tout, le fait qu'elle soit assise à ses côtés — sa hanche à quelques centimètres de lui, son épaule caressant légèrement son bras à chaque roulement de la voiture, sa chaleur irradiant sur son flanc — était une tentation à laquelle son corps réagissait sans pudeur.

La quête du Cobra noir le consumait depuis des mois ; il n'avait guère eu le temps de badiner avec une femme et cela faisait plus longtemps encore qu'il n'avait été avec une Anglaise. Et jamais il n'avait côtoyé de femme aussi flamboyante que mademoiselle Duncannon.

Ceci n'expliquant en rien pourquoi il était soudain si fortement attiré par une diablesse aux lèvres telles que pour elles, les courtisanes les plus expérimentées auraient vendu leur âme.

Il étouffa sa voix féminine, ses interrogations insistantes, persistantes, pour se concentrer sur le pas lourd des chevaux. Quitter Southampton au plus vite avait été la chose à faire, même si cela allait à l'encontre de sa nature. Au moins, s'il avait transporté la lettre originale, la nécessité d'échapper aux griffes de Ferrar aurait instantanément pris le dessus sur son envie de le pourchasser.

S'il était resté se battre, s'il avait tenté de traquer Larkins ou même de suivre la piste de Ferrar, ce dernier aurait deviné qu'il ne tenait qu'à moitié au parchemin en sa possession. Ferrar aurait alors reporté son attention, et celle de ses adeptes, sur l'un des trois autres officiers.

Les devançaient-ils ou devaient-ils encore accoster en Angleterre ?

Avec de la chance, Torrington et Crowhurst apprendraient les faits. Il leur avait laissé un bref message auprès de Bowden.

L'heure avançait, il commençait à faire froid. Puisque la majorité de leur personnel voyageait à découvert, ils ne pouvaient aller bien loin. Pour ce soir, Winchester serait leur but.

Il pria dans l'espoir de résister suffisamment longtemps aux envies que lui inspirait le chuchotis féminin près de lui pour leur permettre d'atteindre la ville.

Le Swan Inn sur Southgate Street semblait répondre à leurs exigences.

Comme Del s'y attendait, mademoiselle Duncannon ronchonna lorsqu'il refusa d'aller à l'hôtel Pelican, plus grand.

— Nous sommes si nombreux, ils sont plus à même de nous loger tous.

— L'hôtel n'est que lattes et poutres de bois.

— Et... ?

— J'ai une peur irraisonnée de me réveiller dans une maison en flammes.

Les hommes du Cobra noir avaient la réputation d'utiliser le feu pour éliminer ceux qu'ils poursuivaient, sans la moindre pensée pour toute autre personne périssant dans l'incendie. Descendant de la voiture dans la cour de l'auberge, Del regarda le bâtiment, puis se retourna pour aider sa protégée à descendre.

— Le Swan Inn, lui, est fait de pierre.

Elle prit sa main et mit pied à terre, s'arrêta pour observer l'auberge et, l'œil vide, regarda Del.

— Des murs de pierre en hiver.

Il leva les yeux vers le toit où plusieurs cheminées exhalaient des nuages de fumée.

— Des feux.

Elle renifla, retroussa ses jupes, monta les marches du porche et passa la première la porte que l'hôtelier tenait grande ouverte, les saluant et s'inclinant à leur passage.

Avant que Del puisse prendre les choses en main, elle le fit, filant jusqu'au comptoir de l'auberge tout en ôtant ses gants.

— Bonsoir.

L'hôtelier passa hâtivement derrière le comptoir pour la servir.

— Il nous faut des chambres pour tout le monde. Une grande chambre pour moi, une autre pour le colonel, quatre chambres plus petites pour mon personnel et deux autres pour le sien, et la femme de chambre du colonel peut partager une chambre avec ma suivante. Cela me semble sage. Bien, et il nous faut souper, je sais qu'il est tard, mais…

Del s'était posté derrière elle — elle savait qu'il était là — et l'écoutait débiter ses ordres, directives et instructions sans presque s'arrêter. Il aurait pu intervenir pour prendre le relais, il en avait eu l'intention, mais elle organisait si bien tout ce petit monde qu'il n'y vit pas grand intérêt.

Les bagages avaient été déchargés et transportés à l'intérieur, l'hôtelier avait distribué les chambres, ordonné qu'on ouvre pour eux un salon privé et envoyé ses ordres en cuisine pour les repas. Del observa à distance une bonne aux yeux ronds amener sa protégée à sa chambre, puis se tourna vers l'aubergiste.

— J'aurais besoin de deux voitures supplémentaires.

— Bien sûr, monsieur. Fait déjà terriblement froid, et ils disent que le pire s'en vient. Je n'ai pas moi-même de voitures, mais je connais l'homme d'écurie de l'hôtel Pelican — il me rendra service avec plaisir — et je suis certain qu'il en aura deux pour vous.

Del leva les yeux en haut de l'escalier et croisa le regard de mademoiselle Duncannon. Elle garda toutefois le silence, se contentant d'arquer légèrement les sourcils en avançant dans le corridor.

— Merci.

Les yeux de nouveau posés sur l'aubergiste, il ordonna qu'on serve au bar une boisson de leur choix aux domestiques, puis quitta le vestibule désert.

Une demi-heure plus tard, frais et dispos, Del était dans le salon privé lorsqu'entra mademoiselle Duncannon. Deux bonnes venaient tout juste de dresser une petite table pour deux devant la cheminée ; elles s'inclinèrent avant de ressortir. Del s'avança et présenta un siège à sa protégée.

Elle avait ôté sa pelisse, révélant une robe rouge grenat lacée d'un ruban de soie du même ton, sur laquelle tombait un châle de soie aux motifs délicats.

Elle s'assit et inclina la tête.

— Merci, colonel.

Il alla s'asseoir en face d'elle.

— Del, dit-il doucement.

Elle haussa les sourcils, et il s'expliqua.

— La plupart des gens que je connais m'appellent Del.

— Je vois.

Elle le regarda s'asseoir et déplier sa serviette d'un coup sec.

— Puisque nous sommes apparemment voués à nous tenir compagnie pendant quelque temps, il serait approprié, je suppose, de vous dire mon prénom. Je m'appelle Deliah — *et non* Delilah. Deliah.

Il sourit, hocha la tête.

— Deliah.

Deliah s'efforça de ne pas le dévisager fixement, s'efforça de maintenir vif son esprit soudain vide. C'était la première fois qu'il lui souriait, et elle n'avait assurément pas besoin de cette distraction supplémentaire. Il était ridiculement beau lorsqu'il affichait un air sérieux et grave ; lorsque ses lèvres se courbaient en un sourire, il était la séduction personnifiée.

Deliah, mieux que quiconque, savait à quel point les hommes de cette trempe étaient dangereux — surtout pour elle.

Les portes s'ouvrirent sur les bonnes qui apportaient une soupière et une corbeille de pain.

Elle hocha la tête en approbation et les bonnes firent le service. Deliah observait la soupe avec une sorte de gratitude, se félicitant intérieurement de l'avoir commandée. Nul besoin de converser pendant que l'on consommait une soupe. Cela lui donnerait juste un peu plus de temps pour rappeler à l'ordre ses sens indisciplinés.

— Merci.

À son signe de tête, les bonnes repartirent. Elle prit sa cuillère et se mit à manger.

Il lui présenta la corbeille de pain.

— Non, merci.

Il sourit de nouveau — diable ! — et se servit ; elle baissa les yeux sur sa soupe et fixa son assiette.

Il lui avait fallu toute la durée de leur court trajet et le gros de la demi-heure passée hors de sa vue pour démêler l'écheveau d'émotions qui l'assaillaient. Elle avait d'abord attribué sa fébrilité et son souffle haletant au choc ressenti devant le canon d'un pistolet, même si celui-ci ne pointait pas sur elle.

Le coup de feu, l'agitation qui avait suivi, le départ précipité, le voyage imprévu durant lequel il était demeuré obstinément secret à propos de sa mystérieuse mission — une mission qui l'avait amené à se faire tirer dessus... Ces événements pouvaient naturellement expliquer sa nervosité.

Sauf qu'elle n'était pas du genre à se laisser dépasser par les événements, même extrêmes ou imprévus.

Dans la tranquillité de sa chambre, elle avait fini par démêler ses sentiments au point de voir enfin la vérité nue : c'était cet instant où elle s'était retrouvée sur le plancher de bois, le corps solide de Del couvrant le sien, qui était à la racine du problème. La source de son émoi.

À ce souvenir, elle ressentit les mêmes sensations — son poids qui l'immobilisait, ses muscles fermes et sa lourde ossature qui l'enserraient sous lui, ses longues jambes qui s'enchevêtraient aux siennes, sa chaleur — puis cet éclair... qui l'avait submergée. Brûlant, intense, assez fort pour la faire frémir.

Assez fort pour faire languir son corps défaillant.

Mais il n'en savait rien, pensait-elle. Elle l'observa reposer sa cuillère.

Il croisa son regard.

— Je devrais vous remercier d'avoir pris en main l'organisation domestique.

— J'ai l'habitude d'encadrer le personnel de mon oncle, dit-elle en haussant les épaules. C'est ce à quoi je me suis occupée durant mes années outremer.

— En Jamaïque, d'après ce qu'a écrit ma tante. Qu'est-ce qui vous a menée là ?

Reposant sa cuillère, elle appuya ses avant-bras sur la table, entrelaça ses doigts et le regarda.

— À l'origine, j'étais partie rendre visite à mon oncle, sir Harold Duncannon. C'est le premier magistrat de la Jamaïque. Le climat et la colonie m'ont plu, et je suis restée. Petit à petit, j'ai pris la direction du personnel de maison.

— Vos serviteurs sont Indiens. Y a-t-il beaucoup d'Indiens en Jamaïque ?

— Aujourd'hui, oui. Après la fin des vaisseaux négriers sont arrivés nombre de travailleurs indiens et chinois. Tout mon personnel était à l'origine au service de mon oncle, mais au fil des ans, ces gens sont devenus les miens plus que les siens, et je leur ai donné le choix de rester en Jamaïque ou de venir en Angleterre avec moi.

— Et ils ont choisi l'Angleterre.

Del s'interrompit au retour des bonnes. Tandis qu'elles débarrassaient l'entrée et apportaient un rôti alléchant, des plats de pommes de terre et de courges dorées, du jambon et un bol de sauce onctueuse, il eut le temps de penser à ce que la fidélité de son personnel révélait de mademoiselle Deliah — *et non* Delilah — Duncannon.

— Merci.

Elle fit un gracieux signe de tête aux bonnes qui se retirèrent. Avant qu'il ne formule sa question suivante, elle fixa sur lui son regard.

— Vous, je crois comprendre, avez été longtemps au service de la Compagnie des Indes.

Il opina, s'emparant de la fourchette de service.

— J'ai passé les sept dernières années en Inde. Avant, c'était Waterloo, et avant encore, la Péninsule.

— De longues années de service... Dois-je comprendre que vous vous retirez définitivement ?

— Oui.

Ils se servirent et commencèrent à manger.

Cinq minutes passèrent.

— Parlez-moi de l'Inde, dit-elle enfin. Les campagnes militaires y étaient-elles semblables aux campagnes européennes ? Des batailles rangées, armée contre armée ?

— Au début, oui.

Lorsqu'il leva les yeux et vit qu'elle attendait manifestement une réponse plus détaillée, il poursuivit.

— Dans mes premières années de service, nous avions pour ordre d'étendre le territoire, d'annexer de nouvelles zones de commerce, comme le disait la compagnie. C'était si l'on veut notre campagne de routine. Par la suite, il fut davantage question de... je suppose qu'on pourrait dire de maintenir la paix. De contenir les éléments insubordonnés pour protéger les routes commerciales — ce genre de choses. Ce n'était pas exactement ce que j'appelle une campagne ; il n'y avait pas de batailles comme telles.

— Et cette mission... ?

— ... fait suite aux activités de maintien de la paix, pour ainsi dire.

— Et c'est une mission plus civile que militaire?

— En effet, dit-il en soutenant son regard.

— Je vois. Et pour mener à bien cette mission, vous faudra-t-il me laisser derrière à un moment ou à un autre alors que nous serons encore bien au sud du Humberside?

Il s'adossa à sa chaise.

— Non.

Elle arqua les sourcils.

— Vous semblez avoir radicalement changé votre fusil d'épaule pour ce qui est de ma présence, après l'attaque qu'on a portée sur vous. Je doute de bien comprendre.

— Le fait est que j'accepte désormais votre compagnie. J'attends confirmation quant à la route exacte que nous devons prendre, mais je parie qu'il nous faudra passer quelques jours, peut-être une semaine, à Londres.

— Londres?

Il avait espéré la distraire par l'idée de faire les boutiques — après tout, elle avait vécu bien longtemps loin du pays —, mais au vu des présomptions et hypothèses qu'il lisait dans ses yeux, il sut qu'elle cherchait à savoir ce qu'un séjour à Londres révélait de sa mission.

— À propos, dit-il, pourquoi la Jamaïque?

Après un bref silence, elle haussa les épaules.

— J'avais besoin de nouveaux horizons et j'y avais de la famille.

— Quand avez-vous quitté l'Angleterre?

— En 1815. En tant que colonel, étiez-vous responsable d'un... quoi? d'un escadron d'hommes?

— Non.

Elle attendait sa réponse, ses yeux et son visage traduisant une curiosité manifeste.

— En Inde, je commandais un groupe d'officiers d'élite, lesquels commandaient eux-mêmes des troupes de la compagnie pour mater les petites insurrections et émeutes qui secouent constamment le sous-continent. Mais dites-moi, y avait-il une grande société à… Kingston, c'est cela?

— Oui, Kingston, dit-elle en opinant. Et, oui, on y retrouvait l'habituelle société d'expatriés, comme dans toute colonie, j'imagine. Comment était-ce en Inde, à ce sujet?

— J'étais posté principalement à Calcutta, où se trouve le siège de la compagnie. Il y avait en permanence des bals et des soirées durant la saison mondaine, mais les rencontres n'y étaient guère aussi aisées qu'aux clubs huppés de Londres comme l'Almack.

— Ah oui? J'aurais pensé…

Ils poursuivirent cet échange de questions et réponses tout au long du repas. Del tenta de découvrir pourquoi elle avait eu besoin de «nouveaux horizons», évitant de tomber dans les pièges de la conversation qu'elle lui tendait et de révéler plus qu'elle n'en devait savoir sur sa mission.

S'il devait l'emmener avec lui pour garantir sa sécurité, il était résolu à faire tout en son pouvoir pour la maintenir dans l'ignorance, la tenir bien à l'écart de sa mission et, dans la mesure du possible, hors de vue du Cobra noir.

Le repas terminé, ils avaient quitté le salon et monté l'escalier lorsqu'il réalisa avoir passé la soirée entière seul avec une femme non mariée, à discuter simplement; il n'avait même pas trouvé le temps long.

Ce qui était généralement le cas. À ce jour, les femmes, même bien nées, n'avaient rempli qu'un seul et unique rôle dans sa vie; il ne s'était guère intéressé à elles par ailleurs. Toutefois, bien qu'il eut regardé les lèvres sensuelles de

Deliah bien trop souvent pour son propre bien, leurs interrogations mutuelles l'avaient tant absorbé — l'esprit vif de
la jeune femme l'assurait qu'il ne devait rien lui dévoiler —
qu'il n'avait pu s'intéresser à son potentiel sexuel, encore
moins traduire en gestes une attirance qui, à sa surprise,
avait perduré et même grandi dans les dernières heures.

Elle s'arrêta devant la porte de sa chambre et leva les
yeux vers lui. Ses lèvres se retroussèrent légèrement — un
sourire sincère voilé d'un soupçon d'appréciation et d'une
pointe de défi.

— Bonne nuit… Del.

Il esquissa un calme sourire. Inclina la tête.

— Deliah.

Debout dans le corridor sombre, Del regarda la porte se
refermer derrière elle, puis regagna d'un pas lent sa chambre
voisine, doutant fort que ce souhait de Deliah puisse être
exaucé.

Deux

12 décembre
Swan Inn, Winchester

Del fut tiré d'un sommeil effectivement agité par Cobby qui écartait les rideaux de son lit.

— C'est le matin, croyez-le ou non. Gris comme une tombe, et tout aussi froid. Même si ce qu'on prétend être le soleil n'est pas encore levé, il y a au rez-de-chaussée deux hommes qui vous attendent — Torrington et Crowhurst.

Del grommela. Il repoussa les couvertures, se leva et s'étira en réprimant un frisson dans l'air froid du matin.

— Dis-leur que je descends tout de suite.

— Bien, monsieur.

Del fit sa toilette, se rasa prestement et enfila les vêtements que Cobby avait disposés près du feu. D'un bref coup d'œil à la fenêtre, il aperçut un morne paysage sous un ciel gris perle, mais puisqu'il n'avait pas encore neigé et qu'il ne pleuvait guère, le temps était assez clément pour voyager.

Del croisa Cobby dans le vestibule.

— Ils sont au salon. Comme vous alliez descendre, j'ai cru bon de faire servir le petit déjeuner.

Del approuva de la tête et se dirigea vers le salon. Il ouvrit la porte et aperçut alors deux gentlemen attaquant avec enthousiasme de généreuses assiettes de jambon et de saucisses. Tous deux relevèrent la tête et se levèrent à son approche.

C'étaient sans doute d'anciens hommes de la garde royale — il reconnaissait une certaine posture des épaules, un air de famille dans leur silhouette longue et grande.

L'un d'entre eux avait les yeux et les cheveux noirs. Il tendit la main et sourit en inclinant la tête.

— Delborough, je présume. Torrington.

Ils échangèrent une poignée de main.

— Gervase Tregarth.

Le second homme, aux yeux d'ambre, aux cheveux châtains et bouclés, tendit la main à son tour.

— On m'appelle aussi Crowhurst.

— Appelez-moi Del, répondit ce dernier avec un sourire.

Il s'assit face à eux et jeta un œil sur les plats.

— Je n'ai pas pris de vrai petit déjeuner anglais depuis plus de sept ans. Est-ce mangeable ?

— C'est excellent. Torrington saisit sa fourchette. Un jambon délicieux. Je m'appelle Tony, à propos, Tony Blake.

— Blake.

Del prit du jambon et trois saucisses.

— Il y avait un Blake derrière les lignes ennemies à Corunna.

— C'était moi. Il y a bien longtemps de cela... Nous n'avons plus que rarement l'occasion de nous amuser ainsi, de nos jours.

— Ce qui explique pourquoi, dit Gervase en s'emparant de la cafetière, nous sommes très reconnaissants d'être ainsi invités à replonger dans l'action, ne serait-ce que brièvement. La vie civile a ses défis, mais ce ne sont pas tout à fait les mêmes.

Ces quelques paroles suffirent à mettre Del pleinement à l'aise; il comprenait ces hommes, qui pensaient tout comme lui.

— Nous avons appris, dit Tony en avalant une bouchée de jambon, que vous aviez eu un petit embêtement au Dolphin Inn.

— En effet. Le Cobra noir semble savoir que je suis ici et il est prêt à agir, impatient même de passer à l'attaque.

— Excellent.

Gervase fit un large sourire.

— Je suis heureux d'apprendre que nous sommes déjà dans le feu de l'action.

— Que vous a dit Wolverstone? demanda Del.

— Lequel est tout aussi reconnaissant, précisa Tony, bien qu'à son habitude il n'ait pas révélé grand-chose de son jeu. Nous sommes censés aller à Londres pour quelques jours et y faire du tapage en espérant tirer de leur retraite le plus grand nombre d'hommes du Cobra noir. Royce n'a pas fixé de date; lorsque nous aurons le sentiment d'avoir fait tout notre possible dans la capitale, nous partirons pour le comté de Cambridge et la résidence Somersham.

— Je connais l'endroit, dit Del. C'est la demeure de Devil Cynster.

— Où, reprit Gervase, Cynster nous attendra avec une escouade d'autres Cynster. L'idée est d'amener le Cobra noir à vous attaquer là-bas — la secte ne pourra pas savoir qu'il y aura une telle troupe d'anciens soldats de la garde en demeure.

— Une sorte de guet-apens, dit Del en opinant.

Il avala une bouchée.

— Exactement.

Tony se resservit une tasse de café et s'adossa à sa chaise. Del haussa les sourcils et s'adressa aux deux hommes.

— Savez-vous si les autres sont arrivés en Angleterre ?

Tony secoua la tête.

— J'ai fait savoir à Royce hier soir que vous aviez débarqué, dit Gervase, et que nous allions suivre le plan comme prévu. De ce que nous savons, vous êtes le premier arrivé.

Del hésita.

— Pour ce qui est de suivre le plan, il y a une légère complication ; un ajout imprévu à notre groupe.

Il leur parla de Deliah Duncannon et expliqua brièvement pourquoi il n'avait pu partir sans elle.

Tony fit la grimace.

— Dernière chose dont nous avions besoin, de pouponner une délicate petite chose à Londres et jusqu'au comté de Cambridge.

— Au moins, nous pourrons la confier aux dames des Cynster une fois là-bas, dit Gervase.

Del tenta d'imaginer Deliah Duncannon « confiée » à ces dames ou encore « pouponnée ». En vain.

Il cherchait les mots qui lui permettraient de corriger leur méprise concernant la « délicate petite chose » qu'était Deliah lorsque Tony poursuivit.

— Enfin, je suppose qu'il suffit de la tenir, avec sa bonne et vos gens, bien à l'écart de l'action.

Posant sa tasse vide, Tony attrapa la cafetière.

— Puisque nous devrions prendre la route d'ici une heure, il semblerait opportun de faire dire à sa bonne qu'il est grand temps de réveiller mademoiselle Duncannon.

— Mademoiselle Duncannon est déjà réveillée.

Le ton glacial les poussa à se lever au moment où la porte — qui ne s'était pas bien refermée derrière Del, comme il le comprenait maintenant — s'ouvrit toute grande devant Deliah prête à partir dans une robe de voyage grise, d'une contenance impassible.

Il était impossible de savoir depuis combien de temps elle était derrière la porte.

Del s'empressa de faire les présentations, ce à quoi elle concéda d'un air hautain. Tony et Gervase s'inclinèrent devant elle, aussi charmants et enjoués que possible. Del lui présenta une chaise tandis que les deux autres lui conseillèrent jambon et saucisses, conseil qu'elle balaya du revers de la main en même temps qu'une bonne s'empressait d'apporter des rôties encore chaudes et une théière.

— Merci.

Deliah sourit à la bonne, prit une rôtie, puis regarda fixement les deux coupables assis avec Del.

— Bien, quelle est notre destination, aujourd'hui ?

Elle avait posé la question à Tony. Il regarda Del, mais elle refusa de suivre son regard et continua de le fixer d'un œil interrogateur… Comme elle l'avait espéré, il se sentit contraint de répondre.

— Nous devrions arriver à Londres en fin d'après-midi.

— Avant le comté de Cambridge, dit-elle en opinant.

Les hommes échangèrent un bref coup d'œil.

— En temps voulu… dans quelques jours, peut-être plus ?

Ils ne la corrigèrent pas, aussi opina-t-elle de nouveau : hypothèse confirmée. Elle grignota son pain, se servit du thé et en but une gorgée, tout en relevant les signes éloquents de leur doute quant à ce qu'ils devaient lui dire, doute qu'elle laissa grandir. Elle posa sa tasse.

— À propos de cette mission… que dois-je savoir ?

Tous trois remuèrent sur leur chaise. Tony et Gervase jetèrent un coup d'œil à Del en évitant de le regarder. Enfin, Del parla.

— Notre… commandant, à défaut d'un mot plus juste, n'encourage pas la divulgation inutile de renseignements.

— Vraiment ? dit-elle en arquant les sourcils. Et ce commandant est-il au courant de mon existence — sait-il que je suis malgré moi impliquée dans son entreprise ?

— Non.

— Donc, il n'a pu s'opposer d'une quelconque manière à ce que l'on m'informe des détails de l'affaire ?

Del fixa ses yeux verts et limpides. Les autres lui laissaient le soin de décider s'il fallait ou non la maintenir dans l'ignorance. Si ç'avait été un homme, il aurait parlé et lui aurait demandé son aide. Mais ce n'était pas un homme — certainement pas — et son instinct l'incitait fortement à la tenir dans l'ignorance, la plus complète.

— Quoi qu'il en soit, rien ne justifie que vous…

Son sourire crispé était un avertissement.

— Que je fatigue ma jolie petite tête avec toutes ces idées ?

Il hocha la tête, désinvolte.

— C'est à peu près ça.

Il n'allait pas se laisser intimider.

Elle soutint son regard — de nouveau, ils s'opposaient dans un face-à-face ou du moins dans un duel de volonté et de nouveau, il jugea la chose inexplicablement émoustillante — puis elle détourna les yeux vers Tony.

— Puisque nous devons séjourner quelques jours à Londres, où comptez-vous loger ?

Le soudain changement de cible mit Tony dans l'embarras.

— Euh…

Il regarda Gervase, puis lança un bref coup d'œil à Del.

— Nous pensions descendre à notre club privé, mais maintenant…

— Je présume qu'il s'agit d'un club réservé aux hommes ? demanda-t-elle.

— En quelque sorte, toutefois nos épouses y logent également lorsque nous sommes en ville.

— Vraiment ?

Elle arqua les sourcils.

— Je ne pense pas qu'il soit approprié de séjourner dans un quelconque établissement *privé*.

Del n'était nullement surpris de la voir revenir de manière détournée à son propos premier — la mission. Il s'imposa.

— Nous discuterons des possibilités en voiture, dit-il avant de regarder ostensiblement l'horloge sur la cheminée. Il nous faut partir aussi vite que possible.

Elle le regarda, puis sourit.

— Bien sûr.

Deliah posa sa tasse vide, sa serviette. Avec une grâce royale, elle se leva, les obligeant à se lever eux aussi. Elle inclina la tête tout en se tournant vers la porte.

— Messieurs. Je serai prête dans une heure.

Ils l'observèrent marcher en silence jusqu'à la porte ; elle l'ouvrit et la referma doucement derrière elle.

— Nous devrions comprendre, dit Gervase, qu'elle n'est pas un simple numéro qu'on ignore.

— Ou plus exactement, dit Del d'un ton bougon, qu'elle n'est pas un numéro et qu'*elle refusera* qu'on l'ignore.

— Eh bien ? Allez-vous me parler, oui ou non ?

« J'aurais dû m'attendre à cette question », se dit Del, tête inclinée sur le dossier de la banquette, yeux clos et bras croisés sur le torse.

— Non.

Il ne fit pas l'effort d'ouvrir les yeux. La troupe avait quitté Winchester une demi-heure plus tôt et filait à vive allure sur la route de Londres. Leur voyage actuel différait toutefois notablement de celui de la veille : aujourd'hui, lui et elle étaient seuls dans la voiture. Son personnel et le sien les suivaient juste derrière en un convoi de trois voitures. Gervase et Tony, les chanceux, avançaient à cheval parallèlement à la route, assez près pour assurer une surveillance, mais assez loin pour ne pas repousser les hommes du Cobra noir qui envisageraient de mener une attaque.

Une éventualité peu probable, selon Del. Même en cette saison, la route était trop fréquentée, les malles-postes et toutes sortes de véhicules privés allant et venant constamment dans les deux sens. Les partisans du Cobra noir préféraient perpétrer leurs infamies en des lieux moins peuplés.

— Où sont les deux autres ? demanda Deliah.

Del ouvrit les yeux mi-clos et la vit regarder par la fenêtre.

— Ils ont dit qu'ils nous accompagneraient, mais je ne les vois pas.

— Ne soyez pas inquiète, dit-il en refermant les yeux. Ils sont là.

— Je ne suis pas inquiète. Je suis curieuse.

— J'ai remarqué.

Ses yeux lui lancèrent des éclairs ; il les sentit les yeux fermés.

— Voyons si j'ai bien tout compris, reprit Deliah.

Sa voix était la quintessence de la raison et du bon sens.

— Vous arrivez à Southampton et vous louez des chambres à l'auberge, où vous apprenez avoir été désigné pour me servir d'escorte et vous tentez aussitôt de vous défaire de cette responsabilité. Vous vous faites tirer dessus, vous pliez bagage et vous quittez l'auberge immédiatement — même si vos gens sont tout juste installés et que la nuit tombe — pour avancer de quoi... quinze kilomètres ? Et dès le lendemain matin, vous prenez deux... devrais-je les appeler des *gardes* ?

Del sentit ses lèvres se tordre avant de pouvoir les immobiliser. Elle le vit.

— Hum, reprit-elle, allez-vous me dire de quoi il retourne ?

— Non.

— Pourquoi ? Je ne vois pas en quoi je souffrirais de savoir ce que vous transportez — des renseignements ou quelque chose de plus tangible — et ce que vous comptez en faire, qui cherche à vous arrêter, et pourquoi ?

À ces mots, Del ouvrit les yeux, tourna la tête et la regarda. Les yeux verts de Deliah révélaient son impatience. Elle avait bien deviné… Il serra les mâchoires.

— Mieux vaut que vous ne sachiez rien.

Elle plissa des yeux, pinça les lèvres.

— Pour qui ?

Il n'en était pas si sûr, à bien y penser. Il regarda devant lui et inclina la tête de nouveau.

— Je vais y réfléchir, murmura-t-il avant de refermer les yeux.

Il sentait sur lui la colère qui bouillonnait en elle, mais alors elle changea de position et un silence béni s'installa.

Un très, très long silence.

Del finit par entrouvrir les yeux pour l'observer avec prudence.

Accotée dans le coin à la paroi de la voiture, Deliah regardait les champs défiler à vive allure. Elle fronçait légèrement les sourcils et ses lèvres étaient… vaguement boudeuses.

Plusieurs minutes s'écoulèrent, puis il détourna son regard avec force et referma les yeux.

* * *

Ils s'arrêtèrent dîner dans une petite auberge de campagne au village de Windlesham. Deliah n'avait rien dit lorsqu'il avait refusé de faire halte dans l'un des grands relais de poste de Camberley, dirigeant plutôt le cocher vers ce petit village — où ils seraient bien moins exposés au danger.

Tony et Gervase devaient rester en arrière pour surveiller d'éventuels poursuivants, mais dans la mesure où le Cobra noir présumait certainement que Del se rendait à Londres, ils pensaient tous trois qu'il avait plutôt posté des guetteurs sur la route qui devaient l'informer de son passage.

Si Tony et Gervase parvenaient à en repérer un, ils pourraient peut-être suivre l'homme jusqu'au repaire du Cobra. À cette heure, tout renseignement sur ses forces leur serait utile et toute révélation sur le Cobra lui-même vaudrait de l'or.

Del descendit de la voiture devant le Windlesham Arms et, après un bref coup d'œil alentour, aida Deliah à mettre pied à terre. Elle ronchonnait encore, formulant des piques acerbes qui amusaient beaucoup Del, même s'il prenait bien soin de lui cacher son plaisir.

L'aubergiste les fit entrer dans un coquet salon décoré de voilages fins et de fauteuils confortables, puis leur servit un excellent repas. Enfin, Deliah cessa ses jérémiades et au moment de payer la note au comptoir, dans la grande salle de l'auberge, son irritation avait entièrement disparu. Elle était presque d'humeur agréable — même si elle ne l'aurait jamais avoué.

Souriant à moitié, Del discutait avec le serveur en attendant que l'aubergiste calcule la douloureuse addition.

Le bar était à moitié plein. Au lieu de rester près de Del et de voir les clients l'observer à la dérobée, Deliah s'éloigna sous un passage voûté où deux portes vitrées donnaient sur une petite cour. Elle découvrit des pelouses onduleuses, sur lesquelles on installait certainement à la belle saison les tréteaux et les bancs qu'elle voyait empilés dans un coin sous une rangée d'arbres nus.

Plus près d'elle, un étroit massif longeait le mur de l'auberge, débordant d'hellébores en fleurs. Elle n'avait pas vu ces «roses de Noël» depuis tant de temps qu'elle ouvrit spontanément la porte pour aller les admirer.

Les plantes étaient matures, imposantes et au bout de nombreuses tiges tombaient de larges fleurs blanches, parfois mouchetées de couleurs. Elle se pencha pour mieux les observer.

Et entendit des pas furtifs approchant sur l'herbe.

Elle se redressa et s'apprêtait à se retourner lorsqu'un solide gaillard l'agrippa par-derrière.

Elle hurla, et lutta.

Un deuxième homme vint en aide au premier, immobilisant Deliah pour qu'il plaque une main sur sa bouche.

Elle baissa la tête et donna un coup de coude en arrière dans le ventre mou du premier agresseur. Il en eut le souffle coupé, et haleta.

Le deuxième homme jura et, voyant que son complice lâchait prise, tira Deliah par le bras pour l'éloigner de l'auberge.

Elle se braqua, inspira profondément et cria de nouveau. Elle dégagea son bras d'un mouvement brusque et frappa l'homme avec force.

C'est alors que Del sortit en trombe, Kumulay et Mustaf derrière lui. L'agresseur jura en détalant à toutes jambes.

Le premier homme ne fut pas si rapide ; haletant, il s'agrippait à Deliah. Del attrapa son bras d'une main, et elle vit voler un poing par-dessus son épaule.

Elle entendit un craquement ignoble et sentit alors le gaillard desserrer sa prise.

Del attira Deliah contre lui. Elle regarda en arrière et vit l'agresseur étendu sur les dalles, inconscient.

Tous, hommes et femmes qui étaient à l'auberge sortirent alors en masse, pour voir et s'exclamer, pour poser des questions, exiger des réponses.

Del et Deliah se virent soudain cernés par cette foule bien intentionnée. Nombreux étaient ceux qui pensaient Deliah au bord de l'évanouissement, s'imaginant que ses nerfs allaient bientôt la lâcher. Une crainte qui la laissait manifestement tout aussi perplexe que Del, et qui l'agaçait bien plus que lui.

Des questions, des témoignages de sollicitude et d'indignation empathiques fusaient de toutes parts ; il fallut plusieurs minutes pourtant précieuses pour ramener tout le monde au calme.

Enfin, Del leva les yeux et aperçut Mustaf et Kumulay arpenter la pelouse. Mustaf secouait la tête et gesticulait — l'homme avait eu un cheval prêt à partir.

Ils avaient prévu d'enlever Deliah pour l'emmener quelque part. Del devinant que c'était là où le Cobra noir ou son lieutenant se tenait en attente.

Il ravala un blasphème, chercha des yeux l'homme qu'il avait mis à terre, puis scella ses lèvres pour réprimer un juron encore plus virulent.

L'homme avait disparu.

Les mâchoires crispées en un sourire forcé, il resserra le bras de Deliah et la guida à travers la foule vers l'entrée de l'auberge.

Mustaf et Kumulay virent que l'homme avait disparu et, voyant que Del partait, s'en allèrent rassembler les autres et préparer les voitures.

Vingt minutes plus tard, ils avaient repris la route, s'éloignant à bon train du village tiré de sa somnolence.

Del s'adossa lourdement contre le siège et prit enfin conscience de l'élancement dans sa main gauche. Il la souleva et observa une déchirure sur l'une de ses articulations. Il mit son point endolori à la bouche.

Deliah le remarqua et fronça les sourcils, puis regarda devant elle. Elle leva le menton.

— Je parie que votre commandant, dit-elle enfin au bout de quelques secondes, quel que soit son nom, me reconnaîtrait désormais le droit d'être mise au secret.

Del fit la grimace. Il se tourna et observa son profil : ses lèvres boudeuses s'étaient affinées en un mince trait sévère.

— Vous ne pouvez pas prétendre que c'étaient de simples voleurs de grand chemin, des vagabonds attirés par une cible facile.

— Non.

Il soupira.

— Si j'avais su que je courais le risque d'être attaquée, je n'aurais pas franchi cette porte.

Elle se tourna vers lui et le regarda.

— Vous ne pouvez pas vous taire plus longtemps ; il est trop dangereux de me maintenir dans l'ignorance.

Il la fixa un moment, regarda devant lui et, après avoir pris une grande inspiration, il lui raconta tout.

Il lui donna d'abord une description soigneusement abrégée du Cobra noir et de sa mission, mais elle perçut sa réserve et refusa de passer outre, tirant verbalement à hue et à dia pour qu'il lui donne un compte rendu complet de l'affaire.

Il tressaillit en son for intérieur lorsqu'il s'entendit évoquer les circonstances entourant la mort de James MacFarlane et la preuve accusatrice pour laquelle il avait donné sa vie.

— Pauvre garçon, que c'est affreux! Du moins est-il mort en véritable héros —, c'était certainement important pour lui. C'est donc cette preuve que vous et vos amis souhaitez remettre à Wolverstone?

— Oui.

— Et le plan consiste notamment à pousser le Cobra noir à l'attaque afin de le capturer et de le compromettre, indépendamment de la preuve même?

— Oui.

Elle se tut un moment.

— C'est un excellent plan, dit-elle enfin.

Il s'attendait à ce qu'elle soit troublée, horrifiée, effrayée, voire terrifiée par les graves menaces et le danger bien réel qui planaient sur eux — dont elle avait inévitablement conscience. Toutefois, si elle paraissait aussi troublée que prévu, l'horreur, la frayeur et la terreur ne semblaient pas être à son répertoire; s'il avait eu quelque réserve quant à sa force de caractère, son analyse immédiate des détails les plus pertinents de la mission l'avait désormais balayée.

Après un long silence, elle se tourna vers lui et croisa son regard.

— Bien sûr, je ferai mon possible pour vous assister — il vous suffit de demander. Puisqu'aux yeux du Cobra noir je fais assurément partie de votre entourage, il est maintenant insensé de me tenir à l'écart de votre mission.

Del parvint à cacher sa réaction. Il pensa à toutes les bonnes raisons de la tenir à l'écart, totalement sensées à ses yeux, mais il ne s'était pas élevé au rang de colonel sans maîtriser l'art de diriger, bien qu'il n'ait jamais auparavant tenté de diriger une diablesse.

— Merci.

D'un signe de tête, il accepta son offre. S'il l'avait déclinée, réprimant l'enthousiasme qui brillait dans les yeux verts de Deliah, il n'aurait qu'attisé son désir de participer à la mission. Il préférait voir dans son engagement un levier subtil grâce auquel la maîtriser — pour l'amener à se rendre utile là où elle ne courait aucun danger. À ce propos...

— Nous ne savons toujours pas où loger, à Londres.

Del haussa les sourcils et s'adossa à la banquette.

— Connaissez-vous un endroit qui puisse nous convenir ?

12 décembre
Hôtel Grillon, Albemarle Street, Londres

— Vous voyez ?

À l'entrée du chic hôtel Grillon, Deliah observait Del en examiner les principaux atouts : le bel escalier unique qui menait aux étages supérieurs, la salle de restaurant d'un côté, le salon de l'autre et, juste en face de l'entrée principale, la seule entrée de la rue, le grand comptoir derrière lequel se tenaient deux jeunes hommes, prêts à répondre à la moindre demande de leurs clients sous l'œil de lynx d'un gentleman plus âgé en uniforme aux épaulettes cousues d'or. Il y avait par ailleurs non pas un mais deux portiers en uniforme postés à l'entrée.

— C'est l'endroit idéal, murmura-t-elle. Non seulement est-ce au cœur de Londres, mais le Grillon a bâti sa réputation sur la sécurité et le respect des convenances. Il leur serait inadmissible qu'un événement aussi déplacé qu'une quelconque attaque perturbe les lieux.

Del en était arrivé à la même conclusion — l'ancien soldat derrière le comptoir l'observait avec insistance et le portier qui les avait accueillis n'était pas encore ressorti. Il hocha la tête.

— Somme toute, un excellent choix.

Il avança. Deliah marcha silencieusement à ses côtés, ses longues jambes lui permettant de le suivre aisément. Le premier commis se redressa derrière le comptoir, presque au garde-à-vous ; l'allure de Del ne laissait aucun doute.

— Puis-je vous aider, m...

— Mademoiselle Duncannon.

Deliah posa ses gants sur le comptoir et attendit que le commis la regarde.

— J'aurais besoin de chambres pour moi-même et pour mon personnel. Le colonel Delborough — elle agita la main dans sa direction — aura également besoin d'une chambre...

— Et de formuler quelques exigences.

Deliah se tourna vers lui et il la fixa ostensiblement.

— Puisque je vous escorte dans le nord à la demande de vos parents, il serait peut-être approprié que vous me considériez *in loco parentis*.

Elle le regarda en plissant des yeux. Del durcit son sourire.

— Peut-être devriez-vous me laisser m'occuper des chambres.

Deliah fronça les sourcils.

Avant qu'elle ne puisse répondre, il s'adressa au commis.

— Mademoiselle Duncannon prendra une suite avec vue sur la rue, sans balcon de préférence.

Le premier commis consulta sa liste.

— Nous avons une suite qui pourrait convenir, colonel. Elle est au premier étage, mais à quelque distance de l'escalier.

— Voilà qui est parfait. J'aimerais moi aussi une chambre, au même étage, entre la suite et l'escalier.

— Bien, monsieur.

Le premier commis discuta avec un subalterne, puis opina.

— Nous avons une chambre à quatre portes de l'escalier, si cela vous convient.

— À merveille. Nous aurions maintenant besoin de deux chambres pour deux gentlemen qui devraient arriver d'ici une heure environ. Le vicomte de Torrington et le comte de Crowhurst. Ils aimeraient être logés aussi près de l'escalier que possible.

Gervase et Tony surveillaient les voitures un peu plus loin dans la rue ; une fois certains qu'ils séjourneraient effectivement au Grillon, ils devaient aller au Bastion Club prendre d'éventuels messages avant de les rejoindre à l'hôtel.

Après discussion, le premier commis poursuivit.

— Il y a bien deux chambres en face de l'escalier au premier, mais elles donnent sur la ruelle. Elles sont rarement demandées…

Le commis prit un air interrogateur.

— Cela nous convient parfaitement, dit Del en souriant. En outre, puisque je reviens de l'Inde où j'ai effectué un long service et que mademoiselle Duncannon rentre d'un long séjour en Jamaïque, nous voyageons tous deux avec du personnel de maison.

— Cela ne posera aucun problème, monsieur, pas à cette période de l'année. Si je puis me permettre, je pourrais discuter directement de la chose avec votre personnel.

Del approuva.

— Mon ordonnance s'appelle Cobby, et…

Il regarda Deliah.

— Mon majordome s'appelle Janay, répondit-elle en fronçant légèrement les sourcils.

— Parfait. Je discuterai des chambres avec messieurs Cobby et Janay. Vos voitures sont certainement devant l'hôtel ?

À la réponse de Del, le commis ordonna à ses subalternes d'amener les voitures aux écuries, puis fit le tour du comptoir.

— Si vous voulez bien me suivre, colonel, mademoiselle Duncannon, je vais vous montrer vos chambres. Vos bagages suivront sous peu.

Les heures suivantes les virent inévitablement affairés à leur emménagement. La suite — que Deliah n'aurait jamais songé à demander — était spacieuse. Le vaste salon et la chambre adjacente avaient de grandes fenêtres donnant sur la rue. Contrairement à ce qu'elle aurait cru, Del avait tout organisé avec brio. Tout en se préparant pour le souper, elle repensa aux exigences qu'il avait posées et qui révélaient sans conteste à quel point il prenait au sérieux la menace du Cobra noir.

Elle s'assit devant la coiffeuse et laissa Bess la mettre en beauté.

Celle-ci remonta adroitement les longues tresses de Deliah en un nœud impeccable qu'elle fixa bien haut grâce à un peigne en écaille. Regardant sa maîtresse dans le miroir, Bess hocha la tête.

— Heureusement que je n'ai pas mis toutes vos robes du soir dans les grands coffres.

Deliah fit la grimace. La plupart de ses vêtements, tout comme le reste de ses bagages, étaient acheminés vers le nord par charrette.

— Combien en avons-nous ?

— Deux. Celle-ci et la robe de soie émeraude.

Bess fixa la dernière épingle.

— Voilà… Elle recula. Si nous ne sommes pas trop pressés, vous pourriez peut-être en acheter une autre en ville. Si nous allons chez un duc, ne serait-ce que pour quelques jours, vous en aurez besoin.

— Nous verrons.

Deliah se leva et alla vérifier dans le miroir en pied le drapé de sa robe de soie pourpre, sa taille haute et son col festonné. Satisfaite, elle se dirigea vers la porte donnant sur le salon.

Ils avaient convenu de souper là. Del lui avait laissé le soin d'approuver le menu. Janay et Cobby assureraient le service afin qu'ils puissent discuter de leurs prochaines démarches.

Lorsqu'elle entra au salon, elle vit Del debout près de la fenêtre donnant sur Albemarle Street. Il se retourna ; l'espace d'un instant, il sembla surpris de la voir, puis on frappa à la porte et tous deux pivotèrent.

— Entrez, dit-elle.

La porte s'ouvrit devant Tony et Gervase. Ils inclinèrent distraitement la tête, absorbés qu'ils étaient à balayer la pièce du regard, repérant la fenêtre et la porte de la chambre avant de poser les yeux sur la table mise, les fauteuils confortables devant la cheminée et le feu qui crépitait.

Tony haussa les sourcils et s'avança.

— Pas l'endroit que j'aurais choisi, mais il semble très bien répondre à nos besoins. Nos chambres sont tout près de l'escalier et nous avons repéré la vôtre. Nous n'aurions pu faire mieux.

— C'est mademoiselle Duncannon qu'il faut féliciter, dit Del en lançant un coup d'œil à Deliah. Le Grillon était sa suggestion.

Tony et Gervase esquissèrent tous deux un sourire et s'inclinèrent légèrement devant elle.

La porte s'ouvrit de nouveau. À la vue de Janay apportant une soupière, Deliah s'approcha de la table.

— Veuillez vous asseoir, messieurs. Le repas est servi.

Del lui présenta une chaise. Elle s'assit, Gervase à sa droite et Tony en face d'elle.

Janay servit la soupe et Cobby leur offrit du pain. Ils commencèrent à manger, et les deux hommes se retirèrent pour apporter le plat suivant.

— Je dois dire, murmura Gervase, que je n'aurais jamais pensé séjourner ici, dans ce bastion des gens bien comme il faut. Il regarda Deliah. Nous avons formé le Bastion Club à la fin de l'année 1815. Nous sommes rentrés du continent presque tout de suite après, et pour ceux d'entre nous qui n'avaient pas de logement en ville — comme Tony et moi —, c'est devenu l'adresse londonienne par excellence.

— C'était à l'origine un club réservé aux hommes, expliqua Tony, mais nous nous sommes tous mariés en 1816, en l'espace de huit mois environ, et nos épouses ont choisi d'y séjourner aussi.

— Gasthorpe, notre majordome, et son personnel s'y sont pliés de bon cœur. Gervase sourit. Ils se sont même occupés des enfants à l'occasion.

Ils se contentaient de faire la conversation, mais Deliah voulait en savoir plus.

— Combien de membres y a-t-il dans le club?

Ils répondirent et lorsqu'elle chercha à en savoir plus, ils détaillèrent davantage. Plus elle en savait sur leur famille, sur leur passé, leur présent, plus elle comprenait leur lien aux gens qui habitaient leurs terres — on retrouvait là l'élan protecteur qui les avait certainement poussés des années plus tôt à intégrer l'armée —, plus elle se détendait à leurs côtés. Plus elle avait confiance en eux.

Le plateau de fruits était vide. Tandis que Cobby et Janay débarrassaient la table, elle observa Del avec curiosité. Elle avait eu confiance en lui instantanément.

Elle savait bien que l'intuition était parfois trompeuse lorsqu'il s'agissait des hommes — d'autant plus s'ils étaient beaux et faisaient battre son cœur —, pourtant, indéniablement, il se dégageait du colonel Derek Delborough quelque chose de fortement apaisant et de rassurant.

Au lieu de prendre du porto, Del dit à Cobby d'aller chercher une bouteille d'arack dans ses bagages, Gervase et Tony ayant émis le souhait de goûter à cette version indienne du cognac.

Tony jeta un coup d'œil à Gervase, puis à Del.

— Peut-être devrions-nous aller à votre chambre.

Il fit un charmant sourire à Deliah.

— Nous devons parler de stratégie, ce qui ne manquera pas d'ennuyer mademoiselle Duncannon au plus haut point.

Deliah sourit de façon tout aussi charmante.

— Au contraire, mademoiselle Duncannon est tout ouïe.

Son sourire se durcit.

— Je sais tout du Cobra noir, du moins tout ce qu'il me faut savoir. Vous et Gervase pouvez parler librement.

Tony et Gervase échangèrent entre eux un bref coup d'œil surpris et quelque peu désapprobateur, puis se tournèrent vers Del.

— Deux hommes ont tenté d'enlever mademoiselle Duncannon durant notre halte à Windlesham.

Tony et Gervase se redressèrent.

— Voilà de bien mauvaises nouvelles, dit Gervase en regardant Deliah.

— Vous n'avez pu les attraper ? demanda Tony.

Del raconta brièvement les faits.

— Après cela, comme mademoiselle Duncannon…

— Appelez-moi Deliah, je vous prie. C'est plus facile, et nous sommes à l'évidence tous ensemble dans cette histoire.

Del inclina la tête.

— Comme le fit remarquer Deliah après coup, étant donné que le Cobra l'a manifestement dans sa ligne de mire, il était trop dangereux de ne pas lui en dire plus. Il croisa son regard. À propos, avez-vous relevé quelque indice révélant la présence d'autres hommes à proximité — comme celui qui m'a tiré dessus ?

— Non, il n'y avait que les deux hommes que vous avez vus. Je doute qu'il y en ait eu d'autres alentour.

— Pourriez-vous les décrire ? Nous n'avons qu'entraperçu celui qui a pris la fuite.

Elle obtempéra, brossant un portrait suffisamment détaillé pour que les trois hommes froncent des sourcils.

— Il semble bel et bien que le Cobra noir ait recruté des hommes du coin, avant tout pour nous nuire sans se mettre en danger ni courir le risque de compromettre ses lieutenants. Del posa les yeux sur Deliah. Vous avez décrit l'homme qui m'a tiré dessus à Southampton — en y repensant, je ne sais s'il s'agissait de Larkins, l'homme de Ferrar, ou d'un homme du coin embauché pour ce seul mandat. Si vous l'aperceviez de nouveau, pourriez-vous le reconnaître ?

— Assurément, affirma Deliah. Je l'ai regardé droit dans les yeux et il n'y avait que dix mètres entre nous.

Et c'était certainement pour cela que le Cobra s'en était pris à elle, pensa Del. Ferrar savait aussi qu'un tel enlèvement détournerait Del de sa route et de sa mission, l'attirant à coup sûr à ses trousses.

— Étant donné les circonstances — il choisit ses mots avec précaution —, vous ne devriez pas sortir en un lieu public sans la présence rapprochée d'au moins l'un d'entre nous.

Il la regarda et fut surpris de la voir opiner sans réserve. Comme si elle avait perçu ses soupçons latents, elle arqua un sourcil.

— Après tout ce que vous m'avez dit, je n'ai aucune envie d'être… une invitée du Cobra noir.

— Non, en effet.

Son expression se fit grave.

Tony observa Del.

— Je devrais mentionner que si Gasthorpe et ses subalternes se désolent de n'avoir pu vous accueillir, ils sont toujours ravis de jouer les rôles secondaires dans nos petites aventures. Ils se sont donc attelés avec enthousiasme à surveiller l'hôtel et à explorer les environs à la recherche du moindre indice sur nos poursuivants.

— Je crois comprendre que vous n'avez repéré aucun guetteur au cours du voyage, reprit Del.

— Nous n'avons pas vu d'Indiens, dit Gervase en faisant la grimace, ni même d'Anglais au teint basané. Nous avons vu nombre de personnages douteux qui regardaient passer les voitures, mais il était impossible de distinguer ceux qui pouvaient être au service du Cobra noir. Il n'y avait personne à suivre.

Les trois hommes se turent.

Deliah les observa chacun à leur tour.

— Alors, quels sont nos plans ?

Comme personne ne s'empressait de répondre, elle continua.

— Peut-être pourriez-vous préciser ce que vous comptez faire durant ces quelques jours à Londres ?

— Nous voulons, dit Del, maintenir le Cobra noir dans l'incertitude — est-ce que je transporte la preuve authentique ou seulement un double ? S'il apprend que c'est un double, il se désintéressera de moi et reportera son attention sur les trois autres. Nous ne voulons pas lui donner cette chance. D'après ce que j'ai cru comprendre des plans de Wolverstone, il s'agit d'amener le Cobra à se battre sur quatre fronts différents, simultanément ou sinon coup sur coup.

— C'est exact, dit Gervase en opinant. L'affaiblir en l'obligeant à disperser ses troupes.

— Donc, poursuivit Del, les yeux rivés sur la table, nous gardons l'étui à parchemin en lieu sûr —, c'est chose faite et compte tenu de la sécurité qu'offre le Grillon, il est on ne peut plus protégé. Nous n'avons rien de plus à faire sur ce plan, notre volet défensif est couvert. Pour le reste, nous devons évaluer au mieux l'étendue des forces du Cobra noir : a-t-il fait venir au pays un nombre important de partisans, comme nous le pensions, ou n'en a-t-il qu'une poignée, ceci le forçant à recruter des hommes du coin ? Fait-il appel à eux par facilité ou parce qu'il n'a pas le choix ?

Il regarda Tony et Gervase.

— Le *modus operandi* du Cobra noir consiste à réprimer toute opposition, et il mise d'habitude sur la force du nombre et sur le sacrifice des troupes pour remporter le moindre combat. Le culte prêche que la mort au service du Cobra noir est source de gloire. D'un point de vue stratégique, il a coutume d'attaquer avec un surplus d'hommes. De fait, cela nous aiderait — grandement — de savoir s'il a beaucoup d'hommes ici, tenus en réserve pour l'heure, ou si un manque de bras le forcera à jouer plus finement la partie.

Tony opina.

— Nous devons le faire sortir de ses retranchements, ou ses forces, à tout le moins. Nous devons métaphoriquement déployer l'étendard et le mettre au défi de venir s'en emparer. Nous devons persifler et piquer comme nous le ferions sur le champ de bataille.

— Ce qui concorde avec les ordres de Royce, ajouta Gervase, selon lesquels nous devons faire du tapage à Londres pour éveiller et fixer l'attention de l'ennemi, en attirant le plus possible la lumière sur nous avant de filer bon train vers le nord et la résidence Somersham. Avec un peu de chance, un grand nombre de ses partisans nous suivront et tomberont là-bas dans une embuscade. Il haussa les épaules. La procédure normale, en somme.

Ils discutèrent ensuite des possibles façons de « déployer l'étendard ».

— Je devrais me rendre au siège de la Compagnie des Indes, dit Del, pour infliger ne serait-ce qu'une nuit sans sommeil à Ferrar. Il sera contraint de vérifier si j'ai montré la lettre à quelqu'un.

— Vous pourriez aussi visiter Whitehall[4] et le quartier général de la garde royale.

Tony s'empara de la bouteille d'arack désormais à moitié vide.

— Il aura peut-être quelque difficulté à pénétrer les murs de la garde.

Deliah remua sur sa chaise. Elle comprenait ce qu'ils suggéraient et percevait un éventuel problème, mais elle ne

---

4. Siège du gouvernement de Sa Majesté.

voulait pas le faire remarquer. Mieux valait qu'ils s'en rendent compte eux-mêmes.

Gervase fronça les sourcils.

— Nous pouvons faire tout cela, mais je crains que ça n'ait l'air trop pensé. Trop évident. Il nous surveillera, mais il ne sortira pas de l'ombre.

« Précisément », pensa Deliah. Elle se racla la gorge.

— Si je puis me permettre… le seul élément de votre plan que le Cobra noir ne pouvait anticiper, c'est moi. Elle regarda Del. Vous-même ne saviez pas que j'allais voyager avec vous. Il sait maintenant que je suis là et que, pour une raison qu'il ignore, vous me servez d'escorte. Si nous, vous et moi, nous mettons à courir la ville et à faire les sorties habituelles d'une lady de province — une lady frivole et exigeante —, il pensera que ces sorties sont les miennes et non les vôtres, qu'elles visent à me faire plaisir et non à le faire sortir de l'ombre. Pensez-y.

Décelant un intérêt soudain dans leurs yeux, elle laissa paraître son propre enthousiasme grandissant.

— Nous pouvons nous promener au parc, faire les boutiques de Bond et Bruton Streets, aller au musée… Et à cette époque de l'année, les quartiers à la mode sont presque déserts. Il est à douter que Ferrar monte une attaque à Whitehall ou devant le quartier général de la garde, mais devant une boutique de modiste de Bruton Street ? Dans le parc à l'heure où les ombres s'étirent ? Il n'a aucune raison de douter que de telles sorties sont des pièges, pas si vous me servez d'escorte.

Gervase opina lentement.

— Cela pourrait réussir.

Si Del le pensait également, il demeurait fort réticent à l'idée. Il avait bien perçu que tout en ayant l'air d'offrir son aide en toute innocence, Deliah s'immisçait au cœur même de l'action.

Plus encore, elle faisait de sa présence lors des sorties un élément essentiel.

Tony aussi se montra enthousiaste.

— Vous pourriez combiner ces sorties huppées et la visite des lieux que Del a mentionnés — tous ces lieux où le Cobra noir s'attend à le voir.

Il marqua une pause, puis hocha la tête.

— Cela devrait réussir. Nous devons amener l'ennemi à croire qu'il peut vaincre, si nous voulons qu'il mette ses hommes en danger.

Del écouta les autres parler de sorties chics et d'éventuelles attaques. Il ne pouvait qu'approuver leur jugement stratégique ; Deliah présente, les partisans écarteraient tout soupçon de traquenard. Et bien qu'en son for intérieur il désapprouve le fait de l'exposer au danger, il serait à ses côtés, Tony et Gervase non loin et prêts à leur venir en aide.

Malgré tout…

Il était tard, ils avaient voyagé. Avec le devoir de réfléchir aux sorties les plus appropriées, ils s'entendirent pour finaliser leurs plans au matin et se levèrent pour se retirer.

Tony et Gervase souhaitèrent le bonsoir. Del les suivit jusqu'à la porte de la suite, Deliah à côté de lui.

Il sortit dans le couloir et se retourna pour la regarder.

— Quoi ? dit-elle en haussant les sourcils.

Il hésita.

— Si je suis d'accord pour que vous participiez à notre mission, je ne suis en aucun cas heureux de vous voir exposée à un quelconque danger et encore moins aux intrigues du Cobra noir.

Elle le regarda posément.

— Vous serez tout aussi exposé que moi à ces dangers. Et en définitive, vous n'êtes pas une proie bien plus difficile à tuer que moi.

Il fronça les sourcils. Avant qu'il ne puisse corriger ses propos, elle repoussa la porte.

— Bonne nuit, Del.

Et à ces mots doux, la porte se referma sur son nez.

12 décembre
Maison des Shrewton, Londres

Le salon de la maison des Shrewton à Grosvenor Square était exactement tel qu'Alex l'avait imaginé. Bien sûr, la famille n'y résidait pas actuellement et tout le mobilier était recouvert de toile de Hollande; mais même dans l'obscurité, chandeliers éteints, les dimensions de la pièce et ses élégants ornements étaient évidents.

Alex se laissa tomber dans un cabriolet que Roderick avait découvert et l'observa faire les cent pas devant son foyer ancestral. Plus précisément, *leur* foyer ancestral — ils pouvaient tous s'en réclamer. Leurs serviteurs avaient fait un grand feu pour chasser l'air glacial.

Roderick fit la grimace.

— Le Grillon ne permet peut-être pas une attaque directe, mais au moins pouvons-nous les surveiller assez facilement.

Daniel se vautra de toute son élégance languide dans un fauteuil encore recouvert de toile.

— Et je doute fort que Delborough soit naïf au point d'imaginer pouvoir défendre sa cause en exhibant la lettre au siège de la compagnie, ni même à Whitehall.

Daniel regarda Roderick.

— Il sait que tu as des relations.

— Quand bien même, répliqua celui-ci, nous les tiendrons à l'œil.

— Voilà qui est sage, dit Alex, d'un calme absolu. Parallèlement, que donnent les efforts de Larkins pour récupérer la lettre ?

— Il a un homme dans l'entourage de Del —, c'est une chance. Larkins est certain qu'il parviendra à s'emparer de la lettre.

— Mais ce brigand n'est pas son seul atout, n'est-ce pas ? s'enquit Daniel.

— Non. S'il a la chance de prendre un otage, la demoiselle, par exemple, il le fera. Et si pour une raison quelconque il estime que la lettre est désormais hors de notre portée, impossible à obtenir d'une quelconque manière, il tuera Delborough.

Roderick faisait toujours les cent pas.

— Nous sommes aux aguets et nous attaquerons si la chance se présente — indépendamment du reste, c'est ce que prévoit Delborough, et les attaques attireront son attention sur l'extérieur et non sur son propre personnel.

— M'wallah me dit que Larkins n'utilise pas nos hommes, affirma Alex en attendant une explication.

— Il semblait opportun, dit Roderick en opinant, du moins tant que nous manquons de bras et que nombre de nos hommes sont encore en chemin, que Larkins recrute des mercenaires du coin plutôt que d'exposer nos propres forces.

— Excellente idée, dit Alex avec un sourire.

Il était toujours bon de féliciter Roderick lorsqu'il faisait bien les choses.

— Et où sont donc les autres, nos lointains partisans?

— Nous avons des groupes en attente dans chaque port de la côte sud et aussi loin que Whitby au nord de la côte est. Il y a des assassins dans chaque groupe et bien sûr, nous avons des hommes qui suivent les trois autres officiers. Étant donné qu'ils ont pris des routes différentes et qu'il est impossible de prédire avec certitude à quel port d'Angleterre ils accosteront, j'ai ordonné aux hommes qui les suivent de nous informer immédiatement de leur arrivée à l'un des ports d'embarquement du continent, pour autant qu'ils soient encore en vie et en possession du parchemin.

Roderick regarda Daniel, puis Alex.

— Ainsi, nous aurons suffisamment d'avance et de temps pour leur réserver un accueil approprié.

— Un accueil qu'il nous reste à parfaire pour ce qui est de Delborough, remarqua froidement Alex.

— Il nous manquait le surplus d'hommes que nous engageons habituellement, lorsque Delborough est arrivé, mais maintenant que nous avons un homme dans son entourage et que le bon colonel flâne à Londres avec sa mystérieuse lady, nous réussirons.

Roderick se tut et regarda de nouveau Daniel, puis Alex.

— Indépendamment des quatre lettres à récupérer, nous devons nous assurer que les messagers, les quatre, ne s'en sortent pas indemnes.

Alex esquissa un sourire glacial, effrayant.

— Je suis entièrement d'accord. Nous ne voudrions pas donner l'impression d'avoir perdu de notre mordant.

❦ Trois ❦

13 décembre
Hôtel Grillon

Ils se retrouvèrent dans le salon pour le déjeuner. La suite, admit Deliah, était un atout stratégique que Del avait bien anticipé. Ils pouvaient y retrouver Tony et Gervase pour discuter de leurs plans tout en évitant d'être vus en public avec leurs gardes secrets.

Ils établirent vite le programme du jour.

— Certains hommes de Gasthorpe seront de la partie, dit Gervase, alors ne soyez pas surpris de les voir se battre avec nous éventuellement.

— Comment savoir qu'ils sont avec nous ? demanda Deliah.

— Ils se battront à nos côtés, dit Tony avec un sourire.

Elle aurait répliqué, mais Gervase poursuivit tout de suite.

— Gasthorpe m'a dit avoir reçu un message de Royce.

Il hocha la tête en regardant Del.

— Vous êtes le premier arrivé, et Hamilton est maintenant à Boulogne. Il devrait traverser la Manche dans les
prochains jours.

— C'est une bonne nouvelle.

Del ressentit un calme soulagement à l'idée que Gareth
était arrivé sain et sauf.

— Tout est en place, nous dit-on, pour l'accueillir dès
qu'il foulera le sol de l'Angleterre, mais comme à son habitude, Royce a omis de dire où ce serait.

Gervase sourit d'un air résigné. Del et Tony l'imitèrent.

— Votre commandant a-t-il dit autre chose ? s'enquit
Deliah.

Gervase repoussa son assiette vide.

— Simplement d'agir comme prévu à Londres et de
faire sortir les partisans de l'ombre.

Il regarda Del.

— La lettre est en lieu sûr ?

— Elle n'est jamais sans surveillance, dit Del en
opinant.

— Bien. Tony se leva, tendit la main à Deliah et l'aida
galamment à se lever. Allons-y ! Premier arrêt, Bond Street.

— Cela fait des années que je ne suis pas venue ici, dit
Deliah.

À la voir pour ainsi dire coller son nez sur la vitrine du
magasin Asprey, joaillier de la Couronne, et parler sans
quitter des yeux les bijoux scintillants, Del n'avait aucun
mal à la croire. Bras dessus bras dessous, elle l'avait quasi-
ment traîné tout le long de Albemarle Street, puis de
Piccadilly et de Bond Street. Faire semblant de traîner les
pieds n'avait pas été bien difficile.

Mais il était amusant, et révélateur, de voir que le rôle de Deliah, celui d'une lady de province fascinée par Londres et résolue à jouir des charmes typiques de la ville, n'était pas qu'une feinte.

Elle arracha enfin son regard ébloui de la vitrine scintillante et regarda plus loin dans la rue.

— Il y a d'autres joailliers, n'est-ce pas ?

Del pointa du doigt Rundell & Bridge, à quelque distance de l'autre côté de la rue ; hardie et décidée, elle le tira par le bras. Devant ce spectacle, il dut redoubler d'efforts pour simuler l'ennui. Ils s'arrêtèrent devant la vitrine du célèbre joaillier. Tandis qu'elle examinait les colliers exposés, il observa son visage.

Pas de feinte. Elle désirait les pierres étincelantes tout autant que n'importe quelle lady. Il se demanda ce qu'il apprendrait de plus lorsqu'ils se rendraient ensuite, conformément au programme, chez les modistes de Bruton Street.

Son attirance pour elle ne s'était pas émoussée, ce qui lui paraissait étrange. Elle était autoritaire — ou le serait s'il le lui permettait —, butée, râleuse et bien plus farouchement indépendante qu'il ne l'aurait aimé ; pourtant, elle faisait désormais partie de la mission — enrôlée malgré elle et sans qu'elle ait commis d'impair —, à part entière, et au-delà de sa résignation et de sa réticence, il était reconnaissant. Que ce soit elle, avec toute sa confiance naturelle, et non une jeune demoiselle comme il faut, plaintive et craintive et qu'il faudrait en permanence réconforter — un boulet de plomb en vérité dans sa sacoche comme dans celle de Tony et Gervase.

Cultivant son ennui, il lança un regard innocent —, mais en fait acéré — derrière lui dans la rue. Avec lenteur, il se retourna vers la vitrine.

— Nous sommes suivis, par des hommes du coin.

— Les deux en manteau brun plus loin dans la rue ?

Il ne l'avait pas vue les regarder, encore moins les remarquer.

Elle remua et pointa du doigt apparemment dans la vitrine.

— Je crois que lui aussi nous surveille : l'homme au chapeau melon miteux.

Del observa attentivement son reflet dans la grande vitre et décida qu'elle avait raison.

— Ils n'agiront pas ici, il y a trop de gens pour qu'ils nous attaquent.

— Il devrait y avoir bien moins de monde sur Bruton Street, à cette heure-ci.

Del fit semblant de soupirer et tira sur sa manche. Elle se tourna vers lui et il pointa du doigt au loin. Elle hocha la tête et indiqua Bruton Street à leur gauche. Mimant une frustration résignée, il l'escorta à contrecœur dans cette direction.

Ils tournèrent dans Bruton Street. L'homme au chapeau melon traversa au bout de la rue puis tourna lui aussi en restant de l'autre côté de la chaussée.

Deliah marchait en examinant les plaques des modistes et les robes présentées dans les étroites vitrines — tout en surveillant l'homme au chapeau derrière eux.

— Les deux autres viennent de tourner au coin. Ils sont de nouveau trois, murmura-t-il à côté d'elle.

— Comment peuvent-ils croire qu'ils passent inaperçus dans ce quartier ?

— Ils se disent probablement que nous ne faisons pas attention.

— Hum, fit-elle en s'arrêtant devant la boutique suivante. Cela fait si longtemps que je suis partie... J'ignore totalement quels sont les modistes en vogue. Je ne suis même pas au courant des dernières tendances.

— Inutile de me demander.

Il marqua une pause.

— N'avez-vous pas vu ce qui était à la mode, à Southampton ?

— Je n'y ai guère porté attention. Je me contentais de passer le temps.

— En courant les boutiques ?

— Que pouvais-je faire d'autre ? Examiner les navires ?

Elle prit un air songeur.

— J'aurais peut-être dû... les navires auraient sans nul doute été plus intéressants à regarder.

— Je croyais qu'une lady faisait du lèche-vitrine dès qu'elle en avait l'occasion.

— Je fais les magasins quand j'ai besoin de quelque chose. D'habitude, j'ai bien mieux à faire.

C'était moins cette remarque que le ton de sa voix qui réveilla les souvenirs de Del. Il ne l'avait jamais rencontrée avant Southampton, mais il avait entendu parler d'elle. Quand elle et lui étaient bien plus jeunes. C'était le garçon manqué des environs, le tourment de sa mère, comme il s'en souvenait désormais.

Elle remarqua sa distraction.

— Quoi ?

Del croisa son regard.

— Aviez-vous réellement noué une cloche à la queue du taureau du fermier Hanson ?

Elle plissa des yeux et regarda devant elle.

— Je me demandais si vous alliez vous en souvenir.

— L'avez-vous fait ?

— Martin Rigby m'avait défiée de le faire, alors oui, je l'ai fait.

Elle fronça des sourcils et agita la main devant la vitrine.

— Vous n'avez vraiment aucun avis, aucune préférence ?

Il balaya la rue du regard. Les salons de modistes se ressemblaient tous.

— Aucune.

— Dans ce cas, je vais choisir une boutique au hasard.

Elle marcha et s'arrêta devant une robe de soie bleue, d'une élégante simplicité.

— Ni froufrous, ni chichis, ni falbalas. Et un nom français. Celle-ci fera l'affaire.

Devant la porte adjacente, Del lut la plaque de laiton au mur. « Madame Latour ». Il laissa entrer Deliah.

— Je n'ai pas vu nos gardes ni leurs aides, murmura-t-elle en passant le seuil.

— Je parie qu'ils sont un tantinet plus experts dans l'art de poursuivre quelqu'un discrètement. Ne vous inquiétez pas, ils seront là.

Une cloche retentit au-dessus de la porte. Deliah fit face à un étroit escalier et commença à monter. Une jeune assistante apparut en haut, souriant et s'inclinant en guise de bienvenue.

— Bonjour, madame, monsieur. Je vous en prie, dit-elle en leur montrant la porte ouverte, entrez. Madame arrive.

Il était à peine dix heures — bien trop tôt pour les gens chics — et sans surprise, le salon était désert.

Mais madame elle-même réservait des surprises. Elle émergea de derrière un rideau, une mince jeune femme au teint pâle, aux yeux noisette et aux cheveux soigneusement tirés en un chignon serré. Madame était jeune, plus jeune que Deliah. Et après qu'elle eut prononcé quelques mots, une formule de politesse dite avec un fort accent, il fut évident que madame n'était pas plus Française que Deliah.

Qui fit comme si de rien n'était.

— Bonjour, madame. Je suis rentrée cette semaine d'un long séjour outremer et j'ai grand besoin de nouvelles robes.

Jeune femme de bonne famille que des circonstances difficiles ont laissée appauvrie, conclut Deliah à propos de madame.

— Ce que j'ai vu en vitrine m'a plu. Peut-être pourriez-vous me montrer d'autres modèles ?

— Absolument. Si madame veut bien s'asseoir.

Madame indiqua de la main un sofa recouvert de satin, puis regarda Del.

— Et monsieur votre époux ?

— Le colonel est un vieil ami de la famille, dit Deliah en regardant son escorte, qui a la gentillesse de m'accompagner dans le nord.

Elle s'assit et regarda Del déambuler dans le salon. Il fit un sourire charmant à madame.

— J'ai bien voulu me rendre utile et donner mon avis.

Il s'assit à côté de Deliah avec une aisance pleine d'élégance, et regarda madame d'un œil curieux.

Qui le regardait sans trop savoir ce qu'elle avait invité dans son salon.

Deliah ne pouvait la blâmer. Il était fort et malgré ses habits civils, rien ne pouvait masquer son port militaire, cet air désinvolte et troublant qui lui collait à la peau.

Pour l'heure, elle avait réussi à tenir en laisse ses nerfs en pelote et à lui cacher ses réactions. Elle parvenait même souvent à les ignorer, ou du moins à faire en sorte qu'elles ne dominent pas sa pensée. Mais là… C'était peut-être le contraste exagéré entre sa présence vigoureuse et masculine et l'atmosphère terriblement féminine de l'endroit, mais elle fut soudain très consciente de la tension qui la parcourait, qui comprimait ses poumons, qui troublait ses sens et ébranlait ses nerfs.

Enfin, du moment qu'il ne percevait rien…

Elle fit signe à madame.

— Veuillez commencer.

Madame cligna des yeux, puis s'inclina.

— Madame, j'ai différents modèles disponibles pour toutes les heures de la journée. Madame souhaite-t-elle commencer par les robes de jour ?

— Soit. Il me faut des robes pour toutes les occasions.

Opinant, madame disparut derrière le rideau. Du sofa sur lequel ils étaient assis, ils pouvaient entendre les deux femmes murmurer en arrière.

Encore éminemment consciente de la chaleur que dégageait Del à ses côtés, Deliah regarda vers les fenêtres.

— Elles donnent sur la rue, observa-t-elle.

— C'est vrai, mais il est trop tôt pour y jeter un œil. S'ils me voient regarder dehors dès maintenant, ils auront des soupçons.

Madame réapparut avec deux robes. Sa petite assistante chancelait derrière elle sous une brassée de vêtements.

— En premier lieu, dit madame, je vous suggérerais ce modèle.

Elle tenait haut une robe de jour en fine batiste couleur prune.

Ce fut toute une éducation pour Del. Il s'installa confortablement sur le sofa et observa. Observa Deliah réagir aux modèles de madame, et madame prendre peu à peu de l'assurance. La jeune modiste présenta chacune de ses robes, les tenant à bout de bras pour expliquer et montrer leurs caractéristiques. Deliah acceptait ou refusait d'ajouter le modèle à la pile des robes à essayer. Elle posait des questions, pour la plupart mystérieuses aux oreilles de Del, mais qui pour madame étaient pleinement sensées. En l'espace de quelques minutes, Deliah et la modiste avaient établi une relation.

Cela étant, ce n'est que lorsqu'ils en vinrent aux robes du soir que Del comprit l'intérêt sincère de Deliah à acheter ces créations de madame. Elle avait déjà ajouté à sa première sélection une robe vert pâle d'une élégante simplicité qui la rendrait superbe, comme Del lui-même pouvait le prédire, et hésitait entre une robe de fin satin doré et une autre d'un bleu ciel délicat.

— Essayez les deux.

Madame lui adressa un vif sourire de reconnaissance.

Deliah le regarda, un peu surprise.

— Si vous voulez bien passer au salon d'essayage, madame, nous pourrons voir si ces sélections vous conviennent.

— Excellente idée.

Del ne put résister et poursuivit.

— Je vous donnerai mon avis sur les deux.

Deliah plissa des yeux. Elle lança un coup d'œil vers les fenêtres.

— Ne devriez-vous pas garder l'œil ouvert pour repérer nos amis ?

— Il est trop tôt encore pour espérer les voir.

Elle voulut répliquer, mais puisque madame était là, elle se leva et se fit conduire derrière le rideau.

Del s'enfonça sur le sofa, prêt à s'amuser. Tony et Gervase, assistés par les légendaires hommes de Gasthorpe, devaient maintenant être en poste, toutefois le fait de prolonger l'attente pousserait probablement les sous-fifres du Cobra noir à l'ennui et à la négligence.

Le rideau s'ouvrit avec bruit et Deliah apparut, vêtue d'une robe de jour au tissu or clair constellé de petites feuilles vert émeraude. Elle était le printemps même. Sans le moindre regard pour lui, elle marcha jusqu'au coin du salon où quatre miroirs permettaient de se voir sous plusieurs angles.

Deliah tourna d'un côté et de l'autre, ses yeux suivant les lignes de la robe, du corsage ajusté à la taille haute et fine, à la caresse des jupes sur les hanches et au drapé du tissu sur ses très longues jambes.

Del suivit son regard. Lentement. Avec plaisir.

— Très joli.

Elle se raidit et l'observa dans le miroir.

Puis elle se tourna vers la modiste qui papillonnait autour d'elle et fit un petit hochement de tête.

— Je vais la prendre.

Sans plus regarder Del, elle passa devant lui et disparut derrière le rideau.

La parade qui suivit plongea Del dans l'incertitude, à savoir s'il était encore sain d'esprit d'observer ainsi ce spectacle, qui le réjouissait néanmoins. Si son esprit rationnel et logique insistait encore sur le fait qu'elle n'était qu'une femme poussée sur son chemin par ses tantes, quelqu'un à qui sourire courtoisement et qu'il devait rendre saine et sauve à ses parents dans le Humberside, une autre partie de lui, plus primaire, s'intéressait à elle sur un plan personnel, pour ne pas dire primitif, et de façon bien plus viscérale.

Évidemment, il ne put résister à l'envie de commenter son allure dans les différentes robes. Il ne put résister à l'excuse de promener son regard sur sa silhouette si féminine, sur le bel arrondi de ses épaules que dévoilaient les robes du soir, sur les formes pleines de sa poitrine, la courbure délicate de sa taille, ses hanches joliment rondes et la longueur fascinante de ses jambes.

L'ensemble lui mettait l'eau à la bouche.

Il aurait somme toute souffert en silence si elle n'avait pas réagi. Si elle n'avait pas, une fois la première rougeur dissipée sur ses joues, décidé de le tourmenter. Après avoir présenté une robe de voyage devant laquelle, il est vrai, les yeux rivés sur le mince corsage à brandebourgs, il avait formulé par quelques mots son approbation, elle lui avait lancé un regard, avait disparu derrière le rideau, les joues assurément rosies, pour réapparaître comme une fleur quelques minutes plus tard dans une robe rouge feu et d'une humeur tout aussi enflammée.

Le tissu de la robe épousait chacune de ses courbes. L'homme du monde qu'il était n'aurait pas, normalement, réagi à ce point.

Mais elle, dans cette robe, piquée au vif et par son goût du jeu et du défi, le fit réagir. Elle se pavanait, tournait, posait, paradait. Elle jouait devant le miroir, s'observant et l'observant. Puis, le regardant effrontément par-dessus son épaule, elle lui demanda son avis.

Il croisa son regard et répondit d'un ton tout aussi désinvolte.

— Révélateur. Vous devriez assurément vous l'offrir.

Comme il ne souhaitait guère fâcher madame, il n'alla pas plus loin dans ses recommandations et la laissa deviner ce qu'il voulait dire. Deliah comprit bien ses paroles.

Ses yeux brillèrent, puis elle se retourna vers le miroir, tournoyant encore sans la moindre gêne. Elle opina fermement.

— Oui, je pense bien me l'offrir.

À ces mots, elle disparut derrière le rideau.

Deliah laissa la robe de soie tomber à ses pieds, sentit sa caresse aussi douce que les mains d'un amant et sut qu'elle était folle de répondre à cet attrait si évident.

Une folie qu'elle n'avait pas ressentie depuis des années. Non… Une folie qu'elle n'avait encore jamais ressentie à ce point.

C'était… sa façon de la regarder. Sous son regard, elle s'embrasait. Elle se sentait libre. Libertine.

Elle sut dès le premier coup d'œil qu'il était dangereux. Qu'il pourrait la toucher, l'attirer, faire sortir celle qu'*elle* était réellement et qui se terrait dans l'ombre depuis sept longues années. Elle ne lui avait pas dit pourquoi elle était partie — pourquoi on l'avait envoyée — en Jamaïque, à cause d'un lointain scandale. Qu'elle avait été séduite, puis trahie, par le fils d'un vicomte désargenté. Qu'elle avait, innocente et follement passionnée, donné son cœur et son corps avant d'apprendre qu'elle n'avait été pour lui qu'un défi, un passe-temps.

Ses parents s'étaient répandus en injures, son père surtout, en bon fidèle de l'Église. On lui avait martelé sur tous les tons qu'elle était au fond une *mauvaise femme*. Qu'elle devait cacher, contenir, réprimer celle qu'elle était vraiment.

On l'avait envoyée en Jamaïque et depuis, celle qu'elle était vraiment ne s'était plus jamais exprimée. Deliah la pensait morte, de honte et de rejet.

D'avoir été emprisonnée sans espoir de secours.

Grâce au colonel Derek Delborough, elle savait désormais qu'il en était autrement.

Mais si elle jubilait, son côté plus sage et plus prudent présageait le désastre.

Pourtant, elle ne pouvait plus, elle ne supportait plus de n'être qu'à moitié en vie.

Aussi laissa-t-elle mademoiselle Jennings — madame Latour, comme elle se faisait appeler — glisser sur elle la robe suivante, la robe du soir en satin d'or, qui tomba dans un bruissement sur ses jambes. Elle vérifia l'effet dans le miroir tandis que la modiste, des épingles entre les lèvres, pinçait et serrait de-ci de-là.

Cette teinte d'or donnait à sa peau l'éclat d'une perle précieuse et rehaussait sa chevelure aux reflets grenat.

Elle avait l'air… d'un trésor fabuleux.

Les lèvres retroussées, elle fit volte-face et sortit se montrer devant Del, assis sur le sofa comme un paisible pacha, ses yeux — sombres et profonds, perçants — rivés sur elle, suivant la ligne de ses courbes tandis qu'elle, ignorant superbement son regard, s'avança devant le miroir. Et fit son numéro.

Comme une houri[5]. Une houri très anglaise, mais une houri tout de même. Del peinait de plus en plus à trouver son souffle, à respirer sans entrave. Non sans mal, il garda bonne figure, en apparence calme et serein même si chaque muscle de son corps s'était depuis longtemps tendu sous la force du désir.

Il était presque sûr qu'elle savait.

Elle virevolta encore, ses hanches tournant sous le satin irisé, envoyant un éclair de chaleur entre ses jambes à lui… Oh oui, elle savait. Elle savait assurément.

Les dents serrées derrière un calme sourire, il attendit qu'elle ait disparu derrière le rideau pour se lever et aller à la fenêtre — dans l'espoir d'apaiser son malaise grandissant et de ramener son attention sur le jeu qu'il était censé jouer.

Et non le jeu qu'il aurait préféré jouer avec elle.

À la fenêtre, il regarda en bas. Les deux hommes aux manteaux bruns et l'homme au chapeau miteux avaient cessé d'attendre chacun dans leur coin. Ils simulaient une discussion sur le trottoir en face de chez Madame Latour. Les coups d'œil furtifs qu'ils lançaient de temps à autre vers la porte révélaient leurs intentions.

---

5. Vierge céleste dans le Coran ; par extension, femme d'une grande beauté.

Parfait.

Plus loin dans la rue, il aperçut un flâneur — bien meilleur à l'art de feindre la nonchalance — discuter avec deux balayeurs de rue. Tony.

Et de l'autre côté, l'homme adossé au mur du même côté de Bond Street qui parlait avec deux gamins n'était autre que Gervase.

Tout le monde était en poste. Il était temps de passer à l'action.

Il se détourna de la fenêtre à l'arrivée de Deliah.

Vêtue d'une robe vert pâle qui emporta presque son cœur.

Elle le vit à la fenêtre, et son envie de le taquiner s'évanouit instantanément.

— Qu'y a-t-il ?

Il la regarda, et mademoiselle Jennings apparut à son tour. Il tira de sa poche une montre de gousset, y jeta un coup d'œil et la remit en place.

— L'heure tourne.

Durant un long moment, il laissa son regard — brûlant — glisser, désirer, s'attarder sur son corps, sur la soie vert pâle qui épousait amoureusement sa silhouette. Puis, il leva les yeux et croisa son regard. Hocha la tête.

— C'est ma préférée. Je vais descendre héler une voiture pendant que vous vous changez.

Là-dessus, il atteignit la porte.

— Attendez !

Elle voulut le rattraper, mais il était parti. Elle jura à voix basse et se tourna vers mademoiselle Jennings.

— Vite. Je dois quitter cette robe et remettre mes habits.

Mademoiselle Jennings voletant derrière elle, Deliah marcha à grands pas vers le rideau.

— Si vous êtes en retard, je peux les emballer et les faire livrer…

— Je reviens dans quelques minutes faire ma sélection. Allons, dépêchez. Aidez-moi à me dégager !

Mademoiselle Jennings tressauta, puis obéit à la voix de cette femme qui avait l'habitude de donner des ordres. Avec son aide, Deliah quitta la robe de soie verte, la lança de côté et fouilla dans l'amas de robes pour retrouver la sienne.

— Maudit soit-il ! J'aurais dû deviner qu'il agirait ainsi !

La modiste était complètement perdue.

— Est-ce qu'il vous a quittée ?

— Non, bien sûr que non. Il pense… oh, peu importe. Tenez, lacez mon corset.

Sentant trembler les doigts de mademoiselle Jennings, Deliah poursuivit.

— Et soyez sans crainte, j'achète les robes.

Elle entendit la jeune modiste prendre une grande bouffée d'air et sentit ses doigts se raffermir.

Les lacets sanglés et noués, Deliah saisit sa pelisse. Elle l'enfila en vitesse et entendit un cri au loin.

Elle attrapa son petit sac à main, sortit en trombe du salon d'essayage et se hâta jusqu'à la fenêtre. Elle regarda au-dehors. La rue semblait déserte, mais un store lui bouchait la vue du trottoir juste devant la boutique. Elle ne put qu'entrapercevoir une masse mouvante de bras et d'épaules.

Elle fit volte-face et sortit en vitesse par la porte ouverte jusque dans l'escalier. Dévalant les marches aussi vite que possible, elle ajusta sa pelisse et tenta gauchement de la boutonner.

Le cœur battant — que se passait-il derrière la porte ? —, elle était presque arrivée en bas lorsque la porte s'ouvrit.

Le souffle coupé, elle leva les yeux.

Del apparut.

Elle tenta de freiner sa course précipitée. Son talon s'accrocha dans l'ourlet de sa pelisse, poussant son épaule de l'avant — elle tourna sur elle-même et perdit l'équilibre.

Fut projetée en avant.

Et tomba dans ses bras.

Del s'avança pour la rattraper. Entendit la porte tout juste repoussée se fermer dans son dos au moment même où elle atterrissait contre lui, et la moindre parcelle de son être se concentra alors, avec force et avec faim — une faim soudain vorace — sur elle.

Sur cette grande et longue forme féminine collée à lui.

Sur la douceur de ses courbes, leur promesse de volupté.

Sur son visage, ses yeux de jade brillants de surprise.

Ses lèvres, rouges et voluptueuses comme la rose, entrouvertes…

Parce qu'elle arrivait du premier, ils étaient nez à nez, ses lèvres gourmandes à hauteur des siennes.

Il les vit remuer, former des mots.

— Qu'est-il arrivé ? Est-ce que tout va bien ?

Il sentit ses mains resserrées sur ses bras. Il leva les yeux et vit ses yeux le sonder avec urgence, presque désespérément. L'émotion qui allumait son regard de jade trahissait une inquiétude évidente.

Elle s'inquiétait pour lui.

C'était la première femme depuis des décennies.

Les lèvres de Deliah se serrèrent avant de s'entrouvrir encore. Elle l'agrippa de ses doigts et tenta de le secouer.

— Êtes-vous… blessé ?

Il avait été frappé — assurément —, mais pas par un poing ou un coup de coude.

Elle inspira, ses lèvres sensuelles s'entrouvrirent encore, et il sut qu'il lui fallait répondre. Ce qu'il fit. De la plus belle façon qui soit.

Il pencha la tête et couvrit d'un baiser ses lèvres rubis.

Il l'embrassa non comme il aurait embrassé une jeune lady bien élevée, mais comme il brûlait d'envie d'embrasser la houri qui le tourmentait depuis une heure.

Ses lèvres s'étaient ouvertes et il prit sa bouche sans même rien demander, s'imposant avec désinvolture…

Et chancelant, il plongea, submergé.

Prisonnier d'un moment trop intense pour faire semblant, trop fort d'une puissance primitive pour l'ignorer.

Trop impérieux pour y mettre fin.

De ses bras qui la sanglaient, il l'attira contre lui, pour la garder là — où elle appartenait. Il sentit ses mains sur ses épaules, dans ses cheveux.

Il sentit — il sut — le moment où elle succomba à la fièvre, au désir qui corrompt la raison, au battement implacable de la passion dans ses veines.

Leurs veines.

La sensation était si grisante que Deliah ne pouvait résister. Reculer, s'éloigner du danger, se retirer. Elle préféra se perdre.

Dans la tentation de sa bouche offerte, dans le tourbillon du désir qui faisait naître entre eux ce moment étonnant, la promesse aiguisée par leurs taquineries de la dernière heure ; la passion subite qu'ils avaient tous deux attisée jusqu'à cet embrasement de vie.

Elle l'embrassa à son tour, effrontément exigeante, joyeusement invitante, sa vraie nature courant libre de toute contrainte.

Diablement séduisante. Éperdue, impatiente.

Del le sentit, savoura sa passion débridée et la désira plus encore.

Mais... ce n'était ni l'heure, ni le lieu.

Une lointaine lueur de raison le lui assura. Avec regret, il s'obligea à reculer, s'accrochant à l'idée de tout ce à quoi il finirait par goûter pour parvenir à maîtriser sa faim, l'apaisant par la promesse d'un ultime festin. L'idée qu'elle, un jour — à une heure et en un lieu opportuns — apaiserait sa faim, l'assouvirait jusqu'à le voir comblé, était pour lui un engagement déjà gravé dans la pierre.

Il recula, releva la tête et vit ses yeux verts ébahis, son air étrangement vide et absent — et savoura alors une pleine satisfaction.

Enfin, il avait trouvé un moyen imparable de neutraliser cette femme si entêtée.

Un moyen de la dompter, de l'attirer à lui, dans son lit...

Un raclement de gorge le tira de ces pensées accaparantes, du plaisir anticipé d'avoir son corps sous le sien. Relevant la tête, il vit madame Latour et son assistante les observer avec circonspection.

— Mettez les robes dans des boîtes, toutes celles que mademoiselle Duncannon a essayées, et expédiez-les à son nom au Grillon. Envoyez-moi la note à cette même adresse.

Le visage de madame s'illumina. Elle s'inclina avec révérence.

— Merci, colonel. Mademoiselle Duncannon. Vous ne serez pas déçus.

Il en était certain. Il avait déjà une idée en tête pour la robe vert pâle.

Baissant les yeux sur Deliah, il l'aida à se relever.

Elle ouvrit la bouche, mais elle n'eut pas le temps de parler.

— Êtes-vous prête à repartir? demanda-t-il.

Elle cligna des yeux, entendant sans se tromper le ton discrètement triomphateur de sa voix.

Au souvenir de ce qui l'avait amenée à dévaler l'escalier, Deliah avala sa salive et hocha la tête. Elle n'était pas encore certaine de maîtriser sa voix.

Une fois dehors — où tout semblait normal et on ne peut plus banal —, lorsqu'elle eut boutonné sa pelisse contre le vent toujours plus glacial, replacé son sac à main et remis ses gants, prit Del par le bras et recommencé à marcher, elle retrouva suffisamment ses esprits pour se demander s'il ne l'avait pas embrassée, du moins en partie, parce que la modiste les observait.

Cela lui sembla peu convaincant, même à elle, mais si la comédie n'était pas son motif, elle préférait ne pas s'interroger sur son intention profonde.

Ne pas penser à ce qui était arrivé, ou pouvait arriver.

Elle était elle-même surprise de ses propres motifs, de la réémergence de sa vraie nature passionnée qu'elle pensait avoir enterrée ou du moins brutalement réprimée il y a longtemps.

Avec lui, cette partie d'elle s'était libérée. Il lui faudrait désormais rester vigilante; elle ne pouvait rentrer en Angleterre après toutes ces années, soi-disant assagie, et succomber à ses désirs pour le premier bel homme qui croisait son chemin.

Il est vrai qu'il était excessivement beau. Mais…

Depuis toutes ces années qu'elle ne comptait même plus, c'était le premier homme qui l'embrassait, du moins avec cette fougue… En fait, c'était la première fois de sa vie.

Quelques secondes passèrent, puis elle cligna des yeux et secoua la tête intérieurement. Elle regardait droit devant dans la rue… et ne voyait que ses lèvres.

Elle devait fixer son attention ici et maintenant. Elle se rappela les dernières paroles de Del… et fronça les sourcils.

— Je ne puis accepter que vous payiez ces robes. Ce ne serait pas convenable.

Il se tourna vers elle, mais elle ne le regardait pas.

— Qu'en ferais-je donc ? Vous devez à tout le moins me les ôter des bras. Mieux encore, considérez-les comme une gratification pour votre aide dans ma poursuite du Cobra noir. Croyez-moi — son ton se fit plus dur —, c'est bien peu cher payé.

— En ce cas, laissez-moi les acheter. J'ai largement de quoi payer mes propres habits.

— Ce n'est pas la question. Je ne puis admettre que vous déboursiez de l'argent pour les choses nécessaires à notre entreprise. Ceci est ma mission et non la vôtre. Ma responsabilité et non la vôtre.

Ces deux derniers points méritaient, Del en était certain, d'être bien précisés — et souvent. Le plus possible.

— Je ne vois pas en quoi ces robes du soir sont nécessaires à votre mission, grommela-t-elle.

— Oh, elles le sont. Croyez-moi, elles le sont.

Elles — et l'image de Deliah dans ces robes — allaient l'aider à traverser les prochains jours. Sa récompense, somme toute, pour avoir surmonté les difficultés qu'avaient suscitées sa présence et celles encore à venir.

— La somme sera plutôt rondelette, vous en êtes conscient ?

— Après ces longues années en Inde, je suis assez riche pour rivaliser avec Crésus, aussi votre inquiétude à ce propos, bien qu'elle me touche, est superflue.

— Hum. Elle se tut. Sachez simplement que la dernière robe du soir coûtera à elle seule une petite fortune, dit-elle enfin en lui concédant la victoire. Madame est peut-être jeune, mais elle estime hautement son travail.

— À juste titre.

Il se sentait doublement triomphant d'avoir gagné la partie, gagné le droit de payer ses robes. Il aurait dû, il le savait, se montrer excessivement prudent devant une telle réaction, mais il goûtait trop au plaisir de la victoire pour voir de telles considérations assombrir son humeur.

— Tout travail mérite salaire, n'est-ce pas ? Néanmoins, je vous ai bien entendue : je promets de ne pas m'étouffer en lisant la note.

Elle émit un grognement peu distingué, et se tut.

Il marchait, Deliah à son bras, et l'imagina dans cette robe vert pâle. Il envisagea un plan.

Quelques pas plus loin, il réalisa qu'elle était prête à se départir d'« une petite fortune » pour payer ces robes. Pourtant, sa famille n'était pas riche, et il était presque certain qu'elle n'avait pas hérité plus qu'un revenu confortable d'un quelconque parent, pas sans que ses tantes le lui aient fait savoir.

À bien y penser, elle voyageait avec un personnel complet, faisait halte dans des auberges de renom, louait des voitures et des salons privés et n'avait pas même hésité à séjourner au Grillon. Il allait tout payer, mais elle n'en savait rien.

Elle était riche. Mais à quel point?

— Avez-vous mis la main sur l'un ou l'autre de ces hommes?

Sa question le ramena à la réalité.

— Oui.

Ils arrivaient à Berkeley Square. Faisant halte, il regarda alentour, dans toutes les directions, puis se tourna vers elle.

— Et puisque nous n'avons apparemment plus de poursuivants, nous allons faire un détour.

— Ah? Où donc?

— Au Bastion Club.

Quatre

L e club n'était pas loin. La voiture que Del avait
louée fit halte dans une rue au sud de Hyde Park.

Sur le trottoir, Del paya le cocher. Deliah se
tenait près de lui, bien curieuse, en vérité, de découvrir cet
étrange club «pour gentlemen et familles» dont elle avait
tant entendu parler. Le 12, Montrose Street était une solide
bâtisse semblable à ses voisines. Foulant le sol pavé jusqu'au
porche, Deliah n'aurait pas pu la distinguer d'un quelconque autre club pour gentlemen.

La porte d'entrée s'ouvrit comme ils montaient les marches. Un homme rondelet et bien mis en habit de majordome — à mi-chemin entre la queue-de-pie réglementaire
d'un maître d'hôtel et l'habit moins huppé d'un valet de
chambre — préparait son accueil, un large sourire éclairant
son visage aimable.

— Colonel Delborough ?

— C'est bien cela. Et voici mademoiselle Duncannon. Je suppose que Torrington et Crowhurst sont déjà arrivés ?

— En effet, monsieur. Je m'appelle Gasthorpe.

Il s'inclina à leur passage et prit le manteau de Del.

— Si vous avez besoin de quoi que ce soit, n'hésitez pas à faire appel à moi comme au personnel du club.

Deliah décida de garder sa pelisse.

— Torrington et Crowhurst nous ont parlé de cet endroit, dit-elle.

Les meubles étaient rares et l'ambiance un peu austère, mais un vase de fleurs de serre égayait néanmoins la table du vestibule ; leur couleur et leur fraîcheur attiraient l'œil et donnaient au décor une touche de douceur. Le napperon placé sous le vase et nombre d'autres ornements indiquaient une présence féminine dans cet univers masculin.

— J'ai cru comprendre qu'il était à l'origine réservé aux hommes, mais il est évident que tout cela a changé.

— Oh oui, mademoiselle. Les dames viennent souvent ici, de nos jours. Après le mariage des gentlemen, même avant, au gré de leurs aventures, nous avons eu le plaisir de recevoir leurs ladies.

— Cela ne semble pas vous déranger.

Elle était curieuse.

— J'avoue avoir eu d'abord une petite appréhension, mais maintenant, nous nous faisons une joie de recevoir les familles ; cela préserve notre jeunesse.

— Je veux bien le croire, dit Deliah en souriant.

— Torrington et Crowhurst ? demanda Del.

— Oui, monsieur. Ils vous attendent en bas avec les mécréants prisonniers.

Souriant à Deliah, Gasthorpe indiqua d'un geste la pièce à droite de l'entrée.

— Si vous voulez bien patienter dans le salon, mademoiselle, je vous apporterai sans tarder un plateau de thé.

Par la porte ouverte, Deliah jeta un unique coup d'œil à la pièce et, haussant les sourcils, se tourna vers Del.

— Je n'ai pas envie d'un thé, et je souhaite voir ces hommes. Je vous accompagne.

Si Del avait espéré que Gasthorpe la dissuade de descendre, il n'était guère surpris de son échec. Réprimant un soupir de résignation, il opina.

— Très bien.

Il avait appris depuis longtemps à ne pas s'engager dans des escarmouches inutiles afin de garder sa poudre pour les batailles importantes. Il regarda Gasthorpe.

— Allez-y, nous vous suivons.

Gasthorpe hésita. Toutefois, il se fia à Del et, sans un mot, fit volte-face pour les guider vers un escalier au fond du vestibule.

D'un geste, Del invita Deliah à passer devant lui. L'escalier débouchait sur de spacieuses cuisines, qu'ils traversèrent derrière Gasthorpe jusqu'à atteindre un étroit couloir donnant sur plusieurs réserves. Gasthorpe s'arrêta devant une porte. La main sur le loquet, il se tourna vers eux.

— Voici l'une de nos salles de garde.

Tandis que Gasthorpe ouvrait la porte, Del fit reculer Deliah et entra le premier. À l'entrée, il s'arrêta un instant avant de l'inviter à le suivre.

Balayant des yeux la petite pièce, Deliah prit connaissance des occupants. Tony et Gervase étaient assis dos à la porte sur des chaises à dossier droit devant une simple table en bois, en face de trois malfrats avachis sur un banc. Mains croisées devant eux, ils se tenaient au coude à coude.

Le trio n'avait pas l'air bien frais. Deux d'entre eux avaient l'œil poché et le troisième un vilain bleu au menton. Tous trois semblaient mal à l'aise, agités et hésitants.

Tony et Gervase les virent entrer et s'apprêtaient à se lever lorsque Deliah leur fit signe de se rasseoir. Elle et Del restèrent debout derrière eux.

Tony reprit place à table et indiqua les hommes d'un geste de la main.

— Nous avons conversé avec ces gentlemen.

Malgré la légèreté de ses propos, il parlait d'un ton implacable.

— Ils n'ont pas l'air de savoir grand-chose à propos de quoi que ce soit, toutefois nous avons préféré vous attendre avant d'entrer dans le vif du sujet.

Debout devant la porte close, Deliah regardait les rustres, heureuse que les trois gentlemen soient entre elle et eux. Si ces hommes ligotés se trouvaient en bien mauvaise posture, ils n'en avaient pas moins l'air de grosses brutes au regard menaçant, fixant sur elle leurs yeux de fouine.

Pourtant, elle se sentait vraiment en sécurité. Les trois gentlemen faisaient plus que contrepoids devant eux — la menace qui transpirait sous leur élégance était bien plus violente que l'air intimidant des trois gredins.

Et ces derniers le savaient.

L'ordre hiérarchique ayant été de suite établi et admis, ils répondirent sans tarder lorsque Del demanda qui les avait recrutés.

— Un bonhomme est venu à not' taverne, dans l'East End. Y cherchait des hommes pour attraper une femme qui lui donnait du trouble. Y payait bien. Tout ce qu'on avait à faire, c'était de l'attraper et de la lui amener ce soir, et on aurait dix souverains.

— Dix souverains ? Deliah fulminait. C'est insultant !

Del lui lança un regard noir.

— Comment saviez-vous quelle lady vous deviez enlever ? demanda Gervase.

L'homme assis au milieu regarda Deliah.

— Il a dit qu'elle était grande, avec des cheveux roux foncé, un vrai canon — et qu'elle restait au Grillon.

— Que deviez-vous faire de moi, exactement, après m'avoir attrapée ? dit Deliah en croisant les bras.

— Ç'avait l'air facile.

Le malfrat assis à gauche renifla.

— Y a pas parlé de gardes avec vous. Tout c'qu'on avait à faire c'était de vous prend' dans la rue, pi fallait pas abîmer la marchandise, et de vous amener à la taverne ce soir. Y fallait s'asseoir dans un coin pi vous obliger à vous taire en attendant qu'y vienne.

Deliah eut envie de lui demander comment ils pensaient l'obliger à se taire.

— Décrivez-nous cet homme, dit Del.

Les malfrats firent la grimace et se regardèrent. Puis celui du milieu haussa les épaules.

— Rien de spécial. Y a l'air de n'importe qui.

— Vous n'êtes pas très obligeants, murmura Tony, et les trois hommes blêmirent.

— Était-il grand ? demanda Deliah.

Les malfrats la regardèrent.

— Y fait p'têt' trois centimètres de plus que vous, mademoiselle. Madame.

L'homme du milieu regarda Del.

— Pas si grand que le gentleman.

— Et ses vêtements ? ajouta Deliah.

— Passables.

L'homme fit la grimace.

— Rien d'extraordinaire.

— C'était pas un gars d'la haute, ça c'est certain, précisa l'un des deux autres.

— Non, pas même un gentleman, même s'y parlait assez bien.

— Ses cheveux, dit Deliah. De quelle couleur étaient-ils ? Et quelle coupe avait-il ?

Les malfrats la regardèrent, puis l'un répondit.

— Cheveux bruns, assez longs.

— Ce n'est pas l'homme de Southampton, dit Deliah en se tournant vers Del.

— Ni l'un des deux hommes de Windlesham.

Del les regarda.

— Où se trouve cette taverne ?

Les trois hommes remuèrent sur le banc et échangèrent quelques regards. Puis, celui du milieu, le chef, leva les yeux.

— Qu'est-ce qu'on gagne à vous l'dire ?

— C'est assez simple, répondit Tony. Vous nous dites où se trouve la taverne, et nous vous livrons aux autorités pour tentative de vol et non pour tentative d'enlèvement. Autrement dit, vous avez le choix entre la déportation et la pendaison.

Les trois hommes se regardèrent de nouveau, plus longuement, puis le chef soupira.

— D'accord. C'est le Blue Barrel sur Cobalt Lane.

Laissant les lascars sous la garde de Gasthorpe, les trois hommes et Deliah se rendirent à la bibliothèque du premier étage. C'était une pièce confortable meublée de grands fauteuils de cuir et d'une ribambelle de petites tables. L'endroit idéal pour faire le point et planifier la suite des événements.

— Tony et moi irons à leur rendez-vous de ce soir, dit Gervase. Nous verrons qui se présente et avec un peu de chance, nous pourrons suivre ces hommes jusqu'au repaire du Cobra noir.

— Je doute que ce soit si simple, dit Del. Il regarda Deliah. De toute évidence, Ferrar veut faire de vous un otage en échange de la lettre.

— Cela lui semble sans doute plus facile que de s'en emparer directement, dit Tony.

— Ce qui nous montre, ajouta Gervase, qu'il est actif, que nous avons son attention, ce qui après tout est au cœur de notre mission.

— Tout autant que l'affaiblissement de ses forces. Del fronça les sourcils. Jusqu'à maintenant, nous n'avons vu que des hommes du coin, des mercenaires.

— Peut-être devrais-je jouer le rôle de l'otage captive, ce soir, dit Deliah. Elle regarda les trois hommes. Je ne courrai aucun danger, puisque vous serez mes ravisseurs.

L'espace d'un instant, elle put lire l'horreur dans leurs yeux, avant que leurs visages ne deviennent impassibles.

— Non.

Del avait parlé d'un ton catégorique, sans équivoque.

Deliah croisa son regard et y lut un refus absolu. Elle haussa les épaules.

— Très bien.

Si elle n'avait eu aucune envie d'aller dans une taverne de l'East End, encore moins de courir le risque de rencontrer le Cobra noir, elle avait néanmoins tenu à le leur proposer.

Les trois hommes la dévisagèrent encore, comme s'ils doutaient de la sincérité de son accord. Enfin, Del regarda Gervase.

— Eh bien, à quoi pourrions-nous donc occuper notre journée ?

Que pouvait-il faire pour être sûr de l'occuper elle ? L'idée de la voir dans une taverne louche en otage attendant d'être livrée au Cobra noir avait suffi à l'ébranler — bien plus qu'il n'en avait l'habitude. Il ne s'était jamais montré possessif envers une femme, encore moins une lady, et encore moins une lady comme elle. S'il avait eu le choix, il aurait accompagné Tony et Gervase à la taverne ce soir-là, mais maintenant… il n'oserait pas la laisser seule. Qui sait quelle lubie lui viendrait à l'esprit ? Dans l'idée de se rendre utile, bien sûr.

Bien qu'il ait pour mission d'éliminer le Cobra noir, il savait sans l'ombre d'un doute que sa place était aux côtés de Deliah. Pour la protéger du moindre danger.

Tony et Gervase semblaient partager son opinion. Ils décidèrent ensemble sans délai de consacrer leur après-midi à diverses sorties qui pousseraient peut-être les hommes du Cobra à se montrer, et qui occuperaient Deliah à coup sûr.

13 décembre
Dans les rues de Londres

— C'est ici ?

De la fenêtre de la voiture, Deliah regardait sur Leadenhall Street une grande façade de pierre ornée d'impressionnantes colonnes doriques et d'un fronton richement sculpté.

— La East India House, confirma Del. Le siège londonien de la Compagnie des Indes orientales.

— Ils se prennent très au sérieux, non ?

— En effet. Attendez de voir l'intérieur. J'ai entendu dire que le nouveau dôme de lumière valait le coup d'œil.

Après que Gasthorpe leur eut servi un repas dans la salle à manger du club, ils avaient hélé deux voitures pour les mener en ville. Del et Deliah étaient dans la première tandis que Tony et Gervase suivaient dans la seconde. Pendant que Del et Deliah seraient à l'intérieur, Tony et Gervase resteraient postés dans la rue pour voir si d'éventuels personnages suspects s'intéressaient à eux.

La voiture s'immobilisa devant les marches qu'encadraient les colonnes. Del descendit, jeta un coup d'œil alentour et aida Deliah à sortir, puis paya le cocher. Il se retourna et vit Deliah observant, tête en arrière, la frise qui surplombait les colonnes.

— Est-ce Britannia, là ? Et Triton et ses hippocampes ?

— Comme vous l'avez remarqué, la compagnie se considère comme une institution des plus augustes.

Offrant son bras, Del l'invita à monter l'escalier et ils passèrent les portes massives que d'aimables portiers en uniformes de cipayes s'étaient empressés d'ouvrir grand devant eux.

À l'intérieur, d'immenses braseros réchauffaient l'air froid de la pièce aux murs et au sol de marbre. Deliah s'arrêta pour regarder l'ensemble.

— Le mot qui me vient à l'esprit est « opulence ».

— Et ce n'est que le hall d'entrée.

Il la guida sous un imposant passage voûté dans une pièce immense aussi haute que trois étages, éclairée par un grand et large dôme de lumière. Des niches murales abritaient des statues de marbre ; des vitrines exposaient des artefacts indiens ornés de pierreries, et des objets d'or et d'argent.

Immobile, Deliah regardait partout.

— Les mots me manquent. J'ai l'impression qu'ils tenaient à ce que tout le monde comprenne à quel point le commerce des Indes est lucratif.

— J'imagine que c'était l'un de leurs objectifs.

Del balaya la pièce à la recherche de visages connus.

— Nous sommes ici dans la salle d'audience. Nous allons nous promener dans les salles principales pour voir qui est là, discuter un peu. Il la regarda. Si vous souhaitez m'aider, accrochez-vous à mon bras et souriez. Et si possible, ne parlez pas.

Deliah arqua les sourcils. Elle passa néanmoins son bras sous le sien en s'efforçant d'afficher un sourire détendu et enjoué.

Ils commencèrent leur promenade. Il y avait beaucoup de monde, et si certains marchaient avec hâte avec des papiers dans les mains ou discutaient d'un air sérieux et concentré, la majorité semblait être là pour bavarder — pour parler affaires éventuellement, mais sans intention précise.

Certains — pour la plupart des officiers en uniforme de divers régiments, les autres habillés en civil — reconnurent Del. Tous manifestèrent leur surprise en lui serrant la main. «Qu'est-ce qui vous ramène au pays?» était en général la première question qu'ils posaient.

Deliah remarqua qu'il ne répondait pas vraiment. Il préférait dire quand il était rentré et leur demander qui était là ce jour-là. Lorsque quelques hommes en uniforme s'enquirent de ses collègues, il avoua que certains d'entre eux devaient arriver d'un jour à l'autre.

Deliah comprit rapidement qu'à la voir ainsi au bras de Del, un charmant sourire aux lèvres, leurs interlocuteurs en tiraient bien vite la conclusion évidente.

Alors qu'ils traversaient le passage voûté menant à la pièce suivante, elle se pencha vers lui.

— Vous cherchez délibérément à faire croire que vous êtes rentré au pays pour m'épouser, murmura-t-elle.

Il se tourna vers elle et croisa son regard.

— C'est plus facile que de dire la vérité.

Elle réfléchit à ces paroles.

— Pourquoi? demanda-t-elle enfin. Pourquoi ne pas dire que vous êtes ici pour inculper le Cobra noir? Il n'y a aucune raison de garder le secret, non? Le Cobra le sait.

— C'est vrai. Mais ma mission vise à faire sortir les partisans de l'ombre et non à encourager une horde d'individus bien intentionnés à le combattre. Nombreux sont ceux ici qui ont eu vent des infamies du Cobra noir et qui aimeraient aider à l'éliminer. Toutefois, c'est un jeu qui se joue comme en cuisine : il n'est pas bon d'avoir trop de chefs aux fourneaux.

Un autre gentleman s'approcha pour parler à Del, et Deliah réfléchit de nouveau à ses paroles.

Ils étaient maintenant dans la nouvelle salle des ventes, décorée de pilastres et de tableaux illustrant le commerce des Indes. Curieuse, elle se délectait des yeux tout en continuant de réfléchir à la situation.

Ils poursuivirent leur promenade dans l'ancienne salle des ventes qui arborait des statues de divers dignitaires, parmi lesquels elle reconnut lord Clive et sir Eyre Coote. Si elle écoutait les discussions de Del, celles-ci ne révélaient rien sur lui qu'elle ne sache déjà, l'assurant simplement que les militaires le tenaient en haute estime et les civils aussi.

Ils passèrent ensuite dans ce que Del nomma la pièce du comité de correspondance. Il y avait sur les murs de la grande salle des portraits d'anciens gouverneurs généraux, dont le marquis de Cornwallis et Warren Hastings ; Deliah était toutefois plus attirée par les nombreux tableaux de paysages indiens.

Enfin, après plus d'une heure de promenade, ils retournèrent dans le hall d'entrée.

Avant qu'elle n'ait le temps de changer d'avis, Deliah se tourna vers lui.

— Je réalise maintenant que mon insistance pour que vous m'escortiez au Humberside a rendu votre mission d'autant plus difficile, et compliquée.

Elle savait qu'il n'avait pas voulu l'inclure dans le groupe des « individus bien intentionnés », qu'il avait accepté son aide et sa place au sein de leur petite troupe de conspirateurs, mais qu'il aurait préféré se débarrasser d'elle au début… Et comme le lui prouvait le baiser de ce matin, elle ne pouvait se faire confiance — faire confiance à sa vraie nature — lorsqu'il s'agissait de Del, lorsqu'il était près d'elle.

Elle inspira précipitamment et leva le menton.

— Aussi je vous prie de m'en excuser et si cela facilite votre mission, vous pouvez me laisser ici, à Londres. J'irai passer quelques jours chez mon ancienne gouvernante, jusqu'à ce que vous partiez pour le comté de Cambridge en emmenant au loin le Cobra noir. Alors, je rentrerai chez moi. Kumulay et tout mon personnel m'accompagneront. Je ne courrai aucun risque.

— Non.

Del avait répondu sans même y penser. Il se tut et fronça les sourcils. À ce rappel du respect des convenances sur lequel elle avait insisté à leur rencontre — qui ne lui ressemblait pas, il le savait maintenant —, il se demanda pourquoi elle avait tenu si obstinément à ce qu'il l'escorte. Mais Del laissa la question en suspens, pressé pour l'heure de justifier ce refus qu'il avait instinctivement exprimé. Il lui fallait formuler une justification. Une explication.

Une excuse.

Il parvint à garder un visage impassible.

— La chance vous a été offerte de vous retirer de cette mission au début, dit-il les yeux rivés sur elle, mais maintenant que vous en faites partie — pleinement partie, aux yeux du Cobra noir —, vous devez rester avec moi jusqu'à ce qu'elle soit terminée.

Jusque-là, elle était en danger. Indépendamment de ce qui pouvait se passer entre eux — et depuis ce matin, Del était de plus en plus certain qu'il se passerait quelque chose —, il était inconcevable que de son vivant, il la perde de vue pour l'exposer à la malveillance du Cobra noir.

Les yeux rivés sur lui, elle scruta son regard et soupesa ses mots, puis inclina la tête.

— Si c'est réellement votre souhait, je reste.

À la plus grande surprise de Del, une vague de soulagement l'envahit.

Pleinement satisfaite — elle ne voulait pas se retirer, mais s'était sentie tenue par l'honneur de le lui proposer —, Deliah regarda de nouveau autour d'elle en repensant à tous ces hommes venus saluer Del.

— N'y a-t-il donc *personne* dans la compagnie à qui vous pourriez parler de la preuve, du Cobra noir lui-même ?

— Si c'était le cas, je le ferais, mais puisque le coupable n'est autre que Ferrar, je ne vois personne dans la compagnie qui puisse, ou qui veuille, faire justice. Le père de Ferrar, le comte, est directeur et il a fort certainement un grand nombre d'autres dirigeants dans sa poche. C'est comme cela qu'il fait affaire.

Del balaya le hall du regard une dernière fois, puis la prit par le bras.

— Venez. Nous sommes restés ici assez longtemps et nous avons parlé avec assez de monde pour que Ferrar se pose des questions.

— Est-il ici ? demanda Deliah en le regardant.

— Non, mais plusieurs de ses collègues le sont. Les nouvelles vont circuler et il entendra parler de ma visite.

Il l'escorta au-dehors et ils s'immobilisèrent devant le bâtiment.

Tandis qu'il sortait sa montre de gousset, elle jeta un coup d'œil de l'autre côté de la rue et aperçut Tony en train de flâner, et Gervase un peu plus loin.

— Où allons-nous maintenant?

— Il est tout juste trois heures et le ciel est clément. Que ferait donc une lady comme vous pour passer le temps?

Deliah n'avait rien contre une promenade dans Hyde Park. Non seulement était-elle heureuse de se dégourdir les jambes le long de pelouses luxuriantes, mais puisque la moitié féminine de la haute société — du moins ce qu'il en restait dans la capitale en cette saison — se montrait en costume d'apparat, comme à son habitude, dans les voitures empruntant l'avenue, elle avait mille choses à regarder.

Marchant à ses côtés, Del remarqua son air absorbé.

— Je pensais que la mode ne vous intéressait pas vraiment.

— C'est exact, répondit-elle distraitement, les yeux rivés sur une robe de crêpe exceptionnellement fine — qu'il fallait avoir le courage de porter en ce froid après-midi où la brise faisait trembler les branches nues. Je m'intéresse davantage aux tissus qu'aux robes.

Il y eut un moment de silence.

— Pourquoi?

Deliah cligna des yeux et prit conscience de ses paroles. Elle regarda Del et vit par son air déterminé qu'il n'accepterait pas une réponse évasive. Et en vérité, pourquoi devrait-elle cacher sa réussite? Qui plus est, à un ancien officier de la Compagnie des Indes.

— Je m'intéresse au coton — d'un point de vue commercial.

Il arqua les sourcils.

— J'investis surtout dans la canne à sucre, mais j'ai récemment eu la chance d'investir dans la culture et l'importation du coton. Je m'intéresse donc à l'utilisation du coton par comparaison avec celle de la laine ou de la soie.

Il l'observait maintenant avec fascination.

— Vous investissez?

Les ladies n'étaient pas censées investir, bien entendu, mais elle était lasse de cacher ses talents. De faire semblant d'être une femme qu'elle n'était pas. Elle opina.

— Mon oncle m'a encouragée à apprendre les ficelles du métier. S'il est terriblement conventionnel, il est assez progressiste sur certains plans. Et bien sûr, en Jamaïque, il est moins rare que les dames prennent part à la vie économique.

Elle regarda Del, curieuse de voir s'il était l'un de ces gentlemen qui se scandalisaient de voir une femme faire de l'argent.

— De quel genre d'entreprise s'agit-il? Existe-t-elle depuis longtemps? Les profits sont-ils aussi bons que dans la canne à sucre?

Les questions fusaient. Elle marchait à ses côtés, concentrée sur ses réponses. La finesse de ses questions révélait une compréhension plus que modeste de l'art d'investir. Elle fut d'autant plus rassurée de voir qu'il considérait manifestement ses activités avec respect et non dérision.

Elle n'avait pas souvenir d'avoir déjà parlé affaires avec une telle profondeur, si ce n'est avec ses courtiers de longue date, dans la lointaine Jamaïque.

Au bout de l'avenue, Del s'arrêta, puis la fit traverser la grande allée pour prendre un chemin isolé qui s'enfonçait dans Kensington Gardens. L'allée de gravier était bordée de larges platebandes et derrière elles d'une rangée de buissons plus large encore.

— Continuez de parler, murmura-t-il.

— Ils nous suivent ?

Del hocha la tête.

— Combien sont-ils ?

Il tendit l'oreille.

— Trois, je pense. Au moins.

— Tony et Gervase sont-ils là ?

— Derrière les buissons au nord. Ils sont aux aguets.

Ils poursuivirent leur marche, discutant de choses et d'autres sans plus faire attention à leurs propos. Si d'un côté le chemin donnait sur d'autres sentiers, les buissons du côté nord formaient une rangée continue.

— Ils sont assez discrets, dit Del au bout d'un moment. Ce sont peut-être enfin des partisans du Cobra noir et non des hommes du coin recrutés à l'occasion.

Ils décidèrent en silence de ralentir le pas. Deliah aussi entendait des pas furtifs derrière la rangée de buissons.

— Ils sont toujours là, murmura-t-elle, mais nous arrivons au bout du sentier.

Del regarda au loin. Le sentier débouchait à trente mètres sur une vaste pelouse. Attrapant Deliah par le coude, il ralentit encore.

— Nous devons les pousser à sortir.

À l'instant même où il prononçait ces mots, ils entendirent derrière eux des gloussements, des voix chantantes et des bavardages enthousiastes. Ils se retournèrent et virent un groupe de très jeunes demoiselles accompagnées de leurs soupirants s'engager sur le chemin à quelque distance.

Le bruissement cessa, et ils se regardèrent.

— Peut-être quitteront-ils le chemin pour suivre un autre sentier.

— Continuons de marcher, dit Del en serrant les mâchoires.

Ce qu'ils firent, mais la joyeuse troupe resta sur le chemin, s'approchant de plus en plus.

Vaincus, abattus, Del et Deliah arrivèrent au bout du sentier et sur la pelouse. Ils firent quelques pas de côté et s'immobilisèrent. Les jeunes insouciants apparurent derrière eux, s'exclamant devant le paysage avant de poursuivre leur chemin.

Le son de leurs rires s'évanouit. Del regarda Deliah.

— Nous pourrions revenir sur nos pas, leur laisser une chance de nous attraper.

— Bonne idée.

Mais ils n'entendirent aucun bruissement dans les épais buissons.

Leurs poursuivants étaient partis.

Au bout du chemin, ils débouchèrent sur la grande allée. Un peu plus au nord, ils virent Tony et Gervase discuter au pied d'un grand arbre. Gervase regarda dans leur direction et inclina très légèrement la tête.

— Allons.

L'air sombre, Del prit Deliah par le bras.

— Il ne nous reste plus qu'à rentrer à l'hôtel.

13 décembre
Hôtel Grillon

Une heure et demie plus tard, Del rejoignait sa chambre. Lui et Deliah étaient retournés à l'hôtel. Ils avaient pris le thé dans la suite de Deliah, rejoints après par Tony et Gervase.

Pendant la promenade, ces derniers étaient restés en arrière à l'affût des ombres furtives dans les buissons, attendant qu'elles passent à l'action pour les attraper, mais les ombres s'étaient soudain immobilisées, et avaient disparu.

Ils savaient toutefois que c'étaient des hommes du coin et non des Indiens, ni des partisans du Cobra. Et la méfiance dont ils avaient fait preuve révélait que Ferrar embauchait désormais des recrues un peu plus expérimentées.

C'était mauvais signe.

Arrivé à sa chambre, Del ouvrit la porte et entra. Cobby était là, lui préparant un bain. Il ferma la porte, quitta son manteau et le mit de côté, fronçant distraitement les sourcils.

— J'ai une course à te confier.

— Oui ?

— J'ai besoin de billets pour un spectacle quelconque — opéra, théâtre —, n'importe quoi. Pour mademoiselle Duncannon et moi-même.

— Pour ce soir ?

— Oui.

— Mademoiselle apprécie-t-elle la musique ?

— Je l'ignore. Del ôta sa cravate. N'importe quelle représentation fera l'affaire. Trouve-moi simplement quelque chose qui puisse la divertir.

Et lui aussi.

— Si vous n'avez plus besoin de moi ici, j'irai voir les garçons au comptoir.

Il opina, et Cobby sortit.

Del ôta ses vêtements et entra dans la baignoire-sabot, de laquelle montaient des nuages de vapeur. Il s'inclina et ferma les yeux.

Gervase et Tony étaient partis à la taverne pour guetter l'arrivée des hommes du Cobra noir.

Sa mission pour ce soir était de protéger Deliah ; pourtant, au vu des événements survenus durant cette longue journée, le fait de passer une soirée entière seul avec elle, en privé, était l'imprudence même.

À la folie de ce baiser qu'ils avaient échangé et qui lui laissait un sentiment d'inachèvement — auquel il avait réfléchi plus d'une fois au fil de la journée — s'ajoutait le problème de l'effet dévastateur qu'avait sur lui la présence de Deliah, littéralement à ses côtés, alors qu'ils avaient à leurs trousses les sous-fifres du Cobra.

C'était une abrasion constante, une usure perpétuelle.

Il ne supportait même pas l'idée qu'elle soit en danger ; le fait qu'elle soit là, de l'emmener sciemment avec lui, était un subtil tourment. Quelque chose en lui, un aspect de lui qu'il avait rarement vu ou expérimenté, encore moins éveillé, réagissait invariablement, comme si le fait qu'elle soit en danger était une grave et flagrante omission de sa part.

Et cela — cet autre aspect de lui — l'incitait fortement à corriger cette omission. À s'assurer qu'elle ne serait pas exposée au danger. Du tout. Non seulement de s'assurer qu'elle était en sécurité, mais de complètement l'écarter de l'action afin qu'elle ne coure absolument aucun risque.

Il s'imaginait la réaction de Deliah s'il libérait cette part de lui-même, la laissait le guider.

La réaction qu'elle suscitait en lui était extrême, ridicule en un sens, et dans le fond, il ne la comprenait pas. Mais il avait déjà tellement à faire avec cette mission, avec le Cobra noir, que le temps lui manquait pour y penser en profondeur.

Il n'avait d'autre choix que de l'accepter, de la contenir temporairement. Plus tard, une fois la mission terminée et le Cobra noir arrêté, il aurait le temps d'y réfléchir et d'apaiser cette réaction, mais pas maintenant.

En vérité, sa mission ne progressait pas très bien. S'ils attiraient bien les sous-fifres du Cobra noir, ce n'étaient que des recrues du coin et non des adeptes de la secte, ceux-là mêmes qu'il devait écarter.

C'étaient eux, les plus dangereux de tous, sans règles ni limites qu'ils ne sauraient transgresser au nom du Cobra noir. Sa mission en tant que leurre était de réduire le nombre de ces hommes pour que les autres arrivant après lui en aient moins à combattre.

C'était l'objet de sa mission et en cela, il échouait.

À l'arrière de l'élégant hôtel, Sangay pointa le nez dans l'embrasure de la porte. Le vent glacial s'engouffra, et il frissonna malgré lui, mais la ruelle était déserte. Il devait partir maintenant.

Il se glissa au-dehors, ferma la lourde porte, prit une bouffée d'air qu'il voulut retenir contre le froid et s'éloigna sans bruit dans la ruelle, non vers la rue à l'autre bout, mais

vers ce que les autres servants appelaient les écuries —
l'endroit réservé aux voitures et aux chevaux à l'arrière de
l'immeuble.

Les écuries de l'hôtel étaient un peu en retrait, nichées
dans le creux du bâtiment. Arrivé là, il jeta un coup d'œil au
coin et aperçut devant la porte ouverte un petit groupe
familier de palefreniers et de garçons d'écurie qui se
réchauffaient les mains au-dessus d'un brasero allumé.

Il aurait aimé se réchauffer lui aussi quelques minutes,
mais il n'osa pas. Il devait retourner aux quais. Il priait
Ganesh toutes les heures pour que son navire soit encore là,
quelque part sur les immenses voies navigables qui entou-
raient ce qu'on appelle « le bassin de Londres ».

Ce n'était pas vraiment un bassin, du moins pas selon
Sangay. Il devait y retourner, sans quoi il ne reverrait jamais
l'Inde, ni sa mère.

Tournant discrètement au coin, épousant l'ombre qui
s'étirait sur les murs, il s'éloigna à pas de loup des écuries,
loin de l'hôtel. Il y avait trouvé une relative sécurité, un certain confort — il avait eu assez à manger, pour la première
fois de sa courte vie. Mais il n'avait pas le cran de rester.

L'homme allait partir à sa recherche, il le savait. Sangay
devait partir avant qu'il ne le retrouve.

Ses savates ne faisaient aucun bruit sur les pavés. Un
peu plus loin, il osa marcher un peu plus vite. Au souvenir
de l'homme, il pressait le pas. Il n'était peut-être qu'un
simple mousse, mais il était honnête, c'était un bon garçon.
Il ne voulait pas se transformer en voleur, mais si l'homme
l'attrapait…

Il se mit à courir.

Au bout de la rangée d'écuries, Sangay se dépêcha de contourner le coin du bâtiment — et frappa un mur d'os et de muscles.

Il recula en chancelant. Avant même qu'il ne retrouve son équilibre, une main l'empoigna par le col. Il inspira, prêt à clamer son innocence, lorsque loin au-dessus de lui une voix grave gronda.

— Et où cours-tu comme ça?

La peur le transperça. Il poussa un cri aigu, se tortilla pour se libérer, mais l'homme resserra sa prise et le secoua comme un rat.

Jusqu'à ce qu'il en ait le souffle coupé, s'étouffant presque.

Puis, l'homme empoigna son menton de l'autre main et releva sa tête, forçant Sangay à découvrir sa mine sombre et renfrognée. Plus que son air mauvais, c'étaient ses yeux pâles qui terrifiaient Sangay.

— Permets-moi de te rappeler, jeune garçon, ce qu'il arrivera si tu n'obéis pas.

Sa voix n'était qu'un grondement sourd.

— On enchaînera ta mère et on la fera lentement griller au-dessus du feu. Elle va crier, demander grâce — une grâce que personne ne lui accordera. Avant de mourir, et je t'assure que ce sera long, elle maudira ton nom, maudira le jour où elle a mis au monde un morveux aussi ingrat que toi.

Le grondement cessa. La peur resserra son étau sur Sangay, l'étouffant.

— Par contre, reprit l'homme à la voix grave, si tu m'obéis, ta mère ne connaîtra jamais ce feu, cette douleur atroce, cette mort horrible, terrible, misérable.

À ces mots, l'homme le secoua de nouveau.

— Alors, morveux, c'est ton choix. Il parlait avec hargne. Qu'est-ce que ce sera ? Vas-tu rentrer à l'hôtel et chercher l'étui à manuscrit, ou est-ce que je te tue maintenant et j'envoie un message en Inde à la première occasion ?

— Je vais le faire ! Je vais le faire, sahib !

Il claquait des dents et parlait avec peine. L'homme le relâcha brusquement, et il chancela, puis, debout, baissa le nez.

— Je ferai ce que vous voulez.

Il n'avait pas le choix. Il était paralysé de terreur.

— Alors, qu'est-ce que tu as trouvé ? Qu'as-tu fait depuis Southampton ?

— Sahib, j'ai fouillé tous les bagages, sahib, mais il n'y avait pas d'étui à manuscrit. Il doit être dans les bagages que le colonel-sahib garde dans sa chambre, ou peut-être dans les sacs que garde son monsieur Cobby. Ou alors, le colonel-sahib l'a sur lui, mais je ne pense pas parce que j'ai bien regardé et je ne vois pas comment il pourrait mettre un tel objet sous son manteau.

— Je doute qu'il l'ait sur lui.

— C'est peut-être — le visage de Sangay s'éclaira — dans les sacs de la memsahib.

L'homme le regarda, puis hocha la tête.

— Peut-être. Continue de fouiller partout jusqu'à ce que tu le trouves, compris ? Mais ne te fais pas attraper. Nous avons quelques jours devant nous. Mieux vaut que tu prennes le temps de fouiller jusqu'à ce que tu le trouves et que tu me l'apportes, plutôt que de te faire attraper avant d'avoir mis la main dessus. Compris ?

— Oui, sahib, dit Sangay en hochant plusieurs fois la tête. Je dois rester caché jusqu'à ce que je le trouve, personne ne doit savoir que je le cherche.

— Voilà. Tu fais comme ça et personne ne touchera à ta mère — garde ça en tête. Maintenant, que sais-tu des deux autres gentlemen qui sortent en même temps que le colonel ? On dirait que ce sont ses gardes.

— Oui, monsieur-sahib, ce sont ses amis. Sangay fit la grimace. Je n'ai pas assez bien entendu leurs noms pour vous les répéter, mais ils sont aussi à l'hôtel, dans d'autres chambres du même étage.

— Ah oui ?

L'homme se tut.

Sangay frissonna, se dandinant discrètement d'un pied sur l'autre. Il fourra doucement ses mains aux aisselles et se berça, arquant ses frêles épaules contre le vent.

— Garde-les à l'œil, mais reste à distance. Comment fais-tu pour passer inaperçu ?

Sangay haussa les épaules.

— Les gens du colonel-sahib pensent que je suis au service de la memsahib, et ses gens à elle pensent que je suis avec le colonel-sahib.

L'homme le regarda en plissant des yeux.

— Très intelligent. Tu es rusé, je te l'accorde, mais rappelle-toi toujours que ta *maataa*, ta petite maman, n'échappera pas au Cobra noir.

— Non, sahib. Je n'oublierai pas.

— Bien. Maintenant, retourne chercher l'étui à manuscrit. Une fois terminé, tu n'as qu'à te faufiler au-dehors ; je t'ai à l'œil. Je viendrai te rejoindre.

— Oui, sahib. Alors, j'y vais.

L'homme opina et Sangay fit demi-tour. Tête baissée contre le vent mordant, il longea le coin du bâtiment et remonta lentement la ruelle, abattu.

Cela lui semblait impossible, et pourtant il était encore plus malheureux qu'avant, plongé dans un désespoir sans fond. Il n'avait d'autre choix que d'obéir, en priant les dieux pour qu'il arrive quelque chose — à l'homme, peut-être? — qui le tirerait du cauchemar que sa vie était devenue. Et qui sauverait sa *maataa* aussi.

Cinq

13 décembre
Hôtel Grillon, Albemarle Street

Del était encore dans le bain lorsque Cobby rentra.
— J'ai trouvé ce qu'il vous faut. Il ferma la porte. Un récital à l'église Saint-Martin-in-the-Fields. En voiture, vous y serez en un rien de temps.

Del réfléchit et approuva.

— Parfait. Il ferma les yeux, inclina la tête. Prends des billets.

— Pas besoin. C'est gratuit, apparemment. Entrée libre.

13 décembre
Église Saint-Martin, Trafalgar Square

« J'aurais dû savoir à quoi m'attendre », se dit Del en escortant une Deliah pleine d'impatience à travers la foule qui se pressait sous le grand porche de la vieille église. Il s'en voulut de n'avoir pas anticipé le danger de cette sortie.

Oui, l'entrée était libre, pour eux comme pour n'importe qui.

Il regarda Deliah et faillit pour la énième fois lui suggérer de partir, mais il garda le silence. Le visage rayonnant de Deliah, ses yeux de jade exprimaient mieux que des mots son plaisir d'assister à la représentation.

Arrivés aux portes, elle passa devant lui, traversa le vestibule et entra dans la nef. Elle fit quelques pas dans l'allée, regardant à droite et à gauche à la recherche de places libres. De sa hauteur, Del pouvait voir au-dessus de la foule amassée dans l'allée. Il la prit par le coude et la guida vers deux places sur un banc aux deux tiers de la salle.

S'excusant auprès de l'élégante dame assise à son extrémité, Deliah se faufila dans la rangée et, laissant une place à Del, s'installa en replaçant ses jupes.

Après avoir pris note des couples indubitablement inoffensifs assis sur le banc suivant, Del prit place et examina les spectateurs de la rangée avant.

Pas de danger.

Malgré la saison, le public se composait surtout de membres de la haute société et, dans une moindre mesure, de la petite noblesse ou encore de riches négociants. Del avait toutefois repéré quelques personnages moins recommandables en marge de la foule, et les bancs du fond étaient truffés de vieux manteaux et de têtes mal coiffées.

Deliah avait pris un programme imprimé dans le vestibule. Tout en lisant, elle commentait avec animation et compétence les divers airs et sonates qu'allait interpréter le petit orchestre de chambre. Elle appréciait manifestement la musique, un divertissement dont elle avait été privée durant ses longues années à l'étranger.

C'était aussi son cas, mais Del aurait pu se passer du spectacle de ce soir. Loin d'être détendu, tous ses sens étaient en alerte. Il balayait sans cesse la foule du regard, tendait sans cesse l'oreille pour relever dans ce brouhaha un éventuel accent non britannique ou un ton de voix inquiétant.

À la place du Cobra noir, il aurait vu là une chance trop belle pour la laisser passer. Le vilain avait-il saisi que Tony et Gervase leur servaient de gardes ? Il n'en avait aucune idée. Cobby lui avait confirmé que la réputation d'absolue discrétion du Grillon à l'égard de ses clients était bien méritée ; il était peu probable que le personnel ait parlé des liens que Del et son entourage avaient avec les deux gentlemen. Mais si jamais le Cobra le savait, cette sortie — lui et Deliah seuls, de soir, sans même Cobby, Mustaf ou Kumulay le garde du corps — servirait sur mesure ses desseins. Il n'avait même pas besoin de les attraper tous les deux ; un seul ferait l'affaire.

L'orchestre entra en file indienne. Les retardataires s'empressèrent de trouver place tandis que les musiciens s'installaient sur les sièges devant les marches de l'autel.

La foule retenait son souffle. Enfin, le chef d'orchestre entra, marcha jusqu'à son lutrin, s'inclina devant le public et fit face aux musiciens, puis leva sa baguette.

Le chant d'un violon solo monta dans l'église, accompagné bientôt du reste de l'orchestre. Sur le qui-vive, prêt à se battre, Del apprécia toutefois la force du crescendo musical. Il regarda Deliah.

Longtemps. Elle était emportée par la vague, hypnotisée par la musique. Ses yeux brillaient de plaisir, ses lèvres sensuelles, entrouvertes, esquissaient un sourire.

Elle était ailleurs, enchantée par la musique. Il était captivé, envoûté par elle.

La musique continua, les morceaux s'enchaînant au fil de courtes pauses qui laissaient juste le temps aux musiciens de placer leurs partitions. Il s'efforçait de rester aux aguets, vigilant, attentif à tout danger potentiel, mais elle — son visage radieux, ses lèvres auxquelles il avait tout de suite succombé — suscitait en lui une fascination irrésistible.

Une fascination qui frisait déjà l'obsession.

Il ne triompherait pas de cette bataille intérieure. Finalement, il céda, laissa ses yeux se délecter d'elle, et laissa les événements suivre leur cours.

Le concert se déroula sans incident. Si Deliah avait conscience de la tension qui le parcourait, elle n'en laissa rien voir.

Il pleuvait lorsque le couple, au milieu de la foule, quitta l'abri du porche au-dehors. Les voitures s'arrachaient. Del prit Deliah par la main et descendit les marches mouillées au moment même où une voiture faisait halte au bord du trottoir. Il héla le cocher qui les salua de sa cravache.

— Venez.

Del pressa Deliah en bas des marches, ouvrit la porte de la voiture et l'aida à monter, puis s'assit auprès d'elle. Il tendit le bras et remonta le panneau mobile du véhicule.

— Au Grillon, Albemarle Street.

— Oui, monsieur. Ça risque d'être un peu long parce qu'il y a beaucoup de monde. Ne soyez pas surpris.

Del laissa retomber le panneau et recula sur le siège. Il ne leur était rien arrivé. Le Cobra noir ne les surveillait peut-être pas d'aussi près qu'il l'avait craint.

— Nous avons eu de la chance.

Deliah regardait à travers la fenêtre.

— On dirait qu'il a plu à verse, mais cela semble se calmer.

Elle se lança alors dans une critique enthousiaste de la représentation, évoquant avec émotion le premier solo de violon et le talent du premier violoncelle. Del sourit en lui-même, ferma les yeux et se laissa transporter par ses paroles. Elle était en sécurité, heureuse, et par conséquent lui aussi. La soirée s'était déroulée sans accroc, le divertissement les avait ravis et tenus tous deux bien occupés.

Ils rentraient à l'hôtel. Peut-être partageraient-ils un verre dans la suite — du thé pour elle — avant de se retirer pour la nuit, en paix avec le monde, chacun dans son lit.

Tous deux sains et saufs.

Deliah serra le poignet de Del. Il réalisa alors qu'elle n'avait pas parlé depuis quelques minutes et ouvrit les yeux.

Les yeux rivés au-dehors, elle resserra les doigts en signe d'avertissement.

— Ce n'est pas le bon chemin, murmura-t-elle en se penchant vers lui.

Del regarda par la fenêtre de la voiture et, au bout de quelques secondes, parvint à se repérer dans la bruine de la nuit. Il souffla un juron. Ils étaient sur le Strand, s'enfonçant toujours plus dans la City en direction opposée à l'hôtel. Malgré l'embouteillage — la voiture roulait au pas, péniblement —, le cocher n'avait aucune raison de prendre cette route-là.

Del empoigna fermement la main de Deliah.

— Préparez-vous à sauter après moi, murmura-t-il dans l'obscurité.

Elle serra ses doigts en guise de réponse et s'avança au bord du siège.

Del attendit que le cocher soit de nouveau contraint de s'arrêter, ouvrit la porte sans bruit et sauta furtivement sur le trottoir. Il se retourna et souleva Deliah avec douceur, puis referma lentement la porte au moment même où la voiture tressautait de nouveau. Les yeux rivés sur la route, le cocher n'avait pas senti l'allègement de sa charge.

Del prit Deliah par la main et ils se mirent à marcher prestement dans le sens opposé. Les rues étaient plutôt désertes à cause de la pluie, et ils avançaient à découvert sur le Strand. Si le cocher se retournait…

Longeant la troisième voiture en arrière, Del y jeta un coup d'œil et vit deux visages blêmes les observer avec étonnement.

Surpris, ébahis.

— Diable !

Il resserra la main de Deliah.

— Courez !

Il l'entraîna avec lui, la pressant à ses côtés, et jeta un coup d'œil en arrière.

— Hep ! entendit-il dans la nuit.

Deux — non, *trois* — grands gaillards bondirent de la voiture à leur poursuite.

Deliah aussi avait jeté un bref coup d'œil en arrière. Relevant ses jupes, elle se mit à courir aussi vite que possible.

— Allons, lui dit-il.

Les trottoirs mouillés et glissants rendaient leur course dangereuse, mais ils n'avaient pas le choix. Malgré sa robe et ses deux jupons, les pans de sa lourde pelisse qui collaient à ses jambes et son sac à main qui cognait au genou, elle courait au plus vite sur le dallage heureusement plat du Strand. La main de Del dans la sienne l'aidait à être stable.

Mais elle savait sans même se retourner que leurs poursuivants se rapprochaient.

— Maintenant, je sais pourquoi j'ai toujours préféré porter un pantalon en de telles circonstances.

— Vous n'avez malheureusement pas le temps de vous changer.

— Je n'ai pas de pantalon non plus.

— C'est un fait.

Par cet échange de mots un peu idiot, ils avaient sûrement cherché à dédramatiser la situation désespérée. Ils étaient passés du rêve au cauchemar en l'espace de quelques minutes, et il leur fallait assimiler la chose. Il était bien après vingt-deux heures, par une pluvieuse nuit d'hiver. Même si de nombreuses voitures circulaient encore, les piétons étaient rares. Aucune aide, aucun secours, et nulle part où se mettre à l'abri.

Del changea soudain de direction, la pressant dans une petite rue latérale pour s'éloigner de la Tamise. Elle approuvait — mieux valait éviter le fleuve —, mais l'espace d'un instant, elle eut peur que la ruelle soit en fait une impasse.

Heureusement non. Un rai de lumière tranchait l'obscurité devant eux, et ils entendirent le roulement d'une voiture qui passait dans la rue au bout de l'allée.

Dieu merci, pensa Deliah. Elle baissa la tête et se concentra sur sa course en évitant de glisser sur les pavés mouillés, tandis que Del les pressait dans la ruelle.

Ils ne purent s'empêcher de regarder en arrière.

Les trois hommes déjà proches avançaient rapidement. C'étaient de grandes brutes. L'un d'entre eux avait un gourdin dans la main.

Ils étaient aux deux tiers du chemin, mais les hommes approchaient inexorablement, si rapidement qu'il leur serait impossible d'atteindre la rue à temps.

Del s'arrêta brusquement devant Deliah, l'attira vers lui et la poussa en avant.

— Foncez, aussi vite que possible, puis tournez à gauche. Je vous rejoins.

Il relâcha Deliah et pivota face aux hommes.

Sourire aux lèvres, les poursuivants se déployèrent en approchant.

Il entendit derrière lui Deliah qui s'éloignait. Elle au moins leur échapperait ; si l'un ou l'autre devait tomber entre les griffes du Cobra noir, il préférait que ce soit lui.

C'était l'homme au milieu qui tenait le gourdin. Il ralentit, esquissa un sourire diabolique, puis brandit son arme pour frapper Del à la tête.

Qui donc lui avait appris à se battre ? se demanda Del en esquivant le coup par en dessous. Il attrapa le bras de l'agresseur d'une main et sa gorge de l'autre, et profita de son élan pour le projeter sur l'homme à sa droite.

Tous deux s'affalèrent lourdement au sol, bras et jambes entremêlés, et leur tête frappa le caniveau.

Del fit volte-face devant le troisième homme — et recula instinctivement devant son attaque au couteau.

Se maudissant d'être sorti sans arme, il changea de position, reculant pour mieux voir son ennemi et sa longue arme tranchante. Il lui fallait une diversion.

Il en était à cette conclusion quand il aperçut tout à coup une ombre avancer derrière l'homme.

Son sang ne fit qu'un tour en voyant Deliah approcher — la diablesse, il lui avait dit de courir !

Son regard replongea sur l'homme — et il échappa à un deuxième coup de couteau.

Deliah se dressa derrière l'agresseur et le frappa à la tête avec son sac à main.

Surpris, l'homme cria et se baissa instinctivement.

Del avança et saisit sa main armée avant de lui écraser l'intérieur du genou d'un brutal coup de botte.

Il y eut un craquement effroyable, et l'homme tomba ; il hurlait en agrippant sa jambe.

Del jeta un coup d'œil aux deux autres. Ils essayaient tant bien que mal de se relever, mais semblaient encore assommés.

Il n'osa pas les attaquer avec Deliah à ses côtés.

Del se retourna, l'attrapa par la main et ils filèrent à toutes jambes dans la ruelle. Elle eut du mal à le suivre, mais y parvint néanmoins, sans se plaindre.

Étant donné l'humeur de Del, c'était préférable.

Ils n'étaient pas encore tirés d'affaire.

Ils débouchèrent au bout de l'allée sur une rue plus large. Del regarda à gauche et aperçut les flèches de l'église

Saint-Martin qui perçaient à travers le brouillard bas. Il remercia le ciel d'avoir en bon militaire un redoutable sens de l'orientation.

Il jeta un coup d'œil dans la ruelle derrière et entraîna Deliah vers l'église.

Que pouvaient-ils faire?

Les deux colosses encore mobiles s'étaient relevés et approchaient, l'air plus mauvais encore qu'auparavant. Lui et Deliah n'étaient pas assez près de l'église pour être sûrs de pouvoir l'atteindre sains et saufs.

Il leur fallait trouver où se cacher, immédiatement — avant que leurs poursuivants ne les voient en débouchant dans la rue. La cachette n'avait pas besoin d'être parfaite, juste un endroit qui n'attirerait pas l'attention des deux brutes...

Devant eux, une file de voitures émergea de l'obscurité. S'ils en prenaient une..., leurs poursuivants pourraient les rattraper dans l'une des rues bloquées entre Trafalgar Square et le Grillon.

L'urgence était palpable et Del pressa le pas avec Deliah, balayant du regard les immeubles qu'ils longeaient rapidement, priant pour arriver à temps aux voitures.

Il s'arrêta à hauteur du premier cocher et lui lança un souverain.

— Ne posez pas de questions. Contentez-vous de rouler aussi vite que possible sur Piccadilly. Allez!

Le cocher cligna des yeux, mais déjà levait les rênes pour faire partir ses chevaux.

Lui au moins consentait à obéir.

D'un coup d'œil en arrière, ils virent que les poursuivants étaient encore dans la ruelle. Del resserra la main de

La belle insoumise

Deliah et la dirigea vers la façade, la pressant dans un renfoncement qui donnait sur une porte close. Il la poussa dans l'ombre et se serra contre elle au moment même où les deux hommes sortaient de la ruelle.

Il regarda ses lèvres s'entrouvrir.

Sentit sa poitrine presser son torse avec l'inspiration.

Attrapant sa main libre, il inclina la tête et l'empêcha de dire un mot.

En l'embrassant.

Avec force.

Il s'empara d'elle, acculée au mur de brique du renfoncement. Le manteau de Del était sombre, son pantalon aussi, tout comme ses cheveux qui recouvraient sa nuque. La tête ainsi inclinée, son corps recouvrant entièrement celui de Deliah, ils étaient pour ainsi dire invisibles dans l'obscurité. Pas même le visage clair de Deliah n'attrapait un reflet égaré des lumières brumeuses de la rue.

Il espéra, pria…

Il lui fallait résister à la distraction de ses lèvres sous les siennes, ignorer la tentation de goûter à sa chair, étouffer la sensation de son corps si féminin pressé tout contre le sien et se concentrer, polariser toutes ses facultés mentales sur ce qui se passait dans la rue, dans son dos.

À travers les brumes de son esprit balayé par cette tempête des sens, il entendit le pas lourd des molosses approcher, puis s'arrêter et les hommes jurer en apercevant la voiture qui filait. Puis — oui! — il les entendit héler le cocher suivant, grimper dans le véhicule et donner l'ordre de suivre la première voiture.

Il garda la tête inclinée au claquement de la portière et au son des sabots qui battaient le pavé. Prolongeant son

193

baiser, il attendit que les pas s'estompent pour risquer un regard.

Il vit la voiture et ses poursuivants disparaître dans la nuit au bout de la rue.

Ils étaient sauvés.

Deliah avait gardé le silence. Il s'en rendit compte et la regarda. Malgré la pénombre, il discerna l'éclat profond de ses grands yeux, stupéfaits. Il sentit le mouvement saccadé de sa poitrine pressée contre son torse. Vit ses lèvres, pleines et pulpeuses, s'entrouvrir dans la faible lumière. Assoiffées.

Il vit le bout de sa langue glisser lentement sur sa lèvre inférieure, donnant du brillant à sa bouche si pulpeuse.

Il n'avait pas besoin de l'embrasser encore, et pourtant il le fit.

C'était plus qu'un simple baiser. Il vibrait de colère et de soulagement.

Et de quelque chose que Del ne saisissait pas — cette même chose qu'elle et elle seule suscitait en lui, et faisait battre dans son sang.

Ses lèvres s'étaient entrouvertes ; il emplit sa bouche, vola son souffle et puis le lui rendit. Il décida de s'attarder, de savourer, d'explorer.

Il serra ses doigts sur les siens, garda une emprise ferme sur ses mains et ses bras allongés, même si son instinct lui dictait de les relâcher et de la prendre, de la tenir, de l'attirer au plus près de lui.

Il la désirait, et ce désir était avoué, évident, dans chaque coup de langue passionné, dans la pression insistante de ses lèvres sur les siennes. Dans son membre dur qui pressait contre le ventre de Deliah. Elle comprenait sans peine son désir, elle le reconnaissait, tout autant que la réaction qui transperçait son corps, ardente, instinctive et puissante.

Elle le désirait, et c'était dangereux.

Dangereux en lettres majuscules.

Pourtant, elle ne pouvait reculer, se retirer — mettre fin à ce baiser risqué. Parce qu'elle ne le voulait pas. Parce qu'il n'existait semble-t-il aucune force en elle assez puissante pour contrer le magnétisme de ce baiser, et de cet homme.

Del se retrouva de nouveau dans l'étrange obligation de mettre fin malgré lui à un baiser, un baiser qui le laissait brûlant et affamé, qui promettait bien plus encore, un « plus » qu'il était certain désormais d'obtenir, mais si l'heure semblait opportune, le lieu, lui, ne l'était absolument pas.

Il peina à desserrer son étreinte, bien trop brève à son goût. Il souleva la tête, baissa les yeux sur son visage et vit ses cils battre puis révéler des yeux habités d'une passion naissante. Ses lèvres étaient légèrement enflées, brillantes après le baiser.

Il fut encore plus difficile de reculer, de perdre le coussin naturel de ses courbes féminines, une douceur troublante qui avait bercé son corps durci. Il dut redoubler d'efforts pour calmer, réfréner son désir de plus en plus criant, mais enfin il recula, et, relâchant une main de Deliah, il se retourna et fit un pas dans la rue.

Après avoir vérifié qu'ils étaient bel et bien en sécurité, il l'attira au-dehors et sans un mot la mena à la première voiture, ouvrit la porte et l'aida à monter.

— Au Grillon, lança-t-il au cocher.

Il monta, ferma la portière et se laissa tomber près d'elle sur la banquette.

Il ne dit pas un mot jusqu'à l'hôtel ; elle non plus.

La voiture s'immobilisa devant le Grillon. Deliah avait repris contenance, mais son cœur battait encore la chamade.

Animé d'une colère réprimée et d'une passion inassouvie.

Elle reconnaissait les deux émotions et se pencha sur celle qu'elle craignait le moins. Si elle pouvait comprendre, même sans que Del ne s'explique, pourquoi il l'avait embrassée la première fois, elle ne pouvait comprendre — et refusait de trop y réfléchir — pourquoi il l'avait embrassée de nouveau. Une seconde fois.

Bien, bien plus intense que la première.

Entrant d'un port royal dans le hall de l'hôtel, elle salua de la tête le commis au comptoir, puis, sans s'arrêter, monta les escaliers et longea le couloir jusqu'à sa suite.

Del, bien sûr, la suivit ; elle entendait son pas lourd derrière elle. Arrivée à la suite, elle ouvrit grand la porte et entra prestement.

Il entra derrière elle et claqua la porte.

Deliah s'immobilisa et virevolta face à lui, rouge de colère.

— Je vous *défends* de me réprimander pour être venue à votre aide. Si la situation se reproduit, je ferai la même chose.

— Non. Vous ne le ferez pas.

Les yeux plissés, il avança et s'arrêta nez à nez avec elle, le torse à deux centimètres seulement de sa poitrine, l'obligeant à lever la tête pour le regarder dans les yeux. Des yeux qui lançaient des éclairs à cette Deliah en furie.

— Jamais, jamais vous ne me désobéirez de nouveau. Si je vous dis d'avancer, vous le ferez — sans hésiter.

Elle plissa des yeux à son tour.

— Non. Je ne suis pas votre subalterne à qui vous pouvez dicter vos ordres. Quelle que soit la situation, je ferai comme bon *me* semble.

Del sentit ses mâchoires se crisper. Il serra les poings pour réprimer une envie presque irrépressible de la secouer et de lui faire entendre raison. Attendit quelques secondes avant de prendre la parole.

— Si vous souhaitez rester membre de ce groupe et m'assister dans ma mission, vous devrez dorénavant m'obéir au doigt et à l'œil.

Elle arqua un fin sourcil noir, le provoquant du regard.

— Ou sinon ?

Del dut réfléchir à la question. Comme il tardait à répondre, non pas qu'il ne le pouvait pas, mais la sagesse s'était — tardivement — emparée de sa langue et il ne trouvait pas les mots inoffensifs par lesquels formuler sa réponse —, les yeux et l'expression de Deliah se durcirent, et elle poursuivit.

— Je ne suis pas un larbin, ni un simple soldat qui se plie à vos ordres. En outre, souvenez-vous, je vous ai proposé, pas plus tard que ce matin, de me retirer de cette entreprise, mais vous avez insisté pour que j'en voie la fin, puisque j'y étais désormais mêlée. Alors, je reste — et je resterai, mais je n'ai pas accepté de me transformer en petite étourdie qui a plus de cheveux que d'esprit et qui s'enfuit en vous laissant seul devant non pas un, ni deux, mais *trois* agresseurs, dont un premier armé d'un gourdin et un deuxième d'un couteau !

Elle leva les mains au ciel.

— Je ne vois même pas pourquoi vous me sermonnez. Nous sommes ici sains et saufs, n'est-ce pas ce qui importe ? Je suis une femme indépendante. J'ai vingt-neuf ans, pour l'amour du ciel ! Je suis allée en Jamaïque et j'en suis revenue pour ainsi dire toute seule. Je suis une adulte à part entière depuis longtemps déjà et je ne suis sous la responsabilité de personne d'autre que moi !

— Ce qui m'embête réellement.

Del voulut se taire, mais quelque chose — *cette* chose-là — le harcelait. Il lui rendit son regard furieux et brandit le doigt devant son nez.

— Vous devez renoncer à cette habitude de vous mettre en danger !

— *Moi*, me mettre en danger ? Dites, *qui* a tenu à ce que nous assistions au récital, ce soir ? Oui, j'ai apprécié la soirée, merci beaucoup, mais cette sortie ne vous donne pas le droit de me donner des ordres !

— Vous êtes une femme, et vous êtes sous ma protection. Vos parents m'ont demandé de vous servir d'escorte et de fait vous êtes sous ma responsabilité.

Il baissa le doigt et le pointa sur son sternum.

— C'est mon devoir de vous protéger.

Ses yeux lançaient des éclairs.

— Vraiment ? Est-ce pour cela que vous m'avez embrassée ? La *seconde* fois. Pour me *protéger* ?

Deliah s'entendit parler d'une voix aiguë — se rappelant d'un coup le baiser dans l'étroit escalier de la modiste et celui qu'ils venaient d'échanger, qui l'avait désarmée. Elle scruta ses yeux noirs, vifs et enflammés, et invoqua le ciel de lui venir en aide. Il était infiniment plus dangereux pour elle que n'importe quel voyou. Mais heureusement, il ne le savait pas, et elle l'observa de haut.

— Je ne vous appartiens pas, dit-elle avec dédain, d'aucune manière, et vous n'avez pas à vous croire responsable de moi !

Animée par une rage absurde et insensée à l'idée qu'il ne l'ait embrassée que pour la protéger, pour reprendre les rôles joués chez la modiste, pour l'empêcher d'émettre un son ce soir — et elle était certaine qu'il pouvait justifier rationnellement ce second baiser —, elle virevolta et entra dans sa chambre avec indignation.

La porte était restée entrouverte. Elle la repoussa fermement derrière elle.

S'apprêtait à l'entendre claquer.

Ce qui ne fut pas le cas.

Retenant son souffle, elle pivota — et vit Del, le visage impétueux, entrer derrière elle comme un ouragan.

La fureur bouillonnait dans son sang. Elle se redressa de toute sa hauteur, tendit le bras en pointant la porte d'un geste théâtral, et ouvrit la bouche pour le sommer de sortir…

Il s'empara de sa main tendue et l'attira violemment à lui.

Inclina la tête.

Et couvrit ses lèvres d'un baiser.

Six

Les pressa avec force. L'attira dans ses bras et la serra comme pour l'absorber dans son corps.

L'embrassa tout aussi ardemment.

Comme s'il voulait la dévorer. La posséder, la conquérir. L'avoir.

De toutes les façons possibles.

Deliah plongea les mains dans ses cheveux et lui rendit son baiser. Avec autant de ferveur et de désir.

Leurs envies allaient fusionner dans un éclat de feu et de passion.

Un embrasement violent, des éclairs de désir.

La colère qui avait animé Deliah s'était transformée d'un seul coup en quelque chose de plus puissant, en une force irrésistible qui faisait battre son sang, qui emplissait son esprit d'une fièvre enivrante, qui perçait en elle, se répandait et la submergeait.

Sa nature profonde prenait les devants, pleine d'appétit, d'exigence et de fougue.

Elle voulait plus. Elle voulait ça. Ce dont elle avait été privée depuis si longtemps.

Il inclina la tête, poussant plus loin son baiser, impitoyablement, avec acharnement, et elle se pressa contre lui, sur lui, lui rendant ses caresses.

Elle se souvenait de cette brûlure, de cette urgence.

Cette fois-ci plus encore, elle était en flammes et en feu, éperdue et grisée.

Del aussi. Il savait qu'il devait s'arrêter, qu'il aurait été sage de ne jamais l'embrasser, mais il n'avait pas le choix.

Il devait lui montrer, parce qu'elle refusait de le voir, lui démontrer sans équivoque et de manière incontestable qu'elle était *sienne* — sienne si entièrement, si parfaitement que cela justifiait au centuple son droit de la protéger.

Il arracha ses lèvres des siennes.

— *Voilà* pourquoi je dois vous protéger.

Du Cobra noir. De tous les dangers.

La tenir saine et sauve. Et sienne.

Elle cligna des yeux et le regarda ; ses yeux verts brillaient d'une passion exaltée. Puis, elle resserra son emprise sur sa nuque et l'attira à lui, attira ses lèvres sur les siennes. Les propulsa tous deux dans un brasier flamboyant.

Une irruption de désir l'agita — il était pris au piège, acculé.

S'il avait été en mesure de penser…, mais il ne pouvait pas, pas avec ces mains qui s'agrippaient à lui, ces lèvres insatiables contre les siennes.

Cette longue silhouette irrésistible qui épousait son corps avec provocation.

Elle était désir, invitation, et il plia. S'empara d'elle. Prit sa bouche et, serrant Deliah contre lui d'un bras, posa l'autre main sur son sein et s'en empara aussi.

Sa réponse fut immédiate, indéniable, engageante — un râle étouffé dans la gorge. Ses mains se crispèrent dans la chevelure masculine, ensorcelée qu'elle était par ces doigts joueurs qui découvraient son corps.

Deliah sentit la libertine en elle s'éveiller, s'épanouir et grandir avec chaque attouchement troublant, chaque coup de langue fougueux, chaque caresse de volupté.

Malgré son passé, jamais elle n'avait ressenti cela. Une telle ardeur, une telle flamme. Jamais elle n'avait été si désespérément affamée.

À travers sa pelisse, les mains expertes de Del faisaient gonfler ses seins, lui insufflant une douleur plus douce et brûlante que jamais. Jamais Griffiths, le fils de garce, ne l'avait ainsi transportée. C'était incomparable.

C'était une découverte, et elle en voulait plus. Plus encore ; elle devait savoir. Elle se mit à déboutonner son manteau, et il l'imita.

Suivit une frénésie aveugle de mains et de doigts, avides et impatients, de passion toujours plus effrénée, inexorable, à mesure que glissait un vêtement, puis un autre.

Ils tiraient, déchiraient, arrachaient.

Jusqu'à ce que le désir avcugle s'empare d'eux — les infecte, les gouverne, les enflamme.

Les mains de Del découvraient une peau lisse et ardente, à vif. Deliah découvrait de ses mains celles de Del, impatientes et avides. Son torse ferme, ses solides épaules, les muscles mouvants de son dos.

Puis, les lèvres de Del quittèrent les siennes et glissèrent vers le bas. Sa bouche s'empara d'un mamelon ; elle se cambra, poussa un cri.

Découverte et exigence, abandon, puis emprise, insistance et injonction, échange de caresses, partage et défi — chacun répondait sans pudeur à l'invitation de l'autre.

Ils tombèrent sur le lit, peau contre peau nue, leurs longs membres enchevêtrés, leurs mains modelant, leurs doigts pressés explorant.

Découverte.

Elle se cambra sous lui lorsqu'il pressa son corps entre ses cuisses. Leurs lèvres unies, brûlante, elle l'agrippa à la taille, l'intima de venir sur elle.

En elle.

Il obéit. Se hissa au-dessus d'elle, écarta grand ses cuisses, posa ses hanches et d'un coup puissant entra en elle.

Elle en eut le souffle coupé. Chaque nerf de son corps s'éveilla avant de tressaillir. Elle haleta, poussa peut-être un cri qui s'étouffa dans leur baiser fou.

Il se retira avant de replonger au plus profond d'elle, un dard d'acier recouvert de velours.

Et la folle chevauchée commença.

Cédant à cette célébration païenne, Deliah dansa sous lui, chevaucha avec lui, à travers les flammes, jusqu'au cœur du brasier.

Incandescent. Plus chaud, plus intense que dans ses rêves les plus fous, un désir ardent montait en elle. Inlassablement, impitoyablement, Del attisait le feu…

Qui ravagea son corps tout entier jusqu'au bout de ses doigts. Qui lui brûla la peau, palpita dans son sang.

Elle était passion et soie. Et bien plus encore. Del n'avait jamais connu une telle fièvre, un tel besoin dévorant et inflexible de prendre une femme — le monde pouvait bien s'écrouler. Quoi qu'il arrive, et en dépit de toute réserve.

De toutes les réserves que lui dictait sa raison.

C'était folie — cette course éperdue, cette impérieuse conviction. Une folie dont les griffes s'enfonçaient profondément, non seulement dans sa peau, mais dans sa psyché, dans son âme.

Il ne pouvait vivre sans l'avoir — une partie de lui avait accepté ce fait indisputable. Cette nature primitive savourait la présence captive de Deliah sous lui, de ses formes — ces généreuses formes qu'il avait désirées dès le premier instant — qui caressaient et berçaient son corps. Invitante, ses longues jambes écartées, elle se cambra pour l'entraîner plus loin encore dans une mer brûlante, une moiteur torride.

Elle était étroite, plus qu'il ne l'avait pensé. Les parois de son fourreau s'agrippaient à lui, le serraient, l'enlaçaient.

Le prenaient.

Les paupières lourdes, le souffle haletant, saccadé, presque aveugle, il avait perdu tout contrôle, tout comme elle. C'était peut-être imprudent, mais il s'en fichait — et Dieu merci, elle aussi. S'il en doutait encore, les demi-lunes que traçaient ses ongles dans sa peau balayèrent en lui la moindre incertitude.

Elle était avec lui, le pressait alors même qu'il accolait l'un après l'autre ses genoux à ses hanches, l'ouvrant pour la pénétrer plus encore. Le souffle court, agrippée à lui, elle chancelait lascivement sous son corps, implorant en silence la délivrance.

Le grondement de son sang s'amplifia, submergeant tout en lui sauf l'urgence de la faire jouir. De la voir succomber, de l'amener au plus fort du désir sexuel, avant de la faire basculer dans l'extase.

De la sentir ainsi sous lui, de sentir cet instant d'abandon absolu.

De voir ses yeux, son visage au moment de la jouissance.

Il poussa plus profondément, plus vite, plus fort, plus puissamment dans l'ascension du plaisir.

Alors elle se cambra, les doigts enfoncés dans sa peau. Elle haleta dans sa bouche, les nerfs à vif sous la tension extrême.

Puis, elle vola en éclats.

S'anéantit sous lui dans un cri étranglé, un son qui laissa Del satisfait. Il aurait voulu se retenir, la goûter plus encore, mais les spasmes de son fourreau l'agrippaient et elle l'entraîna avec elle, le poussant au-dessus du précipice.

La délivrance l'emporta, irrépressible. Son cri rauque vint mourir sur la nuque de Deliah, il s'enfonça une dernière fois, puis succomba.

Vint la rejoindre.

Il sentit ses bras l'entourer et l'attirer à elle, l'envelopper, le serrer, étreints tous deux dans un temps suspendu.

Ils restèrent un long moment dans cet écrin de chaleur, comblés dans cette mer de douceur.

Lentement, inexorablement, l'apaisement les gagna, au fil de leur descente dans la réalité.

Dans l'intimité inattendue, insoupçonnée, de leurs corps nus.

14 décembre
Hôtel Grillon

Deliah fut réveillée en sursaut par le bruit des charbons qu'on remuait dans l'âtre. C'était un matin gris. Elle se tourna et vit qu'elle était seule dans le lit à colonnes.

Dans la nuit, Del avait dû tirer les rideaux du lit sur deux pans ; elle voyait la fenêtre et le ciel de plomb, mais la bonne de l'hôtel qui s'occupait du feu ne pouvait pas la voir.

Ni voir les draps froissés, le lit sens dessus dessous.

Sur le point d'arriver, Bess ne manquerait pas de remarquer le désordre, mais Deliah n'avait aucune intention de s'expliquer. En vérité, elle n'était pas sûre d'en être capable.

Comment rationaliser ce qui était bien plus fort que la raison ?

Elle tenta d'y parvenir pendant deux minutes, puis abandonna.

Quoi qu'il en soit, elle ne regrettait pas un seul instant de la nuit, ce que Bess noterait à coup sûr. Cela lui vaudrait d'autres questions encore, délicates, épineuses, car Bess connaissait son passé avec les gentlemen et veillait sur sa maîtresse tout autant que Del souhaitait le faire.

Regretterait-il — regrettait-il déjà — cet interlude, cette explosion inattendue de folie commune ? De démence partagée ?

Elle savait qu'il ne l'avait pas plus prémédité qu'elle, mais ils s'étaient trouvés, s'étaient embrassés avec fougue, et...

Le feu de la passion attisé par ce baiser les avait consumés, avait balayé toute prudence, réduit en cendres la moindre inhibition.

Le résultat avait été… sublime.

Étendue dans la chaleur enveloppante, elle revivait chaque instant incandescent, du moins ceux dont elle se souvenait.

Il n'en fallut pas plus pour la faire rougir, l'agiter sous les draps.

Puis, elle se rappela la suite, lorsqu'il l'avait réveillée au plus profond de la nuit.

Il n'avait certainement pas agi comme un homme accablé de regrets.

Si tel avait été le cas, il n'aurait pas… tout recommencé.

Plus lentement, avec bien plus d'attention pour les petits détails.

Son corps palpitait à ce simple souvenir.

La bonne était partie; le feu crépitait. Elle entendit la porte s'ouvrir et les petits pas légers de Bess. Elle repoussa les couvertures et se figea un instant avant de durcir le menton. Elle enveloppa son corps nu du drap défait et glissa les jambes au pied du lit.

— Bonjour, Bess.

Le drap traînant derrière elle, elle contourna le lit.

— As-tu vu ma robe de chambre?

Malgré tous ses efforts, elle ne put réprimer son sourire.

Bess la dévisagea longuement, bouche bée.

— Oh, mon Dieu, dit-elle enfin.

Propre et pimpante dans l'une des robes de promenade qu'avait fait livrer madame Latour, Deliah entra dans le salon adjacent à sa chambre, d'une humeur on ne peut plus charmante.

Au sujet des robes, elle avait décidé de ne pas scier la branche sur laquelle elle était assise. Elle les acceptait pour l'heure, mais insisterait plus tard pour rembourser Del au complet. En argent.

Elle avait besoin de ces robes. N'ayant pas prévu une halte prolongée durant son voyage vers le nord, elle n'avait guère plus que quelques robes avec elle. Bess était chargée d'acheter des chemises, des bas et d'autres accessoires pendant qu'elle et Del iraient tenter le Cobra noir.

Del était au salon, déjeunant avec Tony et Gervase. À son entrée, tous trois se levèrent.

— Non, restez assis, leur dit-elle en agitant la main.

Del lui lança un regard curieux tandis que les deux autres se rasseyaient, et tira une chaise vide entre lui et Tony. Hochant la tête comme si de rien n'était, Deliah le remercia et s'installa, un mince sourire aux lèvres.

Elle se tourna vers Tony pendant que Del reprenait place.

— Alors, s'enquit-elle en attrapant la théière, votre soirée à la taverne a-t-elle été fructueuse ?

Si Del en homme du monde ne révélait aucun signe des heures qu'ils avaient passées nus l'un contre l'autre dans la chambre d'à côté, elle y parvenait tout autant.

Du coin de l'œil, il la regarda boire son thé et grignoter une rôtie à la marmelade, tandis que Tony et Gervase racontaient leur décevante soirée sans incident.

— Le Cobra ou ses sous-fifres devaient monter la garde à l'extérieur de l'auberge, attendant que leurs mercenaires arrivent avec une femme.

Gervase secoua la tête.

— Nous avons pensé inspecter les environs pour tenter de les repérer, mais le quartier compte bien trop de personnages louches pour cela.

— Et ils ont *tous* l'air suspect, ajouta Tony.

Affichant un air de commisération, Deliah reposa sa tasse vide.

— Alors, quels sont nos plans pour aujourd'hui?

Ensemble, ils envisagèrent différentes façons de forcer les partisans à sortir de l'ombre.

Del avait déjà informé Gervase et Tony de leur aventure après le récital. L'incident les avait troublés et pour le moins contrariés d'avoir été à l'écart de l'action. Ils avaient décidé de ne plus laisser Deliah et Del sans surveillance à l'extérieur de l'hôtel. Néanmoins...

— Nous devons leur faciliter les choses, rendre l'approche plus alléchante — pour qu'ils sortent de leur cachette et passent à l'action.

Gervase regarda Del et Deliah.

— Le musée est un véritable labyrinthe... cela pourrait leur plaire.

Tous s'accordèrent pour dire que le musée et ses nombreuses salles valaient une sortie.

Del changea de position et jeta un coup d'œil vers Deliah, tout en s'efforçant de garder un visage impassible.

— Il est trop tôt pour aller au musée, dit-il en reportant son regard sur Tony et Gervase. Je crois que je vais aller faire un tour au quartier général de la garde. Cela ne peut pas nuire de laisser encore quelques fausses pistes.

— Voilà qui me semble tout à fait raisonnable, dit Deliah en déposant sa serviette, les yeux rivés sur Tony et Gervase. Vous deux pourriez le suivre en gardant l'œil ouvert. Je vous attendrai ici, puis nous irons au British Museum.

Tony et Gervase approuvèrent.

Del inclina la tête.

Et se dit qu'il n'avait aucune raison de réagir — encore moins de s'en irriter — à l'attitude inchangée de sa compagne de chambre, à l'absence chez elle de toute émotivité ou sensibilité à son égard.

Elle se comportait exactement comme il l'aurait souhaité. Tony et Gervase n'avaient ni l'un ni l'autre détecté le moindre changement entre eux deux.

Parce qu'il n'y en avait pas. Du moins, en apparence. Pas même aux yeux de Del.

Pourtant, il s'était attendu à *quelque chose* — un tremblement au bout des doigts, un changement presque imperceptible dans sa respiration — un signe quelconque de sa sensibilité exacerbée à la présence de Del.

Malgré lui, il désirait lui parler — pour simplement raviver le souvenir de ces heures torrides qu'ils avaient partagées dans la nuit —, mais tous quatre se levèrent, et sans lui laisser la chance de s'attarder pour échanger quelques mots, Deliah les salua d'un geste anodin et rentra dans sa chambre.

L'obligeant à quitter la pièce avec Tony et Gervase, fort mécontent.

Son humeur n'était guère meilleure lorsqu'il revint au Grillon après sa visite au quartier de la garde, et un bref détour par Whitehall et le Home Office, le département de l'Intérieur, histoire que leur pigeon s'imagine cerné par quelques prédateurs de plus.

Sa sortie avait été vaine. Il n'avait rencontré personne à qui se confier, où que ce soit, et ni Tony ni Gervase n'avaient repéré de partisans, bien qu'ils aient vu trois hommes du coin au moins travaillant en équipe — aux aguets, mais trop prudents pour tenter la moindre attaque.

Malgré tout, après la nuit dernière, s'il devait escorter Deliah dans une nouvelle excursion où lui et elle joueraient les cibles attrayantes, il souhaitait avoir sur lui quelque chose de plus menaçant qu'une canne.

Il se sentirait mieux avec une canne à épée.

Tony et Gervase avaient décidé d'attendre à l'extérieur, au coin de la rue. Bien qu'il les sache toujours à proximité, même Del ne parvenait pas toujours à les repérer.

Arrivé en haut de l'escalier, il tourna en direction de sa chambre. Il allait remplacer sa canne par sa canne à épée, frapper à la porte de Deliah et partir avec elle au musée.

Il était encore à quelque distance lorsque la porte de sa chambre s'ouvrit. Le jeune Indien au service de Deliah en sortit, ferma la porte et, sans voir Del, s'éloigna dans le corridor vers l'escalier de service.

Del ralentit le pas et le regarda partir, puis, arrivé à sa chambre, il ouvrit la porte et entra.

Cobby était là, pliant des chemises. Il leva les yeux au moment où Del fermait la porte.

— Et puis?

— Rien.

Del lui lança sa canne et Cobby l'attrapa avec adresse.

— J'ai pensé prendre ma canne à épée.

Cobby approuva d'un sourire.

— Elle est contre le mur près de la porte.

Del se retourna, aperçut la canne et grommela. Il la prit, puis s'immobilisa.

— Mademoiselle Duncannon a-t-elle transmis un message?

— Non. Pas de nouvelles d'elle depuis le déjeuner, et je ne l'ai pas vue non plus.

— Alors, pourquoi son domestique était-il ici?

— Sangay? Il est juste venu me demander si j'avais quelque chose à lui faire faire, une course ou une autre. Je parie qu'il cherchait simplement une excuse pour sortir.

— Hum…

Il hocha finalement la tête et repensa à la canne à épée qu'il avait dans la main.

— Nous partons au musée pour tenter de débusquer des partisans. Souhaite-nous bonne chance.

— Volontiers, mais je ne suis pas sûr de savoir ce que cela veut dire. Voulez-vous qu'ils restent en retrait et vous laissent vivre en paix, ou qu'ils vous attaquent et tentent de vous trancher la gorge?

— Qu'ils attaquent.

Del se tourna vers la porte.

— Aujourd'hui, j'aurais bien envie de me battre avec un ou deux partisans.

Ou trois. Arrivé au musée, Del sentait ses poings lui démanger. Il connaissait bien cette sensation, mais jamais encore n'avait-elle été provoquée par une femme, par une lady. Encore moins parce qu'elle affichait un comportement irréprochable.

Sauf…

Durant le court trajet jusqu'au musée, il s'était sermonné sur l'absurdité qu'il y avait à souhaiter qu'elle soit différente, une femme plus délicate, du genre de celles qui montrent leurs émotions. Il pourrait alors plus facilement lire ses pensées et la gouverner, mais sa vie en serait d'autant plus compliquée.

Et il ne voulait pas vraiment qu'elle change. Il voulait...

Si elle avait remarqué son air distrait, elle n'en avait rien révélé, commentant gaiement les attraits de la ville en chemin vers Bloomsbury. Maintenant qu'ils étaient dans l'entrée du musée, elle parcourait la liste des expositions en cours.

— Par où commencer ? Personnellement, j'ai une préférence pour la galerie égyptienne. On dit qu'elle est fascinante.

— Va pour l'Égypte, répondit-il en l'invitant à avancer.

De petits panneaux indiquaient un escalier. Dans les marches, elle le regarda.

— Comment s'est passée votre visite à la garde ?

C'était sa première question sur le sujet — ce qui, à y penser, ne lui ressemblait pas. Peut-être n'était-elle pas si insensible, si indifférente à lui qu'il ne l'avait pensé ?

— J'ai discuté avec quelques connaissances, mais ce n'était qu'une parade. Je n'ai même pas mentionné le Cobra noir.

En haut des marches, il lui toucha le coude en indiquant un autre panneau plus loin dans le couloir. Ils partirent dans cette direction.

— Je sais que vous avez démissionné, reprit Deliah, soi-disant pour de bon, mais était-ce seulement pour accomplir cette mission ? Allez-vous réintégrer l'armée lorsqu'elle sera terminée, dans un autre service éventuellement ? Ou quittez-vous définitivement le champ de bataille ?

Il réfléchit en marchant.

— Je pensais me retirer définitivement et c'est encore mon intention. Le fait de discuter avec les autres aujourd'hui n'a fait que confirmer mon choix — et les raisons de ce choix.

— Qui sont ?

Elle l'interrogeait désormais sur un ton plus doux. Il sentit qu'elle tenait à connaître ses intentions. Et après leur nuit ensemble…

— J'ai trente-cinq ans. Mes années de service m'ont permis de visiter une bonne partie du monde et d'amasser une fortune considérable. Sur le plan militaire, je n'ai plus grand défi à relever en tant qu'officier supérieur. Aussi, je pense que l'heure est venue pour moi de rentrer et de me risquer à de nouveaux projets.

— Dans le Humberside ?

Malgré lui, il esquissa un sourire.

— Dans le Humberside, aussi étrange que cela puisse paraître.

— Ça ne l'est pas, dit-elle en relevant le nez.

Voilà qui était intéressant, pensa-t-il, et révélateur. En dépit de ses voyages, elle aussi semblait particulièrement attachée au comté de son enfance.

Avant qu'il puisse renverser les rôles, elle reprit ses interrogations.

— Et quelle forme prendrait donc ce projet du Humberside ?

Ils étaient arrivés à la galerie égyptienne ; côte à côte, ils entrèrent. Une enfilade de petites salles attenantes donnant sur une grande salle centrale : c'était l'endroit rêvé pour une embuscade. Del se sentit rassuré au toucher du pommeau argenté de sa canne. Il prit Deliah par le coude et la guida vers la première des grandes statues du hall, une imposante Isis de deux mètres cinquante.

— Commençons par les statues qui sont ici, dans cette allée, puis nous remonterons l'autre. Cela leur laissera le temps de nous retrouver. Nous irons ensuite dans les petites salles — ils seront peut-être tentés de passer à l'action.

Elle opina. Examina Isis consciencieusement et lut l'inscription sur la plaque à proximité.

— Alors, dit-elle en avançant vers la deuxième statue, qu'avez-vous l'intention de faire à votre retour à Middleton ?

Il fit la moue.

— Vous avez raté votre vocation... vous auriez dû être interrogatrice.

Elle haussa les sourcils avec morgue.

— Dois-je comprendre que vous n'avez pas la réponse ?

— Pas entièrement, non. L'idée de démissionner me trottait dans la tête depuis longtemps, mais à part le fait de rentrer à Middleton, je n'avais pas établi de plan bien détaillé, puis on m'a proposé cette mission et j'ai démissionné pour l'intégrer. Alors non, je n'ai pas d'intentions précises à part celle de rentrer chez moi.

— C'est bien votre demeure, n'est-ce pas ? Elle le regarda. Delborough Hall, où vos tantes habitent ?

— Oui. Il l'invita à avancer. Elles se sont occupées de la maison et des terres pendant mon absence, plus ou moins depuis la mort de mon père, mais par leurs lettres, je crois comprendre qu'elles ont hâte de me voir reprendre les rênes. Je n'en étais pas bien sûr, avant.

— Effectivement. Ce sont les maîtresses du domaine depuis des décennies. Elles auraient pu être réticentes à vous céder la main.

— Maintenant que la paix est rétablie, elles ont apparemment envie de voyager et de visiter tous ces lieux qu'elles n'ont pas pu voir pendant les guerres.

— D'après mes souvenirs, dit-elle en souriant, elles se feront une joie de tourmenter leurs pauvres guides.

Il sourit lui aussi à cette idée.

Ils arrivèrent au bout de la grande salle. Balayant les allées du regard, Del aperçut parmi les nombreux visiteurs deux hommes qui ne semblaient pas du genre à admirer d'anciennes statues pendant des heures.

— Je crois, dit-il en se tournant vers Deliah, que nous avons attiré deux guetteurs, mais malheureusement, ce ne sont pas des partisans.

— Ce sont peut-être... Quel est le mot ? Des éclaireurs ? Au service des partisans.

— Peut-être. Remontons cette allée, nous les croiserons en chemin, puis nous entrerons dans la première salle à droite.

Elle opina et le suivit obligeamment, tous deux s'arrêtant devant chaque statue pour l'admirer et la commenter ensemble.

Ils quittèrent la grande salle pour entrer dans les petites pièces, et elle revint à ses interrogations.

— Vous n'avez pas vraiment l'air d'un riche propriétaire terrien, avança-t-elle en le regardant. Du moins, je ne pense pas que ce rôle vous suffise.

« Très bien vu », pensa Del.

— J'ai pensé qu'en étant si près de Kingston et pas si loin de York et de Leeds, je pourrais investir dans les produits manufacturés. Dans quelle branche, je ne sais pas encore. Le textile, peut-être.

— On trouve beaucoup de filatures dans la région de Leeds, dit-elle en baissant la tête. Il y a peut-être là un marché pour le coton.

— Et pour la soie.

— En fait, il existe nombre de tissus combinant la soie et le coton qui ont une grande valeur commerciale.

Sa robe froufrouta lorsqu'elle fit halte devant une vitrine de poteries.

— Est-ce qu'ils nous suivent encore ?

— Oui. Ils se sont rapprochés.

— Hum. Il faut dire que les salles sont plus petites.

— C'est vrai.

Ils continuèrent à marcher, et leurs poursuivants à les surveiller, d'assez près pour les observer, mais de trop loin pour constituer une menace physique. Ils semblaient vouloir s'en tenir à l'observation, privant ainsi Del d'une excuse pour passer à l'action.

C'était peut-être l'imminence du danger qui émoussait son élan protecteur, les réponses nonchalantes de Deliah ou encore, plus bassement, son hypersensibilité à ce corps qu'il avait possédé avec ardeur tout au long de la nuit et qui semblait maintenant si insaisissable, si près de lui et pourtant hors de portée. Peu importe la raison, l'apparente indifférence de Deliah, sa sérénité immuable malgré leur proximité le piquaient à vif, de plus en plus âprement.

À tel point qu'il voulut la toucher et caressa le côté de sa poitrine en passant son bras sous le sien.

Il détecta un infime tremblement, un infime tressautement dans son souffle, mais Deliah conserva son sourire paisible. Une seconde plus tard, elle commentait avec enthousiasme un papyrus dans la vitrine.

Dès lors, il lui fut impossible de s'arrêter. Une partie de lui interprétait comme un défi ce refus de Deliah de laisser paraître la moindre émotion sensuelle, bien que son esprit rationnel en fût reconnaissant. Et, tout en la guidant plus avant dans le labyrinthe des petites pièces entourant la grande salle, il laissa paresser sa main dans le creux de ses reins. Elle en eut le souffle coupé. Lorsqu'elle voulut s'écarter, il s'écarta avec elle et sa main remonta doucement avant de glisser de nouveau vers le bas.

Elle inspira, le souffle court, oppressé, et lui lança un regard dur, comme sur ses gardes.

Il n'en eut que faire. Lorsqu'elle s'immobilisa devant une autre vitrine pour se plonger dans une nouvelle contemplation, il ôta son bras, se plaça derrière elle, fit courir sa main sur sa taille et autour de sa hanche pour, tout en observant son reflet dans la vitre, caresser doucement son derrière arrondi.

Cette fois-ci, elle inspira plus profondément, se mordilla la lèvre inférieure, leva les yeux et lui lança un regard furieux.

Sa poitrine se gonfla amplement. À travers la salle, elle jeta un bref coup d'œil aux deux guetteurs qui feignaient de lire une plaque au mur, puis fit volte-face devant lui.

— Qu'est-ce qui vous prend ?

Sa voix pointue était douce à l'oreille de Del. Elle n'était plus si indifférente.

Il ouvrit grand les yeux.

— Moi ? Rien.

— Rien ?

Plissant des yeux, elle le repoussa légèrement. Il recula et elle passa devant lui, dans un grand froufrou de robe, en direction de la pièce voisine. Elle parla à voix basse par-dessus son épaule, d'un ton agacé.

— Ce n'est pas parce que j'ai perdu la tête hier soir que je vais...

— Avouer ?

Elle lui lança un regard furieux tandis qu'il s'approchait.

— Avouer quoi ?

Il s'arrêta en entrant dans la pièce. C'était plutôt une petite alcôve à une seule porte, celle que Del venait de franchir. Il croisa son regard.

— Avouer que vous vous êtes transformée en véritable houri et que tout ce que je vous ai fait vous a comblée de plaisir.

— Une « houri » ? Sottises !

— Croyez-moi, je sais reconnaître une houri quand j'en ai une sous moi.

Elle s'étouffa presque.

— Et *vous*, alors, et ce que je vous ai fait ?

— Vous voulez que j'avoue ?

— Pourquoi pas ? Puisque vous l'exigez de moi.

Il l'observa un instant, puis opina.

— Très bien.

— Très bien quoi ? dit-elle en fronçant les sourcils.

Il recula et ferma la porte de la petite pièce.

Elle écarquilla les yeux.

— Qu'est-ce que vous faites ?

Il la prit par les bras et recula pour s'adosser à la porte, puis l'attira violemment contre lui. Il plongea les yeux dans les siens en inclinant la tête.

— Je réponds à votre demande… et j'avoue que j'ai pris plaisir à être en vous.

Il l'embrassa, et toute feinte, tout artifice disparut entre eux deux. Les lèvres de Deliah s'entrouvrirent sous les siennes, sa bouche céda sans résister. Invitante, provocante ; c'était comme si Del les avait précipités dans le brasier flamboyant de la nuit précédente.

Il avait déjà sa réponse. Elle avait simulé l'indifférence ; cette découverte était un baume sur son âme d'homme primitif.

Mais il ne put résister à pousser plus loin son baiser, penchant la tête, avide de la goûter plus encore. Épousant de ses mains ses formes rondes, il la souleva contre lui, pressa ses hanches contre les siennes, sentit ses mains agripper sa nuque, sentit Deliah succomber…

Réfrénant ses ardeurs, il recula brusquement, effaré de voir qu'elle l'avait séduit si rapidement, qu'il était bel et bien pris au piège de sa toile voluptueuse.

Une houri, réellement.

Dieu merci, elle ignorait à quel point il était épris d'elle.

Deliah cligna des yeux et le regarda, médusée. Ses lèvres étaient frémissantes, sa peau brûlante. Elle voulait…

Puis elle se rappela où ils étaient. Del pressa les mains sur sa croupe et la fit tressaillir. La poussée de son érection la laissa haletante.

Elle se sentit légèrement mieux lorsqu'il jura entre ses dents et la reposa à terre.

Elle était toujours outrée.

— Ne vous avisez *pas* de recommencer ; pas en public !

Il arqua le sourcil d'un air provocant.

— Pourquoi pas ? dit-il en retroussant les lèvres. Vous avez aimé ça.

— Ce n'est pas une raison !

Elle était dans tous ses états, ne savait plus où se mettre. C'était *cela*, la raison. Il était évident qu'elle ne pouvait se faire confiance — faire confiance à la rebelle, la libertine, la soi-disant houri qu'elle était dans le fond — pour afficher une conduite socialement irréprochable. Pas avec lui. Pas s'il la touchait, pas s'il l'embrassait.

Elle eut envie de s'éventer, mais au cœur de l'hiver, un manchon ne fait pas bien l'affaire. Serrant les dents, elle tenta un regard furieux.

Il se contenta d'esquisser un sourire charmant, s'écarta et ouvrit la porte.

— Êtes-vous prête à continuer ?

Il ne lui restait plus qu'à pointer le menton et à passer la porte d'un air innocent pour retourner à la pièce précédente.

Leurs guetteurs étaient toujours là ; sa réapparition mit brusquement fin à une réunion improvisée.

Ignorant les deux hommes, elle avança devant Del.

Ils finirent leur tour de la galerie égyptienne et elle insista pour visiter les salles consacrées aux Étrusques, ce qui lui laissa le temps de se calmer, mais ne fit guère progresser leurs manœuvres. Les guetteurs refusaient d'approcher.

Déçus, ils quittèrent le musée, apercevant enfin Tony et Gervase quelques minutes plus tard, qui passaient les portes derrière eux.

— Eh bien, dit-elle en prenant place dans la voiture que Del avait hélée, nous n'avons rien gagné.

Assis à ses côtés, il sourit d'un air entendu et satisfait, typiquement masculin.

Elle se raidit, attendit un commentaire, mais il se contenta de regarder par la fenêtre pendant que le cocher les ramenait au Grillon.

Le sourire aux lèvres.

Ils retournèrent à l'hôtel, dans la suite de Deliah. Quelques minutes plus tard, Tony et Gervase les rejoignaient.

— Ces deux hommes font encore le guet dans la rue, dit Gervase. Ils vont et viennent, mais restent à proximité.

— Même si ce sont certainement des agents du Cobra noir, dit Del en faisant la grimace, je ne vois aucun intérêt à les prendre de front. Ils ne sauront rien de plus que les autres.

— La meilleure chose à faire serait de les suivre ce soir, pour voir l'homme à qui ils font leur rapport.

Tony se retourna en entendant la porte s'ouvrir.

— Ah… le déjeuner !

Ils s'assirent pour manger. Deliah demeura réservée, décelant dans sa propre voix une certaine mise en garde. Si Tony et Gervase ne pouvaient l'interpréter, l'important, c'était que le principal intéressé l'entende.

À en juger par son regard, Del avait parfaitement reçu le message, mais elle fut irritée de voir qu'il n'en fit pas grand cas. Lorsqu'ils eurent terminé le repas et confirmé le programme de l'après-midi, lui et elle quittèrent la suite en vue de leur nouvelle sortie — à la librairie Hatchards, encore une fois sous la garde de Tony et Gervase — et, lui cédant le passage à la porte, Del glissa la main dans le creux de ses reins.

Elle préféra ignorer son geste. Tout autant que les réactions qu'il suscitait en elle. Le nez levé, elle avança vers l'escalier.

La librairie n'était pas loin. Lorsqu'ils sortirent dans Albemarle Street, Deliah se rappela l'image qu'ils souhaitaient projeter et prit le bras que lui offrait Del. Ensemble, ils descendirent la rue et tournèrent sur Piccadilly. Le ciel demeurait couvert, les nuages gris et lourds ; une brise froide annonçait l'arrivée de la neige. Deliah avait apporté son parapluie au cas où, n'ayant nulle intention de se faire tremper.

Del ouvrit la porte du magasin, et la cloche au-dessus retentit. Deliah entra la première.

— Pensez-vous qu'ils vont nous suivre à l'intérieur ? murmura-t-elle.

Tous deux s'immobilisèrent pour inspecter la librairie, ses innombrables bibliothèques serrées qui formaient d'étroits corridors sans fin et ses nombreux clients qui s'excusaient mutuellement de passer l'un devant l'autre dans les allées, les yeux rivés sur les rangées de livres.

— À leur place, répondit Del, je surveillerais du dehors. Il n'y a qu'une seule porte accessible aux clients. Mais enfin, cela vaut la peine d'essayer — ils seront peut-être tentés de rentrer. Choisissez une allée et disparaissons dans le fond.

— Ma foi, je propose l'allée des poètes, dit Deliah en tournant dans la troisième section.

Malgré le regard qu'il lui lança, il la suivit.

— Avez-vous déjà lu Byron ?

— Non. Pas mon style.

— Vous seriez surpris, dit-elle en le regardant par-dessus son épaule. *Childe Harold* était assez... audacieux.

Il la regarda sans rien dire.

Elle sourit et tourna la tête.

Ils passèrent un certain temps ainsi parmi les livres, feignant un intérêt pour ceci ou cela pendant que Del surveillait les clients qui arpentaient les allées en silence.

C'était l'endroit rêvé pour un assassin. Il devait être assez facile de prendre au dépourvu quelqu'un plongé dans la lecture d'un livre. Néanmoins, Del en arriva rapidement à la conclusion que leurs poursuivants n'avaient d'autre tâche que de les surveiller.

Voilà qui était inquiétant.

Où étaient le Cobra noir et ses assassins ? Il refusait de croire que ses partisans étaient si peu nombreux en Angleterre, prêts à soutenir leur maître diabolique. Par ailleurs, le Cobra était bien trop prudent pour ne pas s'être entouré d'autant d'hommes que possible. En plus, il avait eu des jours, voire des semaines pour rallier ses troupes.

Perdu dans ses conjectures, les yeux balayant le magasin, Del ne vit pas le danger apparaître devant lui.

Deliah n'avait pas fait exprès et lui non plus. Elle s'apprêtait à passer derrière un vieux gentleman lorsque celui-ci fit volte-face, bloquant l'allée étroite, et avança vers eux les yeux baissés. Deliah s'immobilisa. Le vieil homme, apparemment dur d'oreille et surpris de les voir si près de lui, ne s'arrêta pas tout de suite — forçant Deliah à reculer précipitamment.

Son joli derrière arrondi pressa délicatement les attributs de Del.

L'instant d'après, réalisant le problème soulevé par son inévitable réaction, elle tenta de s'écarter de côté, ce qui ne fit qu'empirer les choses. Ravalant un juron, Del pressa les épaules de Deliah et s'efforça de reculer.

Sans rien voir de tout cela, le vieux gentleman se confondit en excuses, fit un semblant de révérence et se faufila devant eux.

Deliah se retourna brusquement face à Del. Et le tança d'un regard accusateur.

Plissant des yeux, il s'approcha.

Elle recula lentement. Il s'avança encore et posa une main ferme sur la tablette derrière son épaule, faisant d'elle sa captive ; il appuya pareillement son épaule près de la sienne et Deliah disparut derrière son corps, invisible à quiconque arriverait dans l'allée, pour l'instant vide.

Elle aussi avait noté tous ces détails.

Il se pencha sur son visage et lut l'agacement dans ses yeux.

— Ce n'était pas ma faute ; vraiment pas.

Elle pinça les lèvres. Ses yeux plongèrent dans les siens avant de s'ouvrir bien grand. Le souffle court, elle baissa les yeux sur la bouche de Del.

— Ne vous avisez *pas* de m'embrasser — pas ici, murmura-t-elle.

La phrase était à la fois protestation, ordre et supplication.

L'espace d'un instant, tout s'immobilisa autour d'eux. L'atmosphère semblait chargée, tendue, presque explosive.

Sa poitrine gonflait au rythme de son halètement. Le regard de Del dériva sur ces monts tentateurs avant de se poser, inévitablement, sur ses lèvres…

Il les vit frémir. Leva les yeux et vit dans les siens qu'elle était… aussi fébrile et excitée que lui.

Pourtant, elle avait peur, non pas de lui, mais de ce qui pourrait — allait — arriver si…

— Non. Pas ici.

Il se redressa, et elle prit une nécessaire bouffée d'air. Puis, elle lui lança un regard presque furieux.

— Bien, dit-elle.

Elle se raidit, lissa inutilement ses jupes et, le nez bien haut encore une fois, se remit à marcher.

Il lui emboîta le pas, assez loin d'elle pour apprécier la vue tandis qu'ils remontaient la longue allée vers le fond.

Cette vue ne soulageait en rien sa douloureuse frustration. Réalisant toutefois que leur dernier baiser — et la promesse qu'il renfermait — l'avait laissée tout aussi agitée, tout aussi à cran et à vif que lui, son humeur en fut de beaucoup allégée.

Del percevait encore cette atmosphère chargée lorsqu'ils sortirent du magasin et que la porte se referma sur eux; mais que pouvait-il faire? Ils étaient sur Piccadilly en plein après-midi.

— Nous perdons notre temps, dit Deliah en redressant les épaules, balayant la rue du regard. J'imagine qu'ils nous surveillent encore… Nous devrions leur offrir une occasion qu'ils ne pourront pas refuser.

— Par exemple? demanda Del, nullement surpris par cette proposition.

Deliah s'efforça de retrouver ses esprits et de se concentrer sur la mission, sur ce qu'ils étaient censés accomplir et non sur ce que Del et elle pourraient faire, une fois rentrés à l'hôtel.

Son cœur battait, palpitait encore, mais de toute façon, Tony et Gervase étaient là. Même si elle ne les voyait pas, ils veillaient sur eux, aux aguets.

— Que diriez-vous d'aller à Green Park?

Elle se tourna pour regarder les arbres nus au loin dans Piccadilly.

— Je ne pense pas qu'il y ait beaucoup de gouvernantes et d'enfants en promenade, par ce temps.

Elle lui jeta un regard interrogateur. Il hésita, puis opina, même s'il ne semblait guère enthousiaste. Il lui offrit son bras. Elle se raidit, mais le prit malgré tout et se laissa guider dans la rue animée.

Le ciel était sombre, les nuages menaçants. Comme elle l'avait prédit, rares étaient les promeneurs sous les grands arbres de Green Park. Çà et là, quelques bonnes et gouvernantes rassemblaient leurs bambins pour le retour à la maison.

Dans la douce chaleur de la maison, à l'abri de la grêle qui s'annonçait.

Deliah se félicita d'avoir mis sa lourde pelisse, même si le tremblement qu'elle tentait de contenir n'était pas dû au froid. On les suivait, elle en était certaine, et cette fois-ci avec de plus fermes intentions —, mais c'était peut-être son imagination. Elle regarda Del.

— Ils sont plus nombreux cette fois-ci, n'est-ce pas?

Les traits durs, le visage impassible, il hocha la tête.

— Au moins trois, même plus, je pense.

Ils firent quelques pas.

— C'est une bonne chose, non?

Del n'en était pas si sûr. Ils avaient bien pour but d'inciter les partisans à se battre, toutefois il doutait que ces poursuivants soient des hommes du Cobra, malgré son maigre espoir, mais ce qui l'embêtait le plus, c'était la présence de Deliah à ses côtés — qui allait à l'encontre de tous ses principes fondamentaux.

Avec chaque pas ils s'enfonçaient plus profondément dans le parc, et Del se sentait de plus en plus déchiré entre l'envie de prendre Deliah par la main pour la ramener directement à l'hôtel, où elle serait en sécurité, et l'envie de saisir cette chance — comme l'exigeait sa mission — de combattre l'ennemi et de réduire ses troupes. Sa mission en dépendait.

Sans oublier que Deliah s'opposerait à lui inlassablement s'il essayait de l'écarter d'une manœuvre qu'elle avait proposée.

Ils ralentirent, mais ils devaient impérativement faire comme si de rien n'était pour pousser les malfrats à l'attaque. Ils arrivaient à l'extrémité du parc et leurs poursuivants n'approchaient pas.

— Que faire ? demanda-t-elle. Revenir sur nos pas en flânant ?

Se rappelant les zones du parc qu'ils avaient traversées, Del fit la moue.

— Le terrain est trop ouvert, ils craignent que des gens nous voient et viennent à notre secours. Il y a encore beaucoup de monde sur Piccadilly — n'importe qui pourrait regarder vers le parc et voir l'attaque.

— Dans ce cas, reprit Deliah en pointant au-devant avec son parapluie replié, allons au Saint-James Park. Il y a bien plus de buissons sous les arbres là-bas, et bien moins de promeneurs.

Encore moins des promeneurs qui pourraient leur venir en aide. Dans la lumière déclinante, sous le ciel bas, ceux qui s'attardaient au Saint-James Park étaient plus sûrement des voleurs à la tire et des voyous que des citoyens respectables.

Del serra les mâchoires. Il n'en avait guère envie, mais... il fit un bref signe de tête puis l'invita à avancer.

À la lisière de Green Park, ils traversèrent le Mall, presque désert, et s'enfoncèrent dans Saint-James Park d'un air nonchalant.

Ils furent rapidement cernés par les buissons, et Del sentit son corps tout entier se mettre instinctivement en alerte.

Il sentait Deliah tendue à ses côtés, sur le qui-vive, les sens aux aguets, aiguisés comme les siens.

— Tony et Gervase ne doivent pas être loin, murmura-t-il pour la rassurer.

Elle hocha la tête en guise d'acquiescement, mais ne dit rien.

L'attaque, lorsqu'elle se produisit, s'avéra potentiellement plus dangereuse qu'il ne l'avait prévue. Feignant l'insouciance, ils arpentaient une allée verte assez large pour que trois hommes puissent y marcher côte à côte lorsque trois voyous bondirent des buissons à dix pas devant eux et leur bloquèrent le passage.

Del perçut un mouvement derrière eux et sut alors qu'il y en avait d'autres ; attrapant Deliah par le bras, il l'attira derrière lui tout en pivotant pour s'adosser à un large tronc d'arbre.

Deux hommes vinrent bloquer le chemin par lequel ils étaient arrivés, empêchant ainsi toute retraite. En cet endroit-là, les arbres et les buissons qui longeaient le sentier étaient trop touffus pour s'y frayer facilement un chemin.

Les ennemis avaient bien choisi le lieu de leur embuscade. Voyant qu'ils étaient tous Anglais, Del jura en silence et, d'un petit coup sec, dégagea l'épée de sa canne. Trois des hommes s'avancèrent des deux côtés, laissant à chaque bout un garde isolé. D'un coup sec et sifflant, Del dégaina son épée. Il fit un pas, plaçant Deliah entre lui et l'arbre.

— Allez, approchez, leur lança-t-il.

Ils avaient figé à la vue de l'épée. Couteau en main, ils échangèrent un regard avant de fixer Del de nouveau.

Et de lancer sur lui une attaque concertée.

La lutte fut chaude et endiablée, mais Del avait connu des combats plus âpres et plus risqués. Toutefois, il ne s'était jamais battu avec une folle armée d'une ombrelle à ses côtés.

Il aurait dû s'y attendre, et pourtant… Loin de se tapir derrière lui — où elle était censée rester —, Deliah vint se placer à côté de lui et frappa de son parapluie chacun des hommes qui s'approchait.

Sa participation active au combat et ses furieuses volées de parapluie eurent un effet déstabilisant sur les trois agresseurs.

Avant que la situation ne s'envenime et que les deux voyous postés dans le chemin ne s'avisent d'intervenir, Tony et Gervase sortirent furtivement des buissons, et les deux gardes tombèrent sans même avoir bougé.

Les trois autres réalisèrent soudain qu'ils n'étaient plus des chasseurs, mais des proies prises au piège, un piège qu'on leur avait tendu.

Il était bien trop tard pour fuir. D'une redoutable efficacité, Tony, Gervase et Del parvinrent à les maîtriser, usant davantage de leurs poings que de leurs armes blanches.

Puis, le silence s'installa, interrompu seulement par le souffle des hommes.

Dans la pénombre du crépuscule, ils firent asseoir dans l'herbe les cinq hommes au coude à coude. Aucun d'entre eux n'était en état de prendre la fuite.

Assommés, ils pouvaient néanmoins entendre.

— Qui vous envoie ?

Gervase commença l'interrogation.

Au fil des questions brèves et directes que tous quatre posèrent — Deliah participa, évidemment, et puisque son ton incisif faisait grimacer les hommes, Del lui laissa libre cours —, ils parvinrent à tirer d'eux les aveux attendus. Ils avaient tous les cinq été recrutés par un homme, un Anglais aux cheveux ras et au teint étrangement hâlé qui les avait sommés de suivre Del et Deliah, de les surveiller de près et de saisir la première occasion d'enlever l'un des deux, n'importe lequel.

Comme leurs prédécesseurs, ces prétendus ravisseurs devaient apporter le moindre objet qu'ils récupéraient à une taverne, située cette fois-ci dans une ruelle louche de Tothill Fields.

Se tournant vers Del, Deliah et Gervase, Tony secoua la tête.

— Inutile d'y aller, ce sera comme hier soir.

Gervase acquiesça en grommelant. Il regarda les cinq hommes avachis.

— Qu'allons-nous faire d'eux ?

Tandis que Del, Tony et Gervase évaluaient l'intérêt de livrer les hommes à la garde municipale, Deliah observait les prisonniers d'un œil mauvais, les bras croisés.

Ils savaient qu'elle les examinait, pourtant aucun d'entre eux n'osa croiser son regard. Ils remuèrent, mais aucun ne fit mine de vouloir s'enfuir.

Del et les deux autres en arrivaient à la conclusion qu'ils étaient aussi bien de les laisser partir — il n'y avait pas grand intérêt à les emmener à la garde et à expliquer plusieurs heures durant pourquoi ils subissaient des attaques répétées. Les prisonniers, eux, avaient compris qu'il valait mieux rester sagement assis en attendant qu'ils se décident.

Et c'est en cela, pensait Deliah, qu'ils se distinguaient des rustres mal dégrossis de la veille ; ces hommes étaient plus durs, plus rusés et plus vifs — indéniablement plus dangereux.

Ils étaient d'une autre trempe que les voyous de la veille.

— Très bien.

Del se tourna vers les hommes.

— Vous pouvez...

— Attendez.

Deliah jeta un coup d'œil à Del. Lorsqu'il haussa les sourcils, mais patienta docilement, elle reporta les yeux sur l'homme au milieu de la rangée. C'était d'après elle le plus vieux des cinq et le plus fin observateur du lot.

— Avant que vous ne retourniez dans vos cloaques, dites-moi... Connaissez-vous d'autres hommes comme vous ? Avez-vous des contacts par l'intermédiaire desquels vous pourriez lancer une mise en garde ?

L'homme au centre la regarda fixement.

— Ça s'peut. Pourquoi ?

— Parce que vous devez bien comprendre ce qui se trame ici.

Deliah sentit la main de Del sur son bras ; elle opina légèrement d'un air entendu, mais poursuivit.

— L'homme qui vous a recrutés — vous avez remarqué son teint hâlé — est récemment rentré de l'Inde. C'est le serviteur d'un homme de là-bas, un monstre qui terrorise les gens, qui égorge et torture des Anglais, soldats et civils, et aussi des femmes et des enfants.

Elle soutenait le regard de l'homme.

— Si ce monstre, qu'on appelle le Cobra noir, a sommé son serviteur de vous embaucher, c'est parce que le colonel ici présent — elle indiqua Del d'un geste de la main — et trois autres officiers en route pour l'Angleterre transportent des documents qui doivent être remis à qui de droit au gouvernement dans l'espoir de faire tomber ce monstre. Naturellement, l'idée ne plaît pas au Cobra noir, qui veut continuer de tuer des Anglais, en Inde. Alors vous pouvez dire à vos amis que s'ils acceptent de travailler pour un homme récemment rentré de l'Inde, même si c'est un gentleman, ils serviront en fait de chair à canon au Cobra noir et l'aideront à perpétrer d'autres meurtres de Britanniques.

L'agitation avait gagné les cinq hommes à terre. Lorsqu'elle eut terminé, l'homme au centre regarda ses compères, puis releva les yeux vers Deliah et hocha la tête.

— On va le faire savoir. Généralement, on n'aime pas travailler pour des étrangers.

— Bien.

— Est-ce que l'un d'entre vous connaît Gallagher? demanda Tony. Assez bien pour lui transmettre un message?

Les cinq affichèrent un air méfiant, mais au bout d'un moment, le chef répondit.

— Peut-être bien.

— Dites-lui que Torrington le salue, et que Dearne — Grantham — est aussi de la partie, mais pas à Londres. Répétez ce qu'a dit la lady. Gallagher comprendra.

L'attitude des hommes avait sensiblement changé ; ces anciens adversaires s'affichaient presque désormais en alliés. Le chef opina plus fermement.

— Je le ferai.

Il se leva, puis se figea devant Del.

— Allez, dit ce dernier en hochant la tête. Et si vous avez la moindre goutte de sang anglais dans vos veines, répandez la nouvelle.

Hochant la tête, les hommes se redressèrent péniblement. Ils restèrent là quelques secondes, puis esquissèrent une courbette maladroite devant Deliah et s'éloignèrent d'un pas lourd vers les quartiers pauvres à proximité.

— Eh bien, dit Gervase, nous avons marqué des points.

Il regarda Deliah et son visage se durcit.

— Toutefois, à l'avenir, il serait bon que vous consentiez à nous laisser combattre les voyous. Un parapluie n'est pas une arme bien redoutable.

Deliah haussa lentement les sourcils, puis brandit le parapluie qu'elle tenait encore à la main et le regarda d'un air approbateur.

— Sachez que vous voyez là le dernier modèle breveté de parapluie. Son manche, son armature, son mécanisme et surtout sa pointe sont en acier.

Levant l'objet, elle montra le bout métallique de l'ombrelle.

— C'est l'arme-surprise idéale, pour une femme ; et si vous aviez interrogé l'homme au bandana rouge, vous sauriez qu'après avoir reçu un coup de cette pointe en acier, il a réfléchi à deux fois avant de s'approcher.

— Oui, *mais*, dit Tony, vous êtes une lady. Nous, nous sommes trois gentlemen et vous étiez…

— Dans le chemin ?

— Ce n'était pas ce que j'allais dire. Votre participation, poursuivit-il avec prudence, était fort déstabilisante.

— Selon vous, répliqua Deliah. Mais selon moi, il serait totalement inacceptable que je me tapisse derrière vous comme une petite gourde sans défense alors que je peux, comme je viens de le prouver, me rendre très utile.

Son regard se durcit.

— Je vous rappelle, messieurs, que je fais partie de cette mission, indépendamment de ma volonté. Et si vous pensez que je suis du genre à me recroqueviller derrière vous pendant que vous combattez l'ennemi, vous faites assurément fausse route.

Elle releva le nez et fit volte-face, en lançant à Del un regard de côté.

Il se mordit la lèvre et se garda de dire quoi que ce soit. Tony et Gervase avaient gaspillé leur salive.

— Hum, fit Deliah en observant le ciel de plomb. Rentrons à l'hôtel.

La tête haute, elle ouvrit la marche, balançant fièrement son parapluie.

Vexé, mécontent, mais contraint et forcé, Del se rangea à ses côtés, Tony et Gervase fermant la marche.

14 décembre
Hôtel Grillon

Deliah arriva à sa chambre de bien mauvaise humeur.

Elle ôta ses gants et s'efforça d'enlever sa pelisse.

— Ils pourraient au moins reconnaître ma contribution, marmonna-t-elle. Admettre que *mon* idée de parler du Cobra noir à ces hommes était bonne et qu'il aura désormais peut-être plus de mal à recruter des malfrats du coin. Mais non, il a fallu qu'ils reviennent sur le fait que je ne me comporte pas en lady digne de ce nom.

Elle était indignée par leur réaction à tous les trois. Bien que, à son honneur, Del ait gardé le silence.

Mais pas par désaccord. Elle savait fort bien qu'il partageait le point de vue de Tony et Gervase.

Elle poussa un soupir d'exaspération. Après avoir disposé sa pelisse sur une chaise, elle se dirigea vers le secrétaire. Ouvrant le tiroir du haut, elle s'apprêtait à y ranger ses gants lorsqu'elle s'immobilisa.

Un rapide coup d'œil vers la coiffeuse et l'armoire confirma ses soupçons.

La porte s'ouvrit. Deliah leva les yeux et vit entrer Bess chargée de paquets.

— Vous voilà, dit la bonne.

— Oui. Est-ce que quelqu'un est venu ici à l'improviste?

— Non. Pourquoi ?

Deliah scruta la pièce de nouveau.

— Je n'en suis pas totalement certaine, mais je crois qu'on a fouillé dans mes affaires.

— Quoi ? rétorqua Bess d'un ton vif. Le seul qui soit venu ici depuis votre départ, c'est Sangay, le jeune domestique du colonel. Il cherchait ses gants, mais il faut dire que je me suis absentée une bonne partie de l'après-midi pour acheter ce dont vous aviez besoin.

Elle souleva les paquets.

Deliah fit la grimace.

— Rien ne semble avoir disparu.

Elle regarda la coiffeuse.

— Mes brosses argentées sont encore là et tous mes bijoux aussi, alors ce n'était certainement pas un voleur.

Elle soupira.

— Peu importe, dit-elle en regardant les paquets. Montre-moi ce que tu as trouvé.

Sept

14 décembre
Hôtel Grillon

Désormais mieux équipée sur le plan vestimentaire pour affronter les jours à venir, Deliah rejoignit les trois hommes au salon de la suite pour le dîner. Tony et Gervase avaient tout juste rejoint Del ; tous se saluèrent d'un signe de tête avant de prendre place afin que Cobby et Janay servent l'entrée, un savoureux bouillon de poulet accompagné de petites galettes.

Personne ne parlait. La tension était palpable entre Del et Deliah — Deliah affichait une certaine froideur, et Del feignait de l'ignorer avec une arrogance soignée. Tony et Gervase discutaient de la mission, et Del aussi ; Deliah lisait sur leur visage une frustration évidente.

Ils reposaient leurs cuillères lorsque Gervase prit la parole.

— Nous n'avons pas vu un seul homme qui ne soit pas Anglais.

— Hum, fit Tony. Nous n'avons même pas vu celui qui les embauche.

— Larkins, d'après les descriptions, dit Del.

— L'homme de main du Cobra?

Lorsque Del opina, Tony reprit.

— Je me demande si nous ne devrions pas faire suivre Ferrar.

— Il faudrait d'abord savoir où il est, remarqua Gervase.

— J'ai envoyé Cobby demander si on le voyait chez White, dit Del. Il fit la moue. Apparemment non, et l'adresse qu'il a obtenue là-bas datait de plusieurs années — une pension sur Jermyn Street. Il n'y est pas et le logeur n'a pas eu de ses nouvelles depuis longtemps.

— S'il se sert de Larkins, dit Gervase en haussant les épaules, il est inutile de surveiller Ferrar. Et le fait de relier Larkins aux mercenaires ne fera pas concrètement avancer les choses.

Il hocha la tête en regardant Deliah.

— Dans la mesure où vous identifiez Larkins comme étant l'homme qui a tiré sur Del à Southampton, nous pouvons le pincer n'importe quand, mais à moins de relier Larkins et ses activités criminelles à la lettre de Ferrar, nous n'avons rien qui compromette Ferrar.

— À moins de prouver que Larkins agit sous les ordres directs de Ferrar, ce dernier niera tout bonnement avoir connaissance des activités de Larkins, quoi que dise celui-ci, affirma Tony.

— En effet. Et c'est Ferrar que nous voulons.

S'inclinant sur sa chaise, Del regarda Gervase, puis Tony.

— La question se pose. Y a-t-il encore un intérêt à rester à Londres ?

Cobby et Janay entrèrent. Les convives patientèrent pendant que les deux hommes débarrassaient la table avec rapidité avant d'y déposer des plats de viandes et de légumes. Une fois le service terminé, ils sortirent.

Deliah décida d'enfoncer une porte ouverte.

— Londres recèle de voyous que Larkins peut recruter pour exécuter les ordres de son maître. Même si ceux que nous avons attrapés aujourd'hui avertissent leurs collègues, il est probable que Larkins ait assez d'hommes à disposition pour nous occuper encore quelques jours.

— Et en lambinant ici, ajouta Del, sans rien faire d'autre que d'épuiser le vivier de rustres du coin, nous laissons à Ferrar le temps de rassembler ses forces en faisant venir ses partisans, des combattants qu'il utilisera seulement lorsqu'il en a besoin.

— Lorsque nous — ou plus probablement nos trois autres coursiers — le forcerons à agir à l'extérieur des grandes villes, dit Tony. Et même dans les grandes villes, si la cible est mouvante, il n'aura pas le temps de recruter des hommes. Il lui faudra alors faire appel à ses partisans —, c'est sa seule force mobile.

— Nous tournons en rond, ici, dit Gervase au bout d'un moment. Je propose d'envoyer un message à Wolverstone et de partir demain pour le comté de Cambridge.

— J'approuve, dit Tony en se redressant. En partant, nous lui forçons la main. Il doit savoir à présent que vous n'avez pas l'intention de remettre la lettre à qui que ce soit en ville, mais puisqu'il ne peut pas courir le risque que vous la donniez à quelqu'un, il profitera de votre déplacement pour s'en emparer ; et comme il n'aura pas eu le temps de préparer son coup, il devra faire appel à ses propres troupes.

— En plus, une fois sur la route, il reportera toute son attention sur le parchemin. Après tout, c'est son objectif ultime ; il doit absolument le récupérer.

— Vrai, dit Gervase, mais si l'occasion se présente, il ne manquera pas de prendre l'un de vous deux en otage en échange de la lettre.

Gervase croisa le regard de Deliah face à lui.

— Il vous faut rester vigilante.

Elle opina, mais garda le silence, écoutant ensuite les trois hommes discuter des options possibles et fixer le départ au lendemain matin, un départ en fanfare de tout leur personnel qui ne manquerait pas d'attirer l'attention de leurs poursuivants.

— Le parchemin ? demanda Gervase en haussant les sourcils.

— Il est en lieu sûr, répondit Del.

Tony esquissa un sourire.

— Notre voyage dans le comté de Cambridge s'annonce de plus en plus amusant !

Deliah fit enfin le rapprochement.

— Je crois que ma chambre a été fouillée, cet après-midi.

Elle regarda Del.

— Rien n'a disparu, mais peut-être cherchaient-ils le parchemin.

— Qui *ils* ? rétorqua Del, ses yeux noirs rivés sur elle.

La tension qui s'était dissipée entre eux réapparut.

— Je l'ignore. Je ne peux même pas affirmer sans me tromper qu'on a fouillé ma chambre. Mes affaires étaient en désordre dans les tiroirs, tout comme les flacons sur ma coiffeuse, et je suis certaine que mes robes étaient mieux rangées dans l'armoire. Je ne les avais pas laissées ainsi et Bess, ma bonne, n'est jamais si négligente.

— Bess n'était pas là ? demanda Del d'un air assombri.

— Je l'avais envoyée faire quelques courses.

Deliah haussa les sourcils en le regardant.

— Il n'y avait aucune raison de l'obliger à surveiller ma chambre ; le parchemin n'y est pas.

Elle, Tony et Gervase regardèrent Del.

Qui gardait les yeux posés sur Deliah, bouillonnant intérieurement, impuissant. Il finit par répondre à leurs visages interrogateurs.

— Personne n'a fouillé ma chambre.

«Pour l'instant», pensa-t-il. Cobby l'aurait remarqué et le lui aurait dit.

— Eh bien, dit Tony en levant son verre, à des lendemains plus fructueux !

Ils trinquèrent.

Les hommes discutèrent ensuite des dernières affaires militaires et de l'actualité sportive.

Irritée par ce regain d'adversité qu'elle sentait chez Del à son égard, Deliah profita de l'arrivée de Cobby apportant les alcools pour s'excuser et se retirer, refusant l'offre de prendre un thé. Elle leur souhaita le bonsoir, et les trois hommes se levèrent à son départ.

— Je vous verrai au matin, messieurs, dit-elle en les saluant d'un air altier avant de se retirer.

Del observa la porte se refermer derrière elle et sentit la tension en lui se relâcher, mais pas entièrement. Loin de là.

Il se rassit et se laissa entraîner dans une discussion sur les derniers combats de boxe. Du moins en apparence. Car secrètement...

Elle était comme une démangeaison sous la peau, d'autant plus depuis la nuit dernière. Et elle — cette chose, quelle qu'elle soit — n'était pas qu'une envie sexuelle, qui disparaîtrait après un frottement. Ou deux.

Il doutait que trois ou même trois cents rencontres de son corps splendide et du sien le guérissent de cette étrange affliction.

Il n'avait jamais ressenti une telle intensité. Aucune autre femme ne l'avait ainsi provoqué. Ce n'était pas simplement son refus d'obéir à ses ordres, sa ferme aversion à l'idée de se cacher derrière lui, son entêtement à se mettre en danger dès qu'elle le jugeait nécessaire — bien que tout cela contribue à éveiller en lui ce tourbillon d'émotions.

Dans presque toutes les situations, il comprenait son point de vue, compatissait, même, *mais*...

C'était ce «mais» qui lui était nouveau, qu'il n'avait pas l'habitude de ressentir, de déchiffrer, encore moins de maîtriser.

Il n'aimait pas ce qu'elle suscitait en lui, il le réprouvait et s'en indignait — ce qui n'avait rien de bon. Il était obnubilé par elle, et une partie de lui savait où le mènerait cette obsession.

Mais tant que la mission n'était pas terminée, il n'avait pas le temps de penser à tout cela. À ce qui l'attendait après, plus tard.

La conversation s'étiola. Tony et Gervase bâillèrent en s'étirant, et les trois hommes décidèrent de se retirer. Ils quittèrent la suite ensemble. Del s'arrêta devant sa porte. Tony et Gervase le saluèrent amicalement et rejoignirent leurs chambres un peu plus loin.

Del les regarda s'éloigner, puis saisit la poignée de porte. Sa main se referma, mais il s'immobilisa. L'espace d'un instant interminable, il fixa sa main refermée sur la poignée.

Son esprit était vide, incapable de débattre. Il savait qu'il devait tourner la poignée et rentrer se coucher.

Mais il ne savait plus pourquoi.

Il marmonna un juron, relâcha la poignée, pivota et avança en silence jusqu'à la suite.

La porte n'était pas encore fermée à clé. Il la verrouilla derrière lui ; la bonne de Deliah avait dû entrer et sortir par la chambre.

Deliah était sûrement couchée.

Il n'hésita pas, mais frappa à la porte de la chambre.

S'adossa au montant, et attendit.

La porte finit par s'ouvrir.

Elle apparut dans l'embrasure, sans la moindre expression de surprise sur son visage fier. Ses cheveux étaient détachés, deux tresses folles d'un roux sombre caressant aux épaules le peignoir de soie ivoire qu'elle avait jeté sur une chemise de nuit très simple et sobre.

En soie également…

Derrière elle, il vit le lit défait, le creux de l'oreiller. Elle était bien au lit.

Malgré lui, son regard glissa vers le bas, sur les formes pleines de ses seins, sur ses mamelons dressés, sur son ventre plat et sur la courbe de ses hanches, glissa le long de ses longues, longues jambes, amoureusement mises en valeur par sa tenue qui lui collait au corps. Il fut tout de suite dur, à en avoir mal. Brûlant de posséder ce qu'il savait être caché sous la soie.

Il lui fallut quelques secondes pour relever les yeux et croiser le regard de Deliah.

Elle le dévisageait froidement, puis haussa impérieusement les sourcils.

— Que voulez-vous ?

Son ton était égal, neutre, ni invitant, ni décourageant.

Il dit la vérité.

— Vous.

Le silence régna dans le temps suspendu.

Puis, il se redressa et avança.

Elle recula pour le laisser entrer.

Ferma la porte derrière lui.

C'était de la folie, mais que pouvait-elle faire ? Lui dire non ?

Elle s'en sentait incapable. Doutait que ses cordes vocales coopèrent et ânonnent un tel mensonge alors que son cœur palpitait dans l'anticipation des délices à venir, alors qu'elle avait l'eau à la bouche.

Elle se retourna et le vit immobile. Entourant sa taille d'un bras, il l'attira à lui.

Elle leva les yeux et croisa son regard au moment où leurs corps se touchèrent. Troublée, elle s'efforça de cacher son vertige, de l'étouffer, et posa les mains sur ses épaules. Sous ses paumes, la chaleur tentatrice, la ferme virilité la faisaient succomber, et elle vit ses yeux sonder les siens puis caresser son visage.

Jusqu'à ses lèvres.

Elle les entrouvrit et inspira profondément. N'avait pas besoin de dire quoi que ce soit. N'attendait pas un mot de lui, pas une explication. C'était un homme du monde et elle… elle ferait semblant d'être son double.

Elle ferait semblant, tandis que son regard touchait le sien et qu'après une seconde d'hésitation il inclina la tête, de rester maîtresse d'elle-même.

Ferait semblant, résolument, alors même qu'elle levait instinctivement le menton pour recevoir ses lèvres sur les siennes, de ne pas avoir les nerfs à vif, la peau brûlante, le cœur battant.

Il l'embrassa, et elle lui rendit son baiser. Intimes, et pourtant étrangers encore l'un à l'autre. La nuit précédente avait été si absolue, si passionnée et ardente ; ce soir, elle percevait chez lui une plus grande attention, un désir de ne penser… qu'à elle.

À ce qu'il voulait d'elle.

Ce qu'il voulait exactement, elle l'ignorait. Un frisson d'anticipation lui traversa le corps, comme un éclair.

Il l'embrassa avec plus d'impatience, d'avidité. Elle répondit à ses demandes, à sa conquête en imposant ses propres exigences, ses désirs.

Elle suivait aveuglément son instinct, le seul guide qu'elle connaisse. Si elle n'était plus innocente au sens biblique du terme, jamais encore elle n'avait ressenti un tel besoin de l'autre.

N'avait désiré un homme à ce point.

C'était simple, et complexe. Son manque était un entrelacs de besoins et de désirs et, comme ce soir ils avaient tout leur temps, il accepta volontiers de la laisser explorer — ses besoins, ses désirs, son corps à lui.

Il la laissa le dévêtir. Esquissa un sourire lorsqu'elle lui arracha sa chemise et, laissant tomber le vêtement du bout des doigts, admira avec ravissement son torse ferme et musclé. Les yeux grands ouverts, elle apposa ses paumes sur sa peau brûlante.

Et explora.

Comme une libertine, sans retenue. Il la laissa faire.

Tentateur.

Jusqu'à ce que, le souffle court devant lui érigé dans le rayon de lune, ses os solides, ses muscles fermes, les contours argentés de son corps, elle s'empare à deux mains de son membre en érection, si viril, pour le caresser, le saisir, le serrer doucement.

Il s'immobilisa. Elle sentit la tension monter en lui, se cristalliser — son corps durcir comme de l'acier fin, brut et inflexible. Ses doigts, ses mains caressaient plus lentement.

Il inspira, et son torse se gonfla. Puis, il leva les mains et pressa doucement ses épaules pour faire tomber son peignoir de soie.

Et lentement, volontairement, il renversa les rôles.

Il prit son temps, ses lèvres retournant aux siennes par moments, pour y boire et mettre les sens de cette femme en émoi. Pour courtiser son âme et qu'elle se plie à ses desseins — à ses besoins, ses envies, ses désirs.

À son souhait d'apprendre à la connaître. De l'explorer encore plus intimement, encore plus complètement, qu'elle ne l'avait elle-même fait.

Ses mains traçaient, modelaient, possédaient. À travers le voile de soie vulnérable de sa robe, il caressait, émoustillait, intriguait.

Enfin — enfin! —, il la déshabilla, fit glisser la soie sur son corps avec une exaspérante facilité, et une lenteur qui l'était tout autant.

Une lenteur qui satura les nerfs de Deliah puis les fit tressaillir. Qui comprima ses poumons et ne lui laissa comme souffle qu'un maigre soupir. Ses sens en éclats.

Ses sens qui étaient tout à lui. À ses ordres.

Dans cette attente, cette anticipation du corps jamais auparavant si acéré, si dur, si délicieusement incandescent.

Si attentif à sa volonté, à son vœu, son désir.

De la connaître. De la prendre. De la posséder.

Avec ses mains et ses doigts, avec ses lèvres et sa langue, il cajolait, flattait, effleurait. Jusqu'à ce que son souffle à elle s'agite et se soulève, jusqu'à ce que sa peau brûle, jusqu'à ce que son désir ne soit plus qu'une douloureuse brûlure dans son bas-ventre.

Jusqu'à ce qu'elle s'abandonne au tumulte de son sang.

Lorsqu'il tomba à genoux devant elle, elle n'eut aucune idée de ce qui l'attendait. Et n'eut guère le temps de s'interroger, de deviner, de taire sa surprise lorsqu'il posa ses lèvres, sa bouche chaude sur ses boucles et, sans entendre son souffle court et haletant, écarta ses cuisses pour poser sa langue espiègle sur son sexe.

Il lécha, goûta, sonda, et Deliah sentit ses sens s'enflammer. Les doigts plongés dans sa chevelure épaisse, elle peinait à rester debout sur ses jambes vacillantes. Il le sentit, s'empara d'un genou, le plia et le souleva pour placer sa jambe en équilibre sur sa solide épaule, saisissant son derrière à pleines mains, la position maintenant ses cuisses bien écartées — et l'exposant à une campagne bien plus intime encore.

Une campagne qu'il allait mener avec une efficacité redoutable.

Une minutie impitoyable.

Une expérience incomparable.

L'assaut lancé sur ses sens la précipita au point de rupture. La tête en arrière, le regard vague, elle s'efforçait même de haleter, luttant pour rester à flot sur cette onde de volupté et ne pas se noyer, se laisser submerger par le flux de plaisir tactile, jusqu'à ce qu'après une dernière avancée, il se retire.

Il la soutenait toujours, et son corps fluide se redressa.

Avant même que le pied de Deliah touche à terre, il agrippa ses hanches et la souleva.

Elle eut peine à ravaler un cri. Suspendue à ses mains, le corps tendu, ardent sous les flammes qui lui léchaient la peau, un vide brûlait en elle. Accrochée à ses épaules, les cuisses en étau sur ses flancs, elle baissa le regard pour le dévisager — les yeux bas, il attirait ses hanches contre les siennes.

À l'instant même où elle comprit, elle sentit la cime large de son érection presser et séparer ses plis satinés.

Guidée par son instinct, elle souleva les jambes pour l'entourer. Bascula le bassin pour s'approcher, pleine de désir et de fièvre.

Il s'enfonça, et elle perdit son souffle.

Les bras entourant solidement ses épaules, elle laissa tomber la tête en arrière, les yeux fermés, arqua le dos tandis qu'il la tenait et pressait fermement, profondément pour l'occuper tout entière. Deliah sentait de minuscules frissons parcourir sa peau, des ondées de sensations scintillantes glisser sur ses nerfs. Inexorablement, implacable et résolu, il attirait ses hanches à lui, la tenait là, immobile, pour s'enfoncer encore plus.

Il était dur, chaud, incroyablement large ; la remplissait, la complétait.

Elle happa une bouffée d'air.

Expira quand, ses doigts mordant la chair pleine de son derrière, Del la souleva et retira son érection rigide du fourreau lisse pour s'y glisser de nouveau en douceur, entièrement.

Le gémissement qu'elle échappa fut doux à son oreille. Il en voulait plus.

Il voulait voir jusqu'où elle irait. Ce qu'il pouvait encore tirer d'elle avant qu'elle ne succombe à l'inévitable, à la délivrance des sens dévastés.

Elle n'était pas vierge, elle avait vingt-neuf ans et avait vécu dix ans à l'étranger. Une femme au corps si généreux, si offerte au plaisir sexuel, si ouverte à l'acte n'aurait pas vécu toutes ces années dans l'abstinence ; il n'avait aucune raison de se restreindre aux mœurs sexuelles britanniques.

Il devait plutôt, devant cette femme à l'esprit d'aventure, user de son expérience sexuelle exotique pour la séduire et la conquérir.

Il n'y pensa pas plus. Traversa la pièce, faisant rebondir Deliah à chaque pas, contrainte de s'agripper à lui, poussée au râle, jusqu'au bord du lit pour y appuyer ses cuisses et la déposer sur le dos.

Il se redressa, prit un instant pour la regarder, les cheveux en bataille autour de son visage et sur ses épaules, les traits marqués par un désir sans fard, son corps nu si sensuel, assailli par la passion, l'ivoire rosé de sa peau délicate, ses seins pleins et fermes aux mamelons dressés, ses cuisses blanches écartées, ses longues jambes qui tenaient ses hanches en étau.

Son membre en érection pénétra le fourreau.

Il leva les yeux, entrevit la lumière de jade sous ses cils, vit qu'elle le regardait.

Vit ses seins se gonfler à chaque inspiration.

Il s'enfonça loin en elle, bien au chaud, et posa les mains sur ses seins, les paumes pleines, il prenait possession. Fit de ses mamelons des bourgeons frémissants puis glissa les mains sur son corps, sur sa taille et son ventre nu.

Il marquait sa peau, laissait son empreinte.

Il baissa la tête et promptement, avec sa bouche, sa langue, suivit le même chemin. Le corps enflammé, elle haleta.

Arqua son dos et se hissa jusqu'à lui qui revenait à ses seins généreux pour les honorer justement. Lorsqu'elle en fut réduite à l'implorer désespérément du regard, il se releva et prit ses fesses fermes à pleines mains, admirant sa peau rosie et perlée de sueur, chaude et humide. Il resserra sa prise et se dégagea, se libérant presque de l'étau glissant de ses jambes, pour s'enfoncer encore plus loin, avec encore plus de force et de puissance.

La tenant solidement par les hanches, il adopta un rythme intense, impérieux.

Elle gémit, sanglota presque, secoua la tête de gauche à droite.

Il relâcha ses hanches, dénoua ses jambes et les hissa pour caler ses chevilles sur ses épaules, puis agrippa ses hanches de nouveau pour l'assaillir de coups répétés, la pénétrer plus profondément encore.

Son souffle à elle n'était plus qu'un halètement convulsif, ses mains s'agrippaient au couvre-lit pendant qu'il la martelait de plus en plus fort.

Son corps tendu à l'extrême se cambra, ses muscles se durcirent.

Puis, elle vola en éclats.

Comme une lame déferlante, la délivrance s'empara d'elle, prise au piège, assaillie, secouée, ébranlée. Deliah n'avait jamais connu une sensation charnelle si intense. Si primitive. Comme si ses sens avaient explosé en mille morceaux, foudroyés par l'assaut.

Mais il n'en avait pas fini avec elle. Il poussa en elle jusqu'à la projeter dans cet étrange état de flottement.

Puis, il se retira, la laissant curieusement démunie. L'espace d'un instant seulement.

Il descendit ses jambes de ses épaules pour l'agripper à la taille et la renverser sur le ventre. La tira vers lui jusqu'à ce que ses hanches tombent au bord du lit, les orteils à peine au sol.

Il la regarda, étendue là, mollement, puis la pénétra par-derrière.

La fièvre envahit Deliah de nouveau, ébranlée par son va-et-vient.

Ses sens s'aiguisaient, absorbant goulûment les nouvelles sensations que provoquait le frottement de son membre sur la peau fragile de son derrière exposé, de ses lourdes bourses sur l'arrière de ses cuisses délicates et nues.

La réalité dure, chaude et pleine de son érection qui la pilonnait sans cesse.

Son excitation, à laquelle se mêlait un sentiment de vulnérabilité alors qu'il la tenait là, prisonnière, bel et bien impuissante, et emplissait son corps, saturait ses sens et son esprit de délices sensuels, de plaisirs hypnotiques.

Le désir monta en elle et la submergea ; la passion éclata en une vague chaude qui lui traversa de nouveau le corps. Elle voulait bouger avec lui, participer, le prendre, mais sa prise était trop serrée et sa force trop grande ; il la tenait immobile, clouée sous lui, et s'enfonça en elle avec encore plus de vigueur, plus vite et plus fort.

Elle resserra son fourreau autour de lui, cherchant instinctivement à le tenir, à le caresser.

Elle le sentit frémir.

Par ses mains, par ses cuisses dures pressant contre les siennes, elle sentit la tension monter en lui. Il tenta d'inspirer, le souffle entrecoupé.

Sous sa peau, le feu fusait. Elle ferma les yeux, s'abandonna à son instinct et continua de serrer puis desserrer sa prise, usant de son corps pour une caresse intime tandis qu'il s'enfonçait en elle…

Il manqua d'air, relâcha ses hanches et se pencha en avant, au-dessus d'elle, ses mains plongeant dans le couvre-lit autour de ses épaules. Sa respiration était rauque et pénible. Son poids pesa sur elle, et ses hanches vinrent cajoler les siennes ; il pompait à en perdre haleine…

Et la délivrance vint le balayer, l'emporter alors même qu'elle se cramponnait, se serrait autour de lui une dernière fois. Elle aussi bascula, tomba dans un tourbillon de sensations cataclysmiques, acérées, vives, s'agrégeant progressivement jusqu'à exploser en une nova de chaleur incandescente.

L'extase déferla, brillante et lumineuse, tournoyant autour d'eux, au-dessus et en eux, les enveloppant d'une jouissance éclatante.

Lentement, inexorablement, l'éclat pâlit.

Son bras céda, il se laissa tomber sur elle et s'appuya sur les coudes. Elle sentait contre son dos le torse de Del se gonfler comme un soufflet, entendait son souffle rauque dans son oreille, son corps chaud, une pièce d'acier malléable courbée sur elle pour la protéger. Son cœur qui palpitait encore. Elle sentait le battement révélateur dans son dos, le sentait aussi là où leurs corps s'unissaient, dans l'âtre chaud entre ses cuisses, dans son fourreau qui le serrait encore. Il était dans son sang, dans sa moelle, touchait à son essence.

Le battement ralentit peu à peu à mesure qu'ils revenaient à la réalité.

Les yeux fermés, toute pensée suspendue, son corps, celui de Del plus que le sien, la joue reposant sur le couvre-lit, Deliah prit conscience de son propre sourire.

Elle était pleine de contradictions.

Plus tard, une fois qu'il eut rassemblé ses forces et réussi à se dégager, il la souleva, tira sur les couvertures et les installa tous deux confortablement. Del s'adossa à une pile d'oreillers, un bras sous la tête et l'autre autour de Deliah qui dormait du sommeil des justes, épuisée de plaisir, la joue posée sur son torse.

Les yeux rivés sur le ciel de lit, il s'efforçait de la comprendre.

Ce n'était pas facile, compte tenu de ces multiples contradictions.

Sa robe de nuit, par exemple. D'un style très convenable, qui sied bien à la fille d'un diacre — il se rappelait que son père était diacre —, mais dont le tissu, par contre, exaltait la sensualité du toucher. Les Indiens avaient bien compris les propriétés affriolantes de la soie, sa nature sensuelle. Deliah aussi, apparemment.

Ses caresses au travers de la robe — une peau de soie glissante, mouvante, caressante — les avaient tous deux émoustillés.

À cette contradiction faisait écho une autre : son attitude souvent fort convenable, son respect des bienséances qui contrastaient singulièrement avec la femme charnelle et expérimentée qu'elle était. Ou qu'elle semblait être.

Ce qui l'amenait à la dernière des contradictions qu'il avait jusqu'ici observées. Si elle n'était pas vierge, Del avait perçu instinctivement, par tous les pores de sa peau, qu'au-delà des rudiments, elle était — à ce jour — aussi peu instruite qu'expérimentée.

Il n'avait certes pas pu s'y attarder au cœur de l'action, mais l'avait remarqué. Maintenant, il avait tout le loisir d'y réfléchir... Elle avait été surprise — sincèrement étonnée, interloquée, même — lorsqu'il l'avait caressée avec sa bouche.

Surprise aussi lorsqu'il l'avait soulevée dans ses bras, même si elle avait vite compris l'intérêt de la chose.

Lorsqu'il l'avait prise par-derrière...

Les yeux plissés, il revivait la scène. Et admit qu'il s'était trompé en voyant Deliah comme une femme d'expérience.

Dans le feu de l'action, ses réactions enthousiastes, presque fougueuses avaient voilé la vérité. Toutes ces expériences — et toutes celles qui les attendaient encore — avaient été pour elle des découvertes.

Deliah cachait en elle une houri en latence qui s'était bel et bien révélée dans leur corps à corps, en même temps qu'elle lui apparaissait comme une femme dépucelée de vingt-neuf ans n'ayant guère plus qu'un seul rapport sexuel à son actif. La seule explication qu'il trouvait à cette double nature, c'est qu'elle avait autrefois vécu, à un moment ou à un autre, ce qu'on appelle communément «une déception».

Elle avait aimé un homme, s'était donnée à lui, peut-être même une seule fois, mais pour une raison qu'il ignorait — il était plausible que l'homme soit mort à Waterloo —, le mariage ne s'était jamais fait, et elle était certainement partie en Jamaïque dans l'espoir de reprendre goût à la vie.

Il avait du mal à l'imaginer sombrer dans la mélancolie, toutefois il ignorait celle qu'elle avait été. Par ailleurs, vu l'étroitesse de son fourreau, son dernier rapport sexuel avant lui devait avoir eu lieu dans un obscur passé lointain. Elle n'avait pas fréquenté d'autre homme — n'avait pas été attirée par un autre — jusqu'à cette nuit dernière où elle s'était emportée avec lui.

Deliah était peut-être une houri en latence, mais elle n'avait rien d'une femme aux mœurs légères.

Ce qui n'était pas à ses yeux une contradiction, mais plutôt un fait rassurant et potentiellement utile. Une information extrêmement pertinente étant donné la direction qu'il souhaitait donner à leur relation — «après, plus tard».

Même s'ils n'en avaient guère discuté, leur destination commune se dessinait déjà dans son esprit. Cela étant...

Il la regarda. Passa quelques minutes à simplement goûter sa beauté, son visage rosi dans le sommeil, son corps inerte, repu de plaisir, lové en toute confiance contre son flanc.

Ses yeux de jade étaient clos. Ses lèvres d'un rouge écarlate…

Il se rappela avoir fantasmé sur ces lèvres scandaleusement pulpeuses, et sourit. Baissant le bras, il glissa la main sous les draps et la posa sur son sein.

L'effleura, le caressa doucement.

Et sentit Deliah se réveiller. Elle se cambra, s'étira.

Son sourire s'élargit, et il glissa vers le bas.

Il n'y avait aucune raison de ne pas lui en montrer plus encore. De ne pas la gâter encore, et lui aussi. De ne pas éduquer la houri cachée en elle, pour leur plaisir commun.

Aucune raison de ne pas lui ouvrir les yeux davantage, pour satisfaire sa curiosité.

Et dans le même temps, assouvir la sienne.

15 décembre
Hôtel Grillon

Le lendemain matin, Del regagna sa chambre avant l'aube, de fort belle humeur. Même si sa mission n'avait pas progressé, il était bien plus optimiste que la veille.

Il entra dans la pièce, ferma la porte et regarda le lit. Non défait, propre et net. Il haussa les épaules intérieurement. Cobby l'accompagnait depuis assez longtemps pour ne pas être dupe ; il devinerait la vérité quoi qu'il en soit.

Il alla tirer sur le cordon de sonnette, puis s'approcha du buffet pour y déposer l'épingle dorée qu'il n'avait pas pris la peine de replacer sur sa cravate.

Main suspendue au-dessus du meuble, il se figea. Fronça des sourcils.

Il y avait quelque chose de louche, mais il n'arrivait pas à mettre le doigt dessus. C'était un pressentiment, une réaction instinctive. Il leva la tête et balaya la pièce du regard.

Lorsque Cobby entra, il arpentait encore la chambre d'un air sombre.

Refermant la porte, Cobby s'arrêta et haussa les sourcils.

— Je ne sais pas très bien quelle question poser en premier.

— Inutile de faire semblant, tu as compris. Ce qui m'embête, c'est…

Del regarda de nouveau autour de lui.

— Je crois que quelqu'un est entré ici et a fouillé dans mes affaires.

Il balaya la chambre d'un geste de la main.

— Dis-moi ce que tu en penses.

Cobby avança et examina la pièce. Lentement, lui aussi fronça les sourcils.

— Les choses ne sont pas tout à fait telles que nous les laissons habituellement, vous et moi. Par exemple, les brosses sont placées n'importe comment sur le buffet. Ni vous ni moi ne laissons nos armes ainsi — même si ce ne sont pas tout à fait des armes.

Del se passa la main dans les cheveux.

— Alors, j'ai raison. Quelqu'un a fouillé la chambre. Mais qui ?

— Il n'y a pas eu grand monde de l'hôtel, ici, dit Cobby en pinçant des lèvres, seulement les femmes de chambre, et moi et Janay sommes généralement présents dans ce cas.

Il darda un regard sur Del.

— Est-ce que ce pourrait être l'un des domestiques de mademoiselle Duncannon ?

— Impossible. Elle les connaît depuis des années, et le Cobra noir n'avait aucun moyen de savoir que nous allions voyager ensemble, que son personnel aurait éventuellement accès au parchemin. Il n'aurait pas eu le temps d'user de ses habituels moyens de persuasion.

Pour forcer quelqu'un à lui obéir, le Cobra noir avait coutume d'attirer entre ses griffes un membre de sa famille en menaçant ensuite de lui faire mal.

— Vous avez raison, opina Cobby. Et je dois dire que ce sont tous des gens honnêtes. Je n'ai pas douté d'eux une seule fois.

— Il s'agit donc forcément d'un employé de l'hôtel. Informe les domestiques ; nous devrons garder l'œil ouvert durant les préparatifs de départ.

On frappa à la porte. C'était un jeune garçon de l'hôtel qui apportait un broc d'eau bien chaude. Cobby s'en empara et ferma la porte. Il en remplit une pleine cuvette pour Del pendant que celui-ci se déshabillait.

— À quelle heure partons-nous, finalement ? Vous ne l'avez pas précisé, hier soir.

Del réfléchit en faisant sa toilette.

— Disons que nous sommes sur les marches à dix heures et partis à dix heures trente.

Il s'essuya le visage et s'épongea le torse.

— Passe le message à Janay. J'ignore combien de temps il faut au personnel de mademoiselle Duncannon pour être prêt.

— Oh, nous pensions partir hier soir, alors nous sommes prêts. Tous autant que nous sommes. Les autres terminent leur déjeuner, alors dès que vous et mademoiselle Duncannon en donnez l'ordre, nous pouvons partir.

— Parfait.

Il était tôt, mais Del avait une faim de loup.

— Tu peux disposer mes vêtements et après, tu iras préparer le déjeuner en vitesse. Nous mangerons dans la suite, comme d'habitude. Je meurs de faim.

Tout comme sa protégée, présumait-il.

Tandis que Cobby farfouillait dans l'armoire, Del ajouta en lui-même : « Après cela, nous serons fin prêts à voir ce que la journée nous réserve. »

15 décembre
Hôtel Grillon

Sangay était à la fois déchiré et désespéré. À moitié caché derrière un grand palmier en pot au fond du hall de l'hôtel, il observait le tumulte d'activité entourant le départ du personnel du colonel-sahib et de la memsahib.

Il aurait voulu partir avec eux. Ils avaient été si gentils avec lui, tous, même s'ils ne le connaissaient pas vraiment. Ils avaient fait de lui l'un des leurs. Sangay avait pris soin d'éviter les réunions où tous étaient présents, où l'un des groupes de domestiques aurait pu avertir l'autre qu'il n'en faisait pas partie. Qu'il n'était pas vraiment à sa place.

Pour l'heure, les dieux l'accompagnaient, ce qu'il ne comprenait pas. Son comportement n'avait rien d'honorable — il était la main, l'outil d'un homme méchant — et pourtant, les dieux ne l'avaient pas encore terrassé.

Jusqu'à présent, ils le laissaient exécuter les ordres de cet homme malfaisant.

Il avait fouillé, il avait fait tout ce qu'il fallait, mais il n'avait pas trouvé l'étui à parchemin. Il devinait de quoi il avait l'air — son ancien capitaine rangeait ses cartes et ses listes d'instructions dans de semblables étuis —, mais il n'avait pas vu un seul objet qui corresponde à la description. Et maintenant, ils partaient.

Il avait échoué.

Désespéré, le moral dans les talons, il inspira et après un ultime coup d'œil vers le joyeux remue-ménage entourant les trois voitures alignées devant l'hôtel, il prit le couloir de service pour sortir dans la ruelle.

Il se glissa au-dehors et avança prudemment jusqu'au coin, là où il était déjà tombé sur l'homme, priant à chaque pas pour que ce dernier ne le tue pas lorsqu'il avouerait son échec. Plus encore, pour qu'il ne décide pas de tuer sa *maataa*.

Les nerfs à fleur de peau, il tourna au coin. Et perdit presque contenance quand il manqua de heurter l'homme une fois encore.

— Eh bien ? Tu l'as ?

Sangay s'efforça de ne pas trembler. Il pointa le menton et s'obligea à regarder l'homme dans les yeux.

— J'ai fouillé tous les bagages, toutes les chambres, sahib. L'étui à parchemin n'est pas là.

L'homme jura, prononçant un chapelet de gros mots que Sangay avait bien souvent entendus sur les quais. Stoïque, le garçon attendait sa punition, un coup de poing ou pire. Il était inutile de prendre la fuite.

Il sentit le regard noir de l'homme le transpercer. S'arma de courage. L'homme avait les poings serrés, les bras lourds le long du corps.

— Pourquoi toute cette activité?

L'homme inclina la tête vers l'entrée de l'hôtel.

— Qu'est-ce qu'ils font?

L'esprit agité, Sangay parvint néanmoins à répondre.

— J'ai entendu dire qu'ils s'en allaient dans une grande et belle maison — ils ont parlé de la résidence Somersham — dans le comté de Cambridge. Ils espèrent y arriver avant la nuit, mais ils redoutent le mauvais temps; ils disent qu'il va neiger et craignent d'être retenus, ou du moins retardés.

La mine de l'homme s'assombrit encore plus.

— Est-ce que les deux autres hommes partent avec eux? finit-il par demander.

— Oui, sahib, mais si je comprends bien, ils ne seront pas en voiture. Ils iront à cheval.

— Je vois.

Si son ton rageur n'avait rien de rassurant, l'homme ne semblait pas vouloir lever la main sur lui. Sangay commençait à croire que les dieux le protégeaient bel et bien, malgré tout.

— Alors, ils s'en vont et tu n'as pas trouvé d'étui à parchemin, ni de lettre d'aucune sorte? Et tu as fouillé partout?

— Oh oui, sahib! J'ai regardé partout, dans toutes les chambres, même celles des domestiques. Il n'y avait nulle part d'étui à parchemin, ni la moindre lettre.

— Alors, il y en a un qui le porte sur lui. Bon.

Il parlait en grognant.

— Je parie sur le colonel ou l'un de ses deux hommes. Ne les lâche pas d'une semelle et garde l'œil ouvert — très ouvert. Ils vont bien le déposer quelque part à un moment donné. Lorsque cela arrivera, tu le voles et tu déguerpis. Entendu?

Sangay fronça timidement les sourcils.

— Déguerpis, sahib?

— Tu cours comme un lièvre. Comme si le démon lui-même était à tes trousses — et rappelle-toi que la santé de ta maman chérie en dépend. Où que tu sois, tu t'empares de l'étui à parchemin et tu cours — je ne serai pas loin, en train de surveiller, et je viendrai te rejoindre. Je t'aurai à l'œil.

Il fit une moue méprisante.

— Comme ça.

Il se pencha et rapprocha son visage de celui de Sangay.

— Compris?

Les yeux comme des soucoupes, Sangay ne pouvait même pas avaler sa salive.

— Oui, sahib. Je comprends.

Il aurait préféré regarder un vrai cobra dans les yeux.

L'homme parut satisfait de ce qu'il voyait dans les yeux de Sangay. Il recula lentement et se redressa.

Sangay tremblait intérieurement, mais il s'efforça de parler.

— Ils ne se déferont peut-être pas de l'étui aujourd'hui, sahib, pendant le voyage.

— C'est vrai. Il est plus probable qu'ils s'en défassent une fois arrivés à cette résidence. On dirait qu'il s'agit d'un manoir.

L'homme le regarda.

— Un palais, à tes yeux.

— Apparemment, c'est la maison d'un duc.

— Ah oui ?

L'homme se tut un moment.

— Ce sera sûrement immense. Retrouve-moi là-bas ce soir, à vingt-deux heures, derrière les écuries. Il y aura de grandes écuries, c'est certain.

Une fois encore, il fixa Sangay de ses yeux pâles.

— Si tu mets la main sur l'étui, apporte-le ce soir, et même si tu ne l'as pas, viens me rejoindre, tu entends ?

Sangay baissa la tête et s'efforça d'opiner, malgré la détresse qui le submergeait. Son cauchemar n'était pas terminé.

— Oui, sahib.

— Tu ne voudrais pas qu'il arrive quoi que ce soit à ta mère, n'est-ce pas ?

Sangay leva des yeux écarquillés.

— Non, sahib ! Je veux dire, oui — je serai là. Je ne veux pas qu'il arrive quoi que ce soit à ma *maataa*, sahib.

— Bien.

L'homme pencha la tête.

— Maintenant, retournes-y avant qu'ils ne te cherchent. Allez !

Sangay pivota et courut à toutes jambes. Il passa devant les écuries et remonta la ruelle, mais au lieu de prendre la porte latérale et de traverser le hall de l'hôtel, il alla jusqu'au bout de la ruelle et jeta un œil au coin.

L'activité battait son plein autour des voitures. Personne n'avait dû remarquer son absence. Mustaf, Kumulay et Cobby étaient chacun sur le toit d'une voiture, disposant les sacs qu'une armée de valets de pied leur tendaient, sous les ordres de Janay. Sur le trottoir, vêtues de leurs saris colorés, leurs châles drapés autour du visage, les femmes pointaient du doigt, donnaient des ordres, débattaient avec Janay et les hommes du placement de chaque sac ou ballot. Le colonel et la memsahib attendaient debout près de la porte, observant avec morgue.

Tous avaient été bien plus gentils avec Sangay que quiconque dans sa vie, et pourtant, il allait les remercier de leur gentillesse, de toutes leurs attentions, en volant le colonel.

Il eut l'impression qu'on traînait son âme dans la boue.

Mais il ne pouvait rien y faire. Sangay osait croire qu'il aurait dit non à l'homme s'il n'avait craint que pour sa propre mort ; mais il ne pouvait le laisser tuer sa *maataa* — dans des conditions atroces, qui plus est. Un bon fils ne pouvait avoir un tel crime sur la conscience.

Sangay prit une longue inspiration, puis se redressa et, à la vue des femmes qui montaient en voiture, il se dépêcha de rejoindre sans bruit la mêlée.

Huit

15 décembre
Albemarle Street, Londres

La main dans celle de Del, Deliah monta sur le marchepied de la première voiture. De son poste d'observation temporaire, elle prit le temps de regarder par-dessus les têtes les domestiques monter dans les voitures suivantes et remarqua le jeune Indien — celui que Bess appelait le boy du colonel — qui arrivait à grands pas. Il parla avec Janay, puis Mustaf, qui lui indiqua du doigt le toit de la troisième voiture. Le garçon hocha la tête avec enthousiasme et, avec l'agilité d'un singe, grimpa prestement sur le toit pour s'installer parmi les sacs et les ballots bien attachés.

Deliah sourcilla, puis baissa la tête pour entrer dans la voiture. Tout en s'asseyant, elle décida qu'elle enviait le garçon. Il aurait une bonne vue sur Londres et sur la route du nord, tout en étant convenablement protégé des éléments par les bagages autour de lui.

Par ce jour sans vent, le froid était mordant, les nuages gris et bas, et quelque chose dans l'air annonçait l'arrivée de la neige, mais ce n'était pas pour tout de suite. Une fois en pleine campagne, ils sauraient mieux ce que leur réservait la journée.

Avant de monter, Del prit le temps d'échanger quelques mots avec le premier porteur. Deliah lissa ses jupes et glissa au fond du chaleureux siège en cuir. Le personnel de Del et le sien formaient maintenant une bonne équipe. Les femmes s'étaient regroupées et avaient réquisitionné la deuxième voiture, un peu plus grande que les autres. Elles allaient pouvoir papoter et potiner sur la route. Les hommes avaient hérité de la troisième voiture ; nul doute que leur voyage serait plus silencieux.

Del apparut à la portière. Il monta s'installer à côté de Deliah et le premier porteur ferma la porte, la main au chapeau en guise de salut, un large sourire aux lèvres.

Le véhicule pencha doucement lorsque Cobby grimpa à côté du cocher, puis une cravache se fit entendre et la voiture s'ébranla sous la poussée des chevaux harnachés. Ils s'éloignèrent dans les rues d'un pas tranquille, en route vers le comté de Cambridge.

Deliah jeta un coup d'œil vers Del. Il regardait par la fenêtre les rues de Londres défiler. Elle repensa au garçon et se demanda comment il était entré au service de Del, certaine qu'il y avait là toute une histoire à découvrir. Elle était curieuse, mais… la présence de Del à ses côtés la fit dériver vers d'autres interrogations. Sur lesquelles il était vraiment temps qu'elle se penche.

Ce qu'elle fit. Enfin, elle laissa les observations et questions qu'elle avait écartées depuis quelques jours, éclipsées par les événements récents, prendre forme dans son esprit.

Elle laissa ses pensées s'attarder sur Del et sur ce qui s'était passé entre eux, sur ce qui existait désormais entre eux — et sur le nom adéquat qu'il convenait de donner à leur... liaison.

Elle se demandait surtout combien de temps celle-ci allait durer.

Au son de la voiture roulant sur le pavé, un doux silence les enveloppa, contrastant avec le tourbillon d'activité et le brouhaha de la grande ville qu'était devenue Londres. Elle s'était beaucoup étendue depuis que Deliah l'avait traversée la dernière fois.

Ils avaient décidé d'éviter la grande route du nord, celle qu'on prenait généralement pour se rendre au comté de Cambridge. Avec son flot incessant de voitures, de diligences et de carrioles, elle aurait dissuadé le Cobra noir de tenter une attaque. Ils avaient donc opté pour la route secondaire qui traversait Royston, une petite ville en pleine campagne qu'ils atteindraient vers midi, une fois quittées les banlieues de Londres.

C'était au-delà de cette ville, où ils s'arrêteraient pour dîner, sur cette route moins fréquentée qui menait toutefois directement à Godmanchester, ou sur la série de routes de campagne de plus en plus isolées qui menaient à Somersham, qu'ils escomptaient une réponse à leur invitation, une embuscade du Cobra noir.

Le paysage à la fenêtre était de plus en plus campagnard. Deliah changea de position et regarda Del.

— Cette résidence, Somersham... Comment pouvez-vous, Tony, Gervase et vous, être certains qu'ils ne tenteront pas là une attaque ?

Il esquissa un sourire en pensant aux hommes qui les attendaient là-bas.

— Vous comprendrez lorsque nous arriverons. C'est la résidence principale d'un duc ; elle est immense, gigantesque. On pourrait facilement y perdre une compagnie entière. Il croisa son regard. J'ai découvert l'endroit il y a bien des années, lorsque j'étais étudiant. Je savais qu'il existait de grandes demeures, mais celle-ci a été une révélation.

— Est-ce le duc que vous avez rencontré à... Eton ?

— Sylvester Cynster, dit Del en opinant. Connu de tous dès le berceau sous le nom de Devil. Avec raison.

— N'aurait-il pas plutôt, dit-elle en arquant les sourcils, voulu se montrer digne du nom qu'on lui a donné au berceau ?

— Aussi, admit-il en souriant. Lorsque la garde a fait savoir qu'il fallait des troupes supplémentaires pour la bataille de Waterloo, Devil et ses cousins Cynster ont formé un corps de six hommes. Nous étions restés en contact et, en faisant jouer mes relations, j'ai pu les rattacher à ma troupe et nous avons combattu ensemble.

— Côte à côte ?

— Principalement dos à dos. Ce n'était pas très beau à voir, ce jour-là.

Sa voix, son visage s'assombrirent. Elle garda le silence. Au bout d'un moment, Del balaya ces pénibles souvenirs et retrouva le sourire.

— Vous allez faire leur connaissance. Apparemment, les six cousins sont tous à Somersham avec leurs épouses.

Del avait hâte de voir le tableau. L'idée que ces trublions soient rentrés dans le rang sous la houlette d'une escouade de femmes… lui semblait difficile à croire. Il était bien curieux et impatient de rencontrer les ladies en question.

— Ils se réunissent toujours à Somersham pour Noël, reprit-il, mais cette année, les six familles sont arrivées plus tôt pour nous aider à accomplir le plan de Wolverstone. Les cousins connaissent les trois autres messagers qui transportent les parchemins presque aussi bien qu'ils me connaissent.

— Alors, c'est une sorte de réunion ?

Del hocha la tête.

— Une réunion qui a l'avantage, du moins pour les hommes de la famille, de les replonger dans l'action.

— Je me demande ce qu'en pensent leurs femmes.

C'était aussi son cas, mais il ne répondit pas à cette question vaguement caustique.

— Le seul autre couple qui se joindra à nous, à ce que je sache, sera celui de Gyles Rawlings et de sa femme, comte et comtesse de Chillingworth. Gyles, Devil et moi étions de la même année à Eton. Devil et Gyles aimaient se quereller, et je jouais les médiateurs.

Deliah lui lança un regard inquisiteur et un peu cynique, mais tendre malgré tout.

Il fit semblant de rien.

— Pour en revenir à votre question, si nous considérons Somersham comme un endroit sûr où une attaque est peu probable une fois que nous y serons, c'est que Ferrar ou

Larkins battront en retraite dès qu'ils soupçonneront le nombre d'anciens militaires présents dans la maison. L'idée était au départ d'en faire un refuge, un lieu sûr où retourner une fois le combat engagé avec les partisans, en espérant qu'ils nous talonnent pour les attirer ainsi tout droit dans les bras des Cynster. Est-ce que nous réussirons ?...

Il se tut, haussant mollement les épaules.

— Wolverstone nous attend, reprit-il au bout de quelques secondes, dans l'un de ses domaines commodément situé à proximité. Somersham est donc une sorte de caserne idéale, mais nous en saurons plus une fois là-bas.

Deliah prit le temps d'intégrer toutes ces informations. Elle était donc sur le point de faire la connaissance d'une duchesse, d'une comtesse et d'au moins cinq autres ladies du même milieu, toutes probablement plus jeunes qu'elle de quelques années. Et assurément plus haut placées dans la société. Au moins, après leur visite au salon de madame Latour, elle arriverait là avec une garde-robe convenable.

Écartant cette pensée secondaire — elle se préoccuperait de ces dames lorsqu'elle les rencontrerait —, elle revint à l'instant présent, à Del et à sa mission dont elle percevait mieux maintenant le plan d'ensemble.

— Donc, une fois *arrivés* à Somersham, nous ne risquerons plus une attaque des partisans ?

Del opina, croisant les bras sur son torse sans en dire plus.

C'était inutile ; elle devinait ses espoirs et ses craintes.

Ils n'avaient pas même aperçu un seul partisan du Cobra noir, excepté peut-être l'homme de Southampton, que Del soupçonnait d'être l'homme de main de Ferrar. Malgré leur vœu de susciter une attaque en chemin vers

Somersham — un ultime coup de dés, comme elle s'en rendait compte désormais —, Tony, Gervase et surtout Del affichaient une mine de plus en plus morose.

Ils avaient l'impression de faillir à la tâche, jusqu'à présent incapables de tirer l'ennemi de l'ombre et de réduire ses rangs. Elle imaginait quelle serait leur déception s'ils arrivaient à Somersham sans qu'il y ait eu le moindre incident en chemin.

Sans qu'ils aient incité le Cobra noir à se montrer et à risquer la vie de ses hommes contre eux.

S'adossant au dossier de la banquette, elle regarda devant elle en pensant à leur stratégie et au temps qu'il leur restait.

Ils étaient en pleine campagne, des panneaux indiquant à chaque carrefour la route pour Royston, lorsqu'elle reprit la parole.

— Cela ne fonctionnera pas.

Tournant la tête, elle regarda Del.

— Pas si le but est d'attirer les partisans qui sont sur nos talons.

Bras croisés encore, Del fronça les sourcils.

— Nous avançons lentement, nos voitures sont surchargées de femmes et de bagages, et nous prenons des routes de plus en plus isolées au fil du trajet. À un moment ou à un autre, Ferrar — ou Larkins, plus vraisemblablement — se risquera bien à attaquer. Il s'y sentira obligé.

— Pas s'il n'a que peu d'hommes avec lui, et il sait que Tony et Gervase sont avec nous.

Del ne répondit pas immédiatement. Il scruta les yeux de Deliah, sourcils toujours froncés.

— Que voulez-vous dire ?

— Ferrar a au moins un Anglais à son service ; Larkins. Il n'a sûrement pas eu de mal à découvrir en surveillant le Grillon qu'il y avait deux autres gentlemen qui déjeunaient et dînaient avec nous, mais qui ne s'affichaient pas avec nous le reste du temps. En outre, nous savons que *quelqu'un* a fouillé nos chambres. Il me semble très probable — en fait, nous devrions le tenir pour acquis — que le Cobra noir connaît l'existence de Tony et Gervase et qu'il aura deviné, s'il est aussi supérieurement intelligent que vous le dites, que s'il attaque notre convoi limité en apparence, il devra combattre Tony et Gervase aussi.

Elle marqua une pause, le temps de rassembler ses idées.

— Vous avez mentionné que les partisans n'utilisent pas d'armes à feu. Ils sont donc lésés face à des adversaires armés de pistolets.

Elle regarda ostensiblement l'arme posée entre eux sur la banquette.

— Cela ne dissuadera en rien le Cobra noir, dit Del. Il sacrifierait une armée de fantassins sans la moindre hésitation...

Il se tut, ouvrant les yeux un peu plus.

— Voilà où je veux en venir, dit Deliah en hochant la tête. Il doute peut-être encore de pouvoir sacrifier des hommes parce qu'il n'en a pas en nombre suffisant au pays. Vous avez dit que Ferrar était arrivé en Angleterre accompagné de son seul homme de main, ce Larkins, une semaine seulement avant vous. Aucun de ses hommes qui étaient sur votre navire n'a survécu. D'autres sont certainement arrivés entre-temps, mais il a dû les disperser pour surveiller l'arrivée des trois autres messagers. Il connaît leur identité, mais pas leur route ni le port auquel ils arriveront, leur date d'arrivée ou leur destination. Et maintenant que nous avons quitté Londres, ses hommes doivent nous suivre nous aussi.

Elle changea de position pour faire face à Del.

— Il ne pourra pas recruter des hommes du coin pour cela, et c'est ce que nous voulions. Toutefois, parce qu'il manque d'hommes, il se sentira peut-être contraint de retenir une attaque s'il s'imagine que Tony et Gervase sont avec nous.

Elle se tut et fronça des sourcils, se mettant à la place du Cobra noir.

— En plus, il ignore où se trouve l'étui à parchemin. C'est la raison pour laquelle nos chambres ont été fouillées au Grillon.

Elle croisa son regard.

— Tant que lui ou l'un de ses hommes n'a pas concrètement vu l'étui, Ferrar ne peut pas même jurer que vous l'avez avec vous. Que vous l'avez encore, qu'il s'agisse du vrai document ou d'un faux. Il peut être sous la garde de Tony et Gervase. Vous l'avez peut-être laissé en sécurité à Londres. S'il risque ses hommes maintenant, contre trois voitures, ce pourrait bien être en vain. Il sait qu'il perdra des hommes dans tous les cas, et il ne peut sûrement pas se le permettre pour l'instant, d'autant moins s'il n'y gagne rien.

De plus en plus convaincue qu'elle avait raison, Deliah se rassit au fond du siège.

— Si j'ai vu juste et qu'il n'a pas assez d'hommes pour risquer une manœuvre possiblement inutile, sachant qu'il ignore si nous avons le parchemin et s'il peut même s'en emparer...

Elle plissa des yeux.

— Reprenez-moi si je me trompe, mais si tout est tel que je le présume, s'il nous suit avec un nombre d'hommes limité et sait que Tony et Gervase sont à proximité, la seule chance qu'il a de prendre la lettre consiste à fondre sur nous pour s'en emparer et filer après au plus vite... sans même être sûr que nous ayons la lettre et sans savoir dans quelle voiture elle se trouve.

Elle croisa son regard.

— Pour l'heure, vous l'avez coincé dans une impasse. Il est certainement contrarié, ce qui est à notre avantage, mais comme il est rusé, il ne tentera rien. Les circonstances lui sont défavorables — trop pour qu'il perde des hommes précieux inutilement.

Del ne trouvait aucune faille à son raisonnement. Il s'adossa contre la banquette et ferma les yeux.

— Vous avez raison, grommela-t-il à voix basse.

Au bout d'un moment, il rouvrit les yeux.

— Dans les faits, il n'y a aucune chance qu'il nous attaque.

— Ce n'est pas ce que j'ai dit, répliqua Deliah après un bref silence.

Del réfléchit quelques secondes, puis, sentant son expression se durcir, tourna la tête et croisa son regard.

— Si vous vous apprêtez à me dire que, la situation étant extrême, je devrais vous permettre de vous mettre en danger, en agissant comme leurre pour attirer Ferrar ou Larkins hors de l'ombre, par exemple, je vous conseille d'y repenser à deux fois.

Elle haussa les sourcils d'un air affecté, le regardant presque de haut.

— Ce n'était pas mon intention, dit-elle simplement.

Elle fixa son regard, et attendit.

Del pinça les lèvres.

— Quoi, alors ? finit-il par demander à contrecœur.

Deliah afficha un air supérieur et nonchalant, et lui fit part de son plan.

Del ne l'aimait pas bien plus, mais étant donné qu'ils avaient fait chou blanc jusqu'à présent et qu'ils ne parviendraient probablement à rien de plus ce jour-là, le jeu en valait malgré tout la chandelle.

15 décembre
Royston, comté de Hertford

Del n'était toutefois pas entièrement convaincu, et il voulut solliciter l'avis de Tony et Gervase au déjeuner. Arrivés à Royston, ils traversèrent la ville à grand bruit, comme prévu, et s'arrêtèrent à la dernière auberge sur la route de Godmanchester.

Les trois voitures s'immobilisèrent dans la cour et tous descendirent. L'aubergiste était ravi de les voir, plus encore lorsque Del ordonna de déharnacher les chevaux pour les mettre au repos.

Cobby, Mustaf, Janay et Kumulay percevaient tous les quatre qu'il y avait du changement dans l'air. Del fit halte pour leur dire de se préparer à une réorganisation des plans, mais qu'en attendant, ils pouvaient aller se détendre au bar avec les femmes. Puis, il suivit Deliah et l'aubergiste à l'intérieur.

Elle avait déjà réquisitionné le petit salon privé et commandait à présent un repas pour quatre — des viandes froides, du pain, du fromage, des fruits et de la bière, du thé pour elle, à servir au plus tôt.

Lorsqu'elle se tourna vers Del, il hocha la tête, la prit par le bras et l'escorta vers le salon. S'il y avait bien quelques personnages curieux au bar, des gens des environs, dans l'ensemble, l'auberge répondait parfaitement à leurs besoins.

Ils entrèrent au salon. Deliah marcha jusqu'à la fenêtre, mais Del l'invita à reculer.

— Je ne fais pas confiance à Larkins. Si vous l'avez vu, il a dû vous voir aussi, et le Cobra noir est connu pour être sans pitié.

Elle leva un sourcil, mais ne répondit pas et prit place dans un fauteuil devant la cheminée. La fenêtre du salon donnait sur le côté opposé à la cour ; ils ne pouvaient pas guetter les arrivées. Lorsque la porte s'ouvrit sur deux bonnes apportant le repas, Del sortit du salon, observa les clients de l'auberge et repéra Tony et Gervase qui s'installaient tout juste à une table au fond du bar. Il les appela ouvertement.

Tous deux le regardèrent un moment, puis vinrent le rejoindre.

— Qu'est-il arrivé ? dit Tony en arquant le sourcil.

Del indiqua la table d'un signe de tête.

— Venez, et nous vous le dirons.

Les bonnes sortirent prestement, et tous quatre s'installèrent.

Au fil du repas, suivant la suggestion de Del, Deliah répéta les raisons pour lesquelles leur plan initial était certainement voué à l'échec, démontrant pourquoi il était peu probable que les partisans attaquent et qu'ils parviennent à réduire leur nombre.

Puis, Del expliqua son nouveau plan, réunissant les conditions requises pour attirer au combat le Cobra noir.

Tony et Gervase écoutèrent sans rien dire.

Lorsque Del se tut, Tony opina.

— Cela vaut la peine d'essayer. Nous serons à Somersham ce soir et si nous nous fions à Royce, il y a peu de chances qu'ils tentent une attaque là-bas. Et comme je n'ai guère envie de lui rapporter que nous n'avons pas même éliminé un seul partisan, je seconde votre plan.

Gervase approuva également.

— Il n'y a pas de mal à lui mettre l'appât sous le nez. Nous verrons bien s'il mord ou pas.

Del regarda Deliah ; elle haussa les sourcils comme pour lui demander ce qu'il voulait de plus.

Réprimant une grimace, il se leva et sortit préparer leur départ.

Une première voiture — celle dans laquelle voyageaient Del et Deliah — arriva devant l'auberge. Cobby était à la place du cocher, rênes en mains, Kumulay à ses côtés. Cobby s'était formé une haute opinion des aptitudes au combat du garde du corps de Deliah et dans ce domaine, Del faisait confiance à Cobby et à son intuition.

Les deux autres voitures étaient encore dans la cour, où les six femmes, Janay, Mustaf et le jeune garçon faisaient un raffut en réorganisant les bagages. Del était à l'extrémité du porche de l'auberge ; mains sur les hanches, il observait la troupe d'un air impatient.

Deliah sortit de l'auberge et vint le rejoindre. Elle observa les deux voitures, le désordre qui régnait et soupira en se tournant vers Del.

— Faut-il les attendre?

Ils ne savaient pas si les hommes du Cobra étaient proches ou non, ni s'ils pouvaient lire sur leurs lèvres.

Del fronça les sourcils. Il regarda de nouveau les deux voitures, puis descendit les marches, traversa la cour pour rejoindre Mustaf et tendit le bras.

— Donne-moi l'étui à parchemin.

Mustaf le regarda, glissa la main sous son ample chemise blanche et sortit l'étui cylindrique du petit sac en cuir attaché à sa ceinture.

Del le prit et fit demi-tour, brandissant l'étui en signe d'au revoir.

— On se retrouve à Somersham, cria-t-il. Ne tardez pas trop.

— Nous vous suivrons de près, sahib.

Mustaf pivota et pressa les femmes de s'activer en fronçant les sourcils.

Del espérait que le Cobra noir serait à l'écoute. En vérité, au lieu de suivre la voiture de Del et de Deliah, les deux autres véhicules, désormais bien plus vulnérables, allaient rejoindre Somersham via Cambridge, par une route plus longue, mais bien plus fréquentée et par conséquent, bien plus sécuritaire.

Del rejoignit Deliah et la prit par le bras.

— Allons, nous pouvons aussi bien partir tout de suite. Ils ont dû renoncer.

Del jeta un œil vers l'auberge.

— Et les deux autres suivront bientôt.

Les chevaux de Tony et Gervase étaient encore attachés à l'entrée des écuries, bien en vue à côté de la porte grande ouverte.

— Bien.

Deliah se laissa escorter jusqu'à la voiture.

— Je meurs d'envie de prendre un bon thé, dit-elle.

Il l'aida à grimper dans la voiture. Elle sourit à Tony et Gervase, recroquevillés sous une couverture de voyage sur la banquette opposée, puis s'assit. Del monta après Deliah et ferma la portière. Il s'installa précautionneusement à côté d'elle en évitant les longues jambes des deux hommes.

— Allez ! lança-t-il, et Cobby fit claquer les rênes.

La voiture tressauta et s'éloigna lentement de l'auberge, avant de filer bon train sur la route.

Lorsqu'ils furent à bonne distance de la ville, Gervase et Tony s'étirèrent prudemment. Ils resteraient à terre, tapis dans l'ombre et loin des fenêtres, minimisant ainsi le risque d'être vus, même par quelqu'un tenant une lunette d'approche braquée sur la voiture en mouvement.

— D'après l'aubergiste, dit Gervase, le tronçon de route le plus amusant pour nous se situe comme nous le pensions entre Croydon et Caxton, Croydon étant à plus de sept kilomètres d'ici.

— Ils n'auront peut-être pas la patience d'attendre jusque-là.

Tony remua prudemment et sortit un pistolet de sa poche. Il y avait déjà deux longs pistolets sur la banquette entre lui et Gervase, et un autre entre Del et Deliah. Tony vérifia son petit pistolet et sourit aux trois autres.

— Qui veut parier sur le nombre d'hommes qu'ils vont nous opposer ?

Deliah gagea qu'ils seraient huit, Tony neuf, Gervase onze et Del quatorze. Deliah lui dit de ne pas être si pessimiste.

Finalement, les événements allaient leur donner raison *à tous les deux*.

Comme l'avait prédit l'aubergiste, l'attaque eut lieu sur le long tronçon de route qui menait à Caxton. Leur voiture longeait une légère courbe autour d'un bouquet d'arbres lorsqu'ils entendirent un coup de feu.

Cobby jura.

— Au-dessus de ma tête, ça vient des arbres à gauche ! cria-t-il en tirant sur les rênes.

Les chevaux s'arrêtèrent brusquement.

La voiture tangua lourdement, dangereusement, puis s'arrêta.

Au moment même où huit silhouettes noires bondirent de sous les arbres.

Deliah vit Del et les deux autres prendre position en une fraction de seconde. Il y eut quatre coups de feu rapprochés, puis les hommes reculèrent et elle ne vit plus au-dehors que quatre partisans encore debout.

Le choc causé par les tirs figea les attaquants, avant qu'ils ne brandissent leurs longs couteaux et foncent sur eux en hurlant.

Gervase était déjà sorti, épée en main. Del s'arma lui aussi et sauta le rejoindre.

Tony s'empara d'une longue épée et sortit par l'autre portière ; Kumulay sauta de son siège pour accueillir avec lui deux partisans arrivant par-derrière à toute vitesse.

Le cœur battant, Deliah respecta sa promesse. Elle s'assit au milieu de la banquette à égale distance des deux portières et agrippa fermement le petit pistolet que Del lui avait donné en lui intimant de tirer sans faute sur tout partisan qui tentait de monter. Sinon, elle devait rester là, immobile.

Des cris de guerre primitifs ponctuaient le cliquetis perçant des lames d'acier. Les hommes roulaient et vrillaient des épaules, plongeaient et reculaient de tout leur corps. Le souffle court, les yeux écarquillés, Deliah regardait d'un côté puis de l'autre, s'efforçant d'ignorer les cris aliénants.

Elle comptait bien obéir à la lettre aux ordres de Del — elle était brave, mais non téméraire.

Soudain, six autres partisans sortirent en trombe des sous-bois ; ils poussaient des cris terrifiants.

Deliah cherchait son souffle, horrifiée, le cœur serré comme un étau sous le coup de la terreur. Del l'avait prévenue que les partisans misaient généralement sur la force du nombre pour gagner leurs batailles.

Ils combattaient enfin les forces du Cobra, assurément. Leurs adversaires portaient l'habit traditionnel indien, un pantalon ample et une tunique autour de laquelle ils avaient noué un plaid ou une couverture pour se tenir chaud. Tous avaient un turban autour de la tête, et leur visage était couleur acajou.

Les corps heurtaient la voiture chambranlante. Deliah percevait le sifflement des lames, terriblement proche. Tony et Kumulay combattaient maintenant quatre partisans. Tandis qu'elle comptait, l'un chancela et tomba.

Deliah regarda de l'autre côté. Un peu plus loin, Gervase maniait l'épée contre deux adversaires, dont l'un tomba justement à terre.

Dos à la voiture, Del était cerné par trois adversaires. Il jura avant de les attaquer sauvagement. L'un d'entre eux s'effondra en criant. L'homme fut pris de convulsions, et Del dut faire un pas de côté.

Les deux autres avancèrent, mais il les repoussa vaillamment.

La portière opposée s'ouvrit brutalement.

Deliah sursauta et se retourna, ne vit qu'un sourire terrifiant et le regard noir d'un fanatique tendant la main pour l'agripper.

Sans même réfléchir, elle tira.

Les yeux du partisan s'arrondirent, son visage se crispa sous le choc. Il lâcha son long couteau qui heurta bruyamment le marchepied, couvrit de sa main la tache rouge grandissant sur son torse, vacilla en arrière, et tomba.

La bataille faisait rage.

Deliah reprit son souffle — ce n'était pas le moment de faire une crise de nerfs — et réalisa qu'elle était désormais sans arme. Sans défense si un autre partisan s'approchait. Elle posa le pistolet vide à côté d'elle et tendit le bras pour attraper le couteau de son agresseur.

Il ne semblait pas avoir servi.

Elle l'empoigna par le manche. La lame était assez longue, sans pour autant rivaliser avec celle d'une épée ou d'un sabre de cavalerie. Le couteau n'était pas trop lourd, et elle pourrait le manipuler aisément. S'en servir au besoin.

Quelqu'un ferma la portière d'un coup sec. Tony. Il était aux prises avec un partisan, mais au moins lui et Kumulay se battaient désormais chacun contre un seul homme. Elle était certaine qu'ils auraient le dessus.

Deliah regarda par l'autre fenêtre, là où se trouvait Del. Elle se rapprocha lentement de la portière. Les partisans étaient plus nombreux de ce côté-là. Gervase échangeait des coups avec deux assaillants. Del avait marqué des points, mais il lui restait à mater deux féroces adversaires.

Elle voulait voir, s'approcha encore et se tapit sous la fenêtre pour observer en silence, prenant soin de ne pas le distraire.

Un partisan qui jusque-là combattait Gervase poussa un cri strident, pivota et fonça sur Del en levant son épée.

Il l'attaquait de dos — ses complices avaient forcé Del à s'écarter de la voiture.

Et Del, accaparé par ses deux adversaires, ne pouvait pivoter pour contrer son attaque.

Deliah ouvrit brusquement la portière et se posta sur le marchepied.

Le partisan la vit et changea de direction.

Les yeux perçants, il vint droit sur elle.

En désespoir de cause, elle dégagea l'épée de ses jupes, l'agrippa à deux mains et la souleva devant l'agresseur.

Qui s'embrocha lui-même.

Chacun vit la stupeur sur le visage de l'autre.

Ahuri, la bouche encore béante, mais désormais muet, le partisan baissa les yeux. Fixa la longue lame transperçant sa poitrine. Vit son propre couteau tomber de ses doigts inertes, puis ferma les yeux et s'effondra, entraînant avec lui l'arme que Deliah retenait mollement.

Sa sortie avait incité Gervase et Del à redoubler d'efforts. Tout en proférant des jurons, ils mirent à terre leurs adversaires, tordus de convulsions, la main sur leur blessure. Les deux hommes échangèrent un seul regard, et Del fit volte-face pour vite regagner la voiture tandis que Gervase contournait le véhicule jusqu'à l'autre portière.

Del vit Deliah regarder fixement l'homme à terre, éberluée. Il posa la main sur son ventre pour la forcer à reculer.

— Asseyez-vous.

Au ton de sa voix — celui qu'il prenait sur le champ de bataille —, elle cligna des yeux et battit en retraite. Elle se laissa tomber sur la banquette puis Del monta et claqua la portière.

— En voiture! cria Cobby assis devant.

C'était leur mot d'ordre pour filer au plus vite.

Gervase ouvrit l'autre portière et grimpa en vitesse. Tony suivit et claqua la porte derrière lui. La voiture tangua sous le poids de Kumulay qui s'installait à son tour.

Sans attendre qu'ils s'installent, Cobby fouetta les chevaux, effrayés par l'odeur de sang de plus en plus prégnante, impatients de partir au galop.

En un clin d'œil, ils avaient quitté le bois et filaient sur la route dégagée.

De longues minutes passèrent. Chacun reprenait son souffle, retrouvait ses esprits.

Enfin, Tony prit la parole.

— Combien étaient-ils?

Deliah avala sa salive et regarda Del.

— Quatorze. En tout, ils étaient quatorze.

Lorsqu'il croisa son regard, elle haussa les sourcils.

— Satisfait?

Son regard était encore dur, sa mâchoire serrée.

— C'est un début, répondit-il.

Que pouvait-il dire?

Ils avaient fait une honorable trouée dans les forces du Cobra noir, *mais*…

Elle avait été bien trop présente, trop exposée à un danger de mort bien réel. Voilà ce que valait sa planification stratégique! Lorsqu'il l'avait vue sur le marchepied de la voiture, armée d'un long couteau de partisan au bout duquel un ennemi était embroché, son sang n'avait fait qu'un tour.

Ce qui n'était pas l'idéal en plein combat.

Il avait voulu lui hurler dessus pour avoir désobéi à ses ordres, mais si elle ne l'avait pas fait… il serait bien plus mal en point — possiblement incapable de hurler tout court.

Certainement incapable de l'aider à s'installer et, sous le couvert de ses jupes, de lui tenir la main — trop fort, sans doute — tout au long du trajet jusqu'à la résidence Somersham.

Ce simple toucher l'avait contenté, tandis que les chevaux filaient à toute allure dans la lumière déclinante de l'après-midi.

Une tempête d'hiver s'annonçait, une tempête rude et rosse venue de la mer du Nord qui s'apprêtait à balayer les terres. Un coup d'œil à l'horizon, à la couleur et à la densité des nuages qui s'amoncelaient au loin, suffisait à confirmer l'arrivée de la neige d'ici la fin du jour.

La soirée était encore jeune, mais la nuit déjà noire lorsqu'ils atteignirent les imposantes colonnes qui jalonnaient l'allée du domaine. Cobby n'était jamais venu à Somersham, mais Del lui avait décrit les colonnes ; la voiture ralentit, tourna dans l'allée puis continua bon train jusqu'au manoir.

Une chaleureuse lumière perçait à travers les branches nues des grands chênes. La voiture prit un dernier tournant et la maison apparut devant eux, aussi impressionnante que dans son souvenir, et aussi accueillante. Les lampes étaient allumées sous le porche, diffusant une douce lumière sur les marches et sur le couple qui sortait les accueillir, alerté par le bruit des roues sur le gravier.

Le gentleman se posta en haut des marches. Del esquissa un sourire ; Devil n'avait pas changé, mais la lady qui vint le rejoindre et lui prendre le bras lui était inconnue.

La voiture ralentit puis s'arrêta dans un ultime cahot. Un valet de pied s'empressa d'ouvrir la portière et de descendre les marches de la voiture. Gervase et Tony saluèrent de la main. Del sortit en premier et pivota pour donner la main à Deliah. Elle descendit, lissa d'un geste bref ses jupes couleur de prune et, tête haute et dos bien droit, se laissa conduire en haut des marches où Devil et sa duchesse les attendaient.

À leur approche, Devil esquissa un sourire et ses yeux vert pâle se mirent à pétiller.

— Del ! Bienvenue, de nouveau, à Somersham.

Un sourire spontané éclaira le visage de Del ; il serra fort la main que lui tendait Devil.

— C'est un plaisir immense que de revenir ici.

Devil l'attira dans une brève accolade et lui tapota le dos.

— J'avoue être épaté de te voir sain et sauf — j'aurais juré qu'on t'aurait embroché à cette heure.

Del répliqua par un grognement incongru et tous deux se tournèrent vers leurs ladies respectives.

Qui ne les avaient pas attendus.

— Je m'appelle Honoria, duchesse de ce gentleman dépravé.

Affichant un sourire chaleureux, Honoria tendit la main à Deliah.

— Deliah Duncannon.

Deliah s'inclina en lui prenant la main.

— Je me retrouve involontairement mêlée à la mission de Del, ajouta-t-elle après s'être redressée, aussi dois-je suivre sa petite troupe. J'espère que ma présence impromptue et celle de mon personnel, qui arrivera bientôt, ne vous dérangeront pas.

— Pas du tout! Je suis ravie de vous accueillir, et toutes les ladies ici présentes le seront également. Vous pourrez ainsi nous donner un point de vue féminin sur tous ces événements.

Le duc sourit et se présenta aimablement à Deliah, par son simple surnom.

Elle lui donna la main et s'inclina devant sa révérence. Il ressemblait beaucoup à Del — grand et remarquablement beau avec ses cheveux noirs, large d'épaules, il avait la silhouette longue et puissante d'un cavalier —, mais contrairement à Del qui affichait un port militaire, Devil laissait transparaître une autorité aristocratique.

Tony et Gervase arrivèrent. Del fit les présentations et apprit que Devil avait déjà rencontré les deux hommes.

— Au mariage de Wolverstone, expliqua Gervase. Nous l'avons tous aidé à régler un petit accroc.

— Vraiment?

Honoria arqua ses sourcils fins et regarda son époux.

— Je demanderai des détails à Minerva. Pour l'heure — elle prit Deliah par le bras — entrez vous mettre à l'abri du froid. L'air est absolument glacial et il fait bon à l'intérieur.

À la chaleur du grand feu qui crépitait dans l'énorme foyer au bout de ce grand hall à demi lambrissé, à la chaleur plus douce encore de l'accueil presque joyeux que tous leur firent parmi les tables et les larges fauteuils. Si les décorations traditionnelles des fêtes n'étaient pas encore de mise à Somersham, l'ambiance chaleureuse de Noël réchauffait déjà les cœurs. Deliah sentit son cœur fondre, littéralement, tout autant que sa réserve et sa retenue.

Elle, Del, Tony et Gervase furent emportés dans un tourbillon de présentations. Les hommes se connaissaient tous ou du moins avaient entendu parler les uns des autres. Deliah était la seule nouvelle venue ; elle s'était attendue à rester en retrait, à être tenue à l'écart et pourtant, comme l'avait prédit Honoria, les ladies, toutes autant qu'elles étaient, n'étaient pas simplement ravies de la rencontrer mais impatientes d'entendre tout ce qu'elle avait à leur dire.

Aussi chaleureux fussent-ils, les couples disséminés dans le grand hall étaient assez impressionnants. Les hommes surtout étaient remarquables. Scandal Cynster, que son épouse Catriona appelait Richard, était manifestement le frère de Devil en dépit de ses yeux d'un bleu vif, partageant avec lui les mêmes traits et la même carrure. On comptait parmi les cousins du duc Demon Cynster, aux cheveux blonds et ondulés, accompagné de son épouse toute menue, Felicity — qu'il appelait Flick — et son frère aîné Vane, à l'air plus dur et plus tranquille mais bâti dans le même moule, les cheveux bruns et les yeux gris, accompagné de son épouse, Patience. Puis, Lucifer Cynster, un élégant gentleman aux cheveux noirs et aux yeux bleus, et sa femme Phyllida ; enfin, Gabriel Cynster, l'exemple même de la sophistication, cheveux et yeux noisette, et sa femme Alathea.

Tous ces hommes avaient combattu à Waterloo aux côtés de Del et de ses trois amis — les trois autres messagers. Le comte de Chillingworth — que Deliah identifia comme étant Gyles Rawlings au vu de ses échanges avec Del et Devil, le troisième du trio d'étudiants — était là également avec sa comtesse Francesca ; il avait les cheveux bruns et les yeux gris, et dégageait lui aussi une autorité naturelle.

Deliah se promit de demander plus tard comment les hommes s'étaient vus attitrés de leurs surnoms étranges ; elle était toutefois plus curieuse encore de savoir qui étaient les femmes de Somersham.

Physiquement, elles formaient un ensemble très disparate, entre la beauté sereine et la chevelure rousse de Catriona, la vitalité de Phyllida aux cheveux noirs, les traits posés, les tons châtains et les coiffures soignées d'Alathea, de Patience et d'Honoria, la vivacité blonde de Flick et enfin, la chevelure noire et l'allure gitane de Francesca. Elles étaient en apparence très différentes, mais par leur présence, leur attitude et leur rapport au monde, elles semblaient être d'une même sorte. Elles respiraient la confiance en soi, l'assurance et la détermination, manifestement prêtes à dire leur opinion et à faire part de leurs souhaits.

Aucune d'entre elles n'était de ces femmes dociles, douces et réservées. Aucune n'était collet monté, pas plus que ne l'était Deliah.

Ce qui fut pour elle une sorte de choc social.

Mis à part Alathea qui semblait avoir quelques années de plus, les ladies étaient plus jeunes qu'elle, la cadette étant certainement Flick qui devait avoir une vingtaine d'années. Ces femmes, de par leur position, leurs relations et leur richesse, formaient le noyau de cette génération qui allait définir la société de demain, les arbitres de ce qui serait socialement acceptable dans la haute société, la crème de l'Angleterre.

Toute sa vie, Deliah avait été sermonnée sur les normes de cette acceptation sociale auxquelles elle devait se plier et pourtant, aucune de ces ladies ne ressemblait à ces modèles qu'on lui avait intimé d'imiter. Ces ladies étaient… à son image.

Toutes ces femmes, de l'aînée à la plus jeune, d'Honoria avec sa chevelure aux riches reflets noisette qui brillaient dans la lumière du feu, avec ses yeux gris, vifs et alertes, à Flick avec ses belles boucles dorées et ses yeux bleus pétillants de curiosité, chacune à sa manière, étaient hardies, résolues et décidées.

Rien de surprenant à ce que les Cynster les aient choisies comme épouses.

Ces quelques mots échangés lui suffisaient à reconnaître en elles des femmes de même sensibilité, et cette rencontre allait être pour Deliah une révélation, la source d'un immense soulagement.

Avec ces ladies, elle pouvait être elle-même.

Honoria s'écarta pour discuter avec un noble maître d'hôtel qui était apparu à ses côtés.

— Nous dînerons à vingt heures trente, je pense, Webster. Ainsi, nos derniers invités auront le temps de s'installer.

Elle regarda plus loin le groupe d'hommes qui s'était graduellement formé au centre du hall.

— Et les gentlemen auront de fait le loisir de satisfaire leur curiosité mutuelle.

À ces mots, elle regarda Deliah, puis les autres femmes assises autour de la cheminée.

— Puis-je vous inviter à rejoindre mon salon ? Nous pourrions nous asseoir et bavarder tranquillement devant une tasse de thé.

— En toute intimité.

Affichant un sourire complice, Francesca se leva.

Honoria se tourna vers Webster.

— Servez le thé dans mon salon. Veuillez aussi transmettre mes compliments à madame Hull et lui annoncer l'arrivée de mademoiselle Duncannon et du colonel, dont le personnel est attendu sous peu également.

— Bien, madame la duchesse.

Webster fit une pleine révérence et se retira.

Devil approcha en même temps que les ladies se levaient. Il lança un sourire, tout innocent, à Honoria.

— Nous serons dans la bibliothèque, lui dit-il.

Elle lui rendit son sourire sans même feindre l'innocence.

— Nous serons dans mon salon.

D'un geste de la main, elle invita les dames à avancer et passa le bras sous celui de Deliah.

— Nous vous verrons au dîner, dit-elle à son époux. À vingt heures trente.

Deliah sourit à cette dernière pointe et se laissa prestement conduire vers le grand escalier.

Del avançait à côté de Devil, fermant la marche vers la bibliothèque.

— J'avais oublié que les enfants étaient nombreux, ici, dit-il à voix basse. Pour ma tranquillité d'esprit, j'aimerais beaucoup que tu postes des gardes autour des lieux qui leur sont réservés.

Il croisa le regard de Devil.

— Au cas où.

Devil sourit, tout en affichant un air sérieux.

— C'est déjà fait. Et maintenant que Cobby est avec Sligo, je doute que quiconque puisse franchir leur barrage.

Del acquiesça d'un signe de tête. Sligo, le majordome de Devil, était auparavant son ordonnance à Waterloo, tout comme Cobby avait été le sien. Tous deux s'étaient liés d'amitié dans la bataille, une amitié aujourd'hui aussi forte que celle de leurs maîtres.

Devil fit halte devant la porte ouverte de la bibliothèque, une pièce empreinte d'une atmosphère chaleureuse et incontestablement masculine. Il invita Del à entrer.

— Allez, viens t'asseoir et raconte-nous toute l'histoire.

Del le précéda dans la pièce luxueuse et confortable, et agréa à sa demande.

Il raconta sa mission depuis son commencement dans le bureau du marquis de Hastings plusieurs mois auparavant. Le fait de décrire les atrocités commises par le Cobra noir alors qu'il était assis dans un somptueux fauteuil de cuir, avec entre les mains un verre de cristal fin rempli d'un excellent whisky pur malt, ne faisait qu'accentuer la brutalité des faits et leur absurdité.

Tous affichèrent une mine sombre et lâchèrent des jurons à voix basse lorsque Del relata la mort de James MacFarlane.

— C'était un homme de bien.

Devil vida son verre et s'empara de la carafe. Les autres firent écho à ses paroles et l'imitèrent.

Del hocha la tête et continua, rapportant les événements qui les avaient amenés tous les quatre — lui, Gareth, Logan et Rafe — à quitter Bombay, puis il raconta son voyage jusqu'à l'arrivée à Somersham. Tony et Gervase ajoutèrent leurs observations et rapportèrent leurs tentatives pour en apprendre davantage sur le repaire du Cobra noir.

Tony secoua sa tête brune.

— Nous n'avions pas vu un seul partisan jusqu'à ce jour, mais ils sont bel et bien présents. Dieu seul sait où ils se cachent. Avec leurs vêtements inhabituels, ils n'auront aucune chance de se fondre dans le paysage.

Devil et Del échangèrent un regard.

— Voilà un point à transmettre à Wolverstone. Nous dépêcherons un cavalier avant le dîner. La nuit tombe ; nous devrions lui faire savoir que vous êtes bien arrivés et que les partisans sont effectivement en action.

— Est-il posté loin d'ici ? demanda Del.

— Il est au manoir Elveden, à quelque quarante kilomètres vers l'est.

Devil prit une gorgée de cognac.

— Nous avons pour ordre de vous garder tous les trois ici quelques jours au moins, dans l'espoir — aussi maigre soit-il — que le Cobra tente une attaque. S'il ignorait que vous veniez ici, il est possible qu'il n'ait pas eu le temps de faire son tour de reconnaissance et qu'il ne soupçonne pas le nombre d'anciens officiers de cavalerie ici présents.

Il marqua une pause, la tête penchée.

— S'il a pu envoyer quatorze hommes contre vous sur la route, il pense peut-être avoir les forces nécessaires pour attaquer Somersham.

— Ce serait risqué, dit Del en faisant la grimace. Sur son territoire, il déborde d'assurance et d'ostentation, mais ici, il s'est pour l'instant montré prudent et vigilant, toujours sur ses gardes.

Devil lui lança un regard dur.

— Ne sois pas décourageant. Je te ferais remarquer que personne ici ne vous a réprimandés pour avoir éliminé quatorze hommes sans faire appel à nous. Vous étiez censés partager.

Del cacha son sourire derrière son verre.

— Pardon. Vous reprocherez notre succès à Deliah. Sans elle, nous n'aurions jamais attiré les partisans hors de l'ombre.

— Typiquement féminin, grommela Demon. Et elle en a tué deux, en plus ? Ne lui avais-tu pas expliqué que c'était *notre* travail ? Elle est censée rester bien tranquillement assise et nous laisser faire.

— Je doute que tu veuilles te risquer à le lui expliquer dans des mots qu'elle approuvera, dit Del en haussant les sourcils.

Ils furent nombreux à rire.

— Une fois qu'il saura l'expliquer à *son* épouse, dit Scandal, il se fera un plaisir de répondre à ta demande.

Un long soupir se fit entendre, attirant l'attention de tous sur Vane qui musardait derrière le fauteuil de Devil. Il se détourna de la fenêtre en laissant retomber le rideau.

— Je déteste jouer les rabat-joie, mais il commence à neiger.

Il regarda Devil.

— Tu ferais bien de faire partir ce cavalier tout de suite, si tu veux qu'il atteigne Elveden ce soir.

La nouvelle fut accueillie par des murmures de protestation.

Devil se leva et appela Sligo.

Écoutant les hommes faire leurs prévisions, Del se rappela qu'en cette saison et dans ce coin du pays, il tombe souvent des bordées de neige.

Il s'enfonça dans son fauteuil et fit la moue.

— Je ne pense pas que nous puissions nourrir grand espoir de faire venir à nous le Cobra noir.

Dans le salon de la duchesse à l'étage, Deliah finissait tout juste de raconter aux ladies ce qu'elle savait de la mission de Del.

Le fait de relater en détail la bataille de l'après-midi l'avait secouée davantage que l'incident même.

Honoria lui tendit calmement une tasse de thé.

— C'est souvent pire lorsqu'on revit un événement difficile. On réalise alors tout ce qui aurait pu mal tourner, à quel point les choses auraient pu se gâter.

Deliah prit une gorgée de thé, croisa le regard d'Honoria puis regarda les autres femmes qui opinaient toutes d'un air grave. Étonnant. Pas une n'avait pâli, encore moins manqué de s'évanouir lorsqu'elle avait dit avoir tiré sur un homme et en avoir transpercé un autre d'un coup d'épée — quoique concrètement, il se soit lui-même transpercé. Elle s'était contentée de tenir l'épée.

Elle sentit le thé descendre dans sa gorge, chaud, réconfortant — comme la compagnie de ces dames.

— Je pense pouvoir parler au nom de toutes — Catriona balaya des yeux le cercle de femmes avant de regarder Deliah — en vous remerciant chaleureusement d'avoir contré le danger qui pèse sur nos hommes. D'avoir planifié une manœuvre ayant permis de réduire les troupes ennemies, notamment celles qui sont dans la région.

— Bien dit.

Alathea lança aux autres épouses un regard éploré.

— Nous connaissons trop bien nos époux, n'est-ce pas?

— Il va nous falloir les surveiller de près, dit Felicity en reposant sa tasse.

Elle regarda Honoria.

— D'encore plus près que d'habitude.

— Heureusement, dit Honoria en opinant, le temps semble jouer en notre faveur.

Elle sourit.

— Il neige.

— Vraiment?

— Enfin!

— Allons voir.

Phyllida, Catriona et Flick se levèrent toutes les trois pour aller à la grande fenêtre et tirer les rideaux. Elles regardèrent au-dehors.

— Ça tombe gentiment, commenta Flick.

— Merveilleux!

Phyllida revint s'asseoir.

— Qui sait? Nous aurons peut-être même un Noël blanc. Les enfants seront ravis.

Les femmes discutèrent alors des différentes activités à proposer aux nombreux enfants de la maison. Confortablement assise, Deliah écoutait, souriant aux commentaires des mères.

Pour la première fois de sa vie, elle aurait voulu être des leurs.

Ce constat l'ébranla tant qu'elle cligna des yeux et dut faire un effort pour se calmer.

Un gong retentit dans la maison.

— Il est temps de s'habiller pour le dîner.

Honoria se leva et attendit que Deliah pose sa tasse et se lève à son tour.

— Venez, je vais vous montrer votre chambre. Votre bonne doit y être déjà.

Les dames se dispersèrent dans divers corridors par groupes de deux ou trois, têtes rapprochées pour papoter ; elle et Honoria s'éloignèrent dans le couloir circulaire.

— Si nous vous fatiguons, n'hésitez pas à nous le faire savoir.

Honoria la regarda et sourit.

— Je vous assure que nous ne nous vexerons pas. Vous avez fait de la route, alors que nous sommes restées assises ici à attendre qu'il se passe quelque chose. Et vous nous avez déjà tellement soulagées de notre ennui.

— Ce fut pour moi un grand plaisir, dit Deliah.

Elle était sincère.

Honoria la quitta devant la porte de sa chambre et se dirigea vers ses appartements pour se préparer.

Deliah ferma la porte. La chambre était coquette. Elle sourit à Bess.

— Tout va bien ?

— Quel endroit merveilleux ! dit Bess avec un grand sourire. Le personnel est si gentil. Nous sommes tous déjà bien installés. Bien !

Bess se dirigea vers le lit et y prit la robe de satin doré achetée chez madame Latour. Elle la montra à Deliah.

— Puisque nous sommes chez un duc, j'ai pensé que vous aimeriez mettre celle-ci.

Deliah examina la robe du soir terriblement élégante, d'une simplicité trompeuse, et remercia Del d'avoir insisté pour qu'elle la prenne. Elle opina.

— Oui, c'est parfait.

Debout devant le miroir, elle ôta les épingles de ses cheveux et se promit de faire avouer à Del la somme qu'il avait payée pour les robes avant qu'ils n'arrivent dans le Humberside.

Pour l'heure, toutefois, il n'y avait aucune raison de ne pas profiter de la soirée, du lieu et de la robe.

Neuf

ebout près de la cheminée, Del discutait avec Devil
lorsque Deliah entra dans le salon de réception.

Les conversations fusaient dans la pièce, mais
pour lui, tout devint silencieux.

Il était sourd. Se sentait étourdi.

Il ne put détacher ses yeux de Deliah dans cette robe de
satin dont il se souvenait si bien, immobile dans l'embrasure de la porte — ignorant apparemment les ravages qu'elle
faisait.

Elle avança. La bouche sèche, il la regarda traverser la
pièce, un doux sourire aux lèvres, pour rejoindre Honoria et
deux autres ladies qui parlaient avec Gervase.

Sa poitrine se gonfla lorsqu'enfin il put reprendre son
souffle et briser le charme qu'elle exerçait sur lui. Instinctivement, il regarda Devil. Et vit ses yeux verts rivés sur elle.

Del fut saisi d'une émotion inconnue — un mélange
d'irritation et de peur irrationnelle... de la jalousie ? Il ne se
rappelait pas avoir déjà ressenti cela, pas pour une femme,

et jamais aussi fortement. Il réprima l'émotion et regarda de nouveau à travers la pièce.

On aurait dit une flamme d'or, un pôle de lumière chatoyante, une promesse. Balayant la pièce du regard, Del sut que tous les gentlemen l'avaient remarquée. Impossible de leur en vouloir — c'étaient des hommes comme lui.

Mâchoires serrées, il se tourna vers Devil, qui lui lançait un sourire à la fois amusé et compatissant. À son grand soulagement, son vieil ami ne fit aucun commentaire sur Deliah et taquina plutôt Gyles qui venait se joindre à eux.

Gyles, bien sûr, rétorqua. Del rit et sentit le poids des années disparaître. Ils avaient quitté les bancs d'Eton depuis longtemps, mais en dépit des bouleversements de la vie, certaines choses — la loyauté, l'amitié — demeuraient inchangées.

— Comment va ta fille ? demanda Devil en se tournant vers Gyles.

— Contrairement à ce que je pensais, elle semble être en pleine forme. Les coliques, m'a-t-on dit, sont une épreuve qu'il leur faut traverser — et nous aussi.

Devil fit la grimace.

— Il me reste encore à comprendre le système immunitaire, dit-il en posant son regard sur Honoria, puis sur Francesca qui se tenait dans un autre groupe. J'ignore comment elles peuvent dire si une plainte traduit une douleur réelle ou une simple mauvaise humeur.

— Fais-moi signe quand tu y verras plus clair.

Gyles secoua la tête.

— Tu aurais pu me prévenir… qu'une femme et des enfants pouvaient s'avérer bien accaparants.

— Pour quoi faire ? dit Devil en haussant les épaules. C'était écrit dans le ciel pour toi comme pour moi. Inévitable.

Il sourit en regardant Gyles.

— Alors, autant en profiter !

— Tu as bien raison, dit celui-ci en riant, regardant Francesca.

Puis, Gyles se tourna vers Del.

— Et toi ? Qu'est-ce que l'avenir te réserve ?

Ni Gyles ni Devil ne regardèrent Deliah, mais Del savait qu'ils savaient… Il agita la main avec nonchalance.

— Je n'y ai pas vraiment réfléchi. Cette mission m'est tombée dessus et il m'a semblé préférable de remettre à plus tard mes projets d'avenir.

— Parfois, dit Devil, la destinée vient frapper à ta porte.

— Elle a certainement frappé à la nôtre, dit Gyles. Il n'y a pas de raison qu'il en soit autrement pour toi.

— Nous verrons, dit Del en souriant.

La conversation dériva sur différents sujets, mais l'idée de se marier, d'avoir des enfants, de planter ses racines dans les riches terres d'Angleterre et de fonder un vrai foyer — de faire de Delborough Hall un vrai foyer — occupa ses pensées, venant à l'avant-plan lorsqu'il parlait avec les Cynster, des hommes qui le connaissaient tous et qui étaient, il le savait, comme Devil et Gyles, heureux de son bonheur.

Un bonheur qu'il voulait pour lui-même, qui lui semblait bien mérité.

Immanquablement, son regard revenait à Deliah.

Sans surprise, on les plaça côte à côte au dîner. Il la conduisit à la table avec un aplomb tout à fait crédible, mais dont ni lui ni elle ne furent dupes.

Une étincelle brillait dans ses yeux noirs, un élan possessif guidait sa main alors qu'il effleurait sa taille pour l'escorter à sa chaise. Deliah le sentit et s'en délecta intérieurement, tout en faisant semblant de ne rien remarquer.

Assise à cette grande table, Del et elle s'amusant à divertir les convives avec leurs souvenirs de l'Inde et de la Jamaïque, elle n'avait pas souvenir d'avoir déjà été si détendue... Pour la première fois de sa vie d'adulte, elle se sentait libre, tout simplement, libre d'interagir avec les autres sans constamment surveiller ses paroles et son comportement.

Libre d'être elle-même, puisqu'en telle compagnie sa vraie nature n'avait rien de singulier. Rien de choquant, de déplacé. Parmi ces gens, elle était à sa place.

Les hommes n'avaient pas caché leur plaisir à la voir dans cette superbe robe de madame Latour. Toutes les dames voulurent connaître l'adresse de la modiste. Honoria et Alathea lui demandèrent même si elle avait d'autres créations de madame et s'il serait possible de les voir.

Elle n'avait jamais sympathisé avec d'autres femmes par le passé. Les femmes l'avaient toujours vue comme... trop. Trop franche, trop têtue, trop volontaire — trop belle. Trop grande, trop bien faite, trop moqueuse.

Le mot « trop » avait toujours servi à la décrire.

Pas ici. Ici, tous ces « trop » qu'elle possédait étaient acceptés, même encouragés. Ces ladies étaient assurément de la même sorte, et elle ne pouvait que constater tout ce qu'elles avaient dans leur vie — un mari, des enfants, une union fondée sur l'amour, la confiance et bien plus encore.

Depuis le Grand Scandale, elle s'était évertuée à réprimer sa vraie nature, à devenir quelqu'un d'autre, à rentrer tant bien que mal dans le moule d'une vraie lady anglaise, mais le moule que ses parents lui avaient présenté — celui d'une lady qui se pliait à toutes les convenances — ne lui avait jamais convenu.

Ce qu'elle comprenait, ce qu'elle découvrait au fil de ces conversations enjouées autour de la table, c'est qu'il existait un autre moule tout aussi socialement acceptable. Un moule qui lui allait comme un gant.

Et qui était compatible avec un projet de mariage — un modèle d'union qui pouvait lui plaire, une sorte de partenariat, une relation fondée sur le partage.

Elle n'était pas une incorrigible mésadaptée. Elle avait simplement navigué dans des cercles qui ne lui ressemblaient pas.

Un étrange sentiment de légèreté l'anima, s'empara d'elle. Lorsque tous se levèrent et que, les gentlemen n'ayant nulle envie de se séparer, tous vinrent s'asseoir au salon pour poursuivre leurs discussions, formant encore un large groupe uni, elle en eut presque le vertige.

« La liberté », comprit-elle. « Voilà donc ce que c'est. »

Elle sourit à Del qui l'invitait à prendre place sur un canapé, et s'assit confortablement.

Il la regarda un moment, affichant un air décontracté devant ses amis, mais ses yeux… il lui sourit, et prit place dans le fauteuil à côté d'elle.

Webster circulait avec du porto et du cognac pour les hommes. Certaines des femmes acceptèrent aussi un verre. Deliah déclina. Elle souhaitait avoir l'esprit clair pour bien absorber tout ce qui se passait autour d'elle. Si elle doutait d'aller un jour à l'autel, une relation à long terme n'était pas hors de sa portée.

Une fois que tous furent installés, la conversation tomba sur le Cobra noir et sur l'incident de l'après-midi. Avec Tony et Gervase, elle et Del demeuraient au centre de l'attention par leur description des partisans et de leurs actions.

— Ils étaient donc *quatorze*?

D'un air foncièrement désapprobateur, Honoria regarda son mari.

— Tu ferais mieux de mettre bien vite Ferrar sous les verrous, sans quoi cette secte va prendre des villages et s'établir en Angleterre.

— Jamais de la vie!

Devil regarda Del.

— Les avez-vous tous tués ou…?

— Nous avons jugé sage de ne pas nous attarder pour le vérifier. Il y en avait peut-être d'autres cachés sous les arbres ou même plus vraisemblablement Larkins, armé d'une paire de pistolets.

— Pour ma part, dit Tony, j'ai été très surpris de voir qu'il *ait pu* se permettre de déployer quatorze hommes contre nous. Del nous avait avertis et ils n'ont d'abord envoyé que huit hommes, puis six autres lorsque c'était nécessaire, mais tout de même, engager quatorze hommes dans une attaque de ce genre…

— Ce qui porte à croire qu'il peut en sacrifier bien plus, conclut Gervase.

Ils envisagèrent ensuite différentes façons de localiser les regroupements de partisans aux alentours. Voilà qui donnait aux hommes du clan Cynster un os à ronger et leur faisait miroiter un passage à l'action, déçus qu'ils étaient par l'improbabilité d'une attaque imminente des partisans.

Del parla peu. Il connaissait mal le comté, et avait d'autres préoccupations.

D'autres pensées, d'autres sentiments.

Des sentiments inhabituels, mais manifestement forts et forts déstabilisants — trop à son goût.

Le rappel de l'incident survenu dans l'après-midi avait ravivé, trop nettement, toutes les émotions qui l'avaient agité durant ces pénibles minutes. Réveillé la peur terriblement immense qu'il avait ressentie à la vue de Deliah en danger — une peur comme il n'en avait jamais connu malgré sa grande expérience de la vie et de la mort sur les champs de bataille du monde entier.

Plus intense, plus vive, cette peur avait planté ses griffes au plus profond de son âme.

Il n'avait pas apprécié la chose sur le coup.

Et en y repensant, il l'appréciait encore moins.

Il lança un regard oblique à la cause de sa détresse. Elle était assise sur le sofa, détendue, un sourire de joie sincère sur les lèvres.

Ce qui n'apaisa en rien son humeur. Oui, elle était saine et sauve, et apparemment heureuse. Toutefois, quoique son bien-être soit l'objet central de sa peur si troublante, quelque chose en lui résistait. Elle était responsable de cette peur presque paralysante.

Ce qu'il avait fermement l'intention de préciser. D'expliquer. Plus tard.

Ce soir.

Regardant droit devant, il étouffa cette impulsion qui grandissait en lui et s'efforça plutôt de prendre un air détendu tout en formulant intérieurement sa prochaine diatribe.

15 décembre
Résidence Somersham, comté de Cambridge

Tremblant comme une feuille, Sangay peinait à avancer sur le manteau blanc et givré qui recouvrait la cour arrière de la très grande maison. Elle était aussi grande qu'un palais et tout aussi animée, ce qui était une bénédiction des dieux. Personne n'avait vraiment fait attention à lui. Personne ne lui avait parlé sèchement ou posé des questions. Au contraire, on lui avait donné une petite chambre à lui tout seul, bien haut et bien au chaud sous les toits, et l'ami de Cobby, Sligo, lui avait trouvé une veste — ce qu'il avait appelé un manteau de page — à mettre par-dessus sa tunique.

Les mains plongées dans les poches du manteau, le col relevé et la tête baissée contre le vent, Sangay pressait le pas gauchement vers la grande bâtisse des écuries.

À l'arrière, avait dit l'homme.

Les écuries étaient cernées de hauts murs de brique sur trois côtés. Sangay longea un mur à tâtons et tourna au coin, découvrant un petit bois battu en brèche derrière le bâtiment.

Il fit halte dans une petite trouée à mi-chemin du mur. Au moins, les flocons froids et blancs avaient cessé de tomber; mais le vent encore mordant et l'atmosphère pesante, l'air chargé, annonçaient le retour imminent de la neige.

La nuit était d'un noir d'encre. Le drap blanc reflétait la faible lumière, et Sangay voyait suffisamment bien. Il entendit pourtant les bottes de l'homme craquer sur la neige dure bien avant que sa lourde silhouette ne surgisse de la pénombre des sous-bois.

— Tu l'as ?

Cette question incisive fit trembler Sangay qui frissonnait déjà ; il se força à secouer la tête.

— Mais sahib, je l'ai vu !

Larkins regarda le garçon sans émotion.

— À l'auberge, quand le colonel l'a pris ?

— Oui, sahib. Je l'ai vu à ce moment-là.

— Mais est-ce que tu l'as vu depuis ?

— Non, sahib. Nous venons tout juste d'arriver et la maison est immense, mais maintenant, je sais quoi chercher ! Et cette maison est si grande que personne ne fera attention à moi ! Je pourrai fouiller les chambres demain et trouver l'étui à parchemin, et je vous l'apporterai.

Ses yeux noirs grand ouverts, braqués sur le visage de Larkins, le garçon s'efforçait de cacher ses tremblements, affichant un air enthousiaste et assuré.

Si Larkins n'était pas dupe, il savait aussi que le garçon était son meilleur atout pour s'emparer du parchemin et de fait, pour l'heure, un atout très précieux.

Voilà pourquoi il avait fixé le rendez-vous à vingt-deux heures — plus tôt, on aurait pu avoir besoin de lui et remarquer son absence, et plus tard, il aurait pu attirer l'attention en sortant dans la nuit.

Larkins connaissait les us et coutumes d'un personnel de maison, la routine des serviteurs. Lui aussi avait été un simple domestique autrefois, il y a bien longtemps de cela. Depuis, son service auprès du Cobra noir avait fait de lui un homme riche. Plus riche que dans ses rêves les plus fous. Il

avait assez d'argent pour prendre lui-même des domestiques, s'il le voulait. Mais avoir un cheptel de serviteurs ne
l'intéressait pas. Il n'y voyait rien de comparable avec le
plaisir qu'il prenait à semer la terreur. C'était ce qu'il aimait
le plus de son service auprès du Cobra — la chance de
s'adonner aux actes les plus vils.

Il aimait terroriser les innocents. Mais aujourd'hui…
l'échec de leur bataille lui laissait un arrière-goût amer dans
la bouche. Après cette défaite, il était encore plus crucial
que le garçon lui remette l'étui à parchemin.

Larkins n'avait jamais déçu son maître; il savait comment le Cobra récompensait l'échec et n'avait nulle envie
d'attiser sa colère.

Il hocha la tête.

— Bien, dit-il en levant les yeux vers le ciel menaçant. Il
va neiger encore — beaucoup, certainement. Je ne pourrai
pas te retrouver ici. Alors tu trouves l'étui à parchemin et
dès que tu l'as, tu vas à la grande église.

Il pointa vers le nord-est.

— Il y a une grande tour visible des kilomètres à la
ronde. Demain, tu regarderas dans cette direction et tu
la verras. Trouve l'étui et apporte-le-moi là-bas — dans la
cathédrale, sous la plus haute des tours. Je guetterai ton
arrivée. On se verra là-bas.

Larkins regarda de haut le misérable garçon qui trem-
blotait, se rappelant la valeur de la lettre que contenait l'étui.

— Écoute-moi bien, fiston — *en aucun cas* tu ne dois
quitter la route. Tu sortiras d'ici par l'allée que vous avez
prise en arrivant et tu prendras la route. Tu y resteras tout
au long du chemin, compris? Par ici — d'un geste de la
main il indiquait le nord-ouest —, il n'y a que des marais et

des marécages. Le sol a l'air dur, mais si tu mets le pied au mauvais endroit tu te fais avaler tout rond. C'est clair ?

Le garçon écarquilla les yeux encore plus. Il hocha la tête.

— Je prends l'étui à parchemin et je vais par la route jusqu'à la grande église, et je vous retrouve là-bas.

— Très bien.

Larkins plissa des yeux.

— Et tu n'oublieras pas ce qu'il arrivera à ta maman si tu désobéis, n'est-ce pas ?

Le regard du garçon s'assombrit. Ses mâchoires commençaient à claquer, mais il serra les dents et fit non de la tête.

— Non, sahib. Je n'oublierai pas. Je vais trouver la lettre et vous l'apporter au plus vite.

— Bien. Maintenant, dépêche-toi de rentrer avant que quelqu'un te cherche.

— Oui, sahib.

Sangay fit demi-tour et sans un regard en arrière longea les écuries. Il tira sur son col pour protéger ses oreilles, le tenant bien serré, et fila vers le manoir à travers un épais voile blanc.

Il neigeait de nouveau.

Les convives s'étaient finalement retirés pour la nuit. Dans la jolie chambre qu'on lui avait attribuée, Deliah se réchauffait les mains devant le feu qui crépitait, heureuse que la journée se soit bien terminée.

Elle se redressa et jeta un coup d'œil vers le lit, puis vers Bess qui lissait d'un coup sec une robe de nuit et la posait sur une chaise.

— Je n'ai pas assez sommeil pour me coucher tout de suite. Je peux enlever cette robe toute seule, et tu as eu une longue journée, toi aussi. Tu peux y aller.

— Vous êtes sûre ? demanda Bess avec un grand sourire.

— Oui.

Deliah agita la main vers la porte.

— Allez, ouste.

Bess gloussa de joie, fit une courbette et sortit de la chambre.

Seule, Deliah arpenta distraitement la pièce, examinant les tableaux et les objets qui ornaient la cheminée. Del, elle le savait, était de mauvaise humeur. Bourru, agité et à cran malgré son sourire.

Elle l'avait perçu, senti. Et soupçonnait fort bien la raison de son agacement.

Mais s'il pensait qu'elle allait s'excuser de lui avoir sauvé la vie !

Si elle n'était pas sortie sur le marchepied… la simple pensée de le voir transpercé d'un coup d'épée lui glaçait le sang.

Le froid la fit frissonner, et elle balaya cette vision imaginaire. Elle se courba et rapprocha ses mains de la cheminée.

Deliah regarda le lit de nouveau. Fronça des sourcils devant sa répugnance à aller se coucher.

Elle comprit au bout d'un moment que son agitation faisait suite à l'incident de l'après-midi — et à ses répercussions.

Elle ne pensait pas que la bataille l'avait tant affectée. Elle avait été secouée et effrayée sur le coup, mais ils s'en étaient sortis à peu près indemnes. Ils avaient triomphé, vaincu l'ennemi, même si ce n'avait été qu'une escarmouche.

C'était fini maintenant, et tout allait bien.

Pourtant, elle rechignait à dormir seule dans ce grand lit.

De plus en plus agacée, Deliah regardait le grand couvre-lit bleu pâle lorsqu'un petit coup à la porte la fit virevolter.

La porte s'ouvrit, et Del passa la tête. Il balaya la pièce du regard, se faufila à l'intérieur et ferma la porte.

À clé.

L'espace d'un instant, Deliah se demanda si elle devait prendre ombrage de cette entrée présomptueuse, mais décida que l'hypocrisie n'était pas de mise. Elle était bien contente à l'idée d'échapper — manifestement — à une nuit solitaire.

Del traversa la pièce et s'immobilisa devant elle. Il avait quitté son masque. Affichait un air sévère. Pourtant, Deliah le dévisageait calmement, nullement intimidée en apparence. Elle n'avait pas même l'air un tant soit peu inquiète.

Il laissa libre cours à sa mauvaise humeur.

— Vous aviez promis de rester assise dans la voiture et de *ne pas bouger*.

— C'est ce que j'ai fait. Au début.

— Nous n'avions pas fixé de limite de temps. J'avais compris que vous resteriez là où je vous avais laissée jusqu'à ce que nous quittions les lieux.

Elle plissa lentement des yeux.

— Et moi, j'avais compris que vous n'aviez pas l'intention de mourir, ni même de vous exposer au risque d'être mortellement blessé.

— Je n'avais pas l'intention...

— Et moi non plus.

Elle répondait à sa détermination par une franche intransigeance.

— Est-ce bien nécessaire de discuter ainsi ?

— Oui !

Si seulement il pouvait trouver les mots justes. Il sonda son regard en quête d'inspiration.

— Si vous refusez de m'obéir...

— Il est vraiment inutile de revenir là-dessus.

— ...comment puis-je m'assurer de votre sécurité ?

Il prit une grande inspiration.

— Bon sang, femme, je ne peux pas agir sans être sûr que vous aurez la sagesse de rester à l'écart...

— Et de vous regarder vous faire tuer ?

Elle monta sur la pointe des pieds, presque nez à nez avec lui.

— Permettez-moi de vous dire, colonel, que vous rêvez les yeux ouverts !

Et elle lui décocha un regard noir.

Les lèvres pincées, il lui lançait des éclairs.

Soudain, elle posa les mains sur ses joues.

— Taisez-vous ! murmura-t-elle, avant de l'embrasser.

Comme pour le dévorer.

Il s'efforça de rester froid, y parvint l'espace de deux battements de cœur, puis succomba à son désir féroce ; vint à sa rencontre, d'égal à égale, dans cet échange gourmand.

Il fallait profiter du moment, pensa-t-il — de sa ferveur, de sa fièvre. De sa lascivité. S'il jouait finement, il pourrait manier son désir comme un fouet et ne la satisfaire qu'à la condition qu'elle promette...

Elle se pressa contre lui, en lui, et il perdit le fil de ses pensées. Envolées.

Évaporées.

Elle passa les bras autour de son cou, colla ses seins à son torse, glissa sensuellement ses hanches, son ventre sur son érection. Il fut perdu.

Incapable de feindre qu'il n'était pas moins désespérément esclave d'elle qu'elle de lui. Qu'il ne la désirait pas autant, n'avait pas aussi désespérément besoin d'elle, soif d'elle qu'elle de lui, comme le lui révélaient ses lèvres, sa bouche et chaque courbure enfiévrée de son corps.

Son besoin était viscéral, ouvert et manifeste. Tangible, comme un vertige étourdissant. Son besoin maladif était animal, une faim primitive qu'il fallait assouvir.

Tout ce qu'elle ressentait il le sentait aussi.

Leur baiser si ardent annonçait sans honte les délices à venir. Elle glissa les mains de ses cheveux à ses épaules. Le repoussa ; lorsqu'il recula, elle avança encore. D'un mouvement lent mais décidé, elle l'amena au lit.

Il la laissait faire.

Curieux de connaître ses désirs, il obtempéra lorsqu'elle pressa ses épaules ; sans défaire le baiser, il tomba au bord du lit.

Elle se glissa entre ses cuisses ouvertes. Laissa descendre une main de son épaule à son torse, à sa taille. À son membre qu'elle empoigna.

Qu'elle cajola minutieusement.

Il serra les dents et la laissa jouer, l'entourant de ses mains jusqu'à trouver les lacets de sa robe. C'était son vœu que de la dévêtir lentement de cette tenue, depuis la seconde même où Deliah était apparue ainsi vêtue au salon de madame Latour.

Il avait maintenant la chance, elle la lui accordait, de réaliser ce vœu. De faire lentement glisser le satin d'or sur ses épaules parfaites, de faire tomber la soie amoureuse en même temps que sa chemise pour mettre à nu ses seins magnifiques.

C'était à son tour de la caresser, d'une main experte.

Et à son tour à elle de sentir monter la fièvre. Jusqu'à ce qu'elle gémisse et retire ses lèvres du baiser. Qu'elle se cambre et se dépose dans ses mains, qu'il penche la tête et dépose sa bouche chaude sur sa chair.

Pour la prendre avec ferveur.

Lorsqu'enfin il consentit à reculer, pour faire tomber sa robe sur la courbe de ses hanches, qu'elle glisse d'elle-même le long de ses jambes et s'échoue sur le sol dans un doux murmure, il découvrit sa peau ivoire empourprée de désir, ses mamelons perlés, ses seins gonflés et durs.

Ses paupières étaient si lourdes qu'elle se vit à peine défaire ses boutons de ceinture et prendre dans ses mains sa verge en érection.

Et ce fut au tour de Del de fermer les yeux, de retenir un râle. De sentir ses mains le prendre jusqu'à ce que le désir qui brûlait sous sa peau devienne insoutenable.

Elle s'approcha, lui mordilla l'oreille. Attira son attention.

— Je vous veux en moi. Maintenant.

Inutile de le lui dire deux fois. Il la prit par les hanches, la souleva et la mit à califourchon sur lui.

Elle n'hésita pas, se pressa davantage. De sa petite main, elle dirigea le gland engorgé entre ses lèvres satinées.

Et plongea.

Le prit en elle.

Expira à en perdre le souffle, s'arrimant fermement à lui pour qu'il la pénètre entièrement, qu'il l'occupe complètement.

C'était mieux que bon, mieux même que divin, de ressentir cette verge dure en érection au plus profond d'elle-même. C'était naturel. Sublime.

Il poussa plus loin, plus loin dans ses entrailles et elle fit marche arrière. Se souleva au-dessus de lui, jaugeant la distance entre eux deux. Juste avant de perdre la pleine sensation de son membre, elle renversa la donne et plongea lentement sur lui.

Doucement.

Si elle avait une connaissance théorique de la chose, de ce qu'ils étaient en train de faire, jamais auparavant n'avait-elle ressenti ce plaisir si unique. Maintenant qu'elle était allée si loin, elle voulait tout ressentir, tout découvrir, tout connaître.

Vivre totalement son amour pour lui.

Le faire jouir avec son corps.

Et jouir de le faire jouir.

Et c'était mieux, bien mieux qu'elle ne l'avait imaginé. La chevauchée était grisante, exaltante, merveilleusement libératrice. C'était elle qui menait la danse, il lui cédait les rênes, la laissait à son rythme, la laissait le prendre comme elle le désirait.

La regardait faire.

Expérimenter et trouver sa cadence.

Le chevaucher, de plus en plus rudement.

La regarda franchir la cime, plus vite encore, les bras enserrant ses épaules, dans ces ultimes secondes de tension, dans cet instant où la friction de leur union se transformait en un brasier dévastateur.

Dans cet ultime instant, elle plongea dans ses yeux et perdit le souffle, referma les paupières et se pencha sur lui, pour l'embrasser. Ses lèvres s'entrouvrirent.

Elle glissa sa langue et trouva la sienne. La cajola, la caressa, puis le feu l'emporta et réduisit en cendres le monde entier autour d'eux.

Del la serrait dans ses bras, l'embrassait, sentit son fourreau l'agripper, tout feu tout flamme autour de son membre. La sentit brûler entre ses mains dans une extase incandescente.

Toute-puissante.

Qui déferlait en elle.

Elle le tirait, l'ordonnait de la rejoindre dans l'extase.

Dans cet éden qu'elle lui révélait. Pour prendre tout ce qui l'attendait entre ses bras.

Il la voulait, elle le voulait.

Il ne pouvait que succomber. Del ferma les yeux et s'abandonna.

Plus tard, bien plus tard, lorsqu'ils purent enfin tous deux lui ôter ses vêtements et se faufiler entre les draps, il se mit sur le dos et glissa un bras sous la tête. Les yeux dans le vague, il sentait la tension résiduelle faire place à un apaisement languide.

Petit à petit, son esprit s'éclaircit.

Et il vit alors avec une clarté cristalline tout ce qu'elle venait de lui révéler — tout ce que l'homme vulnérable en lui avait voulu savoir.

Il baissa les yeux pour la regarder, lovée contre lui, la tête sur son épaule, les cheveux sur son torse, l'air paisible et rêveur. Elle ne dormait pas.

Sous les draps, il rossa sa croupe nue, trop doucement pour lui faire mal, mais assez fort pour attirer son attention.

— Pour l'amour de Dieu, ne refaites jamais ce que vous avez fait cet après-midi.

— Soit, mais à la condition que vous ne vous attaquiez pas à trois partisans en même temps devant moi.

Elle lui lança un regard dur, puis fit la moue en frottant son postérieur malmené.

— J'aurais dû vous laisser faire et me retenir de vous sauver la vie. Vous auriez alors été dûment récompensé de vos ardeurs.

Il réalisa soudain qu'il affichait encore un sourire niais. C'était plus fort que lui. Il venait tout juste de recevoir toute la récompense qu'il pouvait espérer. Intimement étonné, il exprima ce qui désormais lui était évident.

— Vous n'auriez jamais voulu, jamais pu rester assise là sans rien faire.

— Non, vous avez raison.

Elle se blottit contre lui.

— Malheureusement, mon patriotisme prend toujours le dessus.

— Alors, vous m'avez sauvé la vie au nom de l'Angleterre ?

— Bien sûr.

Son sourire s'élargit, rayonnant, comme si le soleil illuminait son âme. S'il n'avait pas aimé la voir se mettre en danger pour le protéger lui, il comprenait maintenant pourquoi elle l'avait fait.

Il comprenait qu'elle n'était peut-être pas plus en mesure que lui de résister à cet appel mutuel.

Et étrangement, cela lui parut naturel. Bon. Foncièrement rassurant.

Fondamentalement paradoxal, ce qui semblait être la norme lorsqu'il pensait à ses sentiments pour elle.

Il retourna ces pensées dans la tête jusqu'à ce qu'enfin il s'apaise... De ce qui transperçait à travers les brumes de plaisir qui voilaient son esprit, il n'y avait désormais plus qu'une, ou peut-être deux questions en suspens. Comment lui demander sa main ? Et quand ?

Avant qu'il ne puisse y répondre, le sommeil l'emporta.

Dix

16 décembre
Résidence Somersham, comté de Cambridge

Au petit matin, dans la très grande maison, Sangay arpentait à pas de loup le couloir du premier étage.

Il avait vu le colonel prendre l'étui à manuscrit des mains de Mustaf dans la cour de l'auberge. Il n'avait vu ni Mustaf ni Cobby le reprendre par la suite. Et maintenant qu'il savait quoi chercher, maintenant qu'ils étaient tous installés dans la grande maison, il était certain que ni Cobby ni Mustaf ne l'avaient avec eux.

Juste avant que les domestiques ne prennent leur repas à l'office, tandis que Cobby était assis avec Sligo devant la cheminée et que Mustaf et Kumulay attendaient à la grande table, Sangay s'était glissé dans la chambre de Mustaf puis dans celle de Cobby et avait fouillé dans leurs affaires. C'était un très bon fouilleur, maintenant, mais il n'avait pas trouvé l'étui à parchemin.

Plus tard, après avoir parlé au méchant sahib derrière les écuries, il avait discrètement suivi Cobby et découvert où était la chambre du colonel.

À présent, aussi silencieux qu'un fantôme, il traversait l'obscurité profonde de la maison, sombre et lugubre ; il pouvait presque l'entendre respirer — comme si la maison elle-même était vivante. Comme si elle pouvait se réveiller à tout moment et le voir. Sangay balaya ces pensées fantasques et s'efforça plutôt de retrouver son chemin jusqu'à la chambre du colonel.

Il y avait bien des chambres et bien des couloirs différents, mais il avait remarqué l'armure en acier montée sur pied qui se dressait comme un homme de métal près de la porte du colonel. Il l'aperçut enfin et pressa le pas ; ses savates ne faisaient aucun bruit sur le tapis. Il s'arrêta un instant pour vérifier que c'était bien la bonne armure, puis s'approcha de la porte, l'ouvrit, jeta un œil et se faufila à l'intérieur.

Le colonel passait ses nuits dans la chambre de la memsahib. Il revenait à la sienne lorsque pointait l'aube, jamais avant. Sangay avait donc tout le temps de fouiller à sa guise.

L'aube était encore loin lorsqu'il ouvrit le premier tiroir d'une commode haute et sentit entre ses doigts un lisse cylindre en bois et en laiton.

Presque révérencieusement, il sortit l'étui du tiroir. D'un seul coup d'œil, il sut qu'il avait en main l'objet convoité par le méchant sahib.

Il ferma le tiroir et glissa l'étui dans l'une de ses manches, désormais invisible sous sa tunique et le manteau qu'il avait aussi enfilé. Il se glissa à l'extérieur de la pièce et ferma la porte.

Quelques minutes plus tard, Sangay était en bas dans le couloir débouchant sur la porte arrière et fermait son manteau. Il devait faire froid dehors — terriblement froid. Il n'avait pas encore eu l'occasion de chercher de vue la grande église, mais le méchant sahib avait dit qu'il devait regagner la grande allée, et il savait comment la retrouver. S'il partait immédiatement, il serait déjà loin à l'heure où les autres serviteurs commenceraient leur journée. Et à la lumière du jour, il pourrait repérer la tour de l'église.

Combien de temps lui faudrait-il pour aller là-bas ? Même s'il restait sur les routes, dans ce coin du pays, ce ne pouvait pas être bien long. Quelques heures, peut-être ?

S'encourageant lui-même à garder bon moral — il serait bientôt libéré du méchant sahib et de ses exigences —, il mit la main sur le verrou de la porte arrière et le repoussa presque sans bruit. Il souleva le loquet avec précaution, ouvrit la porte.

Et vit un mur blanc au-dehors.

Médusé, il parvenait à peine à voir à travers ce barrage blanc. Il tendit une main hésitante. Du sable blanc mais froid, qui fondait au toucher.

La matière blanche ondulait dans l'air et s'infiltrait déjà par la porte comme une volée de sable. Il se dépêcha de repousser la porte, usant de tout son poids pour la refermer.

De la neige ! Cette matière blanche était de la neige. Il n'avait jamais pensé qu'elle tombait comme cela.

Qu'elle pouvait le retenir dans la grande maison alors qu'il détenait l'étui à parchemin.

Stupéfait, Sangay verrouilla la porte et chercha une fenêtre. Il en vit une au-dessus d'une longue cuvette dans la pièce d'à côté. Il y courut et se mit péniblement en équilibre sur le rebord de métal pour voir dehors. La neige s'était accumulée en bas de la fenêtre. Impossible de l'ouvrir. Regardant au-dehors, il vit avec surprise que la nuit était claire même si l'aube était encore bien loin.

Une douce lumière gris perle inondait le domaine, la lune et les étoiles se reflétaient sur la neige. Sangay n'aurait jamais pensé que le monde pouvait être ainsi — pur, et si froid. Comme si les gens, les animaux n'existaient pas. Comme s'il n'y avait que les arbres nus et les bâtiments… et au loin vers l'est, l'immense tour de l'église qui transperçait le voile blanc gris, la pierre sombre se découpant sur le ciel plus clair.

Trois heures au plus, se dit Sangay, mais impossible de marcher dans cette neige si épaisse.

Il observa les dunes blanches qui recouvraient la cour de la cuisine. Peut-être était-ce mieux de l'autre côté de la maison ?

Il passa l'heure suivante à aller comme un fou d'une pièce à l'autre, d'une fenêtre à une autre, mais la neige était partout, apparemment tout aussi épaisse. Il ne pouvait ouvrir aucune fenêtre, entrouvrir aucune porte. Partout, la neige le cernait.

Puis, il entendit les bonnes se lever.

Inutile de pleurnicher, se dit Sangay sévèrement. La vie de sa *maataa* était entre ses mains, et il devait remettre l'étui au méchant sahib.

Il baissa les yeux sur l'étui en bois qui dépassait tout juste de sa manche. Il ne pouvait se permettre d'être pris en sa possession, mais s'il le replaçait dans la chambre du colonel, il ne pourrait peut-être pas le reprendre par la suite.

Pris d'une impulsion soudaine, il regagna la cuisine en vitesse, se faufila dans le couloir menant à la porte arrière et entra dans une grande pièce qui servait de réserve. Elle était près de la porte, et il y avait repéré de grandes boîtes. Il en vit une derrière quelques sacs ; elle était à moitié pleine de blé. Il plongea loin pour y cacher l'étui à parchemin et, sentant l'étau se desserrer autour de sa poitrine, respira plus facilement. Il retourna à la cuisine et se pelotonna dans un coin près du feu.

Peu après, trois filles de cuisine descendirent l'escalier de service. Elles baillaient, riaient et quand elles le virent, elles lui firent un sourire en lui souhaitant le bonjour avant de mettre sur la table leurs marmites et casseroles.

Sangay les salua à son tour et se leva. Il s'approcha de la table et tenta un sourire.

— Il y a beaucoup de neige, dehors.

Les trois filles échangèrent un regard, posèrent leurs pots sur la table et dévalèrent le couloir jusqu'à la fenêtre au-dessus de la cuvette en métal.

Sangay les suivit.

— Oh ! regarde, Maisie ! C'est tellement beau.

— Elle n'a pas l'air très mouillée... Ça ne fondra pas aujourd'hui.

— Ah... Combien de temps va-t-elle rester ? demanda Sangay.

Les filles le regardèrent, puis regardèrent la neige au-dehors, l'air songeur.

— Personne ne bougera d'ici avant deux jours, certain, dit celle qui s'appelait Maisie.

Elle lui décocha un sourire.

— Sauf s'il en tombe plus, bien sûr.

Sangay sentit ses yeux s'écarquiller.

— Est-ce qu'il va reneiger avant que tout ça disparaisse?

— Qui sait? dit Maisie en haussant les épaules. Les dieux en décideront, n'est-ce pas?

Sangay esquissa un pâle sourire. Il pivota et quitta la pièce, traversa sans bruit la cuisine et se dépêcha de monter l'escalier. Arrivé à sa chambre, il ferma doucement la porte, grimpa dans le lit et tira la couverture au-dessus de sa tête.

Sangay fit de son mieux pour contenir ses tremblements. Il n'avait pas froid, mais il ne savait pas quoi faire. Désespéré, il avait le cœur serré, la poitrine oppressée.

Qu'allait-il arriver à sa *maataa*?

Il faisait confiance aux dieux. Ils avaient fait tomber la neige. Ils ne voulaient pas qu'il remette l'étui à parchemin au méchant sahib, du moins pas pour l'instant.

Vraiment? Où y avait-il une autre route qui menait à l'église?

Il n'en savait rien. Il ne connaissait pas la région et maintenant qu'elle était sous la neige, elle lui semblait encore plus étrange qu'avant.

Recroquevillé dans le lit, il tremblait de plus belle.

À son réveil dans la chambre de Deliah, Del ouvrit les yeux sur une étrange lumière opaque filtrant à travers les rideaux tirés.

Il lui fallut un moment pour se rappeler ce qu'annonçait une telle lumière.

Deliah dormait, son corps chaud et doux contre le sien. Il la regarda, se dégagea doucement des couvertures sans la réveiller, traversa la pièce à pas feutrés, entrouvrit le rideau — et regarda au-dehors une scène qui symbolisait pour lui l'idée même d'être «à la maison».

Il observait un monde recouvert de blanc. L'épais manteau s'étendait à perte de vue, les branches nues portaient un voile de laine blanc et doux. Le ciel était étrangement dégagé. Le vent tombé dans la nuit avait laissé dans son sillage une neige pure et immaculée.

Del n'avait pas vu un tel spectacle depuis des décennies.

Il entendit derrière lui un léger bruit de pas. Avant même qu'il ne se retourne, Deliah était là. Nue, tout comme lui, elle avait apporté le couvre-lit et en recouvrit les épaules de Del en s'appuyant contre lui.

Son visage rayonnait.

— Je n'avais pas vu de neige depuis plus de sept ans !

L'excitation dans sa voix, innocente et sincère, résonnait en lui. Il s'enveloppa de la couverture et entoura Deliah de ses bras pour la tenir tout contre lui. Ils restèrent un long moment blottis l'un contre l'autre, les yeux rivés sur le paysage enchanteur.

— Nous aurons peut-être un Noël blanc, dit Deliah.

— Ce serait merveilleux, dit Del, mais j'espère toutefois qu'elle va fondre, et vite.

Lorsqu'elle leva la tête pour le regarder, les sourcils hauts, il s'expliqua.

— Les autres ne sont pas encore arrivés ; la neige ne manquera pas de les retarder… et de faire d'eux des cibles plus faciles à atteindre.

— Oui, bien sûr, dit-elle d'un air grave. Je n'y avais pas pensé.

Elle fronça des sourcils.

— Mais il reste… quoi ? neuf jours avant Noël ? Ils devraient arriver d'ici là, non ?

— Je ne sais pas. Devil n'a pas de nouvelles. Nous devrons attendre de voir Wolverstone pour le lui demander.

Ils restèrent silencieux pendant quelques minutes. Del pensait à ses collègues, certainement loin encore.

— Espérons que Gareth soit déjà arrivé en Angleterre.

Deliah lui laissa encore un peu de temps, puis lui donna un coup de coude.

— Et si nous descendions ? Je n'ai pas lancé une boule de neige depuis que j'ai quitté le Humberside.

— D'accord, dit-il en riant. Je vous propose un duel dans la neige.

Il se défit de la couverture et alla mettre ses vêtements.

Deliah se drapa du couvre-lit comme d'un châle et alla à son armoire.

— Quelles sont les règles ?

— Il n'y en a pas.

Déjà en pantalon et chemise, il enfila son manteau.

— Je vais mettre un autre pardessus. Rendez-vous devant le hall d'entrée.

— Dans cinq minutes, confirma Deliah en sortant de l'armoire une robe de laine rouge.

Il sortit.

Elle se dépêcha de s'habiller.

Il arrivait tout juste à la porte d'entrée lorsqu'elle descendit l'escalier à la hâte en boutonnant sa pelisse. Le souffle court, excitée et impatiente plus qu'essoufflée, elle atteignit la porte sur son élan.

Del tira les lourds verrous et tourna la poignée. Il ouvrit grand la porte, laissa passer Deliah et la suivit dans ce monde devenu blanc.

Dans le monde lointain de l'enfance et des plaisirs innocents.

La grande allée avait disparu sous la neige. Les pelouses avaient laissé place à un manteau d'une pureté étincelante, ponctué çà et là d'arbres maigres aux branches enrobées d'une épaisse couche de neige.

Il ferma la porte et alla rejoindre Deliah en bas des marches sous le porche. La neige dure craquait sous ses bottes. Un nuage de condensation se formait devant leur visage.

Du bout de sa demi-botte rouge, Deliah tâtonna la neige sur les marches.

— Trop molle pour marcher, et on dirait bien qu'elle monte plus haut qu'au genou.

Il la regarda s'accroupir et balayer la neige de sa main. Elle avait mis des gants de laine. Après avoir effleuré la surface, elle plongea les doigts dans la neige, encore poudreuse et légère.

Elle en souleva une poignée et la laissa retomber entre ses doigts. Émerveillée.

Il l'observait et perçut l'étincelle dans ses yeux, son visage animé de multiples émotions qui trouvaient en lui un écho.

— Notre neige est en général plus lourde que celle-ci.

— Elle est si fine ! dit Deliah en hochant la tête. Elle ne tiendra que quelques jours.

— Alors que la nôtre dure des semaines.

Chez eux, c'était au nord du Humber, dans la région des Wolds. La neige recouvrait souvent le sol pendant des semaines entières.

— Il est étrange de voir qu'un paysage — que l'on n'a pas vu depuis des années — peut soudain raviver nos souvenirs. Elle baissa la tête et se mit à amasser la neige.

— J'ai encore plus l'impression d'être rentré, l'impression que nous sommes *vraiment* chez nous, parce que là où nous étions, il n'y avait jamais de neige.

Del marcha à l'autre bout du porche, s'accroupit et se mit lui aussi à faire une boule de neige.

Elle fut plus rapide que lui. Sa première boule le frappa à la tête au-dessus de l'oreille et explosa sur ses épaules dans une froide nuée de poudre blanche.

Il pivota face à elle et lui lança la boule qu'il venait de compresser.

Elle poussa un cri et esquiva le coup. La neige s'écrasa sur le mur derrière elle.

Elle rit et se pencha, pressée de faire une nouvelle boule.

Del grommela d'un air faussement menaçant et l'imita.

Et pendant dix minutes, ils replongèrent dans l'enfance, de retour chez eux, dans la neige. Ils riaient, se lançaient des boules inoffensives, et aussi des injures d'enfants ou de grandes personnes. Il n'y avait personne pour les voir ou les entendre.

Ils n'étaient que tous les deux.

Lorsqu'elle agita la main et qu'elle dicta, essoufflée, un arrêt de jeu, ils se tenaient les côtes d'avoir tant ri. Il regarda ses yeux pétillants, ses joues rosies, l'euphorie qui l'animait.

Et sentit la même émotion le parcourir.

— Faisons la paix, concéda-t-il.

Le froid commençait à transpercer leurs vêtements.

Ils secouèrent et balayèrent la neige poudreuse de leurs manteaux, tapèrent du pied et se dirigèrent vers l'entrée.

Dans le vestibule, Webster veillait à attiser le feu dans l'énorme cheminée. À leur arrivée, il s'inclina.

— Mademoiselle Duncannon, colonel. Si vous voulez bien passer à la petite salle à manger, nous serons prêts à servir sous peu.

Détendus, sourire aux lèvres encore, ils prirent le couloir indiqué par Webster. La petite salle était en fait une grande pièce ornée de fenêtres qui donnaient au sud sur une terrasse, toute nappée de neige ce matin-là. Un long buffet apposé au mur parallèle était recouvert de poêlons à couvercles. Une parade de valets de pied s'affairait à apporter des plats chauds de la cuisine et à les placer sous les cloches de métal.

La grande table était mise. Ils s'assirent côte à côte, face aux fenêtres. Une cafetière et une théière apparurent presque immédiatement devant eux.

Webster apporta lui-même un porte-toasts et vanta les merveilleuses offrandes trônant sur le buffet, puis les invita à faire leur choix.

Il n'eut pas besoin de le leur répéter. Leur bataille impromptue leur avait ouvert l'appétit. En retournant à la table avec une quantité impressionnante de nourriture sur son assiette, Deliah soupçonna leurs activités nocturnes d'y être aussi pour quelque chose.

Ils eurent plaisir à partager ainsi leur déjeuner, échangeant quelques propos entre de longues plages de silence contemplatif, évoquant surtout leur vie passée dans le

Humberside, ravivant des souvenirs, des expériences que l'un comme l'autre souhaitaient assurément revivre.

Maintenant qu'ils rentraient à la maison.

Maintenant qu'ils en étaient assez proches pour s'imaginer là, déjà.

Maintenant que leur avenir était juste devant eux.

Il était évident que ni l'un ni l'autre n'avait une vision définie de leur vie future.

Vous avez dit vouloir investir dans les produits manufacturés. Deliah haussa les sourcils en regardant Del. Avez-vous des préférences quant au domaine de production ?

— Pas vraiment, pour l'instant, mais j'envisage de prospecter les filatures de laine dans le West Riding et peut-être une meunerie à Hull, par exemple. Les nouvelles avancées techniques ouvrent de belles perspectives d'avenir, et il me semble approprié en quelque sorte qu'une fortune amassée par l'enfant du Humberside que je suis, parti protéger notre commerce outremer, soit investie dans des activités qui créent de l'emploi dans la région.

— Voilà une noble ambition, dit Deliah en inclinant la tête.

— Et vous ? Vous aviez mentionné le commerce du coton.

— J'ai l'intention de contacter les guildes de tisserands pour sonder leur intérêt, répondit Deliah en opinant. Dans un premier temps, je pense maintenir à distance mes activités de cultivatrice et développer l'importation pour approvisionner les meuneries plutôt que d'investir directement auprès d'elles — ce qui m'intéresse à plus long terme.

Del profita de l'occasion pour satisfaire sa curiosité.

— Je parie que vous retournerez vivre chez vos parents à Holme on the Wolds ?

— Au début, oui, mais je doute d'y rester bien longtemps.

— Ah ? Pourquoi donc ?

Deliah semblait chercher ses mots.

— Disons qu'il y a une incompatibilité de caractères. Mes parents ont toujours voulu que je me conforme à un... je suppose qu'on peut parler de moule plutôt rigide. Un modèle qui n'admet qu'une conduite des plus conventionnelles et collet monté sur tous les plans.

Elle lui glissa un regard oblique.

— Ce moule ne me convenait pas autrefois, et si je pensais que mes années à l'étranger pourraient peut-être me rapprocher de cet idéal qu'ils chérissent, malheureusement...

Elle secoua la tête en regardant son assiette.

— Je crains de m'être fourvoyée. Je vais rentrer, et dès que je ferai la moindre chose qui déroge à leurs attentes — chercher à investir ou encore, Dieu me protège, leur parler de mes intérêts dans le coton —, Père montera sur ses grands chevaux et me défendra d'agir. Je refuserai de l'écouter et alors, je me sentirais tenue par l'honneur de partir.

— Où irez-vous ?

Del s'efforça de garder un ton neutre. Si elle devait quitter le Humberside, il lui fallait savoir où elle irait. Il ne pourrait lui demander sa main s'il ignorait où elle était. Il n'avait pas non plus envie de courir après elle jusqu'en Jamaïque.

— Je ne sais pas. Je verrai en temps voulu.

Elle agita sa fourchette.

— Grâce à mes intérêts commerciaux — des plus déshonorants pour une lady comme moi, comme le diront mes parents —, je suis loin d'être sans-le-sou.

Un bruit de pas dans le couloir annonça l'arrivée du reste de la troupe. Les hommes d'abord et les ladies ensuite, une fois qu'elles eurent veillé aux ablutions et au repas des enfants dans les nurseries du manoir.

En l'espace de quelques minutes, la pièce se remplit d'effervescence et de bonne humeur. Les hommes regardèrent la neige au-dehors en lâchant quelques commentaires bourrus, fâchés de voir la grande étendue blanche saper toute chance d'une attaque du Cobra noir, du moins ce jour-là.

— Ou même demain.

Demon, qui possédait une écurie de courses non loin à Newmarket, secoua la tête.

— Je doute même que nous puissions monter demain.

— Ce n'est pas grave.

L'épouse de Demon, Flick, lui sourit par-dessus la table.

— C'est l'occasion de passer quelques heures avec les enfants ; eux au moins y prendront plaisir.

Toutes les épouses des Cynster abondèrent allégrement.

Et tous les hommes firent mine d'être horrifiés.

Mais Deliah comprit vite qu'ils jouaient la comédie. Tous les Cynster sans exception, et Chillingworth aussi, étaient de fiers papas. Lorsque plus tard en matinée, les bonnes firent entrer les enfants et les bébés dans la grande bibliothèque où tous s'étaient réunis après le déjeuner, les hommes s'empressèrent de faire sauter leurs petits sur les genoux et de comparer leurs divers talents supposés.

Ce qui ne manqua pas de susciter bien des éclats de rire.

Et, malgré le temps maussade qui les confinait à l'intérieur, la journée se déroula dans une atmosphère détendue et joyeuse, agréablement chaleureuse.

16 décembre
Bury St-Edmunds, Suffolk

Alex ouvrait la marche dans le salon de réception de la demeure réquisitionnée par le Cobra noir.

— C'est tout à fait charmant. Quelle amabilité de la part des propriétaires, peu importe leur nom, d'avoir quitté les lieux au moment même où nous avions besoin d'un quartier général dans la région !

Lorsque Delborough avait quitté Londres pour le comté de Cambridge, l'étui toujours en main, il leur avait paru évident que celui auquel il comptait confier l'objet n'était pas en ville. Voilà qui n'était guère surprenant, car rares étaient les gens de pouvoir encore à Londres à quelques jours seulement de Noël.

Lorsque Larkins avait transmis que Delborough faisait halte à Somersham, dans le voisinage des hommes les plus influents d'Angleterre dont nombre de grandes demeures émaillaient le nord du Suffolk et le Norfolk voisin, Alex avait ordonné de changer de base, en passant de Shrewton House — aussi agréable que fut là-bas leur séjour — à un emplacement plus stratégique qui leur permettrait de bloquer l'accès des messagers à ces hommes « si influents ».

Bury St-Edmunds était l'endroit idéal. Et jusqu'à présent, les habitants de la ville s'étaient montrés des plus obligeants à leur égard.

— Creighton a eu ouï-dire que les propriétaires étaient partis dans le nord pour une réunion de famille et il est venu inspecter les lieux.

Daniel suivit Alex dans le salon et se vautra sur le canapé recouvert de toile de Hollande, les pieds sur la table basse à côté. Creighton était son valet.

— La porte de derrière se serait ouverte très facilement.

— C'est que nous n'aurions pas pu rester à l'auberge, dit Alex. Imaginez ce qu'auraient dit les gens en voyant M'wallah et les autres…

— Surtout les autres, répliqua Daniel.

Ils avaient formé un corps d'élite parmi les partisans — assassins et fantassins — pour leur servir de gardes du corps sous la supervision de M'wallah, l'homme à tout faire d'Alex dont la loyauté frisait le fanatisme. La troupe ferait aussi office de force bien entraînée s'ils devaient déployer des hommes à partir de leur base, même s'ils préféraient généralement agir à distance et envoyer sur le terrain des partisans issus de groupes n'ayant pas de lien avec leur personnel.

Le fait de dissimuler l'identité du Cobra noir était pour tous une seconde nature.

Roderick entra et balaya la pièce du regard, d'un air appréciatif. Il vit un buffet placé contre un mur, s'en approcha et tenta d'ouvrir les portes de l'armoire. Elles étaient fermées à clé. Il sourit, sortit de sa poche un crochet à serrure et s'accroupit face aux portes.

Qui s'ouvrirent tout grand devant lui en l'espace d'une seconde. Roderick glissa le crochet dans sa poche, sortit une bouteille de l'armoire et la leva pour en lire l'étiquette.

— J'ignore qui est le propriétaire, mais il a bon goût en cognac. Nous avons de la chance.

Il replaça la bouteille et se leva.

À l'autre bout du salon, Alex avait écarté les rideaux de la fenêtre avant pour jeter un œil au-dehors.

— Grâce à ces vieilles voûtes autour de la maison, nous pouvons même garder les rideaux ouverts dans la journée. La façade avant est si sombre et morne que personne dans la rue ne peut voir à l'intérieur.

La demeure faisait partie d'une petite rangée de maisons construites sous les solides voûtes qui longeaient la façade ouest de l'abbaye Church, désormais en ruines.

— Ainsi, Delborough a trouvé refuge à Somersham.

Daniel regarda Roderick.

— Pourquoi là?

— Il n'est pas au village, mais à la résidence Somersham. C'est la demeure principale du duc de St-Ives, Devil Cynster.

— Cela ne me dit rien.

Alex revint s'asseoir à côté de Daniel sur le sofa.

— St-Ives pourrait-il être le contact de Delborough? Est-il en mesure de nous faire tomber?

Secouant la tête, Roderick se laissa tomber dans un fauteuil face à eux.

— Mystère. Je ne sais pas pourquoi Delborough a choisi d'aller là. St-Ives a de précieuses relations dans la haute société, la très haute société, mais ce n'est pas une grosse pointure en politique, du moins pas dans les affaires étrangères. Père pourrait aisément balayer n'importe quelle accusation de St-Ives et l'étouffer. Je doute fort que nous ayons à nous inquiéter de lui. Par ailleurs, Larkins est persuadé que

Delborough n'a pas remis à quiconque l'étui à parchemin, qu'il serait toujours en sa possession, ce qui porte à croire que Somersham n'est qu'un relais — un lieu sûr, peut-être —, une ultime étape avant que Delborough n'atteigne sa destination finale.

— A-t-on la moindre idée de ce que serait cette « destination finale » ? demanda Alex. J'imagine que les autres messagers s'y rendront également.

— Nous pouvons miser là-dessus, répondit Roderick. Il doit y avoir quelqu'un derrière tout cela — un grand marionnettiste qui tire toutes les ficelles. Mais qui ? Voilà la vraie question.

Alex opina.

— Quelle que soit son identité, c'est *cet homme-là* qu'il nous faut surveiller — que nous devons combattre. Et la façon la plus simple et la plus sûre de réussir, c'est de s'assurer que la vraie lettre ne tombe jamais entre ses mains.

Les deux autres hochèrent la tête en signe d'approbation.

— Alors, que nous rapporte Larkins ? demanda Daniel.

Roderick avait fait un détour par Newmarket pour rencontrer Larkins.

— Son voleur est toujours dans la maison, anonyme et libre d'agir. Malheureusement, il a beaucoup neigé dans ce coin du pays. Lorsque Larkins a parlé au petit miséreux hier soir, il — le garçon — avait grand espoir de mettre la main sur l'étui à parchemin et de l'apporter à Larkins, mais maintenant que la neige est si haute, même s'il a effectivement chapardé l'étui, il devra attendre qu'elle fonde pour le lui remettre.

— Je présume que Larkins a eu la sagesse de lui fixer un rendez-vous à quelque distance de Somersham, dit Alex d'un ton interrogateur.

Roderick retroussa ses lèvres et opina.

— Il a choisi un lieu ouvert à tous — la cathédrale d'Ely.

— Oh! ça me plaît.

Alex lui rendit son sourire.

— C'est un choix pertinent, mais surtout insolent. Très à l'image du Cobra noir.

— Larkins voulait te faire plaisir.

— C'est réussi, mais… je dois dire que jusqu'ici, il n'est pas à la hauteur de ses compétences habituelles.

Alex regarda Roderick.

— Après tout, Delborough est encore en vie et nous attendons toujours l'étui à parchemin.

— Difficile de blâmer Larkins, dit Roderick en haussant les épaules. Si cette rousse ne s'en était pas mêlée, nous aurions liquidé Delborough à Southampton. Et nous aurions en main l'étui à parchemin. Comme tu l'avais prédit, après les attaques des deux partisans que nous avions postés sur son navire au Cap, le bon colonel avait présumé que nous n'utilisions que des armes blanches.

— S'il est agréable de se voir donner raison, répondit sèchement Alex, nous avons sacrifié deux hommes compétents, et Delborough est encore bien en vie et se promène librement avec son parchemin dans le comté de Cambridge.

Alex n'avait jamais aimé perdre des partisans.

— Nous en avons perdu plus encore, soupira Roderick.

— Comment?

Alex et Daniel avaient tous deux lancé la question d'un ton tranchant.

— C'était la deuxième nouvelle de Larkins. Souvenez-vous, nous lui avions ordonné de capturer Delborough vivant — et de s'emparer de l'étui — si l'occasion se présentait. Il devait agir avec prudence et ne pas s'attaquer à plus gros que lui, mais si la chance se présentait, il devait la saisir. Ce qui semblait être une telle chance s'est présenté — et, oui, la troupe de Delborough a joué finement pour lui donner cette impression — et Larkins a malgré lui mis ses hommes en danger. Il n'en a d'abord déployé que huit, mais lorsque l'opposition s'est avérée plus grande que prévu, il a dû envoyer le reste de ses hommes à disposition — six de plus — pour renverser la donne.

Roderick fit la grimace.

— Ils n'ont pas réussi.

— Alors… nous avons perdu quatorze hommes de plus.

Le regard d'Alex étincelait de colère.

— Nous mettrons cela sur le compte de Delborough.

— J'approuve.

Daniel regarda Roderick.

— Donc Larkins est désormais seul ?

Roderick opina.

— Je lui ai dit que nous ne pouvions lui confier d'autres hommes, pas s'il ne fait qu'attendre le passage à l'action de ce petit voleur. Vu la situation, il ne peut guère faire grand-chose d'autre tant que la neige demeure et que Delborough reste tranquille dans ce manoir ducal.

— Serions-nous en mesure de prendre le domaine ? demanda Alex.

— Je ne pense pas qu'une attaque soit à l'ordre du jour, dit Roderick en secouant la tête. Si je me souviens bien, les

Cynster y tiennent une réunion de famille chaque année à Noël. Le duc et ses cinq cousins étaient tous de la garde royale, et tous ont combattu à Waterloo.

— Comme les quatre autres — les trois autres messagers et MacFarlane, ajouta Daniel.

— Ainsi, nous savons ce qui unit les Cynster à Delborough et à ses compères. La résidence Somersham fait peut-être office de relais pour eux tous ou pour certains d'entre eux.

Alex fit la moue.

— Ou seulement pour Delborough.

Ils réfléchirent un moment.

— Toute cette histoire s'avère bien plus complexe que prévu, reprit Alex. J'avais raison de penser que le colonel allait mener les troupes à la maison, et s'il est dommage que nous ayons raté l'occasion de le capturer ou même de lui nuire, c'est la lettre originale que nous voulons réellement… Je dois dire qu'au vu de ses faits et gestes depuis son arrivée au port, je suis de plus en plus convaincu qu'il transporte un double.

Roderick ouvrit la bouche. Alex leva la main pour lui intimer de se taire.

— Toutefois, nous n'en sommes pas certains et il nous faut donc récupérer l'étui à parchemin du colonel. Si nous pouvions par ailleurs le capturer, nous arriverions sans doute à le persuader de nous dire lequel de ses amis a la vraie lettre et à quel port il est censé arriver.

Daniel changea de position.

— Delborough sera dur à convaincre.

— C'est vrai.

Alex sourit froidement.

— Mais j'aimerais tant le voir plier. J'avoue malheureusement que nos chances de le capturer sont désormais bien minces — à moins que nous mettions la main sur cette rousse, et encore, nous ignorons à quel point il tient à elle. Quoi qu'il en soit, j'ai un bien mauvais pressentiment à propos du marionnettiste qui tire toutes ces ficelles.

— Explique-toi.

Roderick fronça les sourcils.

— Il me semble que Delborough et ses cohortes ne sont pas du genre à faire confiance — ni à confier leur vie ou leur mission — à quelqu'un d'autre qu'eux-mêmes, à moins qu'il n'ait gagné leur respect absolu.

— Et un homme de cette trempe, dit Daniel, est certainement à craindre...

— Pas à craindre.

Alex rejeta cette idée avec mépris.

— Mais nous devrions faire preuve de toute la prudence requise à son égard. Tout ceci ressemble de plus en plus à un jeu, un jeu d'échecs, presque. Même notre déplacement ici... Nous n'avons pas les rênes en main et réagissons simplement aux vœux... du marionnettiste. Il nous faut redoubler de finesse et admettre l'intelligence de notre ennemi. Prenons l'exemple de Delborough et des raisons qui m'incitent à penser qu'il n'est qu'un leurre. Il n'avait finalement aucun intérêt à séjourner à Londres, si ce n'est celui de nous amener à déployer nos hommes pour qu'il les attaque et réduise leur nombre. Il libère la voie et les deux autres leurres feront la même chose. Cela étant, mon respect de fraîche date pour ce marionnettiste me voit contraint d'admettre que nous ne pourrons distinguer le vrai messager des leurres par leur seul comportement. Aussi, jusqu'à ce que nous mettions la main dessus, nous devons nous concentrer sur la lettre en évitant les escarmouches inutiles. Et, bien sûr, toujours couvrir nos pas. À ce propos, dit Alex en regardant Roderick, je suppose que Larkins compte tuer le jeune voleur, une fois qu'il aura récupéré l'étui à parchemin ? Même si je doute qu'un petit Indien soit bien redoutable, mieux vaut agir avec rigueur.

— Bien sûr, répondit Roderick. Le garçon n'a vu que Larkins. Et ce dernier sait bien quelle tête sera sur le billot si le jeune homme parle et se fait entendre.

— Parfait. Si seulement nous savions où et à qui Delborough et ses amis acheminent la lettre !

Alex regarda les deux autres.

— Dans la mesure où les leurres veulent nous pousser à l'attaque, nous pouvons présumer qu'il s'agit de quelqu'un qui a une propriété dans les environs, quelqu'un d'assez influent et qui a suffisamment d'alliés en politique pour donner du poids à l'inculpation de Roderick. De qui pourrait-il s'agir ?

Roderick haussa les épaules.

— Norfolk regorge de discrets manoirs appartenant aux hommes les plus fortunés et les plus influents du pays — des demeures que nombre de ces gentlemen habitent en hiver, même si leur résidence principale est ailleurs. Ce pourrait être n'importe qui.

— Non, rectifia Alex, ce doit être quelqu'un d'assez puissant pour tenir tête à notre cher père.

— Ils ne pensent tout de même pas à Shrewton lui-même ?

Daniel regarda Roderick.

— Il passe l'hiver dans son domaine près de Norwich, n'est-ce pas ?

— Oui, mais c'est peu plausible. Ce n'est pas lui le marionnettiste ; il va de soi qu'il détruirait tout simplement la lettre.

Roderick secoua la tête.

— Comme le dit Alex, Delborough et ses collègues comptent sans doute remettre la lettre à quelqu'un qui veut et peut s'en servir pour l'inculper. Sinon, à quoi tout cela rime-t-il ?

— En effet, dit Alex. Et malheureusement, les hommes influents sont nombreux dans la région.

16 décembre
Résidence Somersham, comté de Cambridge

Del était vautré dans un fauteuil de la bibliothèque de Devil, jambes allongées près du feu, un verre de cognac à la main, et riait.

Il n'avait pas tant ri, il ne s'était pas réellement amusé ainsi depuis des années. Ce qui lui révéla à quel point il y avait auparavant un manque dans sa vie. Il avait maintenant un indice, un vague aperçu de ce qu'il voulait et même de ce dont il avait besoin à l'avenir, dans sa vie future.

Malgré la neige, la journée avait été des plus agréables. Un rayon de soleil était même venu l'embellir, puis les nuages s'étaient accumulés, le vent s'était levé et le blizzard s'était installé.

La nuit était tombée d'un coup. Le vent n'avait pas faibli et les bourrasques hurlaient maintenant comme une furie sous les avant-toits du manoir. Dehors, la neige tombante et l'amas blanc de la veille formaient de grands tourbillons virulents ; mais à l'intérieur, les rideaux étaient tirés et les feux crépitaient gaiement dans les cheminées.

Ils étaient si nombreux et le feu si flamboyant dans la bibliothèque qu'on aurait dit une grotte confortable. Une grotte très chaleureuse et luxueuse, à l'abri des éléments.

Ils avaient dîné et les bonnes venaient tout juste de repartir avec les enfants. Les amis avaient dans la dernière heure raconté divers exploits enfantins — moins ceux des tout petits qui roulaient et rampaient sur le sol, ou des bambins qui marchaient gauchement sur leurs petites jambes boudinées, que ceux de leurs parents. Des histoires de famille, d'aventures communes, de liens du sang, véritables et sincères.

Confortablement assis dans son fauteuil capitonné, Del regardait Deliah se laisser gagner par l'ambiance, assise dans un petit fauteuil en face de lui, et nota qu'elle, comme lui, se réjouissait d'entendre ces récits d'audace et de hardiesse enfantines.

Lui et elle dénotaient dans la pièce. Tous deux étaient enfants uniques, n'avaient eu ni frère ni sœur avec qui partager. Mais ce n'était pas seulement pour cela que les nombreuses histoires des Cynster les fascinaient. Ces récits illustraient à merveille la vie anglaise, la vie à la campagne, dans leur pays natal — une vie que ni lui ni elle n'avaient expérimentée depuis de longues années, peut-être même de leur vie.

L'expérience des Cynster n'était pas la leur.

Pas encore.

Il n'y avait aucune raison qu'ils n'y goûtent pas, qu'ils ne puissent pas ensemble vivre une vie de ce genre, des expériences semblables. Avoir de telles histoires de famille à raconter... Peut-être pas les leurs, mais celles de leurs enfants.

Il se sentit chanceler à cette idée.

Son regard se posa sur elle, et il vit ses jolis yeux briller à l'écoute d'une remarque amusante. Il voulait passer le reste de sa vie avec elle. L'épouser et peut-être créer une vraie famille à Delborough Hall.

Mais elle, que voulait-elle?

Il était ce qu'il était et ne pouvait s'empêcher d'aborder la question d'une demande en mariage — il voulait obtenir sa main — comme une campagne.

La façon la plus facile d'amener Deliah à s'aligner était de découvrir ce qu'elle souhaitait faire de sa vie, de son avenir, et de formuler sa demande au regard de ces vœux. En fonction de ces vœux.

Il n'avait de toute façon pas l'intention d'accepter une autre réponse qu'un « oui ». Et de préférence, un « oui, s'il vous plaît ». Ce qui le tracassait surtout, c'était la vitesse, la rapidité avec laquelle il pourrait s'assurer cette bonne réponse, minimisant ainsi le coût de la campagne pour lui en termes de fierté, s'il devait faire les révélations requises pour la convaincre de prononcer ce petit mot.

La décision d'attendre que la mission soit terminée lui semblait encore la plus sage, bien que la remarque de Deliah ce matin-là concernant son éventuel départ du Humberside pour une destination inconnue ait sonné l'alarme dans son esprit. Il serait imprudent de lui lâcher la bride trop longtemps, une fois la mission terminée.

Et avec chaque heure qui s'écoulait, Del raffinait son plan. À l'instant même où sa mission prendrait fin, avant qu'il ne la confie à ses parents, il lui proposerait le mariage et elle accepterait, limitant ainsi la durée de l'inévitable séparation entre son retour chez ses parents et son emménagement définitif avec lui.

Il rechignait à la laisser partir, ne serait-ce que pour un jour. Étrangement, le simple fait de la savoir près de lui, dans la même maison, savoir qu'elle était là, l'apaisait. Il se sentait entier.

Comme s'il avait trouvé le sens de sa vie à venir et qu'elle en faisait intrinsèquement partie.

C'était un officier trop aguerri pour ne pas se fier à son intuition.

Alors, que voulait-elle ? Comment pouvait-il l'attirer à lui ?

Au même moment, malgré son expression de bonheur, Deliah était prise d'un profond découragement.

Sans raison, ne cessait-elle de se dire, mais cela ne changeait rien.

Pour la première fois de sa vie, elle avait passé une journée en compagnie d'amis véritables, de femmes et d'hommes qui la voyaient telle qu'elle était sans pour autant la juger indigne d'eux. Tout au long du jour, de petits événements avaient confirmé que parmi eux, elle — son caractère, ses traits de personnalité — était dans la norme. Dans le monde des Cynster et des Chillingworth, les ladies étaient des partenaires et non des numéros, leur existence dépassant la simple fonction d'auxiliaire à celle de leurs époux.

Les événements de la journée lui avaient ouvert les yeux et exposaient à merveille le genre de vie qu'elle aurait pu avoir si son Grand Scandale ne l'avait pas écartée du droit chemin. Elle vendrait même son âme pour embrasser et savourer une telle vie, si elle le pouvait.

Si un gentleman du même acabit que les Cynster, avec les mêmes attentes à l'égard de son épouse, voulait bien lui demander sa main.

Del.

Mais il ne le voudrait pas.

Il avait fait d'elle son amante — elle l'avait accepté comme tel. Voilà tout. Comme elle l'avait constaté autrefois et comme on le lui avait sermonné *ad nauseam* au lendemain du scandale, les gentlemen n'épousaient pas leurs amantes.

Plus précisément, nul gentleman ne l'épouserait jamais, elle.

Son moral sombra au plus bas lorsque l'idée traversa son esprit obscurci. Sa sombre intensité la fit réfléchir, observer plus attentivement ce qu'elle ressentait. Et pourquoi…

Elle parvint à conserver son sourire, du moins une esquisse de sourire, le visage détendu, tandis qu'intérieurement elle se grondait elle-même. Quelle folle bêtise. Quel ridicule impardonnable. Quel entêtement inexcusable…

Elle avait recommencé — elle était tombée amoureuse, encore une fois.

Non. Elle se reprit, regarda de nouveau, réévalua. Elle était tombée amoureuse, vraiment, réellement, éperdument et pour toujours pour la première fois de sa vie. Il y avait un océan entre ses sentiments pour Del et la tiède émotion qu'elle avait ressentie pour ce chameau de Griffiths. À l'époque, dans toute son innocence et sa naïveté, elle s'était convaincue qu'il s'agissait d'amour, manquant d'expérience pour faire la différence.

Maintenant, elle en avait.

Elle savait qu'elle aimait Del.

Du plus profond de son cœur imprudent.

C'était bien suffisant. Elle n'allait pas — ne pouvait pas — redoubler de stupidité en imaginant qu'il y avait le moindre soupçon d'espoir qu'il partage ses sentiments, encore moins qu'il voie en elle une lady convenable. Digne d'être son épouse.

Comme on le lui avait dit depuis son adolescence, elle n'était pas un bon parti. Elle n'était pas une lady que les gentlemen auraient envie d'épouser.

Elle était trop autoritaire. Trop impétueuse, trop bornée. Trop têtue.

De toute façon, même si Del était différent, même s'il aurait pu voir en elle une épouse, il était désormais trop tard, puisqu'ils étaient amants.

Ce flot de sentiments accablants menaçait de la faire sombrer.

Elle souriait encore, mais désespérant en silence de trouver une échappatoire, une distraction, elle regarda autour d'elle — et vit Del la regarder.

Il l'observait. Elle l'avait inconsciemment perçu — avait ressenti une vague de chaleur révélatrice —, mais n'avait pu y répondre, absorbée par ses sombres pensées.

Il lui sourit et lentement, avec sa grâce languide si naturelle, replia ses longues jambes et se leva.

Elle ravala sa salive et instinctivement, se leva à son approche.

Il la regardait.

— Vous semblez avoir besoin de vous échapper. Nous pourrions marcher dans la grande galerie, si le cœur vous en dit.

Son regard était doux et chaleureux. Enveloppant.

— Euh…

C'était elle-même qu'elle voulait fuir. Elle et sa vie accablante, désolante. Elle balaya la pièce du regard. Les invités parlaient les uns avec les autres, en petits groupes. Elle revint à lui.

— À vrai dire, j'ai mal à la tête.

Le regard de Del s'assombrit.

— Rien de grave, s'empressa-t-elle d'ajouter. Mais… il vaudrait mieux que j'aille me coucher.

Elle retrouva péniblement son sourire, se tourna vers Catriona à côté d'elle et son regard dériva sur les autres ladies.

— Je vais me retirer. Je suis assez lasse. Une bonne nuit de sommeil me fera le plus grand bien.

Catriona esquissa son sourire de madone et lui toucha la main.

— Nous vous verrons demain matin.

Deliah hocha la tête en souriant, souhaita à tous le bonsoir et enfin, inclina la tête devant Del — qui était resté debout à ses côtés et la dévisageait d'un œil trop perspicace à son goût —, lui murmura « Bonne nuit » et quitta la pièce.

Del la regarda s'éloigner en se demandant ce qui n'allait pas. Elle était… triste. Défaite, inquiète, mais d'une étrange façon qu'il ne pouvait s'expliquer. Instinctivement, il voulut la suivre, l'interroger, comprendre et rectifier. Mais… contrairement à son habitude, elle semblait elle-même hésitante. Peut-être devait-il lui laisser un peu de temps.

Un quart d'heure, disons.

Si elle pensait que son bonsoir le tiendrait loin d'elle cette nuit, elle se fourrait le doigt dans l'œil. Et si elle avait réellement mal à la tête, elle n'avait qu'à dormir dans ses bras.

Il sourit placidement à Catriona, qui lui rendit son sourire, et traversa la pièce pour rejoindre Gyles et Gabriel qui parlaient de moutons.

La soirée prit fin peu après le départ de Deliah. Pendant dix minutes, Del fit les cent pas dans sa chambre — en pensant à elle ou plutôt en s'imaginant ce qui pouvait bien se passer dans cette tête de rouquine —, puis, marmonnant un juron contre quiconque arpentait encore les couloirs — ouvrit la porte et gagna discrètement la chambre de Deliah.

Del frappa une fois et ouvrit. Il entra et la vit tirer les rideaux, encore habillée et coiffée. Elle était manifestement restée à la fenêtre, regardant au-dehors.

Il ferma la porte, tira le loquet et s'approcha d'elle. Inclina la tête devant la fenêtre.

— Qu'avez-vous vu ?

— La neige tomber. Le blizzard continue.

Elle l'attendait, c'était une évidence. Pour quelle raison, voilà qui l'était moins dans la mesure où elle avait gardé ses vêtements.

Il se posta devant elle et la regarda ; s'apprêtait à la toucher lorsqu'elle détourna les yeux.

Et recula.

— J'ai réellement un léger mal de tête, vous savez. Et puis — elle agita distraitement la main —, nous n'avons sûrement pas besoin d'être tout le temps l'un avec l'autre.

Il attrapa sa main levée avant qu'elle n'aille plus loin. S'en servit pour l'immobiliser tandis qu'il se tournait et se plaçait derrière elle. Afin qu'elle ne voie pas son visage, sa confusion, son besoin soudain, urgent, de la tenir contre lui.

La simple idée, le moindre soupçon qu'elle puisse vouloir se retirer, s'éloigner de lui, avait suffi à réveiller ce besoin. Il en fut ébranlé, comme si ses émotions n'étaient qu'un sable mouvant sous ses pieds ; mais il savait dans son cœur qu'il n'en était pas ainsi.

Quelque chose se tramait.

Dans sa tête rousse, et possiblement là seulement.

Dieu seul savait quoi. Lui l'ignorait et doutait qu'elle consente à le lui dire.

Il modifia sa prise et entrelaça ses doigts aux siens, qui se serrèrent sans qu'elle en eût conscience, malgré elle. Il inspira, profondément, et perçut la senteur de ses cheveux, de sa peau. Il se sentit instinctivement rassuré.

Elle était là, dans ses bras.

Il leva leurs mains jointes et les glissa autour de sa taille, pencha la tête et murmura à son oreille.

— Contrairement à ce que l'on pense, le plaisir sexuel soulage presque à coup sûr le mal de tête.

— Ah oui ?

Le ton de sa voix révélait un intérêt certain et une curiosité bien vive ; mais elle se racla la voix.

— Cela dit, nous devrions peut-être tenter l'abstinence, pour changer — varier la nature de nos échanges. Et attiser le désir.

— Cela ne marchera pas. Du moins pas pour moi.

— Non ?

Ils auraient pu se tourner autour toute la nuit. Il lança une attaque.

— Pourquoi êtes-vous soudain si capricieuse ? Vous n'avez pas perdu votre intérêt, n'est-ce pas ?

— Perdu mon intérêt ? Euh...

— C'était une question rhétorique.

Il leva l'autre main et de sa paume caressa hardiment sa poitrine pleine. Sentant le mamelon durcir instantanément sous sa main, il prit le sein tout entier pour le pétrir doucement.

— La réponse est claire comme de l'eau de roche.

Dieu merci.

Elle s'était raidie, tentait de résister, mais Del poursuivit ses caresses, son doux pétrissage et elle se sentit fléchir. Elle recula contre lui.

— Nous pourrions peut-être expérimenter, pour voir.

Il roula son mamelon entre pouce et index en le pressant légèrement. Elle se cambra.

— Je parle de mon mal de tête, souffla-t-elle. Voir s'il disparaît ou non.

Il posa les lèvres sur sa tempe.

— Nous expérimenterons comme il vous plaira.

Il la tourna vers lui, abaissa leurs mains liées et dirigea plus bas celle de Deliah.

— Parce que j'ai toujours autant d'intérêt pour vous.

Il moula sa paume sur son érection.

— Je veux vous posséder, encore et encore.

Elle écarquilla les yeux.

— Oh...

Deliah baissa les paupières et ses yeux de jade se firent aguicheurs. Elle mouilla de sa langue sa lèvre inférieure.

— Je vois...

Son murmure distrait regorgeait de promesses.

— Non, vous sentez.

Del inclina la tête et prit ses lèvres, sa bouche, l'embrassa longuement et goulûment, mais sans empressement. Puis, il releva la tête et vit ses paupières fermées.

— Alors, que ressentez-vous ? Comment vous sentez-vous avec moi ?

Deliah avait l'impression de sauter du haut d'une falaise. Elle souleva ses paupières lourdes, juste assez pour voir le visage de Del, l'intensité de son expression, son attention absolue à son égard.

Combien de temps cela durerait-il ? Quand est-ce que son intérêt s'émousserait ?

Comment réagirait-elle alors ?

Pire, lorsque tous deux se seraient séparés, de retour dans le Humberside, et qu'elle apprendrait son mariage par ouï-dire ? Avec une demoiselle de campagne sans scandale dans ses bagages et d'un naturel doux et docile. Une lady bien différente d'elle.

Elle n'avait pas pensé à tout cela avant, ces questions n'étaient apparues qu'une demi-heure plus tôt à son esprit. Elle aurait voulu reculer, mais… il était là, dans sa chambre. Et elle était dans ses bras.

Et il était tout ce qu'elle avait toujours voulu.

Comment se sentait-elle avec lui ?

Elle pointa le menton et serra la main sur son membre.

— Libertine, éperdue. Avec vous, je me sens… *Désirable.* Lascive.

Il retroussa ses lèvres envoûtantes, fascinantes.

— Bien. C'est ainsi que je vous veux. Libertine, éperdue et — il inclina la tête — désespérément lascive devant moi.

Onze

Le baiser de Del lui fit perdre la tête, la laissa brûlante de désir. Rien de calme dans cet échange, rien de langoureux, d'hésitant. Sa langue trouva la sienne et caressa, sonda avec fougue jusqu'à ce qu'elle réagisse et l'incite à batailler pour vaincre et conquérir.

Simple, franc et direct.

Sincère, honnête et vrai.

L'expression véritable de ce qu'il voulait d'elle. Telle qu'il la désirait.

Une déclaration de possession, passionnée et intense.

Elle plongea les mains dans ses cheveux, le serra, s'agrippa à lui alors que sa tête tournait et ses sens s'emportaient.

De ses doigts, il trouva les liens de son corsage et le fit tomber. Il prit ses seins, ses paumes dures pétrissaient, modelaient. Ses doigts pressaient, serraient et la transperçaient de folles sensations.

Puis, il s'arracha du baiser et posa la bouche sur sa chair.

La dévora.

La laissant haletante, submergée par ce flot de caresses sensuelles, par ce toucher provocateur et possessif.

La libertine en elle se délectait, se vautrait dans le plaisir jusqu'à en jouir.

Pas d'hésitation — ni de sa part ni de la sienne — lorsque, brûlants d'une fièvre insupportable, tous deux se défirent de l'étreinte pour tomber leurs vêtements. Aucune barrière, aucun écran. En quelques secondes seulement ils étaient nus, peau contre peau en l'espace d'un battement de cœur.

Deux battements et il la souleva, entra en elle.

Dans un sanglot de joie, elle entoura ses épaules de ses bras, cala ses jambes autour de ses hanches et le laissa s'enfoncer. Devant le feu, il bougeait en elle et elle crut qu'elle en perdrait la tête.

Ce qui arriva, dans une déferlante éblouissante de sensations.

Il marcha, et tous deux se laissèrent tomber sur le lit.

Avant même qu'elle ne reprenne son souffle, il la chevaucha. Les hanches calées entre ses cuisses ouvertes, il la pénétra sauvagement, profondément.

Il la monta avec force et ardeur, résolu.

Résolu à lui arracher jusqu'à son dernier souffle.

À la prendre, la compléter, la posséder, à la marquer de son empreinte.

De sa passion, de sa fièvre, de son désir irrésistible.

Son désir pour elle.

Simple, intense, si fort qu'elle en perdait le souffle.

Si exigeant, si impérieux qu'elle ne pouvait que céder.

Complètement, absolument.

Au plus profond de son âme.

Del baissa les yeux sur elle et la vit succomber au vertige, emportée par l'extase. La sentit s'abandonner, et voler.

La sentit vulnérable et offerte sous lui.

Et il la prit. S'empara d'elle comme un conquérant. La pénétra jusqu'aux entrailles, poussé par un désir plus primitif, plus péremptoire que jamais.

Un désir impérieux et absolu.

Un désir mû par une émotion plus forte encore qui le subjuguait entièrement, faisait de lui le quémandeur et d'elle la conquérante. Il rejeta la tête en arrière et dans un long râle, se donna, donna tout ce qu'il était et tout ce qu'il serait jamais, à elle.

17 décembre
Résidence Somersham, comté de Cambridge

Del entra dans la petite salle à manger de bonne heure le lendemain matin. La plupart des hommes étaient déjà là.

Tous, manifestement, avaient bon appétit.

Del prit place à côté de Devil en bout de table et se joignit à eux pour satisfaire son besoin immédiat.

Devil jeta un œil sur l'assiette de Del, recouverte de jambon, de pilaf au poisson, de deux saucisses, de bacon, de champignons, d'oignons et d'une tranche de rôti, et sourit.

— Tu n'avais pas beaucoup mangé au dîner. Je présume que tes activités nocturnes ont excédé celles d'hier.

Del grommela.

Gyles, assis en face de lui, avait déjà fini de manger et repoussa son assiette.

— Alors, quels sont tes plans concernant la charmante mademoiselle Duncannon?

Del fronça les sourcils, les yeux sur son assiette, et piqua un petit champignon.

— Les femmes — les ladies en particulier — sont sacrément déroutantes.

Tous les hommes sans exception s'esclaffèrent.

— Tu ne nous apprends rien, lança Demon.

— Cela dit, précisa Richard, elles ont une logique personnelle.

— Indubitablement, approuva Gervase. Mais elle est si différente…

— Et alambiquée, ajouta Tony.

— …qu'il est diablement difficile de la reconnaître, continua Gervase, et presque impossible de la comprendre.

— Mon conseil, dit Vane, pour ce qu'il vaut, serait de ne pas chercher à comprendre. La persévérance est gage de succès, d'après mon expérience.

Devil se moqua de lui.

— Et ton épouse s'appelle comment? Patience…

Vane sourit et lui répondit.

Del n'entendit pas l'échange d'insultes joviales qui suivit. La nuit avait été mouvementée, et les choses ne s'étaient pas exactement déroulées telles qu'il les avait prévues — ce qui était fréquent lorsque Deliah était concernée.

Quelque chose l'avait rendue hésitante, l'incitait à la prudence, à prendre ses distances vis-à-vis de lui, à tempérer leur relation; pourtant, au lendemain de leur interlude nocturne, non seulement était-il persuadé qu'elle était la lady qu'il lui fallait — la seule et unique lady qu'il voulait à ses côtés, une épouse et une partenaire avec laquelle bâtir un avenir —, mais il était aussi convaincu d'être l'homme qu'il lui fallait.

Il ignorait la cause de ses incertitudes, et l'idée que Deliah ne puisse voir, comprendre et interpréter avec justesse sa propre réaction passionnée, sa propre force, sa fougue lorsqu'elle s'était agrippée à lui, douce et offerte, lui révélant tout ce qu'il rêvait de trouver chez une épouse, lui était incompréhensible.

Elle était à lui.

C'était ce qu'il avait entrepris de prouver, la veille au soir. Par des actions qu'il était impossible de mal interpréter. Mais en fait c'était elle qui l'avait démontré. Elle qui, en fin de compte, l'avait conquis en étant tout ce que son âme voulait, tout ce que son cœur désirait.

Elle avait prouvé qu'elle était à lui.

Mais elle ne semblait pas voir leur relation avec la même clarté que lui. La même conviction, la même acceptation absolue. Il était probable qu'elle n'y ait pas encore réfléchi autant que lui. Ce qu'elle ferait bientôt, présumait-il, mais quand? Combien de temps lui faudrait-il pour s'en rendre compte…?

Il rechignait à lui accorder beaucoup de temps, à attendre trop longtemps avant de la faire sienne officiellement. Sa réaction face au retrait de Deliah — l'intense vulnérabilité qui avait montré son nez et l'avait plongé *lui* dans l'incertitude… presque blessé — n'en était pas une qu'il souhaitait répéter. Il en avait été plus affecté qu'il ne l'aurait jamais soupçonné, s'était découvert troublé et anxieux.

Il ne pourrait retrouver ses moyens ou sa tranquillité d'esprit s'il s'inquiétait de la voir glisser entre ses doigts et qu'elle ne soit plus, étrangement, « à lui ».

C'était une perspective qu'il refusait d'accréditer et même d'envisager.

Tout en amassant le reste de riz dans son assiette, il prit sa décision. Il avait eu pour plan original d'attendre la fin de sa mission pour faire sa proposition, mais un bon commandant se définissait par sa capacité de modifier les plans en cours de route, au gré des circonstances.

Del releva les yeux et entendit les autres établir des pronostics de chasse pour les mois à venir. Il attendit que la discussion s'achève et se tourna alors vers Devil.

— Que sais-tu de Wolverstone ?

Devil haussa les sourcils, s'adossa à son siège et lui présenta brièvement l'homme dont Del n'avait entendu parler que sous le nom de Dalziel. Si Devil n'était pas du genre à exagérer, il brossa pourtant le portrait d'un homme noble aux compétences acérées, un homme d'action, comme eux, mais qui avait aussi, par nécessité, œuvré dans le champ politique.

Tony et Gervase apportèrent leurs propres commentaires, fondés sur une connaissance plus intime de l'homme de carrière.

— Je lui confierais ma vie, conclut Gervase, et plus encore, celle de Madeline et de mes enfants.

Tony se contenta d'opiner.

— Votre mission ne saurait être en de meilleures mains, plus sûres et efficaces que les siennes.

Devil ajouta une brève description de Minerva, la duchesse de Wolverstone, et finit par dépeindre en deux mots le manoir Elveden à proximité.

— C'est à quarante-cinq kilomètres à l'est, de ce côté-ci de Thetford. Ses visites y sont fréquentes, mais aléatoires — la famille fête généralement Noël au château Wolverstone dans le Northumbria.

— Il n'y a donc aucune raison que Ferrar, même s'il le connaît, soupçonne Wolverstone d'être à Elveden?

Devil opina.

— Dès que la neige aura assez fondu, je dépêcherai un cavalier à Elveden pour savoir ce que Royce veut que nous fassions maintenant. Cela dépendra sans doute, du moins en partie, de l'arrivée de vos collègues sur nos côtes.

Il regarda Demon.

— Demain peut-être, s'il ne neige pas encore. Qu'en pensez-vous?

Demon, qui habitait à Newmarket, était celui qui connaissait le mieux la région. Il hocha la tête.

— Je devrais pouvoir m'y rendre demain. Je ne ferais pas vraiment confiance à quiconque pour y parvenir, mais je serais ravi d'y aller moi-même.

— Tu veux juste échapper à une autre matinée avec ta marmaille, grommela Gabriel.

— Et je le peux, dit Demon en souriant.

Un bruit de pas se fit entendre à l'étage. Tous échangèrent un regard, puis Devil recula sa chaise.

— Il semble que nos douces moitiés sont réveillées. Puis-je vous inviter à rejoindre la salle de billard?

Le raclement des chaises sur le parquet fut la seule réponse de ses invités. Tous sortirent de la pièce dans un exode général.

En passant la porte aux côtés de Del, Lucifer l'interpella.

— Me montrerais-tu cet étui à parchemin ? J'aimerais en examiner la fabrication — je ne pense pas en avoir déjà vu un de la sorte.

Del avait entendu dire que Lucifer était désormais quelque peu expert en matière d'antiquités et de curiosités. Il hocha la tête.

— Je vais le chercher et je te rejoins dans la salle de billard.

Lucifer inclina la tête.

Del traversa le couloir avec les autres, puis les quitta pour monter un escalier secondaire jusqu'à sa chambre.

Dix minutes plus tard, il entrait dans la salle de billard. Au bruit de ses pas, les conversations s'évanouirent. Gyles, qui était penché sur la table de billard et s'apprêtait à faire un coup, se redressa. Alertés, Devil et Richard, debout près de la table, queue de billard en main, firent volte-face.

Tous les yeux étaient sur Del lorsque celui-ci fit halte à l'entrée de la pièce.

L'air sombre, il répondit à leurs regards interrogateurs.

— L'étui à parchemin a disparu.

Un long silence suivit.

— Comment ? dit enfin Devil.

Del secoua la tête.

— Où était-il ? demanda Lucifer.

— Dans le tiroir du haut de la commode, dans ma chambre. Il n'est ni là ni ailleurs dans la pièce, et Cobby ne l'a pas vu depuis hier.

Une main sur la hanche, Del plongea l'autre dans ses cheveux.

— Avant, jusqu'à Royston, c'était Cobby et Mustaf — l'un de mes hommes — qui le tenaient sur eux à tour de rôle, attaché à la ceinture. Une fois ici, il n'y avait aucune raison de ne pas le laisser dans la chambre.

Il regarda Devil.

— Comment diable le Cobra noir a-t-il pu mettre la main dessus ?

— Sommes-nous certains que ce soit lui ? demanda Gabriel. L'étui lui-même aurait-il pu attirer un voleur ?

— C'est peu probable, répondit Gervase. Il me semble bien ordinaire.

— Il l'est, dit Del. C'est au mieux une curiosité, et je doute que quiconque puisse voir là un objet de valeur.

— La lettre est donc le seul motif de vol.

Gyles croisa le regard de Del.

— Mais qui a bien pu le prendre ? Un inconnu aurait-il pu se glisser à l'intérieur du manoir ?

— Vu la neige, j'en doute.

Vane regarda Devil.

— Mais avant de poursuivre notre réflexion, nous devrions peut-être vérifier ?

— Montons dans la tour et regardons de là-haut, opina Devil.

Il posa sa queue de billard et se dirigea vers la porte.

Ses cousins lui emboîtèrent le pas. Del, Tony, Gyles et Gervase échangèrent un regard perplexe, mais les Cynster s'en allaient d'un pas décidé et ils les suivirent.

Au cœur du manoir, puis dans un étroit escalier en colimaçon qui montait et montait, et débouchait enfin sur une petite salle carrée. Arrivé en haut de l'escalier, Del balaya la pièce du regard et comprit qu'ils étaient en haut de la tour s'élevant bien au-dessus des toits de la résidence Somersham. Les grandes fenêtres sur les quatre murs offraient une vue imprenable des environs.

La pièce se faisait exiguë, et les neuf hommes étaient au coude à coude. Ils regardèrent dehors le manteau de neige blanc et intact.

— La neige est tombée dans l'avant-dernière nuit.

Devil se tenait devant les fenêtres orientées vers le sud.

— Est-ce que quelqu'un aperçoit des pistes, des empreintes, des traces de cheval ?

— Rien à l'est, dit Demon.

— Ni à l'ouest, dit Gabriel.

— Personne n'est passé au nord non plus.

Vane regarda Del.

— Quiconque a pris l'étui à parchemin est arrivé avant vous ou cette même nuit, et surtout…

— N'a pas quitté le manoir.

Devil fit volte-face pour regarder Del, souriant comme un prédateur avide d'attraper sa proie.

— Allons, mes amis ! L'étui est encore ici et la chasse est ouverte.

Ils se retirèrent dans la bibliothèque pour passer en revue les éventuels coupables et planifier leur stratégie.

Del faisait les cent pas devant la cheminée.

— C'est certainement un membre du personnel. Le Cobra noir est inventif, implacable et totalement dénué de sens moral ; le voleur pourrait être quelqu'un en qui nous avons généralement confiance, mais qui subit des menaces ou, comme c'est plus fréquemment le cas, dont la famille subit des menaces. C'est ainsi qu'il procède.

— Commençons par le plus évident, dit Gervase. Est-ce que vous connaissez bien mademoiselle Duncannon?

Del s'immobilisa, dévisagea Gervase, puis secoua la tête.

— Non... Ce ne peut pas être elle. Son voyage, son arrivée à Southampton devaient être prévus déjà; elle devait avoir réservé son passage sur le navire avant même que MacFarlane ne découvre la lettre.

— Mais êtes-vous sûr qu'il s'agisse réellement de mademoiselle Duncannon, demanda Tony, la lady que vous étiez censé rencontrer?

Del repensa à toutes ces bribes de leurs vies passées qu'ils avaient échangées, à sa connaissance poussée du Humberside et des Wolds.

— Oui, c'est elle. Je connais sa famille depuis que je suis enfant, je me souviens même d'elle, même si ce n'est qu'imprécisément, et tout ce que je sais à son sujet confirme au détail qu'il s'agit de la vraie Deliah Duncannon et non d'un imposteur.

— Très bien, dit Gervase. Ce n'est pas elle, donc. S'il s'agit bien de la lady qu'elle prétend être, l'ennemi n'aurait pu entendre parler d'elle avant votre rencontre à Southampton et n'aurait donc pu tenter de la corrompre.

— Suivant le même raisonnement selon lequel l'ennemi n'aurait pas pu connaître les individus présents sous ce toit, dit Tony, nous pouvons exclure tous ceux qui sont arrivés ici avec les divers couples Cynster.

Il se tut et regarda Devil.

— Toutefois, nous présumons alors que le Cobra ne pouvait d'aucune façon présupposer à temps la mise à contribution de la résidence Somersham dans le plan de Royce pour faire pression sur l'une ou l'autre des personnes ici présentes. Cette supposition vous semble-t-elle fondée ?

— Autrement dit, répliqua Devil, tu mets en doute la confidentialité des plans de Wolverstone, or tu connais mieux que moi la réponse.

— Ces plans étaient mieux gardés que les joyaux de la Couronne, dit Tony en faisant la grimace.

— Et Wolverstone a organisé tout ceci — Devil balaya de la main l'assemblée — sans rien transmettre par écrit. Il s'est contenté de venir à cheval en compagnie de Minerva, supposément pour l'une de ces visites de courtoisie que nous affectionnons lorsqu'ils séjournent dans le Suffolk. Il n'y avait là rien qui puisse éveiller les soupçons de l'ennemi, même à supposer qu'il nous ait eus à l'œil. Quant à savoir si le Cobra aurait pu deviner ce qui se tramait il y a des mois…

Devil regarda Del.

Qui secoua la tête.

— Ce n'est guère plausible. Wolverstone et moi avons communiqué par écrit, mais c'était bien avant que nous mettions la main sur la lettre de Ferrar.

— Et pour ce qui est de la fiabilité de Royce, dit Gervase, s'il est le premier à nous dire qu'il ne faut jamais rien tenir pour acquis, c'est sur lui que nous tous — ses agents — comptons pour assurer le secret absolu des opérations, et il ne nous a jamais fait faux bond sur ce plan. Notre ennemi est certes redoutable, mais il n'a pas la longue expérience de Wolverstone, et je doute fort qu'il ait pu contrer ses mesures de sécurité.

Gervase secoua la tête et regarda Del.

— Notre coupable est ailleurs.

— Je suis d'accord.

Tony regarda Del à son tour.

— Il reste donc le personnel, le vôtre et celui de Deliah. Commençons par le vôtre. Le Cobra aurait-il pu corrompre l'un de vos domestiques ?

La première impulsion de Del fut de rejeter l'hypothèse, mais le propos était trop grave et il se força à envisager l'invraisemblable.

— Cobby... Il est avec moi depuis de longues années, bien avant Waterloo. Je doute que quiconque ici puisse concevoir qu'il ait été corrompu par l'ennemi, qui plus est un ennemi de l'Angleterre.

Il recommença à faire les cent pas.

— À part lui, il n'y a guère que Mustaf et son épouse, Amaya, et Mustaf a transporté l'étui à parchemin durant le gros du trajet pour venir ici. S'il l'avait voulu, il aurait pu ouvrir l'étui, voir que la lettre n'était qu'un double et rapporter cela à l'ennemi il y a bien longtemps — auquel cas je doute sérieusement que le Cobra nous eût suivis à travers le comté de Cambridge. De même pour Amaya — elle aurait eu mille occasions d'agir. Ils n'auraient eu aucune raison d'attendre que nous soyons coincés ici. Et pour ce qui est de l'habitude qu'a la secte de faire pression en menaçant de porter atteinte aux membres de la famille, Mustaf et Amaya viennent d'une région de l'Inde qui échappe totalement à l'influence du Cobra noir.

— Ils sont donc hors de cause, dit Gervase en opinant. Et la fille ?

— Alia? Del marqua une pause. Normalement, j'aurais vu en elle une cible potentielle, admit-il, mais c'est une orpheline et Mustaf et Amaya sont ses seuls parents encore en vie. Qui plus est, Amaya la surveille étroitement, elle est très protectrice, pire qu'une mère poule. C'est dans leur culture de protéger de près les jeunes filles, qui sont presque cloîtrées.

— Ce serait donc improbable, conclut Richard. Passons aux domestiques de Deliah. Sais-tu grand-chose à leur propos?

La bouche ouverte, Del s'apprêtait à répondre lorsque la porte à deux battants de la bibliothèque s'ouvrit toute grande.

Honoria apparut à l'entrée de la pièce, observant l'assemblée de ses yeux plissés.

— C'est donc ici que vous vous cachez...

Les autres ladies s'alignèrent derrière elle.

Devil sourit.

— Vous tombez bien. Venez nous rejoindre. Il y a eu quelques rebondissements, et nous nous posons quelques questions. Vos avis éclairés seraient les bienvenus.

Honoria émit un grommellement, lança un regard dur et désapprobateur à son époux, mais consentit à faire entrer les dames.

— Nous n'étions pas en train de nous cacher, dit Demon en déplaçant ses jambes pour que Flick puisse s'asseoir à côté de lui sur le canapé.

— Bien sûr que non, dit Flick en lui tapotant l'épaule. Vous avez simplement oublié que vous étiez censés divertir les enfants dans la salle de jeu, mais ce n'est pas grave, vous rattraperez le temps perdu après leur sieste de l'après-midi.

Les bons papas échangèrent un regard, mais n'osèrent protester.

— Bien.

Honoria avait placé un fauteuil près du bureau de Devil. Elle fixa sur Del un regard impérieux.

— Quels sont donc ces rebondissements ?

Gabriel attira l'attention de Del.

— Tu permets ?

Del opina, et Gabriel fit un résumé bref et concis des derniers événements.

Les ladies étaient sans surprise horrifiées, Deliah plus que les autres.

Bouche bée, elle dévisageait Del.

— Vous l'aviez laissé dans un tiroir ?

— Il me semblait y être en sécurité, dit Del en haussant les épaules.

Avant que Deliah ne puisse répliquer, Tony s'immisça adroitement dans la conversation.

— Nous nous demandions si l'un des domestiques aurait pu être corrompu.

Del intervint pour expliquer les tactiques habituelles du Cobra noir.

— Est-ce que quelqu'un dans votre personnel aurait pu subir une telle pression ? demanda-t-il à Deliah.

— La personne aurait alors été approchée à Southampton ou juste après notre départ pour Londres, précisa Tony. Le Cobra noir ne pouvait pas deviner auparavant que vous alliez voyager avec Del.

Deliah fronçait déjà les sourcils.

— Bess est Anglaise et elle me suit depuis toujours ou presque. En plus, c'est une vraie patriote. Je doute fort que le

Cobra ait pu la convaincre de faire quoi que ce soit —, elle m'aurait certainement avertie, ou aurait averti Del, ou vous deux.

D'un signe de tête, elle indiqua Tony et Gervase.

— Quant aux autres, Kumulay est avec moi depuis mon arrivée en Jamaïque. Mon oncle m'avait recommandé de le prendre comme garde du corps. Elle regarda l'assemblée. C'est le premier magistrat de la Jamaïque. Il serait surprenant qu'il recommande un individu dont l'intégrité est douteuse.

Elle se tourna vers Del, toujours debout devant le foyer.

— Comme Kumulay, même s'ils ne sont à mon service que depuis quelques années, Janay et Matara ont fait partie du personnel de mon oncle pendant plus de dix ans. Ils ont quitté l'Inde il y a longtemps et n'ont plus de famille là-bas.

— Ferrar a fondé la secte du Cobra un certain temps après son arrivée en Inde, et l'organisation a pour la première fois fait parler d'elle en 1819. Del secoua la tête. Difficile d'envisager un lien quelconque avec eux.

— Je suis sûre qu'il n'y en a pas.

Deliah s'obligeait à considérer le moindre cas de figure, même des plus improbables. La disparition de l'étui à parchemin était grave, non seulement pour Del, mais aussi pour l'Angleterre.

— Les filles — Essa et Muna, les filles de Janay et Matara — seraient des cibles faciles, mais je les ai vues fidèles à elles-mêmes ces derniers jours, rieuses et en pleine forme.

Elle croisa le regard de Del, puis lança un coup d'œil à Tony et Gervase.

— Vous les avez vues, vous les connaissez. Le moindre désagrément dans leur vie, même sans importance, se lit sur leur visage et dans leur attitude. De tous ici présents, ce seraient les deux personnes les moins *aptes* à tenir un secret ou à mener une mission subversive. Elle regarda Del. Donc, pour répondre à votre question, non, je ne pense pas que l'un ou l'autre de mes domestiques ait à voir avec le vol de l'étui à parchemin.

Del hocha la tête, mais s'arrêta brusquement.

— Et le garçon ?

— Sangay ? Eh bien ?

Del fronça les sourcils.

— Quelle est son histoire ? D'où vient-il ? Que savez-vous à son propos ?

Deliah fronça les sourcils à son tour.

— Je ne sais pas d'où il vient — je ne sais rien de lui. Il est à votre service et non au mien.

Del se figea.

— Il n'est pas à mon service.

Il vit Deliah cligner des yeux.

— Je pensais, et mes domestiques aussi, qu'il était avec vous.

Elle le dévisagea.

— Mes gens pensaient le contraire.

— Ah !

Devil se leva et, le visage sombre, tira sur le cordon de sonnette.

— On dirait que nous avons identifié notre voleur.

Webster répondit remarquablement vite à l'appel.

— Faites venir Sligo et Cobby, dit Devil.

— Et Mustaf aussi.

Del regarda Devil.

— Il en sait peut-être plus que nous.

— Et veuillez demander à Janay et Kumulay de venir également, ajouta Deliah. Elle regarda Del. Ils ont tous parlé avec lui.

Webster s'inclina avant de s'exécuter.

— Quand avez-vous remarqué le garçon pour la première fois ? demanda Gyles.

Del et Deliah échangèrent un regard.

— Il était avec nous à Londres, dit Deliah.

Del opina.

— Je ne me souviens pas de l'avoir vu avant, mais il a dû se joindre à nous à Southampton.

— C'est fort probable, remarqua Deliah. Nos domestiques respectifs se connaissaient à notre arrivée à Londres, mais nous avons quitté Southampton sur les chapeaux de roue — s'il est apparu soudainement à ce moment-là, ils ont dû présumer qu'il était avec l'autre groupe.

Devil haussa les sourcils.

— Auquel cas il a l'esprit vif.

Un petit coup à la porte annonça l'arrivée des domestiques. Sligo les fit entrer.

— Messieurs, dames.

Il s'inclina, et les autres l'imitèrent.

— Le colonel Delborough a quelques questions à vous poser à propos du garçon, Sangay.

Devil arqua un sourcil en regardant Del.

En quelques mots concis, Del expliqua la situation — la disparition de l'étui à parchemin et la récente découverte que Sangay n'était pas un membre du personnel.

— Il ne l'est pas ?

Cobby exprima la stupéfaction qui se lisait sur son visage comme sur celui de Mustaf, de Janay et de Kumulay.

— Le petit saligaud, grommela Sligo.

— Attendez d'en savoir plus avant de le juger, Sligo, conseilla Del. Le garçon est sûrement une victime, dans cette histoire.

Il regarda Cobby et Mustaf.

— Vous deux connaissez les habitudes du Cobra noir. Des idées ?

Au bout d'un moment, Mustaf répondit.

— Je me suis effectivement dit que Sangay — il agita la main et fit une grimace — était étrangement silencieux pour un garçon de son âge et de son milieu.

— J'ai d'abord cru qu'il était orphelin, dit Kumulay en opinant, qu'il avait perdu sa famille. Il avait l'air... réservé, on pourrait dire, triste et peu bavard. Mais un jour, je l'ai entendu réciter une prière pour sa *maataa*.

Il regarda l'assemblée.

— Sa mère.

Del et Deliah échangèrent un regard.

— Se pourrait-il que le Cobra noir tienne sa mère en otage pour l'obliger à voler l'étui à parchemin ? demanda-t-elle.

— Je ne vois pas comment Ferrar aurait pu manigancer cela, dit Del en fronçant les sourcils, comment il aurait pu la capturer déjà, à moins, prévoyant un besoin qu'il n'aurait jamais pu prévoir, qu'il ait emmené Sangay avec lui à son départ de l'Inde.

Il regarda Cobby d'un air interrogateur.

Cobby secoua la tête.

— Il n'y avait aucun jeune Indien sur le navire que Ferrar et Larkins ont pris jusqu'en Angleterre. J'en suis absolument certain.

— Donc, Ferrar, ou plus vraisemblablement Larkins, aurait mis la main sur lui à Southampton, ou même à Londres. Il y a toujours de nombreux navires de la Compagnie des Indes orientales dans le bassin de Londres. Et même si le Cobra noir a recruté Sangay ici en Angleterre, le garçon peut penser que sa mère court un grand péril en ce moment même là-bas en Inde.

Cobby hocha la tête d'un air sombre.

— Jeune, impressionnable et bien loin de faire le poids — en plus, il est en pays étranger. Sangay est une cible facile pour quiconque sait tirer les bonnes ficelles.

— En effet. Et le Cobra noir est expert en la matière.

Del regarda Mustaf.

— Où est-il ?

— Il était à l'office lorsque nous avons quitté la pièce pour venir ici.

— Je vais le chercher, dit Cobby.

Del opina. Il remercia les autres domestiques avant de les congédier, et tous sortirent derrière Cobby.

Un murmure de voix fluettes vint briser le silence. Les ladies posèrent des questions, curieuses d'en savoir plus sur les odieuses tactiques du Cobra noir. Elles écoutèrent longuement et, après s'être remises du choc, exprimèrent à grands cris leur indignation.

Préoccupé, Del grimaçait, faisant les cent pas devant la cheminée.

Au bout d'un moment, il fronça les sourcils, s'immobilisa et regarda Devil.

— Peut-être…

Un coup à la porte le fit taire alors qu'il s'apprêtait à suggérer qu'on tire la sonnette pour savoir où les choses en étaient. Cobby tardait bien trop à revenir.

— Entrez ! cria Devil, et la porte s'ouvrit.

Sligo et Cobby avancèrent d'un pas lourd. Sligo regarda Del, puis Devil, et hocha la tête d'un air sombre.

— Vous avez deviné. Il est parti.

— Où ? demanda Devil.

— C'est ce que nous ignorons, dit Cobby en regardant Del. Mais à notre avis, il n'a pas quitté le manoir.

~ Douze ~

Il s'ensuivit une véritable cacophonie.

Ignorant les questions, les exclamations, les suppositions et toutes les conjectures, Devil dépêcha Vane et Demon en haut de la tour avec Cobby et Sligo.

Vane et Demon revinrent dix minutes plus tard, confirmant que le manteau de neige autour de la maison était toujours intact.

— Personne n'est venu à la résidence et personne ne l'a quittée.

Vane se laissa tomber dans un fauteuil.

— Cobby et Sligo sont descendus faire un petit tour de reconnaissance.

Les deux anciens domestiques militaires revinrent faire leur rapport quinze minutes plus tard. Le reste de l'assemblée avait entre-temps établi toutes les hypothèses envisageables et formulé mille questions auxquelles il restait à trouver des réponses.

— Je dois dire qu'il fait un temps affreux, dit Sligo. Même une bête y laisserait sa santé. C'est à se geler les...

orteils, ma foi, et Sangay n'est sûrement pas habitué à un froid pareil, n'est-ce pas? En tout cas, les filles de cuisine disent qu'elles l'ont vu regarder par la fenêtre de l'arrière-cuisine régulièrement depuis hier matin. Cette fenêtre donne sur la cour arrière et la neige est encore intacte à cet endroit-là.

— Mustaf et moi avons fouillé sa chambre au grenier, dit Cobby. Nous n'avons rien trouvé. Absolument rien, si ce n'est un peigne qu'il a emprunté à Matara parce qu'il avait perdu le sien. Sligo lui a trouvé un manteau de page quand on est arrivés ici — le pauvre garçon tremblait et disait qu'il n'avait rien de plus chaud à se mettre. Le manteau n'était pas dans la pièce; Sangay non plus.

— Il a l'étui à parchemin et craint de se faire attraper, dit Deliah. Alors, il se cache.

Del la regarda et hocha la tête.

— Il a l'esprit vif — il le faut pour en arriver là sans éveiller les soupçons de qui que ce soit. Nous avons dû lui mettre la puce à l'oreille en appelant les domestiques, et il est sûrement parti chercher une bonne cachette.

Del regarda Devil.

— Mais où? Voilà la question.

Devil haussa les sourcils.

— Aussi étrange que cela puisse paraître, malgré le long passé du manoir, je doute qu'il ait déjà fait l'objet d'une fouille.

— Ce n'est guère surprenant, dit Vane. La maison est gigantesque.

— Eh bien, il y a un début à tout, dit Honoria en regardant Devil. Faisons venir Webster. Nous devons discuter.

Devil approuva. Richard tira sur le cordon à sonnette près de lui.

Demon était retourné s'asseoir près de Flick sur le canapé.

— Il vente encore bien fort, mais la neige a cessé de tomber et le ciel n'augure pas une nouvelle tombée. Cela dit, le vent soulève la neige au sol et la fait tournoyer comme la pire des tempêtes. Pas même un garçon aussi désespéré que Sangay ne tenterait un départ. Il le pourra peut-être demain, si son désespoir l'emporte et si la neige ne se transforme pas en glace, mais aujourd'hui, Goliath même n'avancerait pas de vingt mètres.

— C'est déjà ça, dit Devil. Nous avons donc une journée au moins pour le retrouver et retrouver l'étui à parchemin.

— Et chaque minute nous sera des plus précieuses, dit Gabriel, d'un air cynique et résigné.

Alathea lui tapota le bras et il se tourna vers elle.

— Je suis simplement réaliste.

— Sois donc optimiste, plutôt.

Webster arriva, et l'on envisagea la meilleure façon de quadriller une demeure aussi vaste que Somersham. Toutes les ladies participèrent, ce qui poussa les hommes à émettre eux-mêmes des suggestions, plus ou moins pertinentes.

Peu après le début de la discussion, Devil dépêcha Sligo à la nursery. Tout était calme là-haut, rapporta-t-il à son retour.

— Les valets et les bonnes n'ont rien vu ni rien entendu. La plupart d'entre eux n'ont même pas encore vu Sangay, mais les voilà avertis et ils garderont l'œil — et l'oreille — ouvert au cas où il tenterait de se cacher par là.

Toujours assis à son bureau, Devil opina sans cesser d'écrire sur une feuille de papier. Webster était debout derrière lui, Gyles perché sur le bureau à sa gauche, Del pareillement assis à sa droite, et Sligo et Cobby se tenaient près d'eux. Ils établissaient sommairement le plan de fouille de la maison.

Enfin, Devil attrapa un lourd presse-papiers et en frappa son sous-main.

— Silence !

Tout le monde se tut et les visages se tournèrent vers lui.

— Merci.

Il inclina la tête en direction de son épouse et continua.

— Nous avons établi un plan de campagne qui nous semble convenable. Webster et Sligo dirigeront dans un instant la fouille des étages du bas et de tous les quartiers des domestiques. Une fois ces zones fouillées, nous en bloquerons l'accès en plaçant des valets de pied ou des garçons d'écurie devant tous les accès pertinents, portes et escaliers. Il n'y a qu'un nombre limité de passages reliant les étages du bas à ceux du haut. En bloquant ces accès, nous empêcherons Sangay de se faufiler en bas.

Devil observa les visages attentifs.

— Nous devons absolument agir avec méthode. Une fois les étages du bas fouillés et bloqués, tous ceux qui sont amenés à fréquenter les étages du haut et connaissent donc en gros l'agencement du manoir poursuivront la fouille. Nous commencerons au rez-de-chaussée et finirons par le troisième étage — le grenier — au besoin. Lorsque nous aurons terminé la fouille d'un étage, nous posterons des guetteurs aux escaliers pour éviter que Sangay ne glisse entre les mailles du filet.

Devil baissa les yeux sur ses notes et regarda l'assemblée.

— C'est certainement la seule façon de fouiller la demeure avec rigueur et efficacité, et nous avons besoin de l'aide de tous à bord.

— Mais bien sûr, dit Honoria.

Tous agréèrent.

— Cependant, reprit-elle, je suggère que nous tous ici — elle indiqua le groupe d'un geste de la main — cherchions par paires. Une lady pensera à fouiller en certains lieux auxquels un gentleman ne songera pas et vice versa.

— Chaque couple formerait donc une équipe ? demanda Devil.

Lorsqu'Honoria opina et que les autres ladies l'imitèrent, il regarda les hommes postés çà et là dans la pièce, puis acquiesça d'un petit sourire.

— Voilà une idée qui me semble des plus... sensée.

Honoria le regarda en plissant des yeux.

Devil fit comme si de rien n'était.

Ils décidèrent de manger tôt pendant qu'on fouillait le sous-sol et les quartiers des domestiques. Cobby et Sligo menèrent les opérations tandis que Webster supervisait le service du repas.

Tous s'assirent au gré de leur envie, les ladies se regroupant de fait à un bout de la table, de chaque côté d'Honoria, et les hommes de l'autre, autour de Devil. Les deux groupes discutèrent à bâtons rompus. Les dames imaginèrent la vie que Sangay avait menée à ce jour, et de là dérivèrent sur les conditions de vie en Inde et dans les autres colonies. Deliah fut assaillie de questions, auxquelles elle put répondre la plupart du temps au regard de son expérience, ou encore de celle de son oncle ou de Del. Dans les jours précédents, elle avait aussi appris à connaître le Cobra noir et ses viles habitudes.

Les ladies éprouvaient toutes de la compassion pour Sangay. Mis à part Deliah, elles étaient toutes mères d'un petit garçon.

On débarrassait tout juste les plateaux de fruits, une légère excitation se faisant sentir dans l'air, lorsque Cobby et Sligo se présentèrent. Ajoutant à l'atmosphère de campagne qui régnait dans la maison, ils se mirent au garde-à-vous.

— Il n'est nulle part au sous-sol, affirma Sligo, d'un ton qui révélait sa certitude absolue de la chose.

— Nous avons aussi fouillé le grenier, monsieur le duc, madame la duchesse.

Cobby inclina la tête respectueusement devant les convives attablés.

— Ce n'était pas compliqué d'ouvrir les portes — la couche de poussière est intacte. Nous avons posté des garçons d'écurie à l'entrée, au cas où Sangay, s'il nous entend chercher, voudrait s'y réfugier.

— Parfait.

Devil s'adossa à sa chaise.

— Vous avez fait votre part. Retirez-vous et restez en position pendant que nous faisons la nôtre.

Il balaya la tablée du regard.

— Voici comment nous allons procéder.

C'était une maison immense, et le temps était compté avant que ne s'estompe la lueur grise du jour. Il serait d'autant plus difficile de fouiller à la chandelle ; cette perspective devait les inciter à chercher avec rigueur, mais aussi vite que possible.

Ils décidèrent que chaque étage devait être entièrement fouillé avant de passer au suivant. Au rez-de-chaussée, Del suivit Deliah qui arpentait le couloir à grands pas vers la zone centrale de l'aile qu'on leur avait assignée. Derrière eux, Richard et Catriona devaient fouiller les pièces plus avant, au bout de l'aile, tandis que Vane et Patience avaient déjà disparu dans la pièce la plus proche du hall d'entrée.

Les autres couples étaient semblablement dispersés dans la demeure le long des ailes principales et dans la zone centrale autour du gigantesque escalier.

De nombreux valets de pied, toutes les servantes et les bonnes de maison, toutes les femmes et les valets de chambre — tous ceux qui connaissaient les étages — aidaient aux fouilles, ratissant les petites pièces, les pièces de service, les réserves et les placards entre deux pièces ou cachés derrière les panneaux de bois. Les palefreniers et les garçons d'écurie, eux, montaient la garde à tous les escaliers.

Arrivé à leur zone attitrée dans l'aile, Del salua Richard et Catriona, puis suivit Deliah dans la salle de billard.

Elle s'était immobilisée devant l'imposante table qui trônait au milieu et balayait la pièce d'un œil appréciatif.

— Il ne semble pas y avoir beaucoup d'endroits où se cacher, ici.

— Il y a des placards le long des murs latéraux.

Del pointa du doigt les portes finement insérées dans les panneaux de bois.

— Ils sont assez profonds pour contenir un maigre garçon.

— Je m'occupe de ce côté-ci, dit Deliah en hochant la tête.

Del se dirigea de l'autre côté de la pièce. Bien que la table de billard y occupe aujourd'hui la place d'honneur, c'était à l'origine une salle de jeu. Les placards étaient remplis de plateaux, de paquets de cartes et d'autres objets du même genre tirés de divers jeux prisés par l'aristocratie depuis… un siècle, peut-être, se dit Del. Certains placards étaient en tout cas bien poussiéreux.

Fouillant toujours de son côté, Deliah éternua.

— Pouah! Que d'araignées!

Quelques secondes plus tard, elle terminait sa fouille des placards. Elle se redressa et remarqua les lourds rideaux de velours retenus par des cordons qui encadraient chacune des grandes fenêtres. Chaque pan de rideau attaché était suffisamment large pour dissimuler le garçon. Elle marcha jusqu'aux fenêtres, tâta et tapota le premier rideau, puis continua, répétant son geste sur chaque tenture.

— Pas là, lança-t-elle.

Elle se retourna vers Del et arqua un sourcil.

— Nous poursuivons?

Avant de se relever, Del regarda sous la table de billard, puis se redressa en hochant la tête.

— Il n'est pas ici, c'est certain.

Il ne restait plus que deux pièces à fouiller sur l'étage. La suivante était un petit salon adjacent au jardin d'hiver. La pièce n'était pas grande et n'avait pas de placards cachés. Il leur fut facile de fouiller les deux buffets qui s'y trouvaient, comme de vérifier à l'arrière et au-dessous des quelques meubles qui ornaient la pièce.

— Il n'est pas ici non plus.

Par la fenêtre, Deliah aperçut Vane et Patience qui descendaient les allées du jardin d'hiver adjacent, débordant de plantes. De temps à autre, l'un d'eux se penchait pour regarder sous un palmier ou derrière une plante. Alors qu'elle se relevait une nouvelle fois, Patience fronça les sourcils en regardant son époux derrière elle.

— Nous devrions peut-être aller prêter main-forte dans le jardin d'hiver, dit Deliah.

Del vint se poster à côté d'elle. Ses lèvres se retroussèrent lorsqu'il regarda dans la serre.

— Je pense que Vane a les choses en main.

Arquant les sourcils, Deliah se détourna de la fenêtre.

— En ce cas, nous ferions aussi bien d'attendre dans le corridor.

Les équipes terminaient la fouille de leurs zones assignées. Tous rejoignirent les vastes corridors, secouant la tête au regard inquisiteur des autres couples. Deliah observa la rangée de chercheurs s'allonger progressivement dans l'aile. Richard et Catriona arrivèrent.

Elle leva les yeux et regarda vers l'étage, pensant aux chambres, aux salons, aux salles de bain et d'habillage au-dessus.

— À la place de Sangay, dit-elle, je me tapirais dans un endroit incongru — qu'on ne penserait pas à fouiller.

— Je gage que c'est précisément ce qu'il a fait. Et les pièces à l'étage s'y prêtent davantage.

Vane et Patience émergèrent du jardin d'hiver. Vane secoua la tête. Patience avait les yeux baissés et lissait ses jupes.

On entendit résonner au loin la voix de Devil.

— Rien à signaler ?

Vane répondit, et ils entendirent la voix de Gabriel qui criait dans l'autre aile. Sangay n'était pas au rez-de-chaussée.

— Bien ! lança Devil. Tout le monde dans le hall d'entrée. Nous montons au premier.

Comme des troupes bien disciplinées, tous se dirigèrent vers le hall.

Cette fouille méticuleuse exigeait bien du temps ; la lumière déclinait lorsque Deliah, Del et les autres montèrent lentement l'escalier jusqu'au deuxième étage.

Tous les hommes commençaient à faire grise mine.

Observant Del qui entrait devant elle dans la première pièce à fouiller — une chambre relativement grande —, Deliah réfléchit.

— Hum… Indépendamment du fait qu'il est bon d'avoir deux paires d'yeux pour mieux voir, dit-elle, je trouve qu'Honoria a fait preuve d'une grande sagesse en proposant que nous cherchions en couple.

Elle s'immobilisa au pied du lit à colonnes et, mains sur les hanches, balaya la pièce du regard.

— Ainsi, il y a une lady avec chaque homme autoritaire.

Del lui lança un regard plein d'incompréhension tout en marchant vers une armoire au mur.

— Nous ne sommes pas autoritaires.

— Oh que oui, vous l'êtes — même vous ! Du moins en aurez-vous l'air aux yeux d'un jeune garçon qui sait que vous le cherchez.

Elle se pencha pour regarder sous le lit, puis tapota les oreillers et traversins à son extrémité.

Même si Sangay connaissait un peu Del, ce dernier demeurait à ses yeux un homme d'action, un militaire sévère. Et même si Deliah ne l'avait connu qu'en civil, il était absolument impossible de se méprendre sur son port militaire. Ces épaules, cette façon de bouger…

Comme pour raviver ses souvenirs, inconsciemment, elle jeta un coup d'œil à travers la pièce.

Del se détournait de l'armoire et aperçut son regard. Il la fixa un moment, puis arqua lentement un sourcil.

— Quoi?

— Rien, dit-elle en balayant l'air du revers de la main.

Elle avait soudain chaud, sans raison, et se tourna vers la fenêtre.

Del la regarda tapoter les coussins qui recouvraient la grande banquette sous la fenêtre, puis examiner avec attention les draperies qui l'encadraient. Il remarqua ses mains qui furetaient avec fébrilité. Ce regard qu'elle lui avait lancé… Elle pouvait bien dire ce qu'elle voulait, il était éloquent. Révélateur.

De l'image qu'elle avait de lui.

Conformément à sa résolution du matin même, mise en suspens par la fouille, mais temporairement seulement, c'était — la façon dont elle le percevait — quelque chose qu'il était curieux de connaître. Qu'il avait besoin de connaître.

Et contrairement à tous les autres couples qu'il avait vus, lui et elle n'avaient pas encore fait de pause dans leurs recherches, histoire de faire des fouilles d'un autre genre.

Il contourna le lit à pas feutrés et s'approcha pour la cerner.

Une fois terminé l'examen de la fenêtre et de ses tentures, elle se retourna — et tomba dans ses bras.

Elle sursauta, surprise, mais son corps connaissait désormais le sien et se détendit immédiatement lorsque Del l'enserra de ses bras.

Elle fixa ses grands yeux sur la porte.

Ses lèvres s'entrouvrirent — pour protester contre quoi ? Del ne voulut pas le savoir.

Il fondit sur elle pour couvrir ses lèvres de sa bouche et les emporter tous deux dans un baiser long, lent et pénétrant. Posément, délibérément, il allait emplir sa bouche, son esprit, ses sens d'un nouveau sujet d'examen — lui.

Il l'embrassa et sut la persuader. L'attira dans cette communion silencieuse, puis se servit de ses caresses pour montrer, révéler, expliquer, cajoler. Il laissa monter et ondoyer dans l'échange tout ce qu'il désirait, tout ce qu'il ressentait.

De lui à elle.

Voilà ce qu'il éprouvait pour elle, c'était ce qu'il voulait, ce qu'il lui fallait. Le bien-être qu'elle lui apportait, l'intimité inexprimable, la joie simple.

Le plaisir, oui, mais au-delà, et c'était bien plus important, il voulait, il avait besoin… d'elle.

D'elle. Qu'elle soit là.

D'elle, dans ses bras.

De ses lèvres sur les siennes et de son corps offert.

De sa promesse. D'être là tout simplement.

Pour lui.

Deliah ne pouvait se méprendre sur la teneur de son baiser, la vérité, la simple sincérité, la franchise de son baiser. Comme si les barrières étaient tombées, comme s'il avait mis de côté son bouclier ; elle se sentit à l'instant même plus proche de lui, plus unie à lui.

Comme si elle faisait partie de lui.

Et sentit qu'il ferait, qu'il voulait faire partie d'elle aussi.

Une myriade d'images déferla dans son esprit. Les joues légèrement rosies de Patience au sortir du jardin d'hiver, l'éclat indicible dans les jolis yeux de Catriona — et le regard diabolique de leurs époux — lorsqu'enfin tous s'étaient réunis après la fouille du premier étage... Était-ce cela qu'ils avaient fait ?

Était-ce qu'elle et Del faisaient en ce moment ?

Être ensemble comme un couple, tout simplement. Reconnaître l'existence de ce lien entre eux deux.

L'admettre.

Oui, exactement.

Elle savait que c'était imprudent, mais les lèvres de Del embrassaient les siennes, sa langue caressait la sienne, et elle plongea dans le baiser, plongea ses mains dans ses cheveux et s'abandonna. Céda. Capitula.

Devant cette simple communion de deux êtres en partage.

La caresse se prolongea, rassurante et réelle. Ils avaient atteint un palier — de vérité, de compréhension — et restèrent là un moment, jusqu'à l'apaisement, avant que Del, manifestement à contrecœur, ne s'écarte d'elle.

C'est avec un regret non dissimulé qu'elle quitta ses lèvres et, dans un soupir, revint à la réalité.

Elle ouvrit les yeux et plongea dans les siens. Sombres et profonds, incroyablement chaleureux, ils sondaient son regard.

Ils exprimaient, lui disaient, lui rappelaient ce qu'ils venaient de partager.

Il était sincère, comprit-elle. Il voulait qu'elle voie, qu'elle sente, qu'elle sache. Qu'elle ressente et comprenne ce qu'il éprouvait pour elle.

Son cœur fit un bond — elle savait qu'elle éprouvait la même chose pour lui.

Ils restèrent longtemps ainsi, les yeux dans les yeux, communiant en silence comme ils l'avaient fait en s'embrassant.

Un bruit — le bruissement furtif du cuir sur le bois — la fit cligner des yeux.

Et Del fronça les sourcils. Il mit un doigt devant sa bouche, puis le posa sur la sienne.

Elle hocha la tête. Ils restèrent là sans bouger, sans dire un mot. Plus tôt, tout à leur baiser, ils étaient restés immobiles et silencieux pendant plusieurs minutes, cinq peut-être, voire plus. Assez longtemps pour que quelqu'un qui se cache se croie de nouveau seul.

Mais où diable était-il ?

Lentement, elle tourna la tête et fouilla visuellement un côté de la pièce tandis que Del scrutait l'autre.

Elle ne sut pas tout de suite localiser le bruit, ni même lorsqu'elle perçut un autre bruissement furtif, mais le son attira son attention sur la fenêtre... et la banquette au-dessous.

Del aussi s'était retourné. Il examina le siège, puis releva les yeux sur Deliah.

Ils échangèrent un regard, et il hocha la tête.

Il desserra son étreinte. Ensemble, ils se tournèrent et s'approchèrent à pas de loup de la fenêtre.

C'était une fenêtre en saillie. Sans rien toucher, Deliah en regarda le contour et l'extérieur, observant la façade du manoir par la vitre latérale. Elle vit la fenêtre de la chambre adjacente, en saillie elle aussi. Elle devait être identique à celle-ci, et Deliah eut ainsi la réponse à sa question.

Elle tira aveuglément sur la manche de Del, le regarda et indiqua l'autre fenêtre au-dehors, puis recula en silence.

Il regarda, mais lorsqu'il se retourna elle vit qu'il n'avait pas compris.

À l'aide de ses mains, elle esquissa dans l'air ce qu'il venait de voir — l'avancée de la fenêtre sur le mur. La saillie ne se limitait pas à la hauteur de la fenêtre, comme parfois, mais descendait plus bas, même plus bas que la banquette, jusqu'au niveau du sol.

Il y avait donc un espace creux sous le siège.

Enfin, il comprit ; Del pointa du doigt sous la banquette en bois et elle opina.

Ils soulevèrent délicatement les coussins qui la recouvraient. Del tâtonna le rabat et en repéra les gonds près du mur.

Il regarda Deliah et attrapa le rabat d'un côté.

Elle l'imita, attrapant l'autre bord.

Elle prit une inspiration, puis, ensemble, ils soulevèrent prestement le dessus de la banquette.

Et plongèrent le regard dans la caisse sombre pour y découvrir une paire d'yeux noirs tout ébahis.

— Aaaahh !

Sangay poussa un gémissement, se releva gauchement et tenta de sauter sur le plancher.

Del l'attrapa, d'abord par le col, mais lorsque Sangay, tête baissée, battit l'air de ses jambes dans sa direction, il attrapa un bras maigre, puis l'autre, fit pivoter Sangay, lui cloua les bras le long du corps et le hissa hors du coffre pour le redéposer sur le plancher.

Coincé, dos à Del, Sangay se tortilla nerveusement et tenta un coup de pied.

— Sangay !

Deliah avait parlé d'une voix autoritaire. Elle fut soulagée de voir le garçon modérer ses coups pour la regarder.

— Arrête. Tu vas te blesser. Le colonel ne veut pas te faire de mal ; personne ne te fera mal si tu te tiens tranquille.

Les yeux exorbités, il la dévisagea. Renifla.

Puis, son visage se crispa.

— Oh non, mademoiselle ! Vous ne comprenez pas ! L'homme, le méchant sahib, il va faire mal à ma *maataa*, si je ne…

Il eut le souffle court, puis éclata en un immense sanglot.

— Si je n'obéis pas, il va…

Bouleversé, Sangay se remit à pleurer.

— Non, il ne fera rien du tout.

Del relâcha les bras de Sangay. Il posa la main sur l'une de ses frêles épaules et la serra fermement.

— Les méchants sahibs ne pourront pas faire mal à ta *maataa*, Sangay.

Très lentement, Sangay tourna la tête pour regarder Del. La lueur d'espoir qui brillait dans ses yeux, si faiblement encore, était déchirante à voir.

— Ils ne pourront pas ?

Del secoua la tête.

— Je doute qu'ils y parviennent, mais pour nous en assurer, nous devons connaître ton histoire — d'où tu viens et comment tu en es venu à travailler pour les méchants sahibs.

Sangay avala sa salive, les yeux rivés sur le visage de Del.

— Juste un, colonel-sahib. Je n'ai vu qu'un seul méchant sahib.

— Je vois, dit Del en hochant la tête d'un air grave.

— Je ne voulais pas travailler pour lui, dit Sangay, le visage tout aussi grave.

— Nous le savons, Sangay, dit Deliah. Il t'a dit qu'il s'en prendrait à ta *maataa* si tu ne lui apportais pas l'étui à parchemin du colonel, n'est-ce pas ?

Les yeux écarquillés, Sangay opina.

— Oui, mademoiselle. C'est ça exactement.

— Où étais-tu lorsque le méchant sahib t'a trouvé ? demanda-t-elle.

— À Londres, aux quais des Indes orientales. Mon capitaine — j'étais sur un navire arrivé d'Inde, vous comprenez. J'étais mousse, avant que…

Sangay cligna des yeux.

— Mon capitaine m'a envoyé acheter du tabac au magasin près des quais. Le méchant sahib m'a vu. Il m'a attrapé et traîné dans une ruelle. Il m'a dit que ses hommes avaient ma *maataa* et qu'elle allait mourir d'une mort atroce si je ne faisais pas ce qu'il voulait.

Les yeux bruns de Sangay étaient comme des pétales de pensées fanées. Il haussa les épaules.

— Alors, j'ai dû le suivre et il m'a emmené en voiture dans une autre ville avec des bateaux, et il m'a envoyé à l'auberge où vous étiez pour trouver l'étui à parchemin.

Sangay marqua une pause.

— Et puis, il y a eu le coup de feu, la panique, et comme je devais fouiller les bagages que Cobby avait mis sur la charrette, je m'y suis caché.

Il leva les yeux pour regarder Deliah, puis Del.

— Je vous ai suivis.

Sangay regarda Del fixement, puis déglutit.

— Si je vous dis tout ce que je sais du méchant sahib, demanda-t-il d'une petite voix, est-ce que vous me laisserez partir, pour donner cet étui à parchemin au sahib et sauver ma *maataa* ?

Il remua, baissa les yeux et tira sur la manche du manteau à page qu'il portait.

— Je sais, vous pensez qu'il ne peut pas la tuer, mais comment en être sûr ? Et — Sangay prit une grande inspiration et releva les yeux pour regarder Del — vous comprenez, je dois en être sûr.

Del regardait le garçon et vit dans ses grands yeux le doute qui l'assaillait. Il se pencha pour qu'ils soient face à face.

— Nous allons trouver un moyen de te protéger et de garantir — à tout prix — une protection maximale à ta *maataa*. Je ne sais pas encore comment nous procéderons exactement, mais nous trouverons une solution, et elle ne courra aucun risque.

Del sonda les yeux sombres de Sangay.

— Il me semble que nous pourrions commencer par tuer ce méchant sahib, tu ne crois pas ?

Les yeux de Sangay s'animèrent enfin, reflétant pâlement la vitalité qui devrait pétiller dans les yeux de tout garçon de son âge.

— Oh oui, sahib! C'est un excellent plan, dit Sangay. Celui-là, le méchant sahib, il mérite vraiment de se faire tuer.

— Bien. Alors, c'est ce que nous allons faire.

Del se releva et regarda Deliah, puis baissa les yeux sur Sangay.

— À présent, nous devons redescendre pour parler avec le duc et ses cousins et tous les autres et ensemble, nous allons mettre au point un plan d'attaque.

Il avait réussi à faire sourire Sangay.

— Bien, dit Deliah en regardant Del. Je crois qu'il est temps de dire aux autres d'arrêter les recherches.

Tous se rassemblèrent dans la bibliothèque, y compris Sligo et Cobby.

— Il serait bon d'appeler aussi le reste du personnel, suggéra Deliah à Del. Pas les filles, mais les autres. Mieux vaut les mettre au courant de la situation.

Del approuva et regarda Cobby.

— Je vais les chercher, dit ce dernier avant de faire un salut.

Tandis que chacun s'installait sur un canapé, sur une chaise ou dans un fauteuil, deux valets de pied relancèrent vigoureusement le feu dans la cheminée. La belle flambée reprit. Les bonnes se dépêchèrent de tirer les rideaux. Puis, madame Hull apparut, apportant une table roulante recouverte de tasses, de soucoupes et d'assiettes débordantes de biscuits et de tranches de gâteau, ainsi qu'un verre de lait pour Sangay. Assis sur une chaise droite près du bureau de Del, il prit le verre avec reconnaissance.

Les autres acceptèrent une tasse de thé servie par Honoria et firent leur choix parmi les gâteaux et biscuits.

Assise dans un petit fauteuil, Deliah remarqua que les pieds de Sangay ne touchaient pas le sol et qu'il était assis jambes serrées et tête baissée, comme pour empêcher ses genoux de s'entrechoquer et se faire invisible. Elle hésita, puis se pencha en avant, prit l'une des tartelettes à la confiture qui faisaient la réputation de madame Hull et se leva pour l'apporter à Sangay.

Il leva les yeux, surpris, et la prit en murmurant un mot de remerciement.

La tartelette avait disparu, jusqu'à la dernière miette, avant même que Deliah soit de nouveau assise. Il n'avait sûrement rien mangé de la journée, pensa-t-elle.

Puis, Cobby arriva. Il fit entrer les domestiques haut placés de Del et de Deliah. Matara et Amaya s'arrêtèrent tous deux près de Sangay. L'oreille tendue, Deliah les entendit lui dire d'être un bon garçon et que tout irait bien s'il répondait directement — c'est-à-dire sincèrement — aux questions des sahibs.

Comme le pensait Deliah, la présence des autres domestiques apaisait Sangay. Toutefois... il demeurait bien seul sur sa chaise près du bureau.

Sous le coup de l'impulsion, elle se leva, posa sa tasse de thé et traversa la pièce pour prendre une autre chaise droite placée au mur. Elle la souleva, et Vane vint l'aider. Elle lui demanda de la placer à côté de Sangay.

Il s'exécuta et elle le remercia d'un sourire, puis s'assit et tapota doucement la main frêle de Sangay.

— Tout ce que tu as à faire, c'est de répondre aux questions, comme te l'ont dit Matara et Amaya, et tout ira bien.

Sangay la regarda un moment, puis hocha la tête.

Devil décida d'appeler à l'ordre l'assemblée.

— Maintenant que nous avons trouvé notre jeune disparu, écoutons ce qu'il a à nous dire.

Il sourit à Sangay d'un air des plus inoffensifs, mais Sangay ne faisait plus confiance aux grands hommes souriants — ce qui était bien compréhensible. Deliah sentit la tension monter en lui.

Del vint alors se poster devant le bureau de Del. Il s'appuya contre le meuble et sourit à Sangay.

Sangay le regarda. Il ne souriait toujours pas, mais paraissait moins tendu.

— Sangay, nous devons dire à tous d'où tu viens et tout ce que tu sais du méchant sahib, le tyran qui t'a forcé à voler l'étui à parchemin.

Del marqua une pause.

— À propos, où est-il?

— Dans l'une des huches de la grande réserve près de la porte arrière, sahib. Celle qui est tout au fond de la pièce.

Sangay fit mine de descendre de la chaise, mais Del leva la main pour lui dire de rester assis et regarda Sligo et Cobby.

— Dans le garde-manger, dit Sligo.

— Je vais le chercher.

Cobby se dirigea vers la porte.

Del se retourna vers Sangay.

— En attendant...

Au fil de questions simples, Del dirigea Sangay dans son récit. Il prit son temps, ne laissa pas les murmures de compassion et les cris indignés des ladies le distraire ni distraire le garçon. D'abord hésitant, Sangay se détendit au fil des questions et prit de l'assurance, au point que lorsque Del lui demanda de décrire le méchant sahib, il dressa de lui un portrait des plus vivants. Del regarda Devil, silencieux derrière le bureau.

— Larkins, dit-il.

— Comment peux-tu en être sûr ? dit Devil en fronçant les sourcils.

— Le teint très hâlé, les cheveux coupés ras… Bien peu d'Anglais répondent à un tel signalement.

Devil opina. Del regarda de nouveau Sangay et releva son air interrogateur.

— Je pense que le méchant sahib s'appelle Larkins, expliqua-t-il.

Sangay hocha la tête d'un air grave, puis ils reprirent leur échange.

Lorsque Sangay relata les directives du sahib et le point de rendez-vous qu'il avait fixé pour la remise de l'étui, Devil et Demon, tous deux de la région, devinèrent le lieu dont il parlait avec certitude.

— La grande église avec la grande tour au nord-ouest ne peut qu'être la cathédrale d'Ely, dit Devil. Et Larkins a bien fait de dissuader Sangay de ne pas s'y rendre à travers champs et de le contraindre à rester sur la route. Les marais entre Somersham et Ely sont bien traîtres.

— Donc, dit Del en regardant Devil, Larkins ne s'attend certainement pas à ce que Sangay se rende à l'église avant que la neige fonde — du moins suffisamment pour pouvoir emprunter les routes ?

Devil et Demon opinèrent tous les deux.

— Il sait assurément, dit Devil, que Sangay ne pourra y aller qu'après-demain au plus tôt.

Del réprima un sourire.

— Exactement.

Il avait orchestré ce petit échange pour rassurer Sangay. Il regarda le garçon.

— Nous avons donc le temps de mettre au point un plan d'action efficace.

Sangay resta silencieux. Il remua sur sa chaise et se mordit la lèvre, tête baissée.

Deliah le regarda puis leva les yeux sur Del. Celui-ci s'accroupit pour faire face au garçon.

— Sangay ?

Sangay leva les yeux sur lui un bref instant. Il parla d'une voix presque inaudible.

— J'ai peur, sahib. Pas pour moi, mais pour ma *maataa*. Et si le méchant sahib se fâche parce que je ne viens pas ? Et qu'il pense que j'ai échoué, qu'on m'a attrapé et que…

Del fut heureux d'entendre le babil rassurant des dames ; il semblait apaiser Sangay.

— Écoute-moi, Sangay. Le méchant sahib est le serviteur d'un homme bien plus méchant que lui, *mais* cet homme bien plus méchant est ici, en Angleterre, et ne peut donc d'aucune façon donner l'ordre de nuire à ta *maataa*. Penses-y : puisque ni le méchant sahib ni son maître ne savaient que c'était toi qu'ils allaient prendre comme voleur, ils ne peuvent pas avoir déjà capturé ta *maataa*. Tu sais le temps qu'il faut pour qu'une lettre arrive en Inde — tu as fait la traversée bien souvent toi-même, n'est-ce pas ?

Sangay opina, mais ses yeux exprimaient un doute persistant. S'il y avait une chose dont Del était certain, c'était qu'ils — dans le cadre de sa mission — avaient besoin de Sangay pour exécuter n'importe quel « plan d'action efficace ». Il persévéra.

— Le maître du méchant sahib n'a pas pu encore transmettre ses ordres en Inde ; il n'en avait pas besoin puisque tu obéissais au méchant sahib. Tous ceux qui sont ici — il désigna d'un geste l'assemblée — et bien d'autres personnes qui aident à la mission vont s'assurer que le maître du méchant sahib est bien trop occupé pour se préoccuper d'envoyer un message quelconque en Inde, quoi qu'il puisse t'arriver.

Del vit dans les yeux sombres de Sangay — et dans le regard insistant de Deliah — qu'il n'avait pas encore réussi à dissiper totalement la peur du garçon.

— Et Sangay, quoi qu'il arrive, je vais m'assurer que ta *maataa* est en sécurité. Je suis un colonel, tu le sais ? Sangay opina. Donc en tant que colonel, je peux transmettre un message en Inde au gouverneur général, l'homme pour lequel je travaille, et lui demander de protéger ta *maataa*.

Il regarda Sangay dans les yeux.

— D'accord ?

La peur de Sangay se dissipa pour faire place à un soulagement poignant.

— Oh oui, s'il vous plaît, colonel-sahib ! Ce serait très très bien.

Il hésita un instant, ses yeux noirs rivés sur ceux de Del.

— Si vous faites cela pour moi et ma *maataa*, je ferai tout ce que je peux pour vous aider à capturer le méchant sahib et son maître très méchant.

Lui-même soulagé, Del put enfin détendre son visage et se permettre un sourire. Il se releva.

— C'est bien, très bien. Maintenant — il jeta un œil vers les autres domestiques debout près du mur —, ces gentlemen et moi devons ensemble dresser un plan d'action. Pendant ce temps, tu peux descendre avec les autres à l'office. Tu as sûrement faim.

— Oh oui, colonel-sahib! Je suis affamé.

Sourire aux lèvres, Sangay glissa au sol. Il pivota et Matara l'invita à sortir devant elle. Il fit une petite révérence à Del, puis une autre à l'assemblée et se dépêcha de rejoindre les domestiques qui, en lui souriant, quittaient la pièce l'un après l'autre.

Lorsque la porte se referma derrière Sligo, Del regarda Devil.

— Nous savons ce qu'il nous reste à faire.

Devil joignit les mains du bout des doigts et inclina la tête.

— Si le Cobra noir ou l'un de ses premiers hommes de main attend à la cathédrale d'Ely que Sangay lui apporte l'étui à parchemin, je suggère que nous lui donnions ce qu'il attend.

Il sourit, toutes dents dehors.

— Et un tout petit peu plus.

Del esquissa un sourire tout aussi carnassier.

— C'est exactement ce que je pensais.

Les autres hommes ne purent qu'approuver. Les ladies aussi, Deliah et Honoria notamment, étaient d'humeur particulièrement sanguinaire.

S'ils devaient inévitablement tenir compte du temps, leur plan n'était pas foncièrement compliqué à monter.

Sa mise en œuvre, toutefois, serait une autre histoire.

Treize

18 décembre
Résidence Somersham, comté de Cambridge

O n consacra la journée du lendemain aux préparatifs.
À la première heure, Demon, chaudement vêtu
de pied en cap pour affronter le froid mordant, prit
la plus vaillante monture de l'écurie Somersham : le cheval
Sulieman de Devil. Tous ceux qui connaissaient Demon
auraient pu prédire qu'il irait à Newmarket vérifier le bon
ordre de son écurie de courses. C'était son but déclaré, sa
première destination.

Une fois certain de ne pas être suivi, il poursuivrait sa
route jusqu'au manoir Elveden pour informer Royce des
derniers événements et lui faire part de leur plan. Demon
rentrerait si possible le soir même, à temps pour se joindre
au groupe partant pour la cathédrale.

Après un petit déjeuner matinal, les hommes se retirèrent dans la bibliothèque. Les Cynster connaissaient tous
l'endroit, mais Tony, Gervase, Del et Gyles n'étaient jamais

entrés dans l'église. Ce n'était pas une mince affaire que de déterminer avec exactitude où chacun devait se tenir caché à l'intérieur, dans la mesure où ils devaient à la fois protéger Sangay et bloquer l'ensemble des nombreuses issues. Devil en vint à tracer un plan détaillé des lieux.

— Comme vous le voyez — il tourna la feuille afin que les hommes rassemblés autour de son bureau visualisent mieux l'endroit —, la cathédrale est grande et son agencement complexe. La nef est orientée vers l'est. Elle est extrêmement longue, c'est la plus longue d'Angleterre, et le seul endroit à l'intérieur duquel on puisse voir toutes les portes principales, c'est au centre de l'octogone sous la tour, là où se trouve l'autel. En d'autres termes, il n'y a pas un seul endroit dissimulé duquel couvrir ne serait-ce que les entrées principales. En outre, il y a je ne sais combien de petites salles le long des transepts, dont certaines ont une porte qui donne sur l'extérieur.

Il indiqua du doigt divers emplacements sur le plan.

— Il y a une chapelle de la Vierge et deux chapelles de chantres à l'extrémité est. Nous avons ici un presbytère et des stalles de chœur séparées de la nef par un rideau. Il y a des stalles entre quatre paires de colonnes dans l'octogone. Dans le transept sud se trouvent la bibliothèque de la cathédrale d'un côté et les sacristies de l'autre. Le transept nord compte deux chapelles de chaque côté et une autre chapelle de chantres à son extrémité. Et tout au bout de la cathédrale à l'est, nous avons la chapelle de St-Etheldreda. La porte du prieuré — ici, près de l'aile sud de la nef — est l'une des nombreuses entrées insoupçonnées.

— Notre méchant sahib a donc bien choisi son endroit.

Gyles regarda Del.

— Ce qui sous-entend qu'il connaît la région.

— Il est sûrement venu en visite, dit Del. En tant que premier valet de Ferrar, il a dû séjourner de temps à autre avec le personnel de son père. J'ai eu ouï-dire que le comte de Shrewton passait l'hiver dans sa propriété de Wymondham, près de Norwich.

— Ferrar lui-même connaîtrait donc l'endroit ? demanda Lucifer.

— J'en suis presque certain. Il est né à Wymondham.

C'est alors que les ladies, qui s'étaient levées un peu plus tard que les hommes, se joignirent à eux. Elles posèrent des questions, examinèrent le plan, répétèrent que Sangay devait rester hors de danger, puis s'installèrent confortablement, qui sur un fauteuil, qui sur un canapé. Elles avaient pour la plupart apporté leurs travaux d'aiguille, leur tricot ou leur tapisserie, histoire de s'occuper les mains tout en écoutant.

Le groupe des hommes les regarda s'installer.

Honoria agita la main avec désinvolture.

— Continuez.

Ils échangèrent quelques coups d'œil, puis se retournèrent vers le bureau et se remirent au travail, se plaçant sur le plan comme des pions sur un échiquier avant d'évaluer le bien-fondé de chaque nouvel agencement au regard des critères à respecter.

— Pas facile, conclut Tony. S'il est en soi difficile de surveiller toutes les issues, cet octogone et l'autel au centre nous obligent à placer au moins trois hommes en garde rapprochée, si nous voulons bien protéger Sangay — dans l'octogone ou à quelques pas de là.

Tous regardaient le plan.

— C'est assurément dans l'octogone que doit se faire la remise de l'étui, dit Devil. C'est là que nous avons le plus de chances d'attraper celui qui viendra chercher l'étui, que ce soit Larkins, Ferrar ou même les deux. Aucun autre endroit ne s'y prête aussi bien.

— C'est vrai, admit Richard, mais Tony a raison : il nous faut trois hommes pour couvrir la zone. Or, il est impossible de placer trois hommes à si petite distance sans qu'ils soient visibles.

— Des déguisements... Gervase regarda Devil. Pourrions-nous par le plus grand des hasards mettre la main sur quelques robes de moines ?

Devil croisa son regard, puis se tourna vers Honoria à l'autre bout de la pièce.

— Des robes de moines ?

Elle haussa ses deux sourcils.

— Nous en avons, certainement. Dans le coffre à costumes, je crois.

Elle se leva.

— Je vais aller les dénicher.

— Je viens t'aider, dit Catriona en se levant à son tour.

— Il nous en faudrait trois, précisa Del.

Honoria agita la main et se dirigea vers la porte.

Del examinait le plan.

— Supposons que nous pouvons placer trois hommes habillés en moines à proximité. Où, exactement ?

Ils décidèrent de leur emplacement précis, puis, une fois qu'Honoria et Catriona furent de retour avec trois robes de moines acceptables et que les hommes les eurent approuvées après essayage, ils finalisèrent leurs décisions concernant les autres postes. Puis, il fallut attribuer à chacun sa position.

Ils avaient tous leurs forces. On s'entendit finalement pour que Tony, Gervase et Gyles jouent le rôle des moines. Leur but premier serait de protéger Sangay.

— À tout prix, dit Del en jetant un œil vers les dames.

Les autres n'auraient qu'un but, qu'un objectif.

— Nous chercherons avant tout, reprit Del, à arrêter l'homme qui viendra récupérer l'étui à parchemin.

Gabriel fronça les sourcils.

— Serait-ce possible que Ferrar, ou même Larkins, envoie un soldat à sa place ? Tout ce qu'il y a à faire, c'est de reprendre l'étui au garçon, après tout. Je ne vois aucune raison impérieuse qui justifie pour eux le risque de se faire capturer.

Il regarda le groupe d'hommes.

— Ferrar a certainement déjà compris que le plan de Wolverstone visait foncièrement à le faire sortir et par cette action à l'associer irrévocablement à l'étui à parchemin, donc à la lettre qu'il est censé contenir.

Del envisagea sérieusement cette possibilité, puis secoua la tête.

— Non. Ce sera Larkins. Il viendra, j'en suis certain. Quant à Ferrar, c'est impossible à dire. Pensez-y. Larkins communique depuis le début avec Sangay. Il lui a dit qu'il serait là et je suis sûr qu'il le sera, ne serait-ce que pour s'assurer que Sangay remet bien l'étui à parchemin et ne sera pas déconcerté par l'arrivée d'un inconnu qui l'incite à fuir. De surcroît, Ferrar sait que la lettre — la vraie — est accablante. Il ne courra pas le risque qu'une telle preuve tombe entre les mains d'un simple partisan. Il enverra quelqu'un en qui il a absolument confiance — Larkins — ou il viendra en personne.

Il s'ensuivit un silence durant lequel tous assimilèrent ces faits.

— Donc, dit enfin Vane, quelles sont nos chances d'amener Larkins, en supposant que ce soit lui que nous prenions au piège, à accuser Ferrar?

— Elles sont bonnes, dit Del. Larkins accompagne Ferrar depuis des années et il adore sa position élevée dans la secte du Cobra noir, mais s'il doit choisir entre la corde et la déportation, il y a fort à penser qu'il accepte de coopérer.

Del baissa les yeux sur le croquis de Devil, sur leur plan d'action représenté par les croix et les notes qui le recouvraient.

— Si nous pouvions neutraliser le Cobra noir avant que les autres n'aient à souffrir son venin, j'en serais des plus heureux.

— Comme nous tous, dit Devil.

Des mots d'approbation, des bravos montèrent des canapés, des chaises et des fauteuils plus loin dans la pièce, et les hommes échangèrent alors des regards embarrassés. Ils planifiaient une sortie dangereuse, et leurs ladies écoutaient. Tous avaient conscience du problème qui pointait à l'horizon. Seuls Tony et Gervase étaient immunisés.

Mais ils devaient monter leur plan d'action, et il était inutile de dissimuler aux dames ces discussions — ou le plan lui-même.

Devil et Del examinèrent de nouveau le croquis de la cathédrale.

— Même si nous comptons dix hommes, remarqua Del, en supposant que Demon rentre à temps, nous serons loin les uns des autres.

— C'est vrai, répondit Devil, mais au moins, les endroits où se cacher ne manquent pas autour de l'autel et de cette partie-là de la nef.

— Il y a une éventualité que nous n'avons pas encore envisagée, dit Tony. Et s'il venait en force ?

Debout à côté de Devil, Del réfléchit, balayant de la main la surface du bureau.

— Cela me semble peu concevable. À parier, je dirais qu'il viendra seul ou avec un homme, peut-être deux. Plus et il risquerait d'attirer les regards...

— Les partisans sont Indiens, précisa Deliah assise sur le sofa le plus proche, et il ne veut sûrement pas qu'ils soient vus. Ils attirent trop l'attention. Les gens les observeraient et se souviendraient de leurs allées et venues.

— En effet.

Devil s'adossa à sa chaise et leva les yeux vers Del.

— Nous supposons donc qu'il n'y aura qu'une poignée d'hommes, probablement tous Anglais.

Del opina. Le plan d'action à l'intérieur de la cathédrale semblait désormais clair. La discussion porta ensuite sur la meilleure façon de prendre position sans éveiller les soupçons de l'ennemi.

— Une marche nocturne, soupira Lucifer d'un ton résigné. Moi qui espérais ne plus revivre une telle épreuve.

— Au moins, dit Gabriel, ce ne sera pas pour nous rendre sur un champ de bataille couvert de sang.

Ils fixèrent leur départ à quatre heures le lendemain matin. Même à cette heure indue, il leur faudrait prendre des chemins détournés pour être sûrs de ne pas tomber par inadvertance sur le repaire de l'ennemi, où qu'il soit.

— Pour contourner les marais — Devil pointa du doigt certaines zones d'une carte qu'il avait déroulée sur son bureau —, ceux de Chatteris, de Horseley et de Langwood, nous devrons monter jusqu'à Chatteris et de là rejoindre le village de Sutton par une suite de petits chemins, puis nous prendrons des routes secondaires jusqu'à Ely et arriverons à la cathédrale par le nord.

— Et Sangay ? demanda Honoria. Vous ne pensez tout de même pas l'obliger à marcher une telle distance, pas par ce temps ?

— Il attraperait la mort, affirma Catriona.

Personne ne pouvait le contester.

— J'y ai songé, dit Del en se tournant vers les ladies. Nous habillerons Sligo et Cobby en travailleurs des champs, et ils conduiront une charrette pleine qui partira d'ici pour aller soi-disant au marché d'Ely. Sangay se cachera à l'arrière sous une couverture, comme un passager clandestin. Ils prendront la route habituelle qui passe par Earith et Sutton, puis rejoindront directement Ely par la grande route à l'est. Ainsi, ils déboucheront sur la rue principale par le sud. Il y a là une auberge à laquelle ils pourront s'arrêter. Cobby et Sligo y entreront pour un petit déjeuner tardif pendant que Sangay descendra discrètement de la charrette et traversera le terrain jusqu'à la cathédrale.

— Avec l'étui à parchemin, ajouta Gervase.

— Exactement, dit Del en hochant la tête. Si Larkins guette son arrivée, comme il le lui a dit, il le verra et le suivra à l'intérieur.

— C'est bien pensé, confirma Devil. L'auberge est idéalement située en face de la cathédrale, et la zone entre la rue et l'entrée principale de l'église est à découvert. Facile d'y repérer un garçon qui traverse la place en courant, qui plus est habillé comme Sangay.

Les hommes se tournèrent vers les ladies. Le groupe opina d'un air approbateur.

— Et à l'intérieur de la cathédrale, vous serez trois à veiller sur lui ; d'assez près, n'est-ce pas ?

Deliah arqua un sourcil en regardant Del.

— Il ne sera pas seul, confirma-t-il, et il le sait.

Deliah inclina la tête, rassurée, et reporta son attention sur la pelote de fil qu'elle enroulait.

Interprétant le silence qui s'installa parmi les ladies comme une permission d'aller de l'avant, les hommes se rapprochèrent et révisèrent brièvement les détails de leur plan une dernière fois. Puis, Devil les regarda en hochant la tête et Vane recula, enrôlant d'un coup d'œil Richard, Lucifer et Gabriel, et tous quatre s'avancèrent de quelques pas pour s'aligner devant les dames et discuter avec elles.

Afin de les distraire pendant que Devil, Del, Gyles, Tony et Gervase quittaient la pièce.

Les cinq hommes se dirigèrent vers le bureau de Devil.

— Honoria nous a vus, soupira Gyles.

— Francesca aussi, renchérit Devil.

Gyles fit la moue.

— Quinze minutes, peut-être, avant qu'elles ne nous retrouvent ?

— Avec de la chance.

Ils voulaient travailler avec Sangay, lui faire répéter son rôle sans que les ladies le déconcentrent. Non pas qu'elles fussent bien gênantes. Leur dérobade relevait plutôt d'un instinct de conservation.

Une fois au bureau, Devil envoya Webster chercher Sligo, Cobby et Sangay. Lorsque tous trois se présentèrent, fébriles et impatients de connaître leur rôle, Del détailla le plan, expliqua leur stratégie, puis entreprit de les accompagner pas à pas dans la mission qu'ils allaient tous trois accomplir.

Il en était arrivé au moment où la charrette dans laquelle Sangay serait caché atteignait les abords d'Ely lorsqu'il fut interrompu par un petit coup à la porte.

Tous regardèrent les panneaux muets.

Devil ne répondit pas, mais après une brève hésitation, la personne tourna la poignée et la porte s'ouvrit. Deliah entra.

Elle balaya la pièce d'un regard circulaire puis posa les yeux sur Sangay.

— Est-ce que tout va bien, Sangay ?

Del parvint à ne pas rouler des yeux.

La réponse innocente de Sangay fut plus efficace. Les yeux brillants, il hocha la tête avec animation.

— Oh oui, mademoiselle ! J'aurai moi aussi un rôle à jouer, demain. Le colonel-sahib m'en parlait justement.

Sangay reporta ses yeux sur Del et patienta, curieux et attentif.

Del regarda Deliah.

Elle lui rendit son regard, plissant très légèrement les yeux, puis ferma la porte et s'avança pour s'asseoir à côté de Sangay.

— Je ne ferai qu'écouter.

Sangay avait l'air tout à fait ravi. Del étouffa une réplique et reprit calmement la répétition de leur plan.

Lorsqu'il évoqua le moment où Cobby et Sligo laissaient la charrette pour entrer à l'auberge tandis que Sangay en descendait discrètement et entrait seul dans la cathédrale, Deliah fronça les sourcils... mais, Dieu merci, elle n'ouvrit pas la bouche, l'autorisant à poursuivre.

Del se fit un devoir de bien faire comprendre à Sangay — et donc à la représentante des ladies qu'était indéniablement Deliah — qu'il aurait bien des hommes autour de lui pour le protéger, dont trois auraient pour unique objectif de garantir sa sécurité. Del fut dès lors autorisé à détailler le plan jusqu'au moment où Sangay devait remettre l'étui à parchemin au méchant sahib, ou quiconque serait là pour le récupérer.

— À ce moment-là, dit Del en soutenant le regard sombre du garçon, tu cours. Comme si le diable était à tes trousses. Tu cours vers l'un de ces trois gentlemen.

Il pointa du doigt Tony, Gervase et Gyles.

— Ils seront vêtus de ces robes.

Gyles en tendit une pour la lui montrer.

— Nous ressemblerons à des moines et nous aurons relevé nos capuchons, mais tu sauras que c'est nous.

Sangay hocha la tête, observant de ses grands yeux les trois hommes imposants. Il se tourna vers Del.

— Ce seront donc mes gardes du corps ?

Se souvenant qu'en Inde, les gens haut placés avaient souvent des gardes du corps puisque c'était une marque de prestige, Del sourit.

— Exactement. Comme un maharadjah, tu auras tes propres gardes du corps.

Sangay jubilait.

— Et, ajouta Gervase, comme tous ceux qui ont des gardes du corps, en cas de danger, tu dois obéir à la lettre aux directives de tes gardes.

Les yeux ronds, Sangay hocha la tête avec empressement.

— Oh oui, sahib! Je ferai exactement ce que vous et mes deux autres gardes du corps me direz de faire.

Gervase inclina la tête, peinant à garder ses lèvres à peu près droites.

— Bien.

Del reprit le flambeau.

— Maintenant, tu devrais aller en bas rejoindre les autres. Tu n'as plus rien à faire aujourd'hui. Cobby te réveillera demain matin lorsqu'il sera temps de partir. Il t'apportera l'étui à parchemin.

— Oui, sahib.

Sangay prit soudain un air grave et quitta sa chaise avant de s'incliner solennellement devant Del, Devil et enfin les trois autres hommes.

Puis, il retrouva son sourire rayonnant et se dépêcha de rejoindre Cobby.

Lui-même tout sourire, celui-ci s'inclina dignement devant l'assemblée et emmena le garçon. Sligo suivit et ferma la porte.

Del avait observé Deliah. Elle fronçait encore légèrement les sourcils.

Il tenta de deviner pourquoi, quelle partie de leur plan suscitait cette désapprobation féminine, mais alors qu'elle relevait les yeux sur lui, le premier gong du dîner retentit dans le manoir.

Gyles s'avança. Affichant un sourire charmant, il offrit sa main à Deliah pour l'aider à se lever et, lançant un clin d'œil à Del au-dessus de sa tête, l'invita à quitter la pièce.

Demon entra dans la salle à manger au moment même où l'on s'attaquait au plat principal. Il sourit, prit le temps de déposer un baiser sur la joue tendue de son épouse et s'installa sur la chaise voisine. Tout en se servant une tranche de rôti du plat que lui présenta sans tarder Webster, Demon leur fit un compte rendu.

— C'était une chevauchée bien salissante, mais le ciel n'annonce pas plus de neige. La température monte. Les routes seront praticables, et les gens reprendront leurs déplacements habituels demain.

— Parfait. Devil sourit. Nous pourrons donc mettre notre plan à exécution.

— Qu'a dit Wolverstone ? demanda Del.

Devil sourit à pleines dents.

— Il a parlé peu, mais bien. Il cautionne notre plan, et nous sommes tenus d'emmener à Elveden la proie que nous attraperons. Il nous attendra.

Del ressentit une vague de satisfaction et d'impatience gonfler sa poitrine. Un sentiment familier qu'il avait souvent éprouvé en apprenant que la campagne était imminente.

— Des nouvelles des trois autres messagers ?

— Oui et non, répondit Demon. Tu seras le premier arrivé à Elveden, mais l'un de tes camarades, Hamilton, a débarqué en Angleterre. Il est en lieu sûr quelque part dans le Surrey.

— Le domaine Trentham, probablement, dit Gervase.

Demon opina en avalant une bouchée.

— C'est bien cela.

Il regarda Del.

— Maintenant que Royce sait que tu es sur le point de frapper à sa porte, il a fait dire à Hamilton et à son escorte de nous y rejoindre. D'après Trentham, Hamilton est accompagné d'une certaine demoiselle Ensworth.

Del s'étouffa, s'étrangla et hoqueta.

— La nièce du gouverneur ? Comment diantre en est-elle venue à le suivre ?

— Royce n'en sait pas plus, dit Demon en haussant les épaules. Ça m'a tout l'air d'être une histoire savoureuse. Elle serait avec lui depuis son passage à Aden. Il a fait escale à Alexandrie, puis à Marseille et à Boulogne, ville dans laquelle ils ont apparemment eu quelque fil à retordre avant de parvenir à Douvres, où deux des nôtres — Demon hocha la tête en direction de Gervase et de Tony — les auraient attrapés et emmenés derechef en un lieu secret.

— Hamilton est un homme bon, dit Del. Des nouvelles des deux autres ?

— Royce n'en a rien dit, répliqua Demon. J'ai donc supposé qu'il n'en avait pas eu.

Après le dîner, les hommes se réunirent dans la salle de billard.

Devil leva les yeux au moment où Vane, le dernier à les rejoindre, fermait la porte derrière lui.

— Où en est-on ?

Vane lui lança un sourire ironique.

— Nous sommes tranquilles pour l'instant. Elles sont en pleine discussion, préparant sans nul doute une petite sortie matinale.

Del s'était demandé si Deliah envisagerait la chose. L'horreur se lisait maintenant sur son visage.

— Pas toutes ?

Devil se contenta de le regarder tandis que les autres époux hochaient la tête.

— Toutes sans exception, ce qui nous amène à la question qui nous préoccupe maintenant. Comment les arrêter ?

— Il suffit de les immobiliser quelques heures, avança Richard. Juste assez longtemps pour être sûrs qu'elles n'arriveront pas à temps à la cathédrale.

— Nous pourrions les enfermer dans leurs chambres ? suggéra Demon.

— Alathea peut crocheter n'importe quelle serrure, dit Gabriel.

— Francesca aussi, je crois, ajouta Gyles. Quoi que nous fassions, il faut toutes les empêcher d'agir, et être sûrs de notre coup, sinon celles qui s'échappent libéreront les autres.

— Et si nous les privions de transport — dans ce cas-ci, de chevaux ? proposa Lucifer. Nous pourrions donner l'ordre au personnel de l'écurie de dormir tard. Les ladies ne pourront nous suivre s'il leur est impossible de seller les bêtes et d'atteler les chevaux.

— Hum, fit Demon. Flick peut seller n'importe quel animal à quatre pattes. Et elle est tout à fait capable de diriger les autres dans l'attelage des chevaux.

— Catriona aussi, dit Richard. Oublions cette idée.

Tous réfléchirent. Longuement. Certaines suggestions furent des plus farfelues, et toutes s'avéraient difficilement applicables.

Devil pianotait des doigts sur la table de billard.

— Nous devons simplement les empêcher de nous suivre et d'arriver tôt demain matin, avant ou pendant la manœuvre. Il serait bon, en fait, qu'elles arrivent à Ely après le clou du spectacle, disons vers dix heures. Ainsi, nous irions tous ensemble à Elveden — une inclusion qui nous aiderait à préserver la félicité de nos vies matrimoniales.

Le silence se fit.

— C'est un point important, admit enfin Vane. Pourquoi risquer un châtiment inutile en les écartant de notre éventuel triomphe ?

— En fait, affirma Gyles en fixant Del, il faudrait les retenir au lit jusqu'à l'aube.

— Voilà qui est *certainement* en notre pouvoir, dit Lucifer en remuant les sourcils.

— Malheureusement, grommela Gabriel, la détermination donne des ailes. Nous ne pouvons compter sur leur simple épuisement. Il nous faut quelque chose de plus sûr.

— Effectivement, dit Devil d'un ton résolu. Et comme nous venons de le démontrer, dans le fond, il n'y a qu'un seul moyen de réussir.

Quatorze

18 décembre
Résidence Somersham, comté de Cambridge

Plus tard ce soir-là, Del se rendit à la chambre de Deliah, retournant dans sa tête la stratégie mise au point par les hommes pour résoudre leur problème : l'intention des femmes d'être demain de la partie.

C'était à tout égard une stratégie scandaleuse ; mais elle réussirait, et aucune autre solution efficace ne lui venait en tête.

Chacun des hommes unis aux ladies susmentionnées avait juré de jouer son rôle. Seuls Tony et Gervase étaient excusés. Toutefois, si les autres, mariés qu'ils étaient à leurs dames respectives, étaient bien placés pour essuyer la tempête qui s'ensuivrait inévitablement, Del marchait sur un terrain plus glissant.

À moins de prendre les mesures requises pour consolider sa position *avant* d'exécuter le plan de Devil, il risquait de tout perdre. De la perdre. C'était là quelque chose qu'il refusait d'envisager, encore moins d'accepter.

Par conséquent, il devait impérativement agir — lui demander sa main, la faire sienne, et par là même être en droit de la protéger à tout prix. Une fois qu'elle aurait accepté de lui appartenir, elle ne pourrait plus s'opposer à ce qu'il fasse tout — et n'importe quoi — en son pouvoir pour la protéger.

Si elle tentait une opposition, ce serait elle, alors, qui marcherait sur un sol mouvant.

Il arriva à sa porte et s'immobilisa, conscient à un degré très profond — qu'il n'abordait que rarement — qu'il était désormais, indépendamment de tout le reste, d'une importance fondamentale pour lui de savoir qu'elle lui appartenait incontestablement, formellement, et qu'elle était en sécurité ; Deliah faisait désormais partie intégrante de la vie qu'il souhaitait vivre.

Elle faisait partie intégrante de son avenir, et il n'attendrait pas plus longtemps son accord pour en être l'élément crucial et nécessaire.

Avant d'affronter le Cobra noir, il devait savoir qu'elle serait là — à lui — à son retour.

Sa détermination devenait résolution. Il saisit la poignée et ouvrit la porte.

Une flamme vacilla à l'intérieur. Une seule bougie brûlait sur la table de chevet. Hors de son rond de lumière, la pièce baignait dans la pénombre.

Deliah attendait, en robe de nuit, un châle chaud drapé sur les épaules pour parer au froid de décembre. Bras croisés, elle se tenait près du foyer, les yeux rivés sur le feu crépitant. Elle se retourna à son arrivée et lui sourit.

Ce sourire résumait tout ce qu'il voulait, non seulement ce soir-là mais tous les soirs du reste de sa vie.

Il le lui rendit, traversa la pièce et s'arrêta devant elle. Plongea dans ses yeux et l'attira dans ses bras.

Elle soutint son regard. Sonda ses yeux.

Y lut quelque chose — y perçut sa résolution, son intention. Tête penchée, elle entrouvrit les lèvres...

Il inclina la tête et l'embrassa. L'attira plus encore lorsqu'après un instant de surprise, elle répondit. Ardente comme toujours, prête à le suivre, à danser dans le feu et les flammes avec lui.

À laisser leur passion mutuelle s'enflammer, flamboyer.

Il ne voulait surtout pas qu'elle pose de questions — pas encore, pas maintenant. Aussi l'embrassa-t-il pour la distraire.

Puis, il l'embrassa pour la persuader.

Pour la convaincre.

La courtiser.

Souple et offerte dans ses bras, elle n'était plus que courbes féminines et appel à la volupté. Elle leva les bras, les noua autour de sa nuque et lui rendit son baiser, invitante et provocante. Lui aussi la serra dans ses bras, pressée tout contre lui, en lui, et son monde se rétracta, se condensa.

À ceci. À elle et à tout ce qu'il trouvait dans ses bras.

À elle et à tout ce qu'il éprouvait pour elle.

Sa langue plongea dans sa bouche, batailla avec la sienne et il profita du moment pour lui montrer.

Ce qu'elle était pour lui.

Combien il avait besoin d'elle, combien il la voulait, la désirait.

Deliah décoda sans peine son message, mais lorsqu'il s'attarda, prolongeant le baiser, laissant l'échange s'étirer jusqu'à ce que leurs sens et leurs esprits dérivent, une partie d'elle s'interrogea.

Une infime partie sensée de son esprit observa, et vit. Sentit et ressentit quelque chose de plus profond avec chaque battement de cœur. Un élément qu'elle n'avait pas vu, ou n'avait pas remarqué, pas ressenti avant. Qui n'était pas nouveau, mais simplement… plus fort.

Alors même qu'elle sentait et s'interrogeait, il pressa davantage, goûta sa chair, l'invita à le goûter lui, à s'enivrer des saveurs qu'elle connaissait si bien désormais — lui, sa virilité grisante, sa passion, sa force et son désir, et sa promesse de possession.

Tout était là, bien connu, pourtant elle sentait un courant sous-jacent. Un courant fort qui alimentait le reste, lui donnait vie.

Pour la première fois, elle pouvait le sentir.

Le palper, le découvrir.

L'accueillir alors même que la main de Del se refermait sur son sein et qu'elle détachait ses lèvres des siennes, le souffle court.

Les yeux fermés, la tête en arrière, elle puisa à cette nouvelle source avec chaque battement fou de son cœur pendant que les mains de Del, dures, possessives, sculptaient ses courbes. Provocantes, mais non impérieuses.

C'était l'amour physique sous un jour nouveau, avec un ingrédient de plus que Del laissait monter et se répandre en lui avant de le verser en elle.

C'était une jouissance extrême. Une fusion d'or, de désir et de passion, de faim et d'urgence. De sens et d'intention.

Elle but à sa bouche, présente à chacune de ses caresses. À chaque revendication explicite. Plongea dans l'ardeur, dans la fièvre profonde qui infiltrait chaque pore de sa peau et la transperçait jusqu'aux os.

Relevant ses paupières lourdes, elle observa son visage entre ses cils. Il avait les traits figés, transis de passion, ses lèvres formaient une ligne ferme et inflexible, pourtant ses yeux, posés sur ses seins généreux dont il palpait la chair, révélaient une expression de… révérence.

De possession, aussi ; mais elle voyait au-delà une joie, une appréciation profondes.

Avant qu'elle ne s'attarde à cerner cette impression, il la vit l'observer, pencha la tête et lui vola ses lèvres de nouveau.

L'emporta de nouveau sur cette vague familière… mais lentement.

Comme si leurs cœurs battaient la mesure, marquaient le pas.

Il l'entraîna sur le lit, mais avant qu'il ne lui ôte son châle, elle l'arrêta d'une main sur le torse. Il obéit sans rompre le baiser.

Elle profita du moment et, lentement, suivant toujours ce rythme impulsif plus profond et posé, fit tomber son manteau de ses épaules. Dénoua sa cravate qui glissa entre ses doigts, déboutonna son gilet et l'en dégagea. Plaqua ses mains sur le tissu fin de sa chemise, laissa courir ses doigts, délaça et tira les pans de sa ceinture, glissa ses mains au-dessous sur sa peau brûlante, et caressa.

Del s'écarta et ôta sa chemise par-dessus sa tête. Observa le regard perdu de Deliah sur son torse, vit briller ses yeux, vit sourire ses lèvres, pleines de gourmandise féminine et de jouissance anticipée.

Elle le toucha. Laissa courir ses petites mains et s'empara de lui.

Il s'abandonna, soumis à une force qu'il ne comprenait pas entièrement, même si c'était lui qui l'avait libérée. Son cœur battait une cadence lente — puissante, contenue, sa passion, son désir impérieux asservis à cette force supérieure.

Ensemble, ils ôtèrent son pantalon, ses bas, ses souliers, jusqu'à le mettre nu devant elle.

Il s'avança, cédant à la promesse de l'avoir contre lui. Elle s'approcha, mais d'une main sur son torse, l'empêcha de la river à lui. Elle baissa les yeux et referma son autre main sur son membre dressé.

Cajola, posséda.

Deliah suivit la ligne de sa puissante érection, la prit dans sa paume et la caressa sur toute sa longueur, puis laissa courir ses doigts sur sa pointe enflée.

Il frissonna.

Elle leva les yeux et leurs regards se croisèrent. Les yeux dans les yeux à la lueur de la bougie, elle dériva dans le fond de ces perles sombres. Qui la retenaient, alors même qu'elle le berçait. Puis, il tira sur son châle et cette fois-ci, elle le laissa faire, le laissa ôter son châle et sa robe, rabattre les draps, la soulever et l'étendre, avant de la rejoindre.

Il tira sur eux les couvertures, créant un cocon de chaleur, une grotte, un lieu sûr, à la lueur de la flamme qui dansait sur les murs, qui leur appartenait. Elle s'était attendu à ce qu'il la rejoigne immédiatement, mais il s'appuya sur son coude à côté d'elle, se pencha, lui vola sa bouche encore une fois et l'emplit de la sienne, emplit son esprit et ses sens, puis posa les mains sur son corps.

Et effleura, caressa… vénéra.

Il n'y avait pas d'autre mot pour décrire ce qu'elle éprouvait, ce qu'elle ressentait sous ses doigts. Avec Del, elle s'était chaque fois sentie désirée. Ce soir-là, elle se sentait…

Aimée.

Chérie.

Désirée non seulement au sens physique, mais sur un plan plus profond, celui des émotions. Tandis qu'une part de son cerveau riait à ces pensées, à une telle interprétation de ses motivations, une autre voyait clair, savait.

Elle le sentait dans son cœur, le reconnaissait dans chaque battement lent de son cœur à lui.

Le sentit dans leur pouls toujours plus rapide lorsque tonna de nouveau le désir.

Lorsque la passion s'enflamma et les emporta, lorsqu'il se souleva au-dessus d'elle, de ses cuisses écarta les siennes, et la pénétra.

La compléta.

Elle l'accueillit, jouissive.

Del ne tenait pas les rênes. Il les avait cédées, avait cédé tout contrôle, s'était rendu à cette force compulsive, à la réalité de ce qu'il éprouvait pour elle.

Des raisons pour lesquelles il avait besoin d'elle.

Il avait été plus facile de libérer cette réalité qu'il ne l'avait cru — de la lui montrer, la lui révéler, mais maintenant, elle les fouettait tous les deux, les balayait tous les deux, les rendait aveugles, sourds et brûlants, victimes du feu qui courait dans leur sang. Du brasier fusionnel, du besoin de s'unir, glissant inexorablement vers l'apothéose.

Le sang battait dans leurs veines, la jouissance les appelait.

Le désir les soulevait sur une vague de sensations brutes, exquises, hypnotiques.

L'extase s'aiguisa, s'aviva, s'enflamma, puis explosa.

Et ils s'irradièrent en mille fragments.

Elle cria son nom, s'agrippa à lui avant de basculer.

Il étouffa un râle dans le creux de sa gorge et la suivit.

L'incandescence lentement se dissipa, et ils revinrent à la réalité. Au confort de cette mer d'or désormais bien connue, à la plénitude, la complétude.

Et, soupçonnait-il — espérait-il — à une compréhension approfondie.

Jamais n'avait-il été si entièrement rompu de plaisir.

Jamais l'acte n'avait-il été si profondément réjouissant.

Jamais ne s'était-il senti si vulnérable — comme s'il avait déposé son cœur et son âme dans les mains de Deliah.

* * *

Deliah ne sombra pas tout de suite dans le sommeil. Elle était repue de plaisir, oui, jusqu'aux orteils, mais… la curiosité la tenait éveillée. Qu'est-ce qui avait changé ? Et surtout, pourquoi ?

Il avait entièrement baissé la garde, déposé tous ses boucliers intérieurs et s'était montré honnête, révélant ses émotions. Avec une sincérité évidente, il lui avait montré ce qu'il ressentait.

Mais pourquoi? Ou plus exactement, pourquoi maintenant?

Du plus profond de son esprit émergea l'idée que demain, sa mission prendrait certainement fin. S'il décidait, comme elle le présumait, de rester dans le comté de Cambridge pour attendre que ses amis parviennent en lieu sûr, il pourrait bien l'envoyer dans le nord accompagnée d'une escorte.

Une fois sa mission terminée, elle serait hors de danger et il n'aurait plus besoin de la garder près de lui.

Était-ce ce soir leur dernier moment? Leur dernière nuit ensemble?

Une sorte de panique noire monta en elle; elle la sentit lui serrer la gorge, sombre et étouffante.

De ses doigts, Del suivit la ligne de son front, de sa tempe, sa joue.

Elle ouvrit les yeux et sombra dans les siens.

Les sonda désespérément. Attendit, le souffle court, qu'il mette en mots la fin de leur histoire.

Il gardait les yeux rivés sur elle, immobile et décidé.

— Je veux vous épouser.

Elle ouvrit la bouche, les mots se bousculant sur sa langue, puis elle assimila ses paroles.

Et son monde bascula.

— Quoi…? dit-elle en clignant des yeux.

Il fronça les sourcils, puis tenta sans grand succès de lisser son visage.

— Vous m'avez entendu. Cela ne devrait pas vous surprendre…

Sa mine se renfrogna tandis qu'il la dévisageait, sondait son regard. Il serra les mâchoires.

— Je vous demande votre main — peu importe l'expression exacte, tenez-vous-le pour dit.

Elle le regardait bouche bée et il ne chercha même plus à défroncer les sourcils.

— Pourquoi diable êtes-vous si surprise ?

La surprise, le choc, la stupéfaction totale se lisaient en toutes lettres dans ses yeux et marquaient chaque trait de son visage.

— Euh…

Elle finit par retrouver sa langue suffisamment pour lui répondre.

— Je ne m'attendais pas à ce que vous me fassiez une demande, c'est tout.

— *Tout* ?

Il cligna des yeux. Si elle ne s'y attendait pas… La mine plus renfrognée encore, il prit appui sur un coude pour la regarder de haut.

— Cela fait presque une semaine que nous passons nos nuits ensemble. Pour quelle sorte de gentleman me prenez-vous donc ?

— Un gentleman ordinaire.

Il se raidit, mais elle agita la main comme pour effacer ses mots.

— Non, attendez. Laissez-moi vous expliquer.

— Je vous en prie, dit-il d'un ton cassant.

Il se sentit presque insulté quand, se hissant sur les oreillers pour mieux lui rendre son regard, elle tapota vaguement son torse comme pour l'apaiser.

Deliah regarda le bout du lit, les yeux dans le vague pendant quelques secondes, puis lui lança un regard de biais — si vibrant d'incertitude, de vulnérabilité, qu'il faillit faiblir et l'attirer à lui pour la réconforter.

Mais il lui fallait entendre ce qu'elle avait à dire. Il lui fallait la réponse à sa demande.

S'assurer qu'elle acceptait.

— Quoi ? lança-t-il.

Elle se mordit la lèvre inférieure — un geste si inhabituel chez Deliah qu'il faillit s'emporter.

— Êtes-vous vraiment... Je veux dire, vouliez-vous vraiment dire... ce que vous venez de dire ? Que vous me voulez comme épouse ?

Quelque chose n'allait pas : il le voyait dans ses yeux. De plus en plus maussade au fil des secondes, il hocha la tête.

— Je n'aurais pas prononcé ces mots si je ne le souhaitais pas. Pourquoi ?

Elle inspira. Retint son souffle une seconde.

— En êtes-vous sûr ? lâcha-t-elle alors d'un trait.

— Deliah...

Il s'efforça de retenir son irritation et opina de nouveau.

— Oui, j'en suis sûr.

— Oh.

Lorsqu'elle le regarda fixement, perplexe, il s'arma de patience.

— Vous avez dit tout à l'heure que j'étais d'après vous un gentleman ordinaire, laissant entendre qu'un gentleman de ce type ne voudrait pas vous épouser. Pourquoi avez-vous dit cela ?

— Parce que c'est vrai. Les gentlemen — ordinaires — n'épousent jamais les ladies comme moi. On me l'a répété je ne sais combien de fois. Et...

— Qui vous l'a dit? Vos parents?

Ses parents, se souvenait-il, étaient stricts et excessivement conventionnels — et Deliah avait été le fardeau de sa mère.

— Mes parents, mes tantes, mes cousins... tout le monde.

— Vous voulez dire tout le monde dans un minuscule coin des Wolds au nord du Humber.

Il attrapa son regard.

— C'est une très petite région du monde, isolée et, à cet égard, d'esprit obtus.

Elle soutint son regard, puis battit des cils et détourna les yeux.

— Ce n'est pas tout.

«Elle était déjà mariée. C'était une meurtrière avérée. Elle...»

— Quoi? demanda-t-il, redoublant de patience.

Baissant les yeux, elle tripota la couverture qui recouvrait sa poitrine.

— Vous devez savoir que je ne suis pas vierge.

Il l'avait remarqué en passant, pour ainsi dire, et s'était lâchement réjoui de ne pas avoir eu à freiner ses ardeurs, ni les siennes, pour l'accompagner dans cette première fois.

— Vous avez quoi? Vingt-neuf ans? J'aurais plutôt été surpris que vous le soyez encore.

Elle le regarda en fronçant les sourcils.

— Ça n'est arrivé que quelques fois avec un jeune homme, lorsque j'avais vingt et un ans.

Son regard se fit lointain, puis elle baissa les yeux.

— C'était le fils cadet d'un vicomte, désargenté, bien que je ne l'aie appris que par la suite. Il était fringant et charmant, et je pensais…

— Vous pensiez qu'il vous aimait?

Elle opina.

— Et je pensais l'aimer. C'était faux — je le sais à présent —, mais j'étais jeune et naïve et je le croyais… Aussi, lorsqu'il a voulu me prendre, j'ai accepté. Je pensais que cela faisait partie de notre cour avant le mariage.

— Et ce n'était pas le cas?

— Non. Une semaine plus tard — au changement de saison —, j'ai entendu dire qu'il partait pour le sud de nouveau.

Elle inspira précipitamment.

— Je lui ai demandé ce qu'il en était de nous, ce qu'il allait arriver. Il a ri.

Sa voix se fit plus triste.

— Il m'a dit que j'étais une idiote, que jamais aucun gentleman le moindrement sensé n'épouserait une lady comme moi. J'étais une grande perche trop caustique, trop têtue, trop indépendante. J'étais trop *tout* — personne ne voudrait jamais de moi.

— Il avait tort.

C'était une déclaration sans équivoque. Elle avait vécu huit ans en portant en elle ce jugement, cette croyance. Une sorte de furie bouillonna en lui.

— Quel est le nom de ce fils de vicomte?

— L'honorable Melvin Griffiths. Mais il est mort, à présent; il est tombé à Waterloo.

Del n'aurait donc pas à battre au sang le bâtard.

— Bien.

Deliah fit une grimace et le regarda.

— C'est aussi ce que je m'étais dit.

Il hocha la tête. Elle ne dit rien de plus.

— Est-ce tout ? finit-il par demander.

Elle le regarda d'un air étonné.

— N'est-ce pas suffisant ?

— Pour me faire changer d'avis et ne pas vous marier ? Il secoua la tête. Donc, voulez-vous m'épouser, Deliah Duncannon ?

Elle soutint son regard un long moment. L'espoir et le doute bataillaient dans ses yeux.

— Pourquoi voulez-vous m'épouser ? demanda-t-elle alors d'une petite voix.

Il voyait toutes sortes de raisons, d'hypothèses, planer dans l'esprit de Deliah — qui attendait qu'il les confirme. Il s'en sentait obligé parce qu'il avait ruiné sa réputation aux yeux de ses amis en partageant son lit. Il devait, au nom de ses parents, et de ses tantes, faire d'elle une femme honnête. Il devait... Il y avait des dizaines de raisons plus sensées aux yeux de Deliah que la simple vérité.

S'il était en partie terrifié, il n'hésita pourtant pas.

— Je veux vous épouser parce que je vous aime.

Il prit son visage dans une main, la regarda dans les yeux, fixement.

— Je vous aime et je vous veux comme épouse, vous et vous seule, précisément parce que vous n'êtes pas une lady comme les autres. Vous êtes plus. Vous êtes tout ce dont j'ai besoin, tout ce que je veux, tout ce qu'il me faut pour bâtir l'avenir que je désire ; un avenir que je ne concevais même pas avant de vous connaître.

Il marqua une pause, vit naître une croyance qui allait dissiper les nuages dans ses yeux de jade.

— Nous sommes faits l'un pour l'autre, vous et moi. Épousez-moi et ensemble, nous nous créerons un avenir riche et vivant, éclatant, épanouissant.

Elle leva une main pour caresser la sienne.

— Je commence à y croire.

— Parce que j'y crois ; parce que je vous aime et que vous m'aimez.

Les deux faits jumeaux étaient gravés dans son cœur. Gravés dans la pierre et immuables ; là, tout simplement.

— Donc... le ferez-vous ? Attacher votre baluchon au mien et envisager avec moi la vie que nous pourrions bâtir ensemble ?

Les lèvres de Deliah se retroussèrent lentement. Del, à son grand désarroi, vit des larmes lui monter aux yeux. Mais elle souriait.

— Oui.

Elle cligna des yeux, essuya les larmes qui coulaient sur ses joues, puis rit devant l'expression de Del.

— Je vous ai dit que je n'aimais pas Griffiths, je sais que je ne l'aimais pas parce que mes sentiments pour lui n'avaient rien, absolument rien de comparable à ceux que j'ai pour vous.

Elle renifla délicatement, puis sourit de ses yeux embués.

— Alors, oui, je vous épouserai. Je mets ma main dans la vôtre — elle mit le geste à la parole — et nous verrons où la vie nous mène.

Il la regarda un moment, puis la réalité merveilleuse le frappa.

— Dieu merci, dit-il.

Et il l'embrassa.

Elle rit à travers le baiser, noua ses bras autour de son cou — et l'embrassa à son tour.

19 décembre
Résidence Somersham, comté de Cambridge

Del remerciait encore avec effusion toutes les divinités bienfaisantes de la terre lorsqu'au petit matin, à la faible lueur d'une lune gibbeuse, il étira un bras de sous les couvertures et parvint à attraper son manteau au sol, là où il l'avait laissé. Deliah dormait, chaudement blottie contre lui. Fouillant sans bruit dans ses poches, Del en sortit les foulards de soie qu'il avait cachés là.

Il laissa retomber son manteau et se tourna vers elle.

Elle émit un murmure endormi lorsqu'il pencha les bras au-dessus d'elle pour attacher un premier long foulard à la tête du lit. Il abaissa les bras et déposa un baiser sur sa tempe, un autre sur son épaule nue.

S'il voulait attacher un deuxième foulard de l'autre côté, il serait plus simple de venir sur elle et de s'installer entre ses cuisses — elles s'ouvrirent naturellement, ses hanches le berçant instinctivement.

Il tendit les bras et fixa le deuxième lien.

Bascula instinctivement ses hanches contre les siennes, la pointe de son érection cherchant, trouvant, glissant entre ses plis chauds et moites, la pénétrant à peine alors qu'il resserrait les foulards.

Après cela, il lui fut facile de glisser jusqu'au fond, chez lui. De la sentir s'éveiller sous lui tandis qu'il l'emplissait.

De sentir son corps doux céder entièrement et prendre instinctivement ce qui lui était offert.

De pencher la tête et, tout en dansant en elle, de trouver ses lèvres et les couvrir des siennes. D'emplir sa bouche, impuissante et offerte pour la prendre elle aussi.

De réclamer son dû. Dans le silence de la nuit, dans la pénombre enveloppante, de l'aimer.

Lentement, sans bruit, l'extase monta en elle, ses cris s'étouffant sous les lèvres de Del lorsqu'elle bascula dans le vide. Il sentit l'appel inexorable, l'étreinte de son fourreau le long de son membre, mais cette fois-là résista à la tentation.

Cette fois-là, il attendit qu'elle retombe sous lui, rompue et désarticulée.

Puis, il se retira.

En un tour de main, il lia ses deux poignets à chacun des foulards. Hébétée, alanguie, elle tourna la tête et l'observa resserrer le second lien, puis le dévisagea.

Malgré la noirceur, il percevait son interrogation.

En guise de réponse, il recula et se mit à genoux, lui agrippa les hanches et la retourna. Il l'amena vers lui sur le lit, juste assez pour que les liens la tirent et que ses bras se tendent, poignets au-dessus de sa tête.

Puis, il souleva ses hanches et déplaça ses longues jambes afin de la mettre elle aussi à genoux sur le lit, bras tendus devant elle.

Il mit la main entre ses cuisses, la découvrit moite et mouillée, vint épouser les formes pleines de son derrière, guida son érection puis s'enfonça avec force dans son fourreau humide.

Et libéra ses instincts.

Il fit d'elle ce qu'il voulait, la pénétra durement, profondément, lentement et rigoureusement, jusqu'à ce que la passion se lève et le submerge. Jusqu'à ce qu'elle le pousse, implacable, impitoyable, les mains plongées dans les couvertures de chaque côté de ses épaules, à pomper, à charger.

Foudroyée de nouveau, Deliah lâcha un cri sourd dans le silence de la nuit.

Son corps s'agrippait, tremblait, caressait. L'attirait...

Il céda, la laissa l'emporter. Étouffant un râle dans ses cheveux, il plongea dans l'extase.

Et retomba sur elle, rompu lui aussi.

Inerte, il n'eut pas tout de suite la force de se soulever. Libérant une main, il dégagea le visage de Deliah et contempla ses traits.

Remarqua leur douceur, la courbe pleine — comblée — de ses lèvres.

Il resta là, savourant l'étreinte alanguie de son corps, jusqu'à reprendre la pleine possession de ses membres. Il recula doucement, tendit les bras au-dessus de Deliah et vérifia les attaches, puis se glissa hors du lit, laissant les couvertures retomber sur elle.

Lorsqu'elle le sentit quitter le lit, Deliah retrouva ses esprits. L'observa en silence ramasser rapidement ses vêtements. Fronça les sourcils lorsqu'il commença à s'habiller.

— Où allez...

Elle cligna des yeux. Étendant ses jambes, elle glissa sur elle-même pour lui faire face, tordant ainsi les foulards, et regarda vers la fenêtre.

— Est-ce l'heure de partir?

Il jeta un œil sur sa montre de gousset, puis la glissa dans sa poche de gilet et attrapa son manteau.

— Il est presque quatre heures.

Elle tenta de s'asseoir, mais les foulards l'en empêchèrent. Fronçant davantage les sourcils, elle les regarda, tira.

— Vous avez oublié de me détacher.

Il enfila ses chaussures sans rien dire.

Lentement, elle tourna la tête et le regarda, une pointe de soupçon dans les yeux, tandis que sa poitrine dénudée au-dessus des draps se gonflait d'une indignation naissante.

— C'était cela ou vous enfermer toutes dans vos chambres. Nous nous sommes dit que vous préféreriez cette option. Bess et les servantes des autres ladies vous détacheront lorsqu'elles monteront et vous pourrez alors nous rejoindre à Ely une fois l'affrontement terminé.

Il parlait à voix basse.

— Nous nous sommes dit que vous aimeriez être là pour le dénouement et nous accompagner à Elveden.

— Bien sûr, mais…

Elle tira sur les liens.

— Nous étions censées venir avec vous ; vous le savez bien.

— Non, vous n'étiez pas censées venir.

Il recula d'un pas.

Son visage reflétait maintenant plus que de l'indignation.

— Vous ne pouvez pas me laisser ainsi attachée !

— Vous n'êtes pas la seule ; toutes les ladies le sont.

Elle cessa de lutter, le dévisagea de nouveau.

— Toutes ?

Il fit un salut et recula.

— Sans exception. Il est donc inutile de crier ou d'appeler à l'aide. Chacune de vous à l'étage est attachée de la sorte.

Il se retourna et saisit la poignée de porte.

— Delborough, je le jure, si vous me laissez ainsi, je... je...

Il murmura un juron et fit volte-face. Revint près du lit, se pencha sur elle — et l'embrassa avec ardeur.

— Soyez sage.

Del était à la porte avant qu'elle n'ait repris son souffle. Il fit un ultime salut et l'ouvrit.

— Je vous verrai à Ely.

Il sortit et ferma derrière lui.

Tendit l'oreille. N'entendit qu'un silence inquiétant.

Del serra les lèvres, mais, rassuré par sa promesse de l'épouser, il s'éloigna dans le corridor.

De retour dans sa chambre, il changea rapidement de pantalon, enfila ses bottes et un manteau plus chaud, puis, comme convenu, retrouva les autres au pied de l'escalier principal. Devil arriva en dernier, pardessus à moitié mis, un sourire s'attardant sur ses lèvres expressives. Il fit signe d'avancer et emboîta le pas aux côtés de Del.

Une impression de déjà-vu frappa Del lorsqu'ils gagnèrent l'écurie et sellèrent leur monture. Ils avaient déjà fait cela, lui et Devil prenant la tête d'un groupe d'hommes, pour la plupart des Cynster, pour aller affronter l'ennemi.

Et l'abattre.

Ils sortirent les chevaux dans la cour de l'écurie et se mirent en selle, presque insensibles au froid glacial, au givre qui recouvrait les pavés, aux congères blanches tout autour d'eux. Cobby et Sligo étaient sortis les assister.

Du haut de sa monture, Del leva les yeux vers la fenêtre derrière laquelle se trouvait Deliah.

Comblée, mais aussi certainement furibonde.

Planifiant sans doute sa revanche.

Il verrait cela plus tard.

Tous étaient prêts. Devil regarda Del. Sourit.

— Allez-y, colonel.

Del sourit à son tour, fit partir son cheval et mena prestement la troupe vers la route.

19 décembre
Ely, comté de Cambridge

Mis au supplice par le vent qui fouettait sur eux un froid glacial et terriblement humide, le groupe arriva à Ely au sortir de la longue nuit.

Ils attachèrent leurs chevaux dans un pré à l'extérieur de la ville, puis avancèrent dans la pénombre par groupes de deux ou trois, vers le nord et l'imposante cathédrale, comme ils l'avaient planifié.

Les portes principales seraient déverrouillées, mais ils ne voulaient pas risquer d'être vus. Gabriel crocheta la serrure d'une porte latérale, et ils se faufilèrent sans bruit à l'intérieur.

Pour Del, qui n'y était entré qu'une fois bien des années auparavant, la cathédrale, avec ses voûtes élancées et ses murs massifs, était comme le ventre d'un géant de pierre endormi. Tous en firent lentement le tour pour se repérer et se familiariser avec les lieux, les multiples allées principales

et secondaires, les pièces sur lesquelles elles débou-
chaient et, surtout, l'emplacement des portes donnant sur
l'extérieur.

Enfin, comme des spectres, ils se dirigèrent vers leurs
places assignées.

Le doux battement de leurs pas sur le sol de pierre
s'évanouit.

Ils s'apprêtaient à une longue veille.

Le silence s'installa.

Quinze

19 décembre
Résidence Somersham, comté de Cambridge

Deliah émergea d'un sommeil agité et entendit Bess ordonner à une bonne de la maison d'attiser le feu. Elle regarda par la fenêtre, à travers l'étroite fente des rideaux, et vit la faible lueur grise du dehors ; il faisait à peine jour.

À la suite de ses récents et vains efforts pour dénouer ses attaches de soie, les oreillers cachaient lesdites attaches. Elle avait simplement l'air de s'être endormie bras écartés. Ce qu'elle, furieuse et vaincue, avait fini par faire.

Elle fit semblant de dormir jusqu'à ce que la bonne s'en aille. Puis, elle appela Bess.

— Ne pose pas de questions et viens me détacher.

— Vous *détacher* ?

Les yeux ronds, Bess arriva à la hâte.

Deliah souleva les bras, révélant les foulards qui liaient ses poignets.

Bess écarquilla les yeux plus encore.

— Oh là là !

— Pas de questions.

Deliah agita un poignet.

Bess commença à défaire le nœud qui l'enserrait.

Del avait ainsi serré les liens alors qu'elle avait les bras écartés, et elle n'avait pu mettre une main à l'autre poignet pour se libérer elle-même. Elle s'était contorsionnée dans tous les sens, en vain.

Lorsque Bess eut détaché ses deux poignets, Deliah hocha la tête avec le peu de dignité qu'il lui restait.

— Merci.

Elle se redressa contre les oreillers, frotta ses poignets, puis remarqua que Bess fronçait les sourcils.

— Quoi ?

D'un air désapprobateur, Bess rassembla les foulards et les posa sur le buffet.

— Je ne suis pas sûre d'approuver cette façon de faire, peu importe la raison. Je pensais que le colonel était un gentleman.

Bess était de plusieurs années l'aînée de Deliah et de temps à autre, lorsqu'elle le jugeait nécessairement, elle se montrait très maternelle à son égard.

Deliah agita la main en direction de sa robe de chambre.

— Si tu veux vraiment le savoir, il m'a attachée pour m'empêcher de l'accompagner ou de le suivre à la cathédrale avant que la bataille soit terminée, mais après, figure-toi, je suis censée le rejoindre. Hum !

— Oh...

Revenant près du lit avec la robe, Bess prit un air songeur.

— Donc il vous protégeait… Voilà pourquoi il vous a attachée.

Elle souleva la robe tandis que Deliah glissait en bas du lit.

— En ce cas, je ne peux pas lui en vouloir.

Attachant sa ceinture, Deliah plissa des yeux et regarda sa servante.

— Tu n'as pas besoin de lui en vouloir. *Je* lui en veux bien assez pour deux.

Contrariée, elle grommela en se dirigeant vers la table de toilette.

— À propos, je ne suis apparemment pas la seule à avoir été attachée. Tu pourrais peut-être descendre t'assurer que les autres bonnes sont montées libérer leurs maîtresses.

Bess l'avait suivie. Deliah perçut un gloussement contenu derrière elle.

— Oui, mademoiselle, souffla Bess. Je descends à l'instant, si vous pouvez vous passer de moi.

Avec une grâce affectée, Deliah inclina la tête.

Seule, elle fit sa toilette et fouilla dans son armoire en se demandant quoi mettre.

En se demandant ce qu'elle ressentait.

Et conclut globalement qu'elle ressentait bien trop de choses.

Elle était transportée de joie à l'idée qu'elle et Del se marient — il l'aimait, il *l'aimait* réellement ! Elle, la lady aux mille défauts qu'aucun gentleman ne méritait d'endurer.

Mais peut-être était-ce un effet de l'amour ? C'était sûrement l'amour qui rendait Del aveugle à tous ses défauts…

Non. Il avait dit qu'il l'aimait *à cause* et non en dépit de ses excentricités.

Encore mieux. Le monstre.

Il l'aimait, et il l'avait amenée à l'aimer — il l'avait libérée pour qu'elle l'aime ouvertement. Elle l'aimait déjà avant, mais maintenant...

Maintenant, elle l'aimait sans réserve.

Maintenant, elle s'inquiétait. Elle avait peur.

Pour lui. L'entêté était parti affronter Dieu sait qui sans qu'elle soit là pour assurer ses arrières. Elle ne pourrait pas sortir d'une voiture épée en main, cette fois-ci. Qui donc allait distraire l'ennemi pour lui, aujourd'hui ?

Elle piocha une pelisse vert forêt à brandebourgs dorés, toute neuve. Qu'il ait payé pour elle une somme exorbitante jouait en sa faveur. Tout en la jetant sur le lit et reprenant sa fouille pour trouver une robe, elle se rappela que Del était avec les autres hommes du manoir.

Devil et les autres surveilleraient ses arrières et Del les leurs, à n'en pas douter.

Mais... le fait d'aimer quelqu'un, d'être libre d'aimer quelqu'un et par conséquent de subir tous les sentiments qui s'y rattachaient était pour elle une découverte.

Le fait d'avoir peur pour l'autre, cet autre qui comptait tant pour elle désormais, était un sentiment nouveau.

Et elle n'était pas certaine d'apprécier la chose.

Elle choisit une élégante robe en laine vert pâle, à manches longues et fermée jusqu'au cou. Puisqu'elle s'en allait à la cathédrale, il lui fallait des vêtements bien chauds, et n'avait-il pas mentionné le projet de se rendre par la suite à la résidence de Wolverstone ? Auquel cas, elle devait aussi se montrer élégante. Elle déposa la robe sur le lit et partit à la recherche de dessous.

Bess revint, le souffle court. Deliah la soupçonna d'avoir trop ri, et non trop couru.

— Les bonnes sont toutes montées libérer leurs maîtresses. La duchesse vous convoque dans la petite salle à manger au plus tôt; ils s'empressent de servir le petit déjeuner. Dépêchons-nous de vous habiller et de vous préparer, dit Bess en se hâtant de nouer son jupon avant de glisser la robe sur sa tête.

Habillée et corsetée, Deliah s'assit devant la coiffeuse et laissa Bess lui brosser et lui tresser les cheveux, tout en s'interrogeant sur la réaction des autres ladies. Elles étaient certainement aussi peu convaincues des actes de leur mari qu'elle ne l'était de son futur époux.

Étendue et ligotée à la tête de lit en attendant l'aube, Deliah avait amplement eu le temps de repenser au moment que Del avait jugé opportun pour faire sa demande. Le fait d'être son futur époux lui assurait certains droits — un en particulier dont il avait usé quelques heures seulement après l'avoir obtenu.

Avait-il fait sa demande pour être en droit de faire ce qu'il jugeait nécessaire afin de la protéger? Était-ce pour cette raison qu'il lui avait demandé sa main?

Le doute tenta de s'insinuer dans son esprit. Elle l'observa, mais le rejeta. Se sentait assez sûre d'elle pour le rejeter. Disons que Del avait l'esprit trop pratique pour sacrifier son avenir en vue de simplement protéger une femme qu'il estimait être sous sa responsabilité — une femme pour laquelle il n'avait pas vraiment de sentiments. Il aurait pu la ligoter sans lui soutirer une promesse de mariage, risquant ce faisant sa colère et sa désaffection, s'il n'avait pas vraiment de sentiments pour elle. S'il n'envisageait pas réellement un avenir avec elle.

Elle avait en mémoire bon nombre de ses mots et déclarations de la veille. Il s'était montré sincère et absolu dans ses souhaits, ses vœux, sa vision d'un avenir dont leur union formait la pierre angulaire.

Et le fait même qu'il ait fait montre d'un autoritarisme excessif pour la protéger était une preuve irréfutable de ses sentiments profonds à son égard.

Mais elle n'aimait pas être ainsi ligotée, impuissante et dans l'impossibilité de l'aider.

Cela, elle allait bien le lui faire comprendre, ne lui convenait tout simplement pas.

— Voilà.

Bess glissa une dernière épingle dans ses cheveux. Elle regarda la pelisse.

— Allez-vous sortir ?

— Oui.

Deliah se leva et lissa sa robe d'un coup sec.

— Et je gage que nous ne tarderons pas.

Elle se retourna et se dirigea vers la porte, prête à rejoindre la salle à manger.

— Je vais voir ce que disent les autres ladies.

À plus d'un sujet.

— Il a donc fait sa proposition puis vous a ligotée ? Félicitations !

Les yeux pétillants, Alathea décocha un grand sourire à Deliah.

— Pour ce qui est de la demande, je veux dire. Pour le reste…

Elle balaya la tablée d'un regard ironique.

— Bienvenue au club.

Deliah regarda les autres ladies réunies autour de la longue table. Elles semblaient toutes d'accord avec Alathea.

— Nous étions donc *toutes* attachées ?

De chaque siège occupé s'élevèrent des assentiments, et chacune hocha la tête. Les hommes s'étaient apparemment montrés bien inventifs dans leur choix de liens : des foulards de soie, des cordons de rideau en soie et même, des bas de soie.

— Et, dit Honoria, les regardant toutes de sa position en bout de table, pas une d'entre nous n'a pu se libérer. Pour cet outrage, ils devront payer.

Les bravos résonnèrent autour de la table.

Ayant découvert à la première odeur de nourriture qu'elle avait une faim de loup, Deliah s'attaqua vaillamment aux victuailles qu'elle avait empilées sur son assiette, tout en cherchant à sonder les pensées et les intentions des ladies.

— Que voulez-vous dire par *payer* ? finit-elle par demander.

Honoria posa ses jolis yeux gris sur son visage.

— Après s'être ainsi montrés si autoritaires, ils s'attendront à ce que nous réagissions. Ils s'attendront à ce que nous le leur fassions payer — elle marqua une pause et sourit — d'une manière ou d'une autre. Et bien sûr, c'est ce que nous allons faire, notamment parce que nous ne voudrions jamais qu'ils nous croient résignées ou, Dieu nous garde, qu'ils pensent que leurs manières autoritaires ne nous agacent plus guère.

— S'ils le pensent un jour, nous serons en bien mauvaise posture.

Patience but une gorgée de thé.

— Mais, dit Deliah en s'autorisant à froncer des sourcils, vous ne semblez pas très agacées. Vous avez plutôt l'air *résignées*. Bien plus que moi. Lorsque Del est parti ce matin, j'étais furieuse.

— C'est parce que vous n'êtes pas familière avec ce... à défaut d'un mot plus juste, je dirais «jeu affectif».

Phyllida fit tinter sa tasse contre celle de Deliah.

— Le jeu affectif d'être mariée à un gentleman fort, dominant, possessif — et protecteur, ajouta Flick. Malheureusement, il est impossible d'extraire le protecteur-qui-exagère du personnage complet. Cela fait inévitablement partie d'eux; c'est à ce genre d'hommes que nous avons affaire.

— Exactement.

Le menton appuyé dans la main, Alathea opina.

— Si nous voulons profiter de toutes leurs autres caractéristiques telles qu'elles sont précisément, et nous le voulons, nous devons parfois accepter leur surprotection.

— Sans parler du fait, dit Catriona, que cet élan protecteur parfois extrême reflète directement la profondeur des sentiments qu'ils ont pour nous.

Elle sourit à Deliah.

— Ils sont assez simples et francs, en ce sens.

— Cela dit, ajouta Honoria en posant sa tasse avec bruit, cela ne veut pas dire qu'ils peuvent laisser libre cours à cet élan protecteur sans nous le rendre. Elle regarda Deliah. Au fil des ans, nous sommes devenues très astucieuses. Demandez-lui n'importe quoi — et si vous êtes rusée vous pourrez étendre ce traitement de faveur à plusieurs jours —, il se sentira obligé de vous l'accorder.

— Pour compenser son autoritarisme, expliqua Flick. J'ai un jour réussi à persuader Demon de m'emmener à une rencontre équestre à laquelle il ne m'aurait jamais permis d'aller autrement.

Alathea opina.

— J'ai emmené Gabriel à plus d'un bal au prétexte d'un excès surprotecteur.

— Et il y a les autres avantages personnels, dit Catriona avec un sourire serein.

Toutes les ladies sourirent à l'évocation de souvenirs manifestement heureux à laquelle se mêlait une anticipation joyeuse de moments à venir.

Deliah plissa les yeux et prolongea leurs pensées.

— Je vois.

— Très bien.

Honoria plia sa serviette et la posa près de son assiette.

— Et bien sûr, ils sont tous ensemble.

— Nous serions bien plus inquiètes si l'un d'entre eux agissait seul, dit Phyllida à Deliah, ou même si deux d'entre eux affrontaient des ennemis inconnus.

— Dans ce cas-ci, ajouta Honoria, nous n'avons pas vraiment à nous inquiéter pour eux ; ils sont aussi protégés que si nous étions là pour veiller sur eux. Cependant, si j'admets que notre présence à proximité de la cathédrale pendant qu'ils s'occupent de cet homme du Cobra noir serait une distraction évidente, sans oublier qu'ils doivent protéger Sangay, je ne vois aucune raison de ne pas arriver dès que la bataille est terminée.

— Ce qui signifie d'après mes calculs, dit Patience, que nous devrions partir au plus tôt.

— C'est exactement ce que je pensais.

Flick balaya la tablée du regard.

— Donc, combien de chevaux, combien d'attelages ?

Del s'assit à terre parmi les stalles entourant l'octogone de la cathédrale d'Ely et pria pour ne pas avoir de crampe. Au moins, les stalles avaient un sol de bois et non de pierre. La cathédrale — un édifice de pierre froide au cœur de l'hiver — était aussi glaciale qu'une tombe.

Il se mit en attente. C'était exactement comme une faction. Non pas qu'il ait souvent fait la sentinelle, encore moins dernièrement, mais au moins à la guerre, le danger omniprésent gardait les hommes en alerte. Ici… ils savaient tous que rien ne se passerait avant l'arrivée de Sangay.

Qui ne tarderait pas trop, espéra Del. Remuant en silence dans l'espace exigu, il sortit sa montre de gousset. Il était presque neuf heures. La pleine lumière du jour — déjà à son plus fort en ce jour blanc d'hiver — transperçait les vitraux de la tour octogonale.

Ainsi recroquevillé, Del posa les yeux sur le manche de son épée. La lame dans sa gaine reposait au sol près de lui. Il avait aussi un pistolet armé. Ils étaient nombreux à en avoir apporté un, au cas où Larkins aurait recours à des armes à feu. Les partisans, Dieu merci, avaient renoncé à ces armes pour d'obscures raisons religieuses, ce qui était pour le mieux. Peu importe le nombre de partisans qui viendraient à la cathédrale, Del était certain que son parti connaîtrait aujourd'hui la victoire, ou du moins un certain succès.

Il avait le cœur à la victoire. Il avait réussi à décrocher auprès de Deliah une promesse de mariage, et c'était bien plus important à ses yeux qu'il ne l'aurait pensé. Même s'il avait eu l'intention de lui faire la demande quoi qu'il arrive, le moment lui avait semblé opportun au vu de ses impératifs de mission — il avait désormais le droit de s'assurer qu'elle n'arrive pas trop tôt à la cathédrale.

Si tout cela était vrai, il avait aussi eu besoin de savoir qu'elle lui appartenait à un niveau bien plus fondamental, bien plus intime. Le fait de savoir qu'elle acceptait l'avait gonflé de… certitude. De jubilation, d'assurance et d'une conviction absolue que cela — tout cela — avait été scellé par le destin. Qu'il devait en être exactement ainsi.

Il ne subsistait en lui qu'un petit doute, minime, mais persistant. Il espérait que leur échange de promesses serait assez fort pour résister aux inévitables répercussions de ses actes du matin. Il espérait qu'elle comprenne. Il fallait qu'il le fasse. Elle était si précieuse à ses yeux qu'il n'avait pas le choix.

Quoi qu'il en soit, pensa-t-il en changeant gauchement de position, il ne regrettait pas de l'avoir ligotée au lit. Elle était en sécurité et, dans son nouveau monde — l'avenir dans lequel il avait fait ses premiers pas la veille au soir —, c'était plus important que tout.

Un lourd grincement l'incita à lever la tête. Il tendit l'oreille.

Un rai de lumière passa au-dessus de lui, puis s'évanouit lentement au son d'une lourde porte se refermant.

Quelqu'un venait d'entrer par la porte principale au bout de la nef. Sangay, ou quelqu'un d'autre ?

Il s'accroupit prudemment et leva lentement la tête jusqu'à voir au-dessus du panneau devant lui. Il avait dans sa ligne de visée l'octogone avec l'autel et la nef à l'arrière. Il aperçut Gervase dans sa fausse robe de moine assis au milieu d'un banc à la troisième rangée avant, tête baissée, tout à ses prières en apparence. Del regarda à droite et vit Tony, lui aussi habillé en moine, presque invisible, assis en position de prière dans l'ombre d'une stalle de l'autre côté de l'octogone. Gyles, le dernier moine, lui était invisible, mais Del le savait assis ou à genoux, comme en prière, derrière l'une des colonnes de l'autre côté de la nef.

Quiconque était entré avait hésité au bout de la nef. Sangay devait être terrorisé, se dit Del, dans cet édifice qui glaçait même le sang des hommes adultes. Del pria pour que le garçon se souvienne de ses instructions.

Pour autant que ce soit lui.

Enfin, à pas feutrés, le nouveau venu parcourut lentement l'allée centrale. C'était Sangay.

Del soupira. Observa le garçon, toujours méfiant, mais de plus en plus sûr de lui — il avait sans doute aperçu ses gardes du corps —, avancer jusqu'au deuxième rang avant et s'y glisser au bord de l'allée.

Tout était en place. Del avait beau tendre l'oreille, il n'entendait pas même un bruissement qui puisse révéler la présence des hommes cachés à divers endroits dans la cathédrale. Même les moines étaient aussi immobiles et silencieux que des statues ; dans leurs robes grises loin de la lumière, ils étaient difficiles à voir à moins d'avoir les yeux rivés sur eux.

Sangay regarda autour de lui, l'étui à parchemin bien visible dans une main. Ne voyant aucune silhouette menaçante, il prit place sur le banc.

Il n'eut pas à attendre bien longtemps. Comme ils l'avaient présumé, le Cobra noir avait placé un guetteur à l'extérieur de la cathédrale, où il ne risquait pas de se faire prendre. Moins de deux minutes après l'arrivée de Sangay, une porte s'ouvrit et se referma quelque part, puis des bruits de pas résonnèrent — résolus, assurés. La personne arrivait du transept sud, longeant les sacristies.

Celui qui était venu chercher l'étui à parchemin apparaîtrait sous l'imposante voûte à la gauche de Del. Celui-ci baissa la tête et observa l'arrivée de l'inconnu par une mince fente qu'il avait repérée dans le panneau avant de la stalle.

Et retint son souffle.

Un homme grand, solide, aux cheveux noirs coupés ras — Larkins! — entra dans l'octogone.

Del regarda Sangay. Les yeux ronds du garçon se fixèrent sur Larkins. À son honneur, Sangay se garda de faire le geste qui aurait pu les trahir — il ne lança pas un seul coup d'œil à ses gardes du corps.

Au contraire, même s'il tremblait visiblement, il se leva hardiment et sortit de la rangée. S'immobilisa, puis attendit. Là, au bout de la longue nef, au milieu de l'allée centrale, serrant dans sa main frêle l'étui à parchemin.

Comme ils l'avaient espéré, Larkins n'hésita pas à rejoindre Sangay. Le garçon était tout sauf menaçant. Larkins ralentit tout en conservant un long pas, paradant presque avant de s'arrêter face au garçon pour le toiser de haut.

Del ne voyait pas le visage de Larkins, dos à lui, mais rien n'indiquait dans sa posture qu'il regardait à droite ou à gauche ; il ne semblait même pas avoir vu les moines. Aucun des trois n'était dans son champ de vision immédiat.

Larkins baissa les yeux sur Sangay.

— Eh bien ?

Sa voix était rude, grave, et exprimait une menace sourde.

Sangay inclina la tête respectueusement.

— J'ai apporté l'étui à parchemin comme vous le vouliez, sahib.

Sangay le lui présenta comme une offrande, en équilibre sur ses deux paumes.

Sans être vu de Larkins, Tony quitta furtivement la stalle où il était assis et, épée en main, avança sans bruit jusqu'à l'autel. Gyles apparut et se plaça juste derrière la colonne à la droite de Larkins. Celui-ci ne semblait pas avoir repéré Gervase, qui restait en position. Étant le plus proche de Sangay, il serait le dernier à bouger.

— Bien.

Larkins tendit le bras et prit l'étui à parchemin. Il le retourna dans ses mains, l'examina. Puis, de quelques chiquenaudes il actionna les six taquets, ouvrit l'étui déverrouillé et en fit glisser l'unique feuille de parchemin.

Ignorant Sangay, toujours debout devant lui, Larkins déroula la missive. La copie. Se tournant à moitié pour lire à la lumière des fenêtres de la tour au-dessus, Larkins parcourut rapidement la lettre. Et sourit.

Del lut une satisfaction certaine dans son sourire, mais vit aussi percer dans ses traits une anticipation diabolique.

Il resserra le manche de son épée, sentit son corps se contracter.

Toujours dos à Sangay, Larkins glissa la lettre dans l'étui, le ferma et le verrouilla, puis le mit dans la poche de son lourd manteau.

Les yeux rivés sur l'étui et la lettre, Larkins n'avait pas vu les trois moines s'approcher.

Les yeux rivés sur Larkins, Del n'avait pas manqué de voir scintiller la lame que le démon sortait de la poche dans laquelle il avait glissé l'étui.

— *Cours, Sangay !*

L'ordre résonna de tous côtés dans l'octogone au moment où Larkins se retournait et plongeait sur le garçon, mais Sangay avait déjà crié et sauté de côté, échappant à la main crochue de Larkins et à son couteau meurtrier.

Larkins en perdit brièvement l'équilibre.

Avant que le molosse ne se redresse, Sangay lança un cri — *Aïe-aïe-aïe !* — et s'enfuit, filant devant lui pour rejoindre Tony, contournant l'autel à quelques pas de Larkins.

Le démon pivota en hurlant — puis se tut. Se figea à la vue de Tony, la robe de moine rejetée sur l'épaule, qui brandissait son épée et serrait d'un bras protecteur les épaules tremblantes de Sangay.

Larkins écarquilla les yeux. Il regarda à gauche en direction du transept nord et vit Gyles sortir de sa cache derrière la colonne.

Larkins virevolta face à la nef.

Où Gervase l'attendait au centre de l'allée, épée en main, Vane arrivant derrière lui.

Larkins recula d'un pas et pivota vers le sud, vers le couloir par lequel il était arrivé. Il avait déjà fait un pas lorsqu'il aperçut Del qui bloquait l'issue. Demon avançait derrière lui dans la pénombre.

Del croisa le regard de Larkins et sut le reconnaître, sentit le goût de la revanche sur ses lèvres face à son ennemi qui le dévisageait.

Puis, Larkins regarda autour de lui et bondit.

Tony avait profité de cette distraction pour placer Sangay en sécurité derrière le rideau du chœur, incitant ainsi Larkins à penser que le couloir est n'était pas surveillé — à tort.

Il fit face à Gabriel et à Lucifer qui, tels des anges exterminateurs, brandissaient leurs épées. Quelques pas de plus et Larkins n'aurait pu les éviter. Il s'immobilisa d'un glissement brusque et fit demi-tour à toutes jambes vers l'autel.

D'un coup d'œil vers le transept nord, il vit Devil et Richard approcher rapidement pour le cerner.

Un cliquettement, un sifflement et Larkins sortit un long coutelas de sous son manteau, puis pivota dos à l'autel, prêt à les affronter tous, l'air menaçant, le visage déformé par la rage.

Il n'impressionnait personne.

— Inutile de jouer les héros, dit Del en s'avançant.

Larkins était exactement là où ils le voulaient, pris au piège dans l'octogone. Leur but était de le prendre vivant pour le faire parler et condamner son maître. Aucun d'entre eux n'avait même envie de le blesser sur l'autel de la cathédrale.

Toutefois, Del doutait que Larkins partage leur sensibilité.

Il avait une main sur l'autel et observait Del, la tête légèrement inclinée. Il pouvait très bien sauter d'un bond sur la sainte table, cette position en hauteur lui donnant quelque peu l'avantage ; mais il ne pourrait pas plus leur échapper — il n'allait pas leur échapper.

Del brisa l'immobilisme avant que Larkins ne perçoive leur retenue. Il transféra son épée dans la main gauche et se prépara à menacer Larkins de son pistolet.

Celui-ci comprit la manœuvre. Désespéré, il décida de jouer son va-tout et brandit son épée en lâchant un hurlement.

— Juste *ciel* ! Que se passe-t-il ?

Tous les hommes sursautèrent. Tous les hommes firent volte-face.

Et virent derrière Devil et Richard deux dames d'âge mûr qui portaient dans les bras d'immenses urnes remplies de fleurs.

Entre les deux, à un pas derrière elles, se tenait un ecclésiastique, le pasteur. Il s'était immobilisé, clignant d'un œil myope vers l'autel.

— Grands dieux ! Est-ce là une épée ?

Derrière le pasteur, la porte par laquelle était entré le trio était encore ouverte.

Les événements qui suivirent eurent lieu en une fraction de seconde, mais aux yeux de Del, le temps sembla ralentir.

Comme eux tous, Larkins s'était retourné pour faire face aux intrus. Lui aussi avait vu la porte ouverte.

Del vit Larkins se mettre en mouvement et devina son geste. Il marmonna un juron, cessa de chercher son pistolet dans sa poche et attrapa son épée de la main droite, puis avança.

Au moment même où Larkins levait le bras.

Larkins souleva son épée au-dessus de lui, dans un hurlement la fit tourner sauvagement, et chargea.

Devil et Richard n'eurent pas le choix. Ils pivotèrent et, abaissant chacun une épaule, attrapèrent les deux femmes. Dans une pluie d'eau, de fleurs et d'urnes, assourdis par leurs cris aigus, ils les hissèrent et dévalèrent le couloir pour les emmener en lieu sûr, derrière la porte par laquelle elles étaient arrivées.

La voie était libre. Gyles bondit et attira le pasteur à lui. Son épée ruissela de lumière lorsqu'il fendit l'air pour parer la volée de Larkins.

Et Larkins le dépassa en courant vers la porte ouverte.

Del courut après lui, mais il était trop loin. Larkins fonça entre les battants puis virevolta et referma brutalement la porte.

Juste avant que son épaule ne frappe le bois, Del entendit une clé grincer dans le verrou.

La porte était comme la cathédrale — solide — et ses lourds gonds de fer l'étaient encore plus.

Del et Gabriel enfoncèrent la porte d'un coup d'épaule, mais elle ne trembla même pas.

— Attendez, attendez! J'ai la clé!

Le pasteur, tremblant visiblement, arriva d'un pas précipité tout en tirant de sa robe un imposant trousseau de vingt clés au moins.

— Bon… Laquelle est-ce?

Les clés cliquetaient tandis qu'il les examinait l'une après l'autre.

Del bascula son poids d'une jambe à l'autre et regarda ses camarades.

— Sortez faire le tour.

Ils n'avaient pas osé poster un homme dehors : le risque qu'il soit vu aurait été trop élevé.

Gervase, Vane, Lucifer et Demon traversèrent à grands pas l'octogone et la nef vers la sortie — c'était le chemin le plus court pour rejoindre la zone extérieure sur laquelle donnait la porte verrouillée.

Devil arriva, épée en main.

— Révérend, peut-on sortir de la cathédrale par cette pièce ?

Le pasteur regardait la porte.

— Bien sûr. C'est par là que nous sommes entrés.

Quelqu'un poussa un juron à peine étouffé. Richard et Gabriel emboîtèrent le pas des deux autres.

Le pasteur regarda dans leur direction.

— Ne vous inquiétez pas, j'ai fermé la porte à clé derrière nous. J'ignorais que vous poursuiviez un fou, mais de toute façon, il n'a pas pu sortir par cette porte.

Richard et Gabriel revinrent lentement sur leurs pas.

— Je ferme toujours cette porte à clé, dit le pasteur, revenant à son trousseau. C'est le bureau paroissial, voyez-vous. Je ne voudrais pas que n'importe qui puisse y mettre son nez… Ah !

Il leva une clé.

— La voilà.

— Permettez.

Devil prit la clé, l'inséra dans la serrure et tourna. Tous entendirent le verrou céder.

Le pasteur s'écarta obligeamment.

Devil regarda Del qui arrivait à ses côtés.

— Comme au bon vieux temps, dit Del en souriant.

Tournant la poignée d'une main, épée dans l'autre, Devil ouvrit la porte en grand. Del entra le premier. Devil le suivit de près — au coude à coude, ils bloquaient le passage.

Del crut d'abord que la pièce était vide. Il ne vit qu'une fenêtre ouverte près de la porte verrouillée donnant sur l'extérieur.

Une large fenêtre à battants grande ouverte, par laquelle même un molosse comme Larkins pouvait facilement s'échapper.

Puis, Del baissa les yeux et comprit que Larkins ne s'était pas enfui.

Ce qu'il avait perçu comme étant une ombre au sol dans sa vision périphérique était en fait un corps au pied de la fenêtre.

Larkins, étendu sur le dos dans une posture peu naturelle.

Del et Devil avaient tous deux vu la mort assez souvent pour savoir que Larkins était mort avant même d'arriver près de lui.

Ils s'approchèrent, et Vane apparut à la fenêtre. Il regarda à l'intérieur, jura à voix basse.

— Fouillez les environs, lui dit Del. Celui qui l'a tué vient tout juste de partir.

Vane le regarda.

— Nous avons vu la fenêtre ouverte. Les autres sont déjà en train de chercher. Je vais passer le mot, mais jusqu'à présent, nous n'avons pas vu l'ombre d'un homme en fuite.

À ces mots, Vane s'en alla et Del baissa les yeux sur Larkins, sur la dague au manche d'ivoire plantée dans sa poitrine.

— Celui qui a agi savait ce qu'il faisait.

Devil indiqua le couteau d'un signe de tête, puis enjamba le corps pour arriver à la fenêtre.

— Oh oui…

Del s'accroupit et déposa son épée.

— Le Cobra noir excelle dans l'art de donner la mort.

— Tu penses donc à Ferrar ? demanda Devil, examinant le rebord de la fenêtre.

— Je parierais sur lui.

Del fouilla méthodiquement les poches de Larkins, remuant son corps lourd pour inspecter la moindre parcelle de son gros manteau.

— Hum, fit Devil. On voit bien ce qui s'est passé. Ferrar, si c'était lui, était aux aguets. Il a vu Larkins venir à la fenêtre et s'est approché avant même que ce dernier ne puisse l'escalader.

Del se leva.

— Ferrar surveillait sans doute le déroulement des opérations de l'extérieur. On voit aisément à travers les filets de vitre transparente entre les vitraux. La lumière du jour est si faible que nous ne l'aurions pas vu même si nous avions regardé, alors que lui voyait tout ce qui se passait à l'intérieur.

Il baissa les yeux sur le corps.

— Il a vu Larkins prendre l'étui à parchemin et attaquer Sangay — devant nous tous. Nous avons tous vu

Larkins, nous pouvons tous témoigner qu'il a voulu tuer, tandis qu'il récupérait une lettre du Cobra noir scellée du sceau personnel de son maître.

Del contourna le corps, observant les traits grossiers de Larkins.

— Quelles auraient été les chances que Larkins, à choisir entre le bourreau et la déportation en échange de son témoignage, choisisse d'impliquer Ferrar ?

Devil s'approcha de lui.

— Très bonnes, je dirais. Si tu fais confiance à un chien féroce, il se retournera un jour contre toi.

— Exactement. Ferrar le pensait lui aussi.

Del se pencha et reprit son épée.

— Alors il a tué Larkins, l'a sacrifié pour sauver sa propre peau.

Gervase apparut à la fenêtre, Vane, Demon et Lucifer derrière lui.

— Rien en vue, rapporta-t-il d'un air sombre. Nous avons seulement…

Il regarda Demon.

Qui semblait écœuré.

— Côté ouest, vers le sud, j'ai entendu des bruits de sabots. L'homme était déjà loin et s'éloignait rapidement. Trop loin et trop rapidement pour que nous ayons une chance de le rattraper. En plus, il n'a laissé aucune trace : les routes ne sont que neige fondue par ici.

Devil baissa les yeux sur le corps de Larkins.

— Le Cobra noir nous a donc échappé, mais il a sacrifié son bras droit.

Del balaya lentement la pièce du regard.

— Et l'étui à parchemin a disparu.

Seize

19 décembre
Manoir Elveden, Suffolk

— *V*otre lettre était une copie, un leurre. En la sacrifiant pour abattre son bras droit et courir la chance de mettre la main sur Ferrar, vous avez pris la bonne décision.

Royce Varisey, duc de Wolverstone, ancien chef des services secrets du gouvernement, avec ses cheveux et ses yeux noirs, son visage long et ciselé et sa forte carrure, était l'exemple parfait de l'homme de noblesse d'ascendance normande à l'air sombre et dangereux. Il fixait Del de son regard pénétrant.

La troupe entière, ladies comprises, était rassemblée dans le grand salon du manoir Elveden, une immense gentilhommière jacobéenne entourée de vastes jardins et située au cœur d'une région boisée non loin du village du même nom. L'ambiance était chaleureuse, et très anglaise. Au premier coup d'œil sur la demeure, sur ses deux étages surmontés d'un grenier sous un toit à multiples pignons, Del avait deviné ce qui l'attendait à l'intérieur. Du chêne à profusion, au plancher, sur les panneaux finement gravés et les boiseries richement ornées, et même au plafond dans certaines pièces. Le mobilier aussi était en chêne ; amoureusement poli, il brillait d'une patine couleur miel.

Des rosiers grimpants tapissaient les murs extérieurs. Ce n'étaient aujourd'hui que des branches nues, mais Del imaginait sans mal leur beauté estivale, leurs fleurs bercées par la brise. On retrouvait ce même luxe voluptueux dans la demeure : des tableaux somptueux, de délicats objets d'art, des tissus de velours et de satin, des tapis d'Orient aux riches reflets d'or.

Tout cela créait un décor à la fois haut en couleur, chaleureux et apaisant.

Royce se tenait d'un côté de la cheminée près du fauteuil sur lequel était assise sa duchesse, Minerva — une beauté blonde calme et gracieuse, ineffablement brillante.

Del se tenait en miroir près de Deliah, assise elle aussi.

Les deux ladies, bien sûr, écoutaient avidement — et ouvertement — la discussion.

Del fit la grimace.

— Il est décevant de savoir que nous avons effectivement poussé Ferrar à agir, mais qu'il nous a échappé de quelques minutes seulement.

— Le seul fait de savoir qu'il est maintenant bel et bien engagé dans la partie me comble de joie, dit Royce.

Il retroussa ses lèvres.

— C'est plus que ce à quoi je m'attendais. Vous avez supprimé quatorze de ses hommes et en cela vous avez dépassé les objectifs que j'avais raisonnablement fixés pour cette mission. En se servant du garçon comme d'un voleur, Ferrar nous a fourni une arme — grâce à laquelle nous avons accompli bien plus que ce que j'avais personnellement escompté.

— Malgré tout, il nous a échappé.

Del en était encore irrité.

— Nous étions si près du but...

— C'est vrai, mais il s'est mis en danger. Il est lui-même entré dans le jeu. C'était audacieux de sa part de s'approcher et de tuer Larkins alors que vous étiez tous si proches. De ce que vous m'avez dit de lui, s'il est en cela fidèle à lui-même dans son arrogance, il a pris aujourd'hui des risques *inhabituels*. Croyez-moi, vous l'avez ébranlé. Nous continuerons de l'appâter — de le provoquer — avec l'arrivée des autres. Et nous finirons par l'avoir, d'une manière ou d'une autre.

— En parlant d'avoir l'ennemi, dit Devil qui s'approchait accompagné de Vane, que devrions-nous faire du corps de Larkins?

Ils avaient confié le corps au magistrat d'Ely en lui recommandant d'attendre les ordres de Wolverstone, un nom qui avait beaucoup de poids dans la région. Puisque c'était Devil — St-Ives — qui avait fait cette recommandation, le magistrat avait fort volontiers accepté d'attendre de plus amples instructions.

Les ladies étaient arrivées peu de temps après le dénouement des événements, à la plus grande et sincère joie des hommes. Ils avaient ainsi confié les deux dames hystériques à leurs douces moitiés qui surent les calmer et les apaiser. Devil avait fini par leur confier le pasteur également.

Comme Del s'était empressé de le reconnaître par après, les ladies avaient bel et bien contribué au succès de leur mission.

Sangay s'était montré ivre de joie, surtout lorsqu'il avait vu le corps inanimé de Larkins. À l'arrivée de Sligo et de Cobby, il s'était empressé de leur raconter son expérience à la seconde près et dans les moindres détails. Il babillait encore à leur arrivée au manoir, mais lorsqu'on l'avait présenté à Royce, il avait soudain fermé la bouche. Les yeux ronds, ébahi, il s'était prosterné et avait écouté l'homme faire l'éloge de sa bravoure sans rien dire. Malgré les bons mots et les sourires rassurants des ladies rassemblées autour de lui, il avait été soulagé de se voir renvoyer aux cuisines avec Cobby et Sligo.

— C'est une question que je me suis moi-même posée, dit Gervase en approchant, son épouse Madeline à son bras.

Lui et Tony avaient appris avec surprise que leurs épouses et leurs familles — toutes deux avaient des frères encore très jeunes en plus de leurs propres enfants — séjournaient à Elveden. Minerva, manifestement, avait établi ses propres plans.

— J'ai simplement l'impression, dit Tony tandis que lui et sa femme Alicia se joignaient au groupe, qu'un Larkins mort doit valoir quelque chose, que son corps est une arme dont nous pourrions nous servir d'une façon ou d'une autre.

— Peut-être, dit Royce, mais pas tout de suite, à mon avis.

— J'ai entendu dire que Shrewton, le père de Ferrar, réside actuellement à Wymondham, comme c'est son habitude à cette époque de l'année.

Demon arrivait à son tour, accompagné de Flick.

— Wymondham se trouve de ce côté-ci de Norwich, pas très loin d'ici.

Il arqua un sourcil en regardant Royce.

— Je présume que c'est l'une des raisons pour lesquelles vous résidez présentement à Elveden?

Royce sourit.

— Effectivement, l'autre raison étant la proximité de vous tous, les Cynster, auxquels je pouvais faire appel pour renforcer mes troupes.

— Nous attendons encore trois hommes, trois messagers, dit Del.

— Voilà pourquoi je pense qu'il vaut mieux attendre la suite des événements avant de décider ce que nous devrions faire du corps de Larkins.

Royce regarda Devil, puis Vane et Demon.

— Au cas où vous ne l'auriez pas encore compris, votre rôle dans ce jeu est loin d'être terminé. Tous les messagers doivent encore terminer leur route, et je souhaite qu'Elveden soit votre base militaire.

Devil, Vane et Demon semblaient ravis.

Honoria était apparue à temps à côté de Devil pour entendre les mots de Royce et observer la réaction de son époux. Elle lui tapota le bras.

— Ce qui signifie évidemment que *notre* rôle n'est pas terminé non plus.

Elle échangea un regard complice avec Minerva, et il ne fit aucun doute que son «*notre*» désignait l'ensemble des ladies présentes.

Toutes les épouses — et Deliah, qui sentit un drôle de petit frisson de joie la parcourir à l'idée d'être incluse dans le groupe.

Honoria leva les yeux et regarda Royce.

— Ce qui m'amène à poser la question : que dit cette lettre exactement ?

Elle jeta un coup d'œil à Del.

— Je gage que vous en avez une copie ?

Del et Royce se regardèrent.

Royce ne fronça pas les sourcils, mais son regard s'assombrit.

— Non.

Il regarda Del de nouveau.

— À moins que votre équipe en ait une ?

Del esquissa un sourire ironique et secoua la tête.

— Je n'aurais jamais cru que le Cobra noir parviendrait à voler le double que nous transportions, donc non, nous n'avons pas fait de copie.

Minerva regarda Del, puis se retourna sur son fauteuil pour regarder son mari.

— Vous ne savez donc toujours pas ce que contient cette lettre précisément ? Ne m'aviez-vous pas dit que vous pourriez peut-être y voir quelque chose que Del et ses collègues n'auraient pas remarqué ?

Royce serra les lèvres et opina.

— Effectivement.

Il marqua une pause.

— Je vais dépêcher un messager à Trentham pour qu'un double soit fait du faux que transporte Hamilton, au cas où il déciderait comme Del de le sacrifier.

Minerva et Honoria approuvèrent d'un même hochement de tête impérial. En se retournant dans son fauteuil, Minerva aperçut son majordome à la porte.

— Toutefois, dit-elle en se levant, vous devrez attendre après le dîner pour dépêcher votre messager. La table est mise et ce soir, nous célébrons une première victoire.

Personne n'osa s'opposer à la duchesse de Wolverstone, pas même son époux excessivement influent. Les convives se mirent sagement en rang, les époux s'empressant d'escorter leurs épouses avec toute l'attention requise ; s'ils ignoraient encore pour la plupart de quelle nature serait la pénitence à payer pour leur zèle protecteur, pas un ne l'avait oubliée.

Del offrit son bras à Deliah, et ils avancèrent avec les autres, dans une atmosphère de bonne humeur et de camaraderie, tous heureux de voir cette journée se terminer dans la joie. Bien qu'ils n'aient pas remporté l'ultime victoire escomptée — pas encore —, ils avaient porté un coup dur à l'ennemi et tous s'en étaient sortis sains et saufs.

Une fois qu'on eut servi le vin, Royce assis en bout de table se leva pour faire un discours. Un climat d'expectative s'imposa dans la pièce. Il regarda jusqu'à l'autre bout de la longue table, esquissant un léger sourire en les incluant tous.

— Nous avons remporté le premier tour. Ces derniers jours, nous avons vaincu l'ennemi dans de multiples affrontements et ce matin, nous avons remporté notre première bataille. Non, la guerre n'est pas encore gagnée, mais nos débuts sont des plus prometteurs.

Il leva son verre à Del, assis au centre de la tablée.

— À Delborough et au dénouement heureux de sa mission personnelle.

Tous trinquèrent en son honneur. Del sourit et inclina la tête en guise de remerciement.

— Notre prochain engagement avec l'ennemi ne saurait tarder puisque l'arrivée d'Hamilton est prévue pour demain, si tout va bien.

Tous les hommes acclamèrent la nouvelle.

— Toutefois, reprit Royce en regardant Del de nouveau, célébrons ce soir notre premier succès et trinquons à cette victoire comme à toutes celles à venir.

Il leva bien haut son verre.

— Justice à tous les méritants, et mort au Cobra noir !

Tous autour de la table acclamèrent ses paroles. Les hommes se mirent debout et firent tinter leurs verres avant de boire le vin. Les ladies portèrent la coupe aux lèvres. Tous partageaient les pensées et sentiments de Royce.

Puis, les convives se rassirent et le repas commença.

Mets, vin, compagnie : tout était parfait. Les conversations enjouées et la bonne humeur générale réchauffaient le cœur de Deliah, qui se sentait accueillie et rassurée. Au fil du repas, elle prit de plus en plus conscience du bonheur serein qui s'installait en elle. Plus heureuse que jamais, elle regarda Del assis à ses côtés et vit la même joie briller dans ses yeux.

Ils échangèrent un sourire, lisant dans les pensées l'un de l'autre. Ils étaient chez eux — enfin. Pour tous deux, le voyage avait été long, mais ils étaient enfin arrivés ; enfin, ils savaient de quoi serait fait leur avenir.

Ses yeux toujours plongés dans les yeux de Deliah, Del trouva sa main, la souleva et posa un baiser dans sa paume, puis referma sa main sur ses doigts fins. Il tourna la tête pour répondre à une question de Devil.

Deliah regarda son visage de profil, et se laissa gagner par ce bonheur nouveau.

Où le cœur aime, là est le foyer.

Elle avait déjà entendu le dicton.

Et le comprenait désormais.

Toutes les ladies *semblaient* avoir relativement bien supporté le ligotage du matin.

Plus tard dans la soirée, de retour à Somersham, Del monta l'escalier derrière Deliah pour aller à sa chambre — comme tous les autres hommes qui suivaient leurs épouses, en pénitence déjà, marchant sur leurs talons vers le châtiment qui les attendait.

Et comme tous les autres hommes, il réprimait une envie de sourire.

Seule la fuite de Ferrar avait gâté sa journée, mais puisque Del n'avait pas même prévu sa venue, il ne pouvait trop s'en irriter. Comme l'avait suggéré Royce, demain serait un autre jour.

Dans l'ensemble, lorsque Deliah s'arrêta devant sa porte et qu'il tendit le bras pour l'ouvrir, il se sentait distinctement... détendu. Il ne s'était pas senti ainsi depuis si longtemps que le mot tarda à lui venir en tête.

Il suivit Deliah dans la pièce et ferma la porte derrière eux. Elle déboutonna sa pelisse. Il s'approcha d'elle pour la lui ôter des épaules.

La robe vert pâle qu'elle portait en dessous, une autre création de madame Latour, épousait merveilleusement ses courbes voluptueuses ; il avait admiré l'ensemble tout au long de la soirée. Del se rappelait vaguement avoir payé une somme rondelette pour la robe, mais il avait assurément fait là une bonne affaire.

Il déposa la pelisse sur une chaise. Dos à lui, Deliah jeta un coup d'œil par-dessus son épaule puis traversa la pièce.

— Ce matin…

Elle ne dit rien de plus et avança jusqu'au buffet. Il vit sur le meuble les deux foulards colorés dont il s'était servi pour l'attacher au lit. Elle les prit, fit lentement courir la soie entre ses doigts tout en pivotant pour le regarder à travers la pièce faiblement éclairée. Elle inclina la tête.

— Vous m'avez attachée.

Même s'il savait avec certitude que tout allait bien, excessivement bien, et que tout était réglé, définitivement réglé, entre eux deux, son estomac se noua lorsqu'il perçut sa voix distante et froide. Mais… il pinça les lèvres et opina.

— Il le fallait. Si vous aviez été à la cathédrale lorsque le démon, ou même Larkins, était là…

Il frémit intérieurement à cette idée, même si tout était terminé.

Elle arqua les sourcils.

— Je vous aurais dérangé ?

— J'aurais pensé à vous, opina-t-il, je me serais concentré sur vous et non sur ce que je faisais.

— Hum… c'est ce qu'ont dit les autres.

— Les autres ladies ?

Lorsqu'elle hocha la tête, il soupira doucement et vint jusqu'à elle.

Deliah le dévisagea.

— Elles ont également dit que votre… *zèle* protecteur reflétait l'ampleur de vos sentiments pour moi. Avaient-elles aussi raison à ce sujet ?

Il ne put s'empêcher de tiquer à l'idée qu'elle — et les autres ladies — devinait ses intentions si facilement. Mais il s'efforça de hocher la tête, un peu sèchement.

— Oui.

Elle sourit.

— Dans ce cas, tout ce qu'elles ont dit par ailleurs à ce sujet est probablement vrai.

Elle tendit les foulards entre ses mains.

Il sentit soudain la méfiance l'envahir.

— Qu'ont-elles dit d'autre?

— Eh bien, c'est en fait Minerva qui a proposé cette… procédure. Comme vous vous en doutez, nous avons passé un certain temps après le dîner à décider quelle compensation exiger de vous pour nous avoir toutes ligotées tyranniquement. Un excès d'arrogance masculine qu'individuellement ou collectivement nous ne souhaitions pas, comme vous pouvez le comprendre, ignorer. Acquitter. Absoudre.

Del ne désirait certainement pas entendre la réponse, mais il devait poser la question.

— En quoi consiste cette procédure?

— C'est très simple.

Le sourire de Deliah était la quintessence du triomphe au féminin.

— Nous pouvons la résumer par : «Ce qui vaut pour l'un vaut pour l'autre.»

— Ah…

Il baissa les yeux sur les foulards qu'elle ne cessait de tendre entre ses mains.

— Je… vois.

— On m'a dit que cela irait bien mieux si vous ôtiez d'abord bottes et bas, manteau, gilet et cravate.

Deliah recula et indiqua le lit d'un geste de la main.

— Si vous voulez bien vous installer.

Il regarda vers le lit, puis jeta un bref coup d'œil à Deliah et quitta son manteau à contrecœur. Il le déposa et déboutonna son gilet, analysant rapidement la tactique de l'adversaire, ses options et l'issue probable des opérations.

La situation n'était pas si dramatique.

Tout en ôtant son gilet, il la regarda.

— Promettez-moi une seule chose ; ne me laissez pas nu sur votre lit au matin.

Elle rit, d'un rire distinctement provocant.

— Nous verrons avec quelle ardeur vous faites pénitence.

Elle se tourna pour regarder le lit, comme pour prendre ses mesures.

— Consolez-vous du fait que chaque homme ayant péché paie le même prix que vous.

— Oui ?

— Mais bien sûr.

Voilà qui donnait à l'affaire une tout autre perspective. Del sourit intérieurement, se demandant quels commentaires lui, Devil et les autres partageraient le lendemain matin.

Il se débarrassa de sa cravate et la suivit jusqu'au lit, où elle nouait les foulards autour des fines volutes de la tête du lit, tout comme il l'avait fait ce matin-là.

Elle se redressa et pivota à son approche.

Il l'attrapa d'un bras, inclina la tête et l'embrassa avec fougue.

Releva la tête et sonda ses yeux de jade, brillant déjà d'une passion attisée.

— Je ferai tout ce que vous exigez de moi — absolument tout — pour autant qu'au matin, vous soyez encore mienne.

Elle le regarda dans les yeux, au fond des yeux, puis sourit.

— Toujours.

Son sourire s'agrandit. Elle leva une main, posa la paume sur sa joue.

— Toujours et à jamais.

Le temps d'un battement de cœur et elle tapota doucement son visage.

— Maintenant, montez sur le lit.

Il obéit et s'abandonna à ses tourments.

Se donna tout entier et l'accueillit entièrement.

La nuit vit ainsi la passion les étreindre, le désir surgir puis, comblé, s'assoupir avant de renaître et de les submerger encore.

Ils découvrirent d'autres façons d'utiliser les foulards, riant de leurs expérimentations, puis se turent lorsque le désir et la joie s'unirent de nouveau pour les emporter au cœur du brasier.

Enfin, étendus l'un dans l'autre, leurs jambes enlacées, ils partagèrent leurs espoirs et leurs rêves, leurs pensées et leurs sentiments sur ce que serait leur vie ensemble une fois le Cobra noir vaincu.

Le sommeil enfin s'immisça dans la nuit, les enveloppa de ses ailes de silence.

Deliah eut une dernière pensée avant de s'assoupir. Sa participation à la mission de Del lui valait une récompense bien plus grande qu'elle ne l'aurait jamais imaginé, qu'elle n'aurait pu l'imaginer. Elle recevait l'amour d'un gentleman honorable, courageux, beau et passionné — un amour qu'elle avait longtemps cru inaccessible, comme on le lui avait si souvent répété.

Il était avec elle, maintenant, il lui appartenait, et elle lui appartiendrait à tout jamais.

Elle ferma les yeux, chérit dans son cœur cette douce vérité, et se laissa emporter par le sommeil.

Del écoutait son souffle lent, sentait sa chaleur dans ses bras et sut qu'il avait déjà remporté la plus belle des récompenses pour sa mission. Il avait découvert et gagné son avenir — leur avenir.

Un avenir qui les attendait, à quelques pas devant eux sur la route, une vie ensemble dans laquelle elle serait sienne — son épouse, son amante, sa compagne, son cœur — et dans laquelle il lui appartiendrait, en tant qu'époux et protecteur.

Même s'il devait faire pénitence chaque fois qu'il exercerait ce droit de protection.

Il sombra dans le sommeil, sourire aux lèvres, sur une ultime pensée.

« Chez lui. »

Il y était enfin.

Il était chez lui dans les bras de Deliah.

19 décembre
Bury St-Edmunds, Suffolk

Au plus profond de la nuit longue, Roderick Ferrar marchait vers la porte de derrière de la demeure réquisitionnée par la secte à Bury St-Edmunds.

La porte s'ouvrit avant qu'il n'arrivât. Il entra, s'efforçant de contenir les frissons qui le parcouraient. Il alla tout de suite au salon, remarquant à peine les soieries qui recouvraient désormais les murs, l'encens qui imprégnait l'air, les serviteurs et les partisans qui se prosternaient à son passage.

Alex et Daniel l'attendaient en jouant aux cartes, sur une petite table placée entre leurs deux fauteuils, devant la cheminée. Ils levèrent la tête à son arrivée. D'un pas raide, Roderick marcha jusqu'au foyer et se pencha pour réchauffer ses mains glacées devant le feu.

Alex jeta un coup d'œil sur Roderick, et son visage se vida de toute expression.

— Tu es terriblement en retard. Que s'est-il passé ?

Roderick se redressa, inspira précipitamment et se tourna vers eux.

— C'était un piège. Ils ont renversé le plan ingénieux de Larkins pour en faire un piège, et il s'y est jeté à corps perdu.

Alex cligna lentement des yeux.

— Où est Larkins ?

Roderick renifla. S'agrippa au manteau de cheminée.

— Il est mort. Il s'était compromis devant je ne sais combien d'entre eux — St-Ives était là, pour l'amour du ciel ! Et Chillingworth. Et toute une bande d'autres hommes du même acabit, y compris Delborough, bien sûr. Ils ont tous vu Larkins prendre l'étui à parchemin, l'ouvrir, lire la lettre, puis la mettre dans sa poche et, évidemment, s'avancer pour faire taire le garçon. C'est là qu'ils sont sortis de leur cachette. Ils étaient une dizaine, peut-être plus. Je ne me suis pas attardé à les compter. Je devais mettre la main sur

Larkins, je devais le tuer. Ils avaient plus de témoignages que nécessaire pour l'arrêter, pour prouver qu'il briguait la lettre qui portait mon sceau. Et s'ils s'étaient emparés de lui...

— Il nous aurait dénoncés pour sauver sa misérable peau. Daniel opina. Je gage que tu as réussi à l'éliminer sans être vu ?

Roderick s'essuya la bouche du revers de la main.

— Tout juste. Je l'ai échappé belle, mais je m'en suis sorti. Il regarda Alex. Voilà pourquoi j'ai tant de retard. J'ai fait halte à Newmarket, dans une taverne, pour m'assurer de ne pas être suivi.

— Sage décision.

Alex s'adossa au fauteuil.

Roderick se mit à faire les cent pas devant le foyer.

— Tout ceci est *incroyablement* agaçant. Où diable vais-je trouver quelqu'un pour remplacer Larkins ? Quelqu'un qui comprend nos besoins, qui connaît le fonctionnement de la secte, qui veut et peut faire ce qu'il faut quand il le faut et surtout, à cause de ces fichus messagers et de notre situation actuelle, qui est Britannique ?

Les deux autres échangèrent un regard, mais tardèrent à répondre.

— Larkins avait effectivement son utilité, murmura enfin Daniel.

— Je ne voulais pas le tuer.

Roderick passa la main dans ses cheveux.

— Dieu sait qu'il était avec moi depuis des lustres.

— Tu as fait ce qu'il fallait, lui dit Alex pour le rassurer, d'une voix calme, imperturbable. S'il avait été capturé, comme il l'aurait été à coup sûr — impossible de le cacher éternellement —, il t'aurait trahi et nous aurait trahis aussi. Cela ne fait aucun doute. Tu aurais été idiot de miser ta tête sur sa loyauté. Tu as fait ce qu'il fallait.

Les paroles d'Alex eurent l'effet désiré. Roderick se calma, son agitation diminua.

— Nous avons trop en jeu dans cette bataille, dit Daniel. Il nous faut jouer serré.

— Effectivement, renchérit Alex. Les faibles qui se font prendre… doivent être éliminés.

Ni Roderick ni Daniel ne le contredirent.

— Tu parlais de l'étui à parchemin de Delborough, dit Alex après un moment de silence. Où est-il, maintenant ?

— L'ultime geste profitable de Larkins. Il l'avait lorsque j'ai mis la main sur lui.

Roderick fouilla dans les poches du manteau qu'il portait encore, en tira l'étui et le tendit à Alex.

— J'ai vérifié. C'est un double et non l'original.

Alex retroussa ses lèvres avec ironie.

— J'avais donc raison. Delborough était un leurre.

— Ta prescience ne nous est guère utile après coup, dit Roderick. Mais au moins, nous savons pourquoi Delborough est allé à la résidence Somersham. Qui mieux qu'une troupe entière de Cynster pour servir de renforts ?

— Ils jouent donc les fanfarons dans ce coin-là, dit Daniel en haussant les épaules. Nous n'avons qu'à mener nos opérations loin d'ici, dorénavant.

— Exactement.

Alex regarda Roderick.

— Et où est Hamilton ?

Roderick lui fit un bref compte rendu.

— Donc pour ce qui est du major, nous avons fait tout ce que nous pouvions faire pour l'instant — tout est en place. Mais Hamilton et la demoiselle Ensworth sont déjà à Chelmsford. Ils seraient apparemment en route pour ici.

Il regarda Alex et Daniel.

— Se rendent-ils eux aussi à Somersham ? Voilà la question.

— C'est possible, bien sûr, qu'ils aillent à Somersham, dit Alex en grimaçant. Si seulement nous avions su que les Cynster seraient de la partie assez tôt pour au moins empêcher Hamilton d'arriver si près du but.

— Trop tard pour agir, observa Daniel. Il est pratiquement à notre porte.

— C'est vrai, concéda Alex. Mais je me soucie davantage de ces autres hommes que notre marionnettiste a conviés au jeu. Contrairement à ce que nous pensions, nous n'avons pas seulement contre nous Delborough et ses trois amis. Nous avons les Cynster dans les jambes par ici et des gardes du corps qui escortent nos pigeons dès leur arrivée sur les côtes. Delborough en avait deux et maintenant tu dis qu'Hamilton aussi en as deux, deux autres, qui l'attendaient dès à son arrivée au port.

Secouant lentement la tête, Alex croisa le regard de Roderick, puis de Daniel.

— C'est une main excessivement experte qui orchestre tout ceci. Nous avons face à nous un ennemi plus habile que nous ne le pensions et qui nous oblige à nous battre sur un front bien plus vaste que prévu.

Alex marqua une pause.

— Et… ? lança Daniel.

— J'aimerais juste savoir qui est derrière tout cela, dit Alex en faisant la moue. Il est bien plus facile de vaincre l'ennemi lorsqu'on le connaît. Comment cerner ses faiblesses, autrement ?

Aucun des deux autres ne répondit.

Roderick bascula son poids d'une jambe à l'autre.

— Ce que nous savons, c'est que cet homme, peu importe son nom, représente pour nous un danger bien réel — ou il en sera un si la lettre originale tombe entre ses mains.

Alex examina l'étui à parchemin pour lequel Larkins était mort.

— C'est le mécanisme classique.

La secte utilisait des dispositifs semblables pour le transport de documents confidentiels.

Alex manipula les leviers d'une main agile, déverrouilla l'étui, l'ouvrit et en sortit la feuille de parchemin.

Daniel regarda Roderick.

— Pendant que nos hommes s'occupent du major Hamilton, nous devrions redoubler d'efforts pour découvrir l'identité de notre marionnettiste. C'est probablement quelqu'un qui connaît à la fois les Cynster et ces autres hommes, ceux qui jouent les gardes du corps. Que sait-on à leur sujet ? Sont-ils rattachés à un quelconque corps militaire ou… ?

— Pour l'heure, dit Roderick, je ne sais même pas qui ils sont.

Tandis que Daniel et Roderick discutaient des moyens à mettre en place pour identifier leurs opposants inattendus,

Alex déroula le parchemin et, après avoir vérifié — juste pour être certain — qu'il s'agissait bien d'un double sans sceau compromettant, il parcourut rapidement la missive.

Les voix bourdonnantes des deux autres emplissaient le silence de la nuit. Les yeux d'Alex filaient sur la page, puis se fixèrent sur un point.

Ni Alex ni Daniel n'avaient vu la lettre auparavant. Ni l'un ni l'autre n'en connaissaient le contenu.

Un long moment passa. Les yeux d'Alex demeuraient rivés sur la lettre, sur une phrase en particulier. Roderick et Daniel poursuivaient leur discussion.

Soudain, Alex leva les yeux.

— *Tu as écrit mon nom.*

Ses mots vibraient d'un ton accusatoire et d'une rage naissante.

Roderick regarda Alex et fronça les sourcils.

— Bien sûr que j'ai mentionné ton nom. Souviens-toi, je cherchais à persuader ce chameau, Govind Holkar, de s'engager plus à fond dans la secte — d'y mettre plus d'hommes et plus d'argent. Nous avions envisagé d'évoquer ta venue à Poona pour le motiver. Tu savais que j'allais en parler.

— Ce n'est pas ce que je veux dire.

Alex parlait d'une voix cassante, fixant Roderick d'un regard noir.

— Tu as écrit mon *vrai* nom.

Roderick et Daniel clignèrent tous deux des yeux. Et figèrent.

D'un geste rageur, les yeux plissés comme deux tessons acérés, Alex jeta la lettre sur la table.

— Et que crois-tu donc qu'il arrivera, mon frère, si quelqu'un montre cette lettre à notre cher père ? Ou même une *copie* de cette lettre ?

Alex haussait le ton, ses paroles étaient acerbes, cinglantes, tranchantes.

— Ne crois-tu pas qu'il aura envie de nous jeter Daniel et moi dans la gueule du loup pour te sauver ? Pour sauver l'honneur de la famille ?

Les yeux comme des éclairs, Alex se redressa.

— *Bien sûr qu'il en aura envie !*

Alex écarta Roderick d'un coup d'épaule et se mit à faire les cent pas, avec bien plus de violence que ne l'avait fait Roderick.

Daniel attrapa la lettre. Il ne lui fallut qu'une fraction de seconde pour repérer la phrase en question. Il serra les lèvres et rejeta la lettre sur la table. Reculant dans son fauteuil, il attrapa le regard de Roderick.

— Mon nom aussi, *mon frère*. Et quand donc pensais-tu nous avertir ?

— Je ne savais pas, je le *jure* !

Pâle, l'air soudain souffrant, Roderick passa nerveusement la main dans ses cheveux. Il regarda Alex, qui lui lançait un regard meurtrier, et prit une longue inspiration.

— Inutile de nous emporter. Nous devons nous concentrer. J'étais pressé quand j'ai écrit cette fichue lettre, rappelez-vous ! Je ne me suis même pas rendu compte que j'avais mis vos vrais noms.

— Ne te méprends pas, railla Alex, notre père, *lui*, s'en rendra compte, s'il voit un jour cette lettre.

— Alors, nous ferons en sorte qu'il ne la voie jamais.

Roderick virevolta pour faire face à Daniel, adossé à son fauteuil, le visage impassible. — Nous intercepterons *toutes* les lettres, les copies comme l'original. Nous aurions probablement été amenés à le faire de toute façon pour récupérer l'original.

Roderick regarda Alex, qui marchait encore avec véhémence, puis reposa les yeux sur Daniel.

— Donc… Hamilton, maintenant.

Roderick lança encore un coup d'œil à Alex.

— Qu'allons-nous faire de lui ?

— Pas nous. *Toi* !

Alex fit volte-face en pointant Roderick du doigt.

— Tu te demandais tout à l'heure où trouver le remplaçant de Larkins. Son remplaçant, Roderick, c'est toi !

Alex appuya ses paroles en pointant le doigt de nouveau.

— *Tu* vas reprendre le rôle de Larkins et *tu* vas récupérer ces fichues lettres — *chaque* copie, jusqu'à la dernière !

Roderick plissa des yeux. Ce n'étaient plus que deux éclairs d'un bleu glacial.

— D'accord.

Le visage figé, il hocha la tête.

— Je le ferai.

À lire aussi aux Éditions AdA

Le Bastion Club

ADA
éditions

www.ada-inc.com
info@ada-inc.com

www.facebook.com/EditionsAdA

www.twitter.com/EditionsAdA